The Ultimate Guide to Chinese CHINESE Vocabulary & TOCFL

Band B Level 4

華語文能力測驗

關鍵詞彙：高階篇

吳彰英、周美宏、孫淑儀、陳慶華 —— 著

張莉萍 —————————————— 編審

國立臺灣師範大學國語教學中心
Mandarin Training Center National Taiwan Normal University

前言

　　本書是以模擬華語文能力測驗（TOCFL）的高階級程度來設計編寫的模擬測驗教材，因此編輯小組在編寫之初即以「國家華語測驗推動工作委員會」之〈華語八千詞〉中的高階級詞彙作為詞彙等級的參考範圍，並將TOCFL「任務領域分類表」和《華語教學基礎詞庫1.0版》（文鶴，2010）的「基礎情境詞表」之情境範疇彙整編寫而成十大主題，每一主題編寫三個單元，共有三十個單元。

　　本書的測驗都以模擬TOCFL的題型方式編寫而成，每一單元的測驗練習分為五大項目：一、對話聽力，二、完成句子，三、選詞填空，四、材料閱讀，五、短文閱讀等。另有關鍵詞語（主題相關詞語、常用詞組）供使用者複習。本書設計以自學測試為主，所以每個單元的測驗均附上解答及聽力文本，並將選項中的關鍵詞彙加以解說或以例句說明。

　　本書之適用對象為：母語非華語之人士，在台灣學習華語的時數達360-960小時，或是在其他國家、地區學習720-1920小時，具備2500-5000個詞彙量的自學者。亦十分適用於欲參加TOCFL進階高階級（Band B）測驗的應試者作為考試準備的練習，也可作為教師課堂教學之補助教材。

　　相信利用本書練習的學習者必定能精進詞彙，提高華語文能力，並順利通過TOCFL考試。

編輯小組謹識於臺師大國語教學中心

2017年12月

Foreword

The goal of the book is to help users prepare for TOCFL (The Test of Chinese as a Foreign Language) Band B Level 4; therefore, the editorial team used the list of Band B, Level 4 from the 8000 vocabulary items, provided by The Steering Committee for the Test Of Proficiency-Huayu (SC-TOP), as reference to write this book. We also used the "Categories of Tasks and Fields from TOCFL" as well as the Basic Scenarios of Vocabulary List from the book, *"Basic Wordlist for Teaching Chinese as a Second Language Version 1.0"* (Crane, 2010) and compile and make into ten main themes. Each theme is composed of three units, 30 units in total.

Each mock test in this book is written according to the test types in TOCFL. All the exercises in the units are presented in five parts: 1. Dialogue listening comprehension, 2. Sentence completion, 3. Blank-filling, 4. Material reading, 5. Short essays. A list of key vocabulary items (thematic expressions, useful expressions) is also provided to help the learners review the vocabulary items. The book is designed for self-study, and hence, answer keys and listening texts are attached at the end of the book. The key vocabulary items in the multiple choices are also provided with detailed explanations and sample sentences as further illustrations.

This book is suitable for: learners of Chinese whose native language is non-Chinese, learners of Chinese whose study hours in Taiwan reach 360-960 hours, or learners of Chinese who are overseas with study hours of 720-1920, and also learners whose vocabulary bank is around 2500-5000 items. It is also ideal for test-takers of Band B Level 4, TOCFL. This book is also a perfect reference material for Chinese teachers to use in their classes.

With this book at hand, the learners of Chinese will definitely master the vocabulary items and enhance their Chinese proficiency, and meanwhile pass TOCFL successfully.

Editorial Team at MTC, NTNU

December, 2017

本書特點與使用方法

1. 為了加強中文關鍵詞彙的理解及運用能力，本書將詞彙練習都編寫成各種題型的練習題。

2. 練習題根據華語文能力測驗（TOCFL）題型來編寫，除了作為自學練習以外，更可同時作為華語文能力測驗的模擬練習來熟悉考試的方式。

3. 練習題除了解答，還把各題的詞彙選項容易用錯、混淆的，以及詞義相近的都加了解說、做了例句，讓學習者更能了解詞義，並正確地使用詞彙。

4. 每單元練習題的第一大題為聽力練習，可同時增進聽力的訓練。

5. 本書適合 Band B Level 4 及相同程度的學習者，作為自我學習成果的測驗。同時教師也可以此作為程度檢測的試題。

華測會8000詞下載連結：

http://www.sc-top.org.tw/chinese/download.php

Overview of Book and Users' Guide

1. To better improve the capability to understand and use the key vocabulary items of Chinese, the exercises in this book are designed in the form of different test types.

2. The exercises are designed based on TOCFL (The Test of Chinese as a Foreign Language). Besides self study and self test, the exercises can be a good way to get familiar with and prepare for TOCFL.

3. The exercises not only provide answer keys but also compare and contrast all other similar vocabulary items that are related but with different usages, or vocabulary items that are easily-mistaken. Sample sentences are provided to help learners fully understand the meanings of the vocabulary items and how and when to correctly use them.

4. The first part of each unit is the listening comprehension exercise. It can also help enhance the learners' listening capability.

5. This book is ideal for learners with the equivalent level of Band B, Level 4, TOCFL. It is suitable for users to assess their own learning results and also useful for teachers who wish to test students' level of proficiency.

A list of TOCFL Band B 8000 Vocabulary Items can be downloaded from the Steering Committee for the Test of Proficiency-Hanyu (SC-TOP) official website:
http://www.sc-top.org.tw/chinese/download.php

目錄 Contents

Unit 4　休閒娛樂

Unit 5　飲食

Unit 6　與他人關係

Unit 7 健康及身體照顧

Unit 8 旅行

Unit 9 購物

▶ A. 測驗練習 ◀

一、對話聽力

1. Ⓐ 只有華人有法定年齡
   Ⓑ 實歲跟虛歲的算法不同
   Ⓒ 法定年齡比虛歲多一歲
   Ⓓ 華人的年齡都不是真的

2. Ⓐ 健保卡沒有就醫紀錄
   Ⓑ 健保卡看不到看診內容
   Ⓒ 健保卡每次只能顯示六種醫療紀錄
   Ⓓ 到目前為止健保卡都沒出過什麼問題

3. Ⓐ 上傳照片的技巧
   Ⓑ 如何保護上傳的照片
   Ⓒ 哪些照片是可以上傳的
   Ⓓ 照片上的資訊可能被利用

4. Ⓐ 發動抗議活動很難
   Ⓑ 要結束抗議活動很難
   Ⓒ 要記者不要報導林飛很難
   Ⓓ 要記者把焦點放在群眾身上很難

5. Ⓐ 結了婚就會受委屈
   Ⓑ 為了婚姻品質而不願結婚
   Ⓒ 為了不離婚而寧可不結婚
   Ⓓ 婚姻品質不理想則寧可離婚

二、完成句子

6. 好久不見，現在你在哪兒_____？
   Ⓐ 成就　　　Ⓑ 高就　　　Ⓒ 就位　　　Ⓓ 就任

7. 張先生夫婦已結婚二十年了，張先生是張太太的_____。
   Ⓐ 對象　　　Ⓑ 外遇　　　Ⓒ 配偶　　　Ⓓ 配對

8. 大家都公認他的_____生活是我們大夥兒中最令人羨慕的。
   Ⓐ 結緣　　　Ⓑ 姻緣　　　Ⓒ 結婚　　　Ⓓ 婚姻

9. 男女平等的社會不應該出現性別_____的行為。
   Ⓐ 歧視　　　　Ⓑ 輕視　　　　Ⓒ 忽視　　　　Ⓓ 平視

10. 醫生可以徵得直系_____的同意後施行手術。
   Ⓐ 親戚　　　　Ⓑ 親屬　　　　Ⓒ 親子　　　　Ⓓ 親情

11. 出生年月日、住址等都算是個人_____。
   Ⓐ 事件　　　　Ⓑ 狀況　　　　Ⓒ 資料　　　　Ⓓ 情報

12. 李小姐說她屬十二_____中的龍，這樣大概就可以算出她的年齡了。
   Ⓐ 性別　　　　Ⓑ 排行　　　　Ⓒ 等級　　　　Ⓓ 生肖

13. 林先生印在名片上的_____是副理。
   Ⓐ 擔任　　　　Ⓑ 職責　　　　Ⓒ 職稱　　　　Ⓓ 姓名

三、選詞填空

(一)　　在團體裡，如果你想做一件事，可是這件事本來不屬於你管的，或者說你還沒有取得「管」的權力，那麼想要取得大家的信任，讓事情能 __14__ 辦好，這就很不容易。

　　舉個例來說，你要 __15__ 一個學生社團，而這些學生為什麼願意 __16__ 你的領導管理？應該是這個團體給了你職位上的 __17__ ，你才能代表這個組織說話，說出來的話才能得到廣大學生的支持，才有人願意執行。

　　同樣的，在人生中也要找到自己的定位，有了合適的地位，無論說話做事都能有所 __18__ ，才能合理地發展自己，才能有所成就，這就是所謂的名正言順。

14. Ⓐ 流利　　　Ⓑ 順利　　　Ⓒ 順手　　　Ⓓ 隨手
15. Ⓐ 構造　　　Ⓑ 團體　　　Ⓒ 系統　　　Ⓓ 組織
16. Ⓐ 尊敬　　　Ⓑ 遵守　　　Ⓒ 從事　　　Ⓓ 佩服
17. Ⓐ 名稱　　　Ⓑ 人權　　　Ⓒ 權利　　　Ⓓ 權力
18. Ⓐ 證據　　　Ⓑ 據說　　　Ⓒ 依據　　　Ⓓ 收據

(二)

結婚不是 __19__ 之間說結婚就馬上結婚的。婚姻是一種需要長時間 __20__ 互動的人際關係，而且不只是夫妻二人 __21__ ，還包括娘家、婆家的親人，以及將來和子女之間的親子關係等等。

在結婚之前，對婚姻、家庭、配偶、子女的責任都要有相當的心理準備。現在有些人在結婚前會先跟對方討論，了解一些結婚後必須要 __22__ 的問題，例如：結婚後誰做飯？誰打掃？跟雙方父母之間如何相處？兩人之間的金錢、家庭經濟，以及將來對孩子的教育態度要如何等等。這些問題如果有50%你都不知道，或是沒想過，那麼你對婚姻的態度就還不夠 __23__ ，還不適合結婚。

19. Ⓐ 一陣　　　Ⓑ 一時　　　Ⓒ 一致　　　Ⓓ 一再
20. Ⓐ 相當　　　Ⓑ 相處　　　Ⓒ 相對　　　Ⓓ 相似
21. Ⓐ 而已　　　Ⓑ 左右　　　Ⓒ 剛好　　　Ⓓ 足夠
22. Ⓐ 面臨　　　Ⓑ 面試　　　Ⓒ 面對　　　Ⓓ 當面
23. Ⓐ 老實　　　Ⓑ 實在　　　Ⓒ 熟練　　　Ⓓ 成熟

四、材料閱讀

(一) 喜帖

謹詹於中華民國一百年　國曆十月十日

為　長男　林英才　舉行結婚典禮

次女　陳台麗

敬備喜筵　恭請

闔府光臨

農曆九月十四日（星期一）

　　　　　林台生
　　　　　王亮玉
　　　　　陳有權　鞠躬
　　　　　周美珠

恕邀

席設：林宅
地址：台北市民生路一○一號
電話：（○二）二九一八二三四五
時間：晚上六點三十分入席

24. 新郎是誰？
    Ⓐ 林英才　　　　Ⓑ 林台生　　　　Ⓒ 王亮玉　　　　Ⓓ 陳有權

25. 這次婚禮是由誰出面邀請的？
    Ⓐ 新郎新娘　　　Ⓑ 新郎父母　　　Ⓒ 新娘父母　　　Ⓓ 雙方父母

26. 在哪裡請大家喝喜酒？
    Ⓐ 新郎家裡　　　Ⓑ 新娘家裡　　　Ⓒ 雙方家裡　　　Ⓓ 結婚禮堂

27. 下面哪一個說法是對的？
    Ⓐ 新郎在家裡是排行老大
    Ⓑ 只請男方的親友來家裡喝喜酒
    Ⓒ 喜帖是給雙方家長全家來喝喜酒的
    Ⓓ 舉行結婚典禮和請吃喜酒不是同一天

五、短文閱讀

　　在現代的社會，與外籍人士通婚的情況日益普遍，而新生的第二代也越來越多，隨著他們的成長，必然面臨教育、就學、文化、新生活等問題。根據統計新女性移民的孩子佔13.2%，即每7.5個出生的嬰兒中，就有一個是外籍女性移民的新生子女，台灣正處於一個大熔爐的時代。

　　「新台灣之子」隨著成長，慢慢地覺察到處在人群中的相似和相異。身分角色的認定，文化習俗的衝突與融合，在在都讓具有外籍配偶的家庭，面臨了該如何去面對社會、生活、語言歧異的困擾，而家庭、父母、學校、教師也針對這些困擾，不斷地思考該如何去教導小小的新台灣之子，如何使新台灣之子所具有的雙重文化特色，從困擾轉換成為多元化的生活態度和價值觀。

　　有的學校就將這種多元文化特色融入到校園生活裡，例如，讓他們使用各國不同的語言方式來道早安，說謝謝、對不起等，讓所有的小朋友自然而然地接受生活的多元、文化的多元。

28. 台灣為什麼正處在一個大熔爐的時代？
　Ⓐ 出生率提高了
　Ⓑ 女性人數增加了
　Ⓒ 外籍配偶家庭日益普遍
　Ⓓ 教育文化都出現問題了

29. 台灣社會面臨什麼樣的挑戰？
　Ⓐ 新生第二代的教育問題
　Ⓑ 外籍女性移民的生育率太高
　Ⓒ 新台灣之子在人群中的衝突
　Ⓓ 新生第二代在語言上的歧異

30. 學校將如何幫助新台灣之子？
　Ⓐ 讓每個學生都具有雙重文化
　Ⓑ 讓每個學生用自己的母語上課
　Ⓒ 讓他們覺察到自己在人群中的差異
　Ⓓ 讓多元文化特色帶入到校園的學習環境裡

▶ B. 關鍵詞語

一、主題相關詞語

本單元出處	主題相關詞語
一、對話聽力1.	年齡、實歲、虛歲、法定
一、對話聽力2.	健保卡、就醫、刻意、看診、醫療、代碼
一、對話聽力3.	社群、上傳、透露、周遭、拼湊、遭、惡意
一、對話聽力4.	抗議、告一段落、退場、一舉一動、焦點
一、對話聽力5.	忍受、委屈、寧可
三、選詞填空(一)	團體、組織、順利、服從、領導、支持、權力、恰當、依據
三、選詞填空(二)	婚姻、衝動、協調、互助、而已、面對、相處、支配、分攤
四、材料閱讀(一)	國曆、農曆、典禮、新郎、新娘、光臨、邀請、喜酒、喜筵
五、短文閱讀	外籍、通婚、根據、統計、大熔爐、衝突、融合、融入、多元

二、常用詞組

本單元出處	常用詞組	例句
三、選詞填空(二)	面對問題	大學畢業，就得<u>面對</u>就業的<u>問題</u>，無法逃避。
五、短文閱讀	面臨困擾	大學畢業，可能<u>面臨</u>找不到工作的<u>困擾</u>，得早點計畫。

Note

A. 測驗練習

一、對話聽力

1. Ⓐ 爸爸以為女兒鬧脾氣是因為不舒服
   Ⓑ 爸爸現在還不讓女兒獨立出去生活
   Ⓒ 爸爸認為不能要求孩子按照父母的想法做事，應該尊重孩子的意願
   Ⓓ 爸爸同意媽媽的想法，認為女兒從小對舞蹈很有興趣才要求她學下去的

2. Ⓐ 在這裡的「高考」指的是升大學的考試
   Ⓑ 考大學不容易，更何況是研究所，因此非補習不可
   Ⓒ 這位先生覺得這位小姐堅持要孩子別放棄升學，實在很為難孩子
   Ⓓ 這位小姐覺得再辛苦也要支持孩子去追求夢想，不希望他中途放棄

3. Ⓐ 睡覺以後這位小姐才能安靜下來
   Ⓑ 每個週六小吳都會去老人院服務
   Ⓒ 這位先生根本沒想到小吳有宗教信仰
   Ⓓ 小吳認為信什麼宗教都是他個人自由的選擇，誰也管不著

4. Ⓐ 這位小姐最近忙得沒辦法給舅舅一個交代
   Ⓑ 這位小姐開的店等到年底收入和支出就一定可以平衡
   Ⓒ 這位小姐由於創業很忙的關係，因此賺的錢倒是不算少
   Ⓓ 這位小姐的舅舅認為創業很不容易，到年底收支能平衡就很難得了

5. Ⓐ 幾個同事跟這位小姐講手機時不禮貌
   Ⓑ 這位小姐跟同事聚餐時，交談得不愉快
   Ⓒ 這位小姐聚餐時服務員不禮貌讓她很不愉快
   Ⓓ 這位小姐認為聚餐時光玩手機不交談很沒禮貌

二、完成句子

6. 老李自小家境不好，但是比誰都更努力，面對困難_____勇往直前。
   Ⓐ 總算　　　Ⓑ 到底　　　Ⓒ 始終　　　Ⓓ 終於

7. 隨著社會快速進步，人們對宗教_____的觀念不如以往。
   Ⓐ 信念　　　Ⓑ 信仰　　　Ⓒ 信心　　　Ⓓ 迷信

8. 學校生活算是進入社會前的暖身，畢業後_____的職場和社會是更加複雜的。
   Ⓐ 體驗　　　Ⓑ 體面　　　Ⓒ 面前　　　Ⓓ 面對

9. 他沒有什麼生活_____，不知道生活中要追求什麼。
   Ⓐ 目的　　　Ⓑ 目標　　　Ⓒ 目的地　　　Ⓓ 目的物

10. 對於表姊選擇自殺結束生命的做法，她的家人始終_____理解。
    Ⓐ 難以　　　Ⓑ 難免　　　Ⓒ 難道　　　Ⓓ 難得

11. 在辛苦的工作後，誰都受不了回到家還要聽老婆的_____轟炸。
    Ⓐ 疲勞　　　Ⓑ 疲倦　　　Ⓒ 疲困　　　Ⓓ 疲乏

12. 哥哥畢業一年了，既不念研究所，也不去找工作，還經常把家裡的_____弄得很不愉快。
    Ⓐ 環境　　　Ⓑ 氣候　　　Ⓒ 氣息　　　Ⓓ 氣氛

13. 王太太並不常參加宗教活動，不過有時卻很_____，誰也勸不動。
    Ⓐ 著迷　　　Ⓑ 迷信　　　Ⓒ 迷思　　　Ⓓ 迷糊

三、選詞填空

(一)

　　東歐有一個青年叫奇克，從小就 __14__ 登山。18歲時就跟同伴登上歐洲最高峰——白朗峰。後來幾年，還陸續登上九座海拔超過4000公尺的高山。接著，他們的目標 __15__ 世界最高峰——珠穆朗瑪峰。攀登的申請條件和資格比較 __16__ ，於是奇克寫信請求擔任國際登山者協會常務理事的父親幫忙，因為這一直是他的夢想，然而父親的回信卻是希望他按照原來 __17__ 的計畫，一步一步完成目標。

　　於是奇克決定暫時放棄攀登最高峰的目標，好幾位登山好友都笑他沒 __18__ 。沒想到那一年卻傳來好友們挑戰最高峰失敗的消息，有人甚至因此而失去了生命。最後，奇克終於在2016年成功地登上最高峰。他非常感謝父親的建議以及支持，才阻止他遇到可能因過度自信而造成的危險。

14. Ⓐ 熱情　　　Ⓑ 熱愛　　　Ⓒ 熱烈　　　Ⓓ 熱心
15. Ⓐ 轉變　　　Ⓑ 轉動　　　Ⓒ 轉向　　　Ⓓ 轉達
16. Ⓐ 嚴肅　　　Ⓑ 嚴謹　　　Ⓒ 嚴厲　　　Ⓓ 嚴格
17. Ⓐ 預算　　　Ⓑ 預計　　　Ⓒ 預報　　　Ⓓ 預定
18. Ⓐ 志氣　　　Ⓑ 意願　　　Ⓒ 志願　　　Ⓓ 志向

(二)

　　有一個旅行家，在很年輕的時候就已環遊世界80餘國。環遊世界就是他的 __19__ ，當然他也早就 __20__ 了。雖然他長年旅居國外，但是最近他寫了一本《年輕就開始環遊世界》的中文書。他在書中提醒我們，年輕時最不該計較的事情有三件：時間、金錢、語言能力。

　　旅行或是到海外居留一段時間是年輕人給自己最好的禮物。人生一定會在這一次次的旅行中重新定位。只要 __21__ 計畫好你嚮往的地方，注意安全，勇敢去探險就行了。旅遊除了能增廣見聞，更重要的是要好好地 __22__ 並找尋自我重新出發的位置。記得別等到有錢、有閒，還有 __23__ 了流利的外語能力時才準備出國旅行。

19. Ⓐ 理想　　Ⓑ 夢想　　Ⓒ 作夢　　Ⓓ 理念
20. Ⓐ 實際　　Ⓑ 實行　　Ⓒ 實現　　Ⓓ 實施
21. Ⓐ 領先　　Ⓑ 事先　　Ⓒ 原先　　Ⓓ 先進
22. Ⓐ 思索　　Ⓑ 思路　　Ⓒ 思想　　Ⓓ 思慕
23. Ⓐ 必備　　Ⓑ 完備　　Ⓒ 設備　　Ⓓ 具備

四、材料閱讀

(一) 日記　✄

> Notes
>
> 2017年11月25日 星期六 晴天15度
>
> 　　今天中午跟高中同學約好先去聚餐，再去看湘齡大女兒跟她同學的雕塑油畫雙聯展。差不多是十年前才跟二十多年都沒消息的高中同學聯絡上。一轉眼高中畢業已經三十多個年頭了，到底為了什麼忙到連跟老同學聯絡的時間都沒有呢？這三十多年來大家為理想、為家人、為生活四處奔波忙碌。到了這階段也該跟老同學們聚一聚了吧。走過木棉道，來到相約的餐廳。沒想到才11點半這家餐廳已經六、七成滿了，難怪得預約才行。
>
> 　　吃了午飯，有人提議步行到教育大學去，因此才得以消耗一些熱量。走進了一個像是50年代的老舊房子裡，我們看到秀樺跟她同學的聯展，作品、燈光及陳列都很出色。秀樺以她母親湘齡的臉、外婆的手和爺爺的腳等做了一系列的雕塑。這次還展出她們在琉球交換研習一年中的攝影小品，她同學也展出攝影和油畫，她們才研究所二、三年級，小小年紀就有很多感人的作品，真是佩服。當然我們這些學過設計的阿姨們也借景留念，才不會辜負這好燈光、好背景。在回家的途中我們同聲感慨流失的黃金歲月，同時我們「四人幫」也相約至少半年見一次面，但願能相約到老。

24. 下面哪一個是對的？
　　Ⓐ 這所大學是她們的母校
　　Ⓑ 這是攝影及油畫展簡介
　　Ⓒ 大家為了生活而忙碌，只能一年見一次面
　　Ⓓ 來看展覽的這幾位長輩原本都是學設計的

25. 下面哪一個說法是對的？

Ⓐ 她們高中畢業三十年才聯絡上的

Ⓑ 11點半餐廳裡已經有六、七人了

Ⓒ 孩子們開展覽的成就提醒她們青春不再

Ⓓ 同學的孩子畫了一系列母親的臉、外婆的手等作品

(二) 雜誌

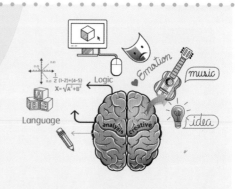

好習慣鍛鍊大腦更聰明

　　根據專家研究顯示，大腦在被迫接觸新事物時會產生新的神經路徑。當路徑越多時，思考就會越快，記憶力也越好。以下幾個好習慣的養成有助於大腦的鍛鍊。

　　首先看電視千萬得選擇教育性和益智性節目，免得大腦會衰弱。另外，常玩數獨或填字等益智遊戲、要打有益於思考的電玩、買東西時練習心算、常用非慣用的那隻手。

　　有機會的話常到不同地方旅行，強迫自己在陌生的環境以不同眼光處理或看待異國風俗習慣，並學習新語言，讓大腦更加敏銳，有助於防止記憶力退化之問題。

　　還有要養成閱讀的好習慣，如果能每天閱讀是最好不過了。要經常花時間查閱新詞彙或不熟悉的事物，關心不同的新主題，並且能深入了解相關文章更好，以便讓大腦神經隨時忙於思考和連結。

26. 上面這段內容主要在說明什麼？

Ⓐ 改變智商的幾個說明

Ⓑ 如何讓大腦長時間思考

Ⓒ 強迫自己到各地去留學

Ⓓ 培養強化大腦思考的好習慣

27. 依照上面這段內容，下面哪一個是對的？

Ⓐ 多打電玩有益身心健康

Ⓑ 對自己的專業深入地閱讀

Ⓒ 常訓練心算並使用慣用的手

Ⓓ 大腦接觸新事物時神經路徑越發達

五、短文閱讀

基德・威廉斯是藝術界最年輕的新星。許多父母只能把孩子的畫作貼在冰箱上面，但是來自蘇格蘭的基德在六歲時已經在專業畫廊中展出他的創作了。根據他父母的說法，他在幼兒時期跟別的孩子一樣，喜歡到處抓蟲子，在泥地裡玩耍。2015年，當五歲的他跟家人在海邊度假時，他看到船隻和風景，啟發了他的創作興趣。

起初他的圖畫跟一般的孩童沒什麼分別，但他持續地繪畫，並且逐漸地展現了他的天賦。父母為基德找到更專業的指導，而他進步神速，更令大家驚奇。隔年他創作了完全與線條簡單的兒童繪畫不同的風景畫和水彩畫，並在畫廊展出作品。在畫展中賣出19幅畫作，所得高達一萬四千英鎊。這個男孩的創作天才被稱許為有如大師級一般，不但轟動了全球，甚至不輸給當代最知名的藝術家。

28. 基德在幼兒時期跟其他孩童是否有差異？
    A 基德在幼兒時期跟其他孩子並不相同
    B 基德在幼兒時期跟其他孩子的發展並沒兩樣
    C 基德在幼兒時期已經超越其他同年齡的孩子了
    D 基德的父母從幼兒時期就發現他們的孩子與眾不同

29. 關於基德的家庭和生活，下面哪一個是對的？
    A 基德在幼兒時期跟其他孩子一樣好動、愛玩
    B 基德從小就到處去抓蟲子、玩泥巴，要成為建築家
    C 基德的父母親和家人也都是當代相當知名的藝術家
    D 基德從小就在海邊長大，並且只會畫海邊風景和水彩畫

30. 關於基德繪畫的成長，哪一項說法正確？
    A 基德從小就被繪畫老師以及指導教授稱為「天才藝術家」
    B 由於基德的創作非常奇特，因此讓一般人很驚奇且沒辦法接受
    C 基德的父母為基德找來了更專業的繪畫指導，而且他也進步神速
    D 基德在2016年的畫展中得到大師的稱讚而轟動了全球，還成為知名的藝術家

> **B. 關鍵詞語**

一、主題相關詞語

本單元出處	主題相關詞語
一、對話聽力1.	芭蕾舞、舞蹈、補償、逼、獨立、個體、意願
一、對話聽力2.	研究所、公務員、高考、難為、鼓勵、堅持
一、對話聽力3.	隔週、服務、平靜、宗教、信仰
一、對話聽力4.	不可開交、順利、萬事起頭難、平衡、能幹、收支
一、對話聽力5.	聚餐、禮貌、業務部、溝通、部門
三、選詞填空(一)	高峰、陸續、海拔、攀登、協會、挑戰
三、選詞填空(二)	長年、旅居、計較、居留、定位、嚮往、探險、增廣、見聞、找尋、具備
四、材料閱讀(一)	雕塑、油畫、聯展、一轉眼、年頭、奔波、階段、木棉道、相約、預約、提議、步行、消耗、熱量、陳列、出色、留念、辜負、感慨、流失、黃金歲月
四、材料閱讀(二)	根據、顯示、接觸、路徑、養成、鍛鍊、益智性、衰弱、益智遊戲、慣用、看待、敏銳、防止、退化、查閱、熟悉、涉獵、連結
五、短文閱讀	畫廊、展出、創作、時期、玩耍、啟發、起初、分別、持續、逐漸、展現、天賦、指導、神速、驚奇、轟動、當代、知名、藝術家

二、常用詞組

本單元出處	常用詞組	例句
一、對話聽力1.	鬧脾氣	她突然為了一件很小的事情鬧脾氣。
一、對話聽力2.	追求夢想	自古以來長生不老是人類追求的夢想之一。
三、選詞填空(二)	環遊世界	環遊世界去探索各地不同的風土民情。
四、材料閱讀(一)	消耗熱量	根據研究指出，同樣的運動，男性消耗的熱量要比女性多。
五、短文閱讀	啟發興趣	課堂上的暖身活動，重點在於啟發學生的學習興趣。

一個人的性格決定他的際遇
如果你喜歡保持你的性格，那麼，
你就無權拒絕你的際遇

Note

一、對話聽力

1. Ⓐ 這個社區沒什麼建築
    Ⓑ 有專人負責打掃人行道
    Ⓒ 所有的建築都是綠色的
    Ⓓ 社區居民會努力保持乾淨

2. Ⓐ 雜物間放滿了孩子的玩具
    Ⓑ 雜物間需要增加一些櫃子
    Ⓒ 他們要讓兩個孩子都搬到雜物間住
    Ⓓ 他們要把雜物間空出來，讓兩個孩子各有各的房間

3. Ⓐ 這位小姐抱怨她一直找不到滿意的房子
    Ⓑ 這位小姐沒有足夠的現金，所以沒把新房子買下來
    Ⓒ 這位小姐覺得現在的房子大了一點，所以想換房子
    Ⓓ 這位小姐已經跟銀行貸款成功了，很快就可以買房

4. Ⓐ 她覺得一個人住很孤單
    Ⓑ 她把大房子賣掉以後覺得不太適應
    Ⓒ 她覺得大房子沒有小房子容易整理
    Ⓓ 她怕兒女不自在，所以不跟兒女住

5. Ⓐ 因為他不怕噪音跟汙染
    Ⓑ 因為這裡是市區，比郊區繁榮
    Ⓒ 因為他認為這一區的房價以後會漲
    Ⓓ 因為他覺得這裡的生活品質比較好

二、完成句子

6. 這間中古公寓內部的設備有點舊，不過_____有山有水，居住品質還不錯。
    Ⓐ 四周　　　　Ⓑ 四處　　　　Ⓒ 四方　　　　Ⓓ 四季

7. 北台灣的居住型態正在悄悄地_____，「跟著捷運找房子」成為普遍的現象。
    Ⓐ 運轉　　　　Ⓑ 轉變　　　　Ⓒ 移動　　　　Ⓓ 行動

8. 這間老房子必須＿＿＿＿更換老舊的水電、門窗，才能住人。
   Ⓐ 全家　　　　Ⓑ 全體　　　　Ⓒ 全球　　　　Ⓓ 全面

9. 雖然這間公寓每個月要付的租金加管理費很高，但因為管理＿＿＿＿，讓王小姐住了兩年還是捨不得搬。
   Ⓐ 完畢　　　　Ⓑ 完善　　　　Ⓒ 改善　　　　Ⓓ 改進

10. 我搬到這棟新大樓以後，＿＿＿＿使用游泳池、健身房和視聽室等公共設備。
    Ⓐ 時常　　　　Ⓑ 時刻　　　　Ⓒ 時機　　　　Ⓓ 時期

11. 有的人認為鄰居會影響居住安全，因此希望鄰居越＿＿＿＿越好。
    Ⓐ 單位　　　　Ⓑ 單調　　　　Ⓒ 單純　　　　Ⓓ 單身

12. 由於這所高中升學＿＿＿＿高，吸引了很多學生就讀，讓附近的房子供不應求。
    Ⓐ 比　　　　　Ⓑ 數　　　　　Ⓒ 量　　　　　Ⓓ 率

13. 這家建設公司推出的新房子＿＿＿＿好像城堡，讓人有種住在國外的感覺。
    Ⓐ 外界　　　　Ⓑ 外觀　　　　Ⓒ 外科　　　　Ⓓ 外行

三、選詞填空

(一)　「我們＿14＿買到自己喜歡的房子了！」這個時候別高興得太早，因為接下來還有更大的挑戰在等著你，那就是裝修。第一次裝修房子內部，一不小心就會超過預算，還不一定能得到滿意的＿15＿。因此裝修前千萬不要＿16＿麻煩，一定要先做功課。例如，剛成家的新人都想把自己的新房＿17＿成夢想中的樣子，但是最好先弄清楚自己的需求，以及家中的每個空間要怎麼使用，並且也將未來的換屋計畫考慮進去。這樣才能讓裝修的每一分錢，＿18＿最大的效果。

14. Ⓐ 終於　　　Ⓑ 關於　　　Ⓒ 於是　　　Ⓓ 由於
15. Ⓐ 成分　　　Ⓑ 成就　　　Ⓒ 成果　　　Ⓓ 後果
16. Ⓐ 惹　　　　Ⓑ 躲　　　　Ⓒ 招　　　　Ⓓ 嫌
17. Ⓐ 陳列　　　Ⓑ 安頓　　　Ⓒ 佈置　　　Ⓓ 複製
18. Ⓐ 發覺　　　Ⓑ 發動　　　Ⓒ 發射　　　Ⓓ 發揮

（二）

　　近來，「住在陌生人家裡」在全球各地流行起來。除了可以省錢以外，還可以賺到 __19__ 的經驗。只要在「換屋旅遊」網站上 __20__ ，你就可以免費獲得旅遊當地民宅、城堡、農莊或船屋等出租的消息，再按照個人的預算和喜好來選擇住處。有經驗的人表示，別人家的設備當然不如旅館 __21__ ，也沒有客房服務；但只要 __22__ 挑選，一樣可以找到舒適的住處。出發前多看多比較，就能把 __23__ 降到最低。

19. Ⓐ 突出　　　Ⓑ 獨特　　　Ⓒ 優越　　　Ⓓ 出色
20. Ⓐ 註冊　　　Ⓑ 訂位　　　Ⓒ 掛號　　　Ⓓ 開戶
21. Ⓐ 充分　　　Ⓑ 精細　　　Ⓒ 齊全　　　Ⓓ 周到
22. Ⓐ 嚴肅　　　Ⓑ 仔細　　　Ⓒ 熟練　　　Ⓓ 隨意
23. Ⓐ 風險　　　Ⓑ 危機　　　Ⓒ 限制　　　Ⓓ 災害

四、材料閱讀

（一）報紙專欄

裝修新手須知

★老舊的地板最好部分換新或視情況整理，不必全部拆掉。
★本地材料也有不少便宜選擇，不需要特別使用進口材料。
★使用同一系統的家具，搭配少量的活動家具，成本比較低。
★利用裝窗簾、裝燈具等方式改造氣氛，用小錢就有明顯的效果。
★減少不必要的改裝，像把牆打掉或改變室內隔間等大工程，免得費時費神。

24. 要怎麼樣少花點錢，達到裝修的效果？
　　Ⓐ 用進口的材料　　　　　　　Ⓑ 減少窗簾或燈具
　　Ⓒ 把家具都換成活動家具　　　Ⓓ 地板只要部分換新就好

25. 什麼是裝修新手應該避免的？
　　Ⓐ 整理地板　　　　　　　　　Ⓑ 做大工程
　　Ⓒ 使用本地材料　　　　　　　Ⓓ 裝窗簾或裝燈具

(二) 採訪報導

·專·家·意·見·

裕太社區是本市數一數二的高水準社區。本社區人口密度低，開發密度也低，又安靜又乾淨。另外，街道都規畫得很整齊，看起來十分美觀，吸引不少注重居住品質的家庭搬進來。除少數以外，本區大多為獨立房子，居民都有私人汽車。

·住·戶·說·法·

這裡的治安、居民水準都不錯，住起來很放心。附近郵局、銀行、區公所、學校等都有，大型超市也不遠，生活圈很成熟。再加上現在房價比當初買的時候漲了兩倍，真的沒想到會漲這麼多。要是現在把房子賣掉，我就買不回這區了。因此，雖然房貸壓力很大，但我覺得很值得，覺得自己的眼光是正確的，所以一點也不後悔。

26. 根據專家意見，這一區怎麼樣？
　　Ⓐ 街道十分整齊美觀　　　　　　Ⓑ 社區內大部分都是公寓型房子
　　Ⓒ 因為沒什麼開發，所以水準較低　Ⓓ 大多數的居民都依賴公車出入社區

27. 根據住戶的說法，沒提到下面哪一項？
　　Ⓐ 環境安全　　　　　　Ⓑ 購物方便
　　Ⓒ 房價上漲　　　　　　Ⓓ 物價水準

28. 這個居民認為這一區的房子怎麼樣？
　　Ⓐ 賣不掉　　　　　　　Ⓑ 房價漲得不夠高
　　Ⓒ 貸款來買也很值得　　Ⓓ 買了以後有一點後悔

五、短文閱讀

一般人的住宅是沒有辦法常常換的。雖然市面上房子的選擇很多,卻不能像服裝一樣想換就換。主要原因當然是房價高,平常人的薪水只夠付生活費,如果沒有貸款是買不起的。而大部分的人就算靠房貸買了第一間房,用一、二十年的時間還貸款都來不及,哪裡有閒錢換第二間房?

華人向來重視安家的觀念,換房等於重新安家。對他們來說,換屋不僅是換個房子住而已,同時也是離開本來熟悉的居住環境,相當於用一種全新的方式生活。沒人能否認,搬家非常吃力,因此很多人能夠不搬家就不要搬家,當然換房子也就不會那麼積極了。

29. 根據這篇文章,為什麼一般人很少換房子?
A 市面上的房子沒什麼選擇
B 有房貸的人忙得沒有時間去找第二間房
C 大部分的人為了還貸款而沒有多餘的錢換房
D 平常人的薪水連付生活費都不夠,當然也買不起房子

30. 華人對換房子的觀念怎麼樣?
A 搬家只是換個房子住而已
B 他們並不認為搬家是很吃力的
C 人的一生不能不搬家,所以要積極換房
D 離開以前熟悉的居住環境,等於開始過一種全新的生活

B. 關鍵詞語

一、主題相關詞語

本單元出處	主題相關詞語
一、對話聽力1.	綠化、人行道、建築、環境、美化、專人、居民
一、對話聽力2.	增加、擠、雜物間
一、對話聽力3.	滿意、貸款、抱怨
一、對話聽力4.	退休、適應、孤單、整理
一、對話聽力5.	開發、繁榮、噪音、汙染、受不了、轉賣
三、選詞填空(一)	挑戰、裝修、預算、成果、嫌、惹、佈置、考慮、發揮
三、選詞填空(二)	流行、省錢、獨特、民宅、城堡、農莊、船屋、喜好、舒適、風險
四、材料閱讀(一)	老舊、拆掉、選擇、進口、搭配、改造、氣氛、明顯、改裝、隔間、費時、費神
四、材料閱讀(二)	建設、水準、密度、規劃、美觀、治安、生活圈、成熟、房貸、眼光、後悔
五、短文閱讀	閒錢、安家、熟悉、相當於、否認、吃力、積極

二、常用詞組

本單元出處	常用詞組	例句
一、對話聽力2.	各住各的 （各V各的）	學生常一起去吃飯，但常是各付各的錢。
三、選詞填空(一)	嫌麻煩	關於在研討會上販售書籍，有些廠商嫌申請麻煩，就不願意參加了。
三、選詞填空(一)	發揮效果	一般選手在冬季的表現比較差，大約只能發揮出平常百分之八十至九十左右的訓練效果。
三、選詞填空(二)	設備齊全	雖然禮堂外表古老，但內部設備相當齊全，燈光、音響、麥克風和鋼琴等設備一應俱全。
三、選詞填空(二)	降低風險	那家大公司在積極研究採行直營及加盟體系並行的可行性，以便降低總公司的經營風險。
四、材料閱讀(二)	注重品質	國語中心注重教材的錄音品質，錄音前必須先審核錄音者的咬字、發音及說話的腔調。

A. 測驗練習

一、對話聽力

1. Ⓐ 山的走向會影響生物的生存
   Ⓑ 冰河碰到山就會發展成東西走向
   Ⓒ 有的冰河是東西走向，有的是南北走向
   Ⓓ 在南北走向山區的生物無法到東方或西方去

2. Ⓐ 當地市區有垃圾及牛大便
   Ⓑ 印度「泰姬瑪哈陵」外牆變色了
   Ⓒ 印度「泰姬瑪哈陵」是世界七大奇景之一
   Ⓓ 解決印度「泰姬瑪哈陵」外牆變色的對策

3. Ⓐ 抓不住的風很難讓科技利用
   Ⓑ 她覺得這位浪漫的先生很無趣
   Ⓒ 她告訴這位先生風力發電機如何發電
   Ⓓ 她覺得人類創造出來的人文科技景觀令人感動

4. Ⓐ 惡劣環境使生物無法生存
   Ⓑ 植物被動物吃了就消失不存在了
   Ⓒ 這裡的惡劣環境說的是動植物太少
   Ⓓ 植物會演化改變，讓自己生長緩慢且不高大

5. Ⓐ 人類無法強勢地影響到生態環境
   Ⓑ 因為植物的演化使熱帶的台灣也有冷溫帶的植物
   Ⓒ 植物能存活下來的原因之一是經濟利用價值不高
   Ⓓ 台灣鐵杉是因為能強勢地適應環境，所以存留下來的多

二、完成句子

6. 雖然是暑假的露營，但在下過一_____大雨後，還是帶來了一些寒意呢。
   Ⓐ 股　　　　Ⓑ 番　　　　Ⓒ 陣　　　　Ⓓ 片

7. 受到全球溫度升高的影響，冰川_____的速度加快了。

Ⓐ 融合　　　　Ⓑ 融化　　　　Ⓒ 暖化　　　　Ⓓ 暖和

8. 颱風、下雨、地震、火山爆發都是自然現象，可是也給人類社會帶來相當嚴重的自然_____。

Ⓐ 受傷　　　　Ⓑ 傷痛　　　　Ⓒ 錯誤　　　　Ⓓ 災害

9. 人類對外太空及海洋充滿了好奇，從古至今就_____了很多各種各樣的幻想故事。

Ⓐ 傳播　　　　Ⓑ 傳真　　　　Ⓒ 傳送　　　　Ⓓ 流傳

10. 中國古代建造的萬里長城是世界七大奇景之一，聯合國的教科文組織將長城_____世界文化遺產。

Ⓐ 排列　　　　Ⓑ 陳列　　　　Ⓒ 系列　　　　Ⓓ 列入

11. 這座寺廟是採用傳統建築方式建造的，整個建築_____顯得古色古香。

Ⓐ 規模　　　　Ⓑ 規格　　　　Ⓒ 風格　　　　Ⓓ 品格

12. 岩漿是由岩石在高溫下熔化成的_____狀物質。

Ⓐ 固體　　　　Ⓑ 氣體　　　　Ⓒ 液體　　　　Ⓓ 濃縮

13. _____這個詞的意思跟風景有關。

Ⓐ 山明水秀　　Ⓑ 水土不服　　Ⓒ 土裡土氣　　Ⓓ 天作之合

三、選詞填空

（一）　　龐貝城位在義大利南部維蘇威火山山腳下，在西元79年8月24日中午，火山突然 __14__ 了。噴出的大量火山灰在很短的時間內就把龐貝城 __15__ 在底下了， __16__ 龐貝城在六公尺深的火山灰下，靜靜地度過了一千多年。

　　一般來說，火山除了噴出火山灰以外，還會流出滾燙的岩漿，或是冒出大量水蒸氣，看到這些地形或現象，就知道這兒的火山還在活動。火山和地震有 __17__ 的關係，所以火山地帶也是地震地帶。但是到目前為止，科學家還是無法 __18__ 火山的爆發或是地震的發生。

14. Ⓐ 爆炸　　　Ⓑ 爆發　　　Ⓒ 爆出　　　Ⓓ 爆破
15. Ⓐ 埋　　　　Ⓑ 燒　　　　Ⓒ 藏　　　　Ⓓ 滿
16. Ⓐ 終於　　　Ⓑ 由於　　　Ⓒ 一向　　　Ⓓ 從此
17. Ⓐ 密切　　　Ⓑ 親切　　　Ⓒ 親近　　　Ⓓ 親熱
18. Ⓐ 停止　　　Ⓑ 禁止　　　Ⓒ 阻止　　　Ⓓ 為止

（二）

　　「自然環境」是由土壤、岩石、地形、水、氣候、生物等 __19__ 的，自然環境直接影響著人類的飲食、穿著、居住、交通、休閒、娛樂等，跟人類的生活關係密切。

　　一般來說，我們眼睛看到的所有自然 __20__ 的景象，就是「自然景觀」，像森林、河流、高山、沙漠、春天的花、秋天的紅葉等。而有些景觀是人類利用資源所造成的，就 __21__ 「人文景觀」，像城市、房屋、稻田、農場、交通工具等，都跟人類的生活方式有關。

　　所有生物在各自的環境中取得資源而 __22__ 、延續生命。從環境生態教育中，人們認識到自然環境與人文環境互動的生態關係，進一步了解人類在自然環境、人文景觀、經濟發展活動中所要 __23__ 的種種問題，也因此而能更關心注重人類為了生存與發展，在自然環境和人文環境互動中應有的行為和態度。

19. Ⓐ 合成　　　Ⓑ 構成　　　Ⓒ 成立　　　Ⓓ 成就
20. Ⓐ 蓋成　　　Ⓑ 現成　　　Ⓒ 形成　　　Ⓓ 達成
21. Ⓐ 稱為　　　Ⓑ 名稱　　　Ⓒ 稱謂　　　Ⓓ 所謂
22. Ⓐ 增長　　　Ⓑ 延長　　　Ⓒ 完成　　　Ⓓ 成長
23. Ⓐ 相對　　　Ⓑ 面對　　　Ⓒ 對待　　　Ⓓ 對付

四、材料閱讀

(一) 唐詩

《登鸛雀樓》這首詩是唐代有名的詩人王之渙寫的：

《登鸛雀樓》

白日依山盡
黃河入海流
欲窮千里目
更上一層樓

24. 這首唐詩裡<u>沒有</u>說到下面哪一個地形？

Ⓐ 山　　　　　Ⓑ 河　　　　　Ⓒ 海　　　　　Ⓓ 路

(二) 公告

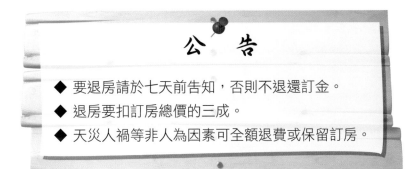

公　告

◆ 要退房請於七天前告知，否則不退還訂金。

◆ 退房要扣訂房總價的三成。

◆ 天災人禍等非人為因素可全額退費或保留訂房。

25. 什麼樣的情況下<u>不全部</u>退費？

Ⓐ 海嘯　　　　Ⓑ 地震　　　　Ⓒ 颱風　　　　Ⓓ 七天前告知

（三）氣象報導 ✂

〔記者王大明／台北報導〕

氣象局預報，台灣受到東北季風逐漸增強的影響，明天將給北部、東北部帶來雨量。

中南部地區也有降雨的可能，但春雨雨量有限，並不能解決長期所造成的乾旱缺水的問題。

中南部想要出現較強的下雨情況，恐怕要等到五月的梅雨季。

26. 從這段報導可以看出最近台灣氣候的問題是什麼？
    Ⓐ 東北季風增強了
    Ⓑ 帶來過量的雨水
    Ⓒ 雨量有限雨水不夠
    Ⓓ 擔心梅雨季節的到來

27. 按照這段新聞內容，下面哪一個是<u>不對</u>的？
    Ⓐ 這是氣象局預報員的報導
    Ⓑ 中南部缺水問題不是短時間造成的
    Ⓒ 梅雨季節有可能解決乾旱缺水問題
    Ⓓ 東北季風給各地帶來或多或少的雨量

五、短文閱讀

「自然環境」有自然景觀、人文景觀。在自然環境下所形成的人類生活方式以及習俗文化，就是「人文景觀」。而人類的宗教信仰儀式及活動就是相當具有特色的人文景觀之一。

台灣一年一次的「大甲媽祖遶境進香活動」被列為世界三大宗教盛事之一，近幾十年來，它的行程從七天六夜延長到現在的九天八夜，成千上萬的信徒一路步行，跟著媽祖遶境進香，路程來回長達兩、三百公里，信徒們透過媽祖的慈悲情懷，結合宗教、文化與眾人的力量，消災祈福，獲得心靈的撫

慰。而這場宗教文化盛事規模越來越大，不只本地信徒參加，更吸引了國外的觀光客相隨，一路上認識台灣文化、了解台灣宗教習俗。

另外一個也被列為世界三大宗教盛事之一的是「麥加朝聖之旅」。來自全球各地不論什麼階級地位的穆斯林回教信徒，來到沙烏地阿拉伯聖城麥加附近，全心準備朝聖前的身心潔淨儀式，並展開各項朝聖祈禱活動，圍著聖殿來回往返轉圈遊走，進行心靈重生探索。

「天主教梵蒂岡的聖誕子夜彌撒」也是世界三大宗教盛事之一，這是在聖誕夜時由教宗在聖伯多祿大教堂主持的子夜彌撒，傳遞耶誕的喜訊及祝福，並祈禱世界和平。當天會有大批來自世界各地的觀光客和天主教信徒來到這裡參加子夜彌撒、參觀博物館和教堂等宗教、藝術的觀光活動。

28. 這是一篇什麼樣的短文？
Ⓐ 介紹有名的旅遊行程
Ⓑ 介紹有名的地理景觀
Ⓒ 介紹宗教信仰的種類
Ⓓ 介紹有名的宗教活動

29. 下面哪一個<u>不是</u>這篇短文提到的人文景觀？
Ⓐ 生活方式
Ⓑ 風俗文化
Ⓒ 宗教儀式
Ⓓ 地形環境

30. 下面哪一個宗教活動<u>不強調</u>走路？
Ⓐ 麥加朝聖之旅，圍著聖殿轉圈遊走
Ⓑ 大甲媽祖遶境進香活動，一路跟隨兩三百公里
Ⓒ 國內外的觀光客跟著媽祖遶境，了解台灣宗教習俗
Ⓓ 各地觀光遊客及信徒，參加天主教梵蒂岡的耶誕子夜彌撒

B. 關鍵詞語

一、主題相關詞語

本單元出處	主題相關詞語
一、對話聽力1.	走向、生態、冰河、穿過、生存、長遠
一、對話聽力2.	泰姬瑪哈陵、求救、根據、報導、汙染、排放、廢氣、禁止、規定、天然氣
一、對話聽力3.	浪漫、科技、發電、風車、設備、詩意、文明、壯觀、創造
一、對話聽力4.	攝氏、移動、演化、特殊、構造、惡劣、冬眠、提供、依靠
一、對話聽力5.	林木、冷溫帶、鐵杉、砍、保留、強勢
三、選詞填空(一)	爆發、噴出、埋、滾燙、岩漿、火山灰、水蒸氣、密切、阻止
三、選詞填空(二)	土壤、岩石、構成、延續、生態
四、材料閱讀(一)	唐詩
四、材料閱讀(二)	告知、天災、人禍、海嘯、人為、因素、全額、退費、保留
四、材料閱讀(三)	預報、乾旱、缺水、梅雨
五、短文閱讀	宗教、信仰、信徒、儀式、進香、朝聖、心靈、情懷、祝福、祈禱、延長、規模、吸引

二、常用詞組

本單元出處	常用詞組	例句
一、對話聽力2.	向……求救	瀕臨黑海的俄羅斯和土耳其已向世界科學界求救，希望共同研究，找出解救黑海的方法來。
二、完成句子9.	流傳……故事	流傳在中秋夜吃月餅傳遞信息的故事，是中秋節的由來之一。
三、選詞填空(二)	由……構成	對人類來說，水的重要性僅次於空氣，成人體重百分之六十到七十是由水構成的。

生命，那是大自然付給人類去雕琢的寶石

Note

> ### A. 測驗練習

一、對話聽力

1. Ⓐ 多雨的氣候跟東南季風有關
   Ⓑ 宜蘭人把鴨肉做成鴨賞可以延長保存時間
   Ⓒ 因為宜蘭地形高的關係，留下大量的水氣
   Ⓓ 因為沒有足夠的地下水，才發展溫泉產業

2. Ⓐ 台東沒有好米帶，花蓮才有
   Ⓑ 好米帶的米比一般的米早熟二十到三十天，才這麼好吃
   Ⓒ 台東的水源本來很純淨，後來卻受到工業、廢氣和重金屬的汙染
   Ⓓ 好米帶在山谷裡，氣候的特色是太陽遲到早退，減少稻米的日照時間

3. Ⓐ 法國出產的蘋果超過40種
   Ⓑ 法國蘋果在亞洲的外銷量近來持續上升
   Ⓒ 當地果農花了四到五年的時間研究新品種
   Ⓓ 蘋果在法國的年銷量佔當地水果市場的百分之五

4. Ⓐ 東方美人茶能為台灣爭光是因為品質好
   Ⓑ 東方美人茶是一種加了新鮮蜂蜜和水果的台灣茶
   Ⓒ 桃園、新竹一帶因為土質、氣候的關係，缺少種茶的條件
   Ⓓ 台灣的中南部山地早晚溫差不太大，適合種植東方美人茶

5. Ⓐ 這棟建築是老房子，比不上冬暖夏涼的現代建築
   Ⓑ 當時林家生活的各種用品及器具並沒被保存下來
   Ⓒ 這棟建築現在改成一座休閒農場，讓一般人參觀
   Ⓓ 這棟建築有一百二十年歷史，林家子孫現在還住在那裡

二、完成句子

6. 台灣擁有良好的氣候和_____的地理條件，是出產高品質茶葉的重要因素。
   Ⓐ 超越　　　Ⓑ 優越　　　Ⓒ 優美　　　Ⓓ 優惠

7. 近年來冬季氣候更加寒冷了，因此不少家庭開始_____浴室，加裝暖氣設備。
   Ⓐ 修正　　　Ⓑ 改正　　　Ⓒ 改革　　　Ⓓ 改造

8. _____的日照和溫暖的氣候，最適合葡萄生長，許多知名的葡萄酒產區都具備這樣的氣候條件。
   Ⓐ 充實　　　Ⓑ 充足　　　Ⓒ 充滿　　　Ⓓ 補充

9. 氣象專家透過溫度、雨量等資料來_____一個地區的氣候特點。
   Ⓐ 分明　　　Ⓑ 分配　　　Ⓒ 分佈　　　Ⓓ 分析

10. 出產阿拉比卡咖啡豆的巴西，因為氣溫年年_____，年產量也越來越不穩定。
    Ⓐ 上級　　　Ⓑ 上升　　　Ⓒ 上述　　　Ⓓ 上市

11. 當天然_____來臨時，新鮮蔬菜缺乏，加工食品就成為食物主要的來源之一。
    Ⓐ 災害　　　Ⓑ 災難　　　Ⓒ 侵害　　　Ⓓ 水災

12. 按照傳統的節氣，我們可以判斷一年中各種天氣現象出現的時間，不過由於氣候變遷的關係，也有人認為如今節氣並不_____。
    Ⓐ 確實　　　Ⓑ 的確　　　Ⓒ 準確　　　Ⓓ 明確

13. 多種植一棵_____，就是對環境多一分友善，讓環境更適合人類居住。
    Ⓐ 蔬菜　　　Ⓑ 樹葉　　　Ⓒ 樹林　　　Ⓓ 樹木

三、選詞填空

(一)　　地中海位於歐亞非的 14 處，是世界古老的海洋。 15 的地中海氣候為夏季乾熱、冬季濕暖。這種氣候上的特點特別適合種植葡萄及橄欖。古代的地中海國家，就把當地出產的葡萄酒及橄欖油 16 到其他地區，去換取像小麥這種可以當作主食的糧食和農作物。除此以外，地中海供應的各種魚和海鮮， 17 以來就是居民們研發料理的主角。還有殖民時代帶進許多外來蔬菜的種子，本區溫暖晴朗的天氣提供了優良的 18 環境。

14. Ⓐ 交界　　　Ⓑ 交際　　　Ⓒ 交易　　　Ⓓ 交代

15. Ⓐ 經典　　　Ⓑ 古典　　　Ⓒ 典型　　　Ⓓ 典禮

16. Ⓐ 運用　　　Ⓑ 運送　　　Ⓒ 運轉　　　Ⓓ 轉達

17. Ⓐ 長處　　　Ⓑ 長度　　　Ⓒ 長途　　　Ⓓ 長久

18. Ⓐ 生長　　　Ⓑ 生存　　　Ⓒ 誕生　　　Ⓓ 衛生

(二)　　雲林西螺是全台最大的蔬菜產地，這裡的葉菜產量 __19__ 全國近半。但是這些菜從產地到餐桌，往往 __20__ 耗損達40%。農民表示，這些菜長度要齊，外表要漂亮，否則送到市場會破壞 __21__ 。因為氣候或其他因素，如颱風等，使賣相不佳的葉菜遭受被丟棄的 __22__ 。更別說，葉菜類 __23__ 保存時間有限，時間一到就只能當廢物處理。

19. Ⓐ 占　　　Ⓑ 集　　　Ⓒ 含　　　Ⓓ 至

20. Ⓐ 大膽　　　Ⓑ 大量　　　Ⓒ 大都　　　Ⓓ 大致

21. Ⓐ 信件　　　Ⓑ 信用　　　Ⓒ 信任　　　Ⓓ 信仰

22. Ⓐ 運輸　　　Ⓑ 運用　　　Ⓒ 命令　　　Ⓓ 命運

23. Ⓐ 通常　　　Ⓑ 經常　　　Ⓒ 時常　　　Ⓓ 照常

四、 材料閱讀

(一) 新聞報導 ✂

　　本縣有非常優質的農產品，深受地方鄉親及觀光客的喜愛，但因通路不普及，使市場銷路有限。縣府今年積極建立行銷通路，在高鐵站內設立物產館後，又在縣府辦公大樓內也成立物產館，擴大銷售範圍。

　　館內展示上百種本地農特產，品項豐富，從美味又營養的地瓜、豬肉乾到咖啡等名產都很齊全，南來北往的旅客可以一次買到優質的伴手禮，送禮或自用都很適宜。

　　本縣物產館昨天正式開幕，除了產品展示外，同時融入當地傳統產業發展，及商家成功品牌的故事，是了解當地物產的最佳場所，歡迎民眾參觀；若要購買產品，直接用手機掃瞄商品條碼，即可向商家訂購，該館不提供現貨。

24. 縣府成立物產館主要的目的是什麼？
   Ⓐ 幫助民眾就業　　Ⓑ 建立行銷通路
   Ⓒ 發展觀光產業　　Ⓓ 提高農產產量

25. 有關本縣物產館，下面哪一個是對的？
   Ⓐ 目前尚未正式開幕
   Ⓑ 可以利用商品條碼直接跟商家訂購
   Ⓒ 展示販售上百種當地的農特產品，並供應現貨
   Ⓓ 展示的品項豐富，包括台灣南北各地的農產品

（二）海報 ✂

新竹 米粉貢丸節
——認識在地美食文化

活動訊息

日期：11月5日
時間：10:00-17:00
地址：300 新竹府後街58號（北大路青少年館
　　　　旁草地）
臉書搜尋關鍵字：2017新竹米粉貢丸節

相關活動

- 抽限量復古禮袋：臉書按讚即可抽獎
- 創意料理共食餐桌計畫：臉書留言報名，當天就有機會跟神秘嘉賓共進午餐
- 新竹微旅行：與本次活動合作的飯店都有住房優惠，歡迎您來一趟新竹之旅

當天活動流程

時間	活動	時間	活動
10:00-10:30	萬花童故事屋 （歡迎小朋友一起來聽故事）	13:40-14:00	戲說貢丸一百年 （認識貢丸小故事，有獎問答送好禮）
10:30-10:50	戲說米粉小故事 （認識米粉小故事，有獎問答送好禮）	14:00-14:10	貢丸界資深大師特別貢獻獎 （頒獎活動）
10:50-11:00	米粉界資深大師特別貢獻獎 （頒獎活動）	14:15-14:45	搥貢丸體驗 （由在地師傅指導，體驗傳統老技藝）
11:00-11:30	披米粉體驗 （由在地師傅指導，體驗傳統老技藝）	14:45-15:15	闖關真好丸（趣味遊戲Part2）
11:30-11:45	闖關真好丸（趣味遊戲Part1）	15:15-16:00	貢丸寶寶競選大賽總決賽 （請先到臉書投票喔！）
11:45-12:00	市長貴賓上台致詞 （市長及型男主廚陳德嘉）	16:00-16:40	米粉頭時尚走秀活動 （當個米粉頭模特兒！）
12:00-13:30	上菜囉！創意料理共食餐桌 （品嚐懷念的媽媽風味米粉）	16:40-17:00	米粉貢丸業者大合照 （活動圓滿結束！）

26. 根據活動流程，請問當天活動現場可以體驗什麼活動？
   Ⓐ 跟型男主廚陳德嘉學做創意料理
   Ⓑ 米粉和貢丸業者免費送米粉和貢丸
   Ⓒ 帶媽媽參加炒米粉大賽並品嚐米粉
   Ⓓ 跟當地的師傅學習如何披米粉和捶貢丸

27. 關於這個活動的主題和用意，下面哪一個是對的？
   Ⓐ 這是以青少年為主要對象的手作活動
   Ⓑ 這是當地旅遊業者所推出的一日觀光行程
   Ⓒ 這是以推廣新竹的傳統美食為主的文化節
   Ⓓ 這是當地土產業者為了促銷而舉辦的行銷活動

五、短文閱讀

秋天的金門是最耀眼的，到處都是染上美麗金黃色的高粱田。高粱可說是金門的代表作物，高粱酒更是金門的明星商品。

金門氣候少雨，主要種植大量的高粱及小麥。憑著絕佳的水質、空氣品質、氣候和原料這四大釀酒的條件，再加上金門曾是戰地，有獨特的坑道，坑道內濕氣重，對製酒有利，因此才釀出獨一無二的金門高粱酒。

金門因無重工業汙染，又為鄰近大陸的離島，氣候同時受大陸型和海洋型氣候影響，空氣特別清新自然，間接製造出品質良好的酒。金門的水質富含有機物和稀少礦物質，更能直接增進酒的香甜。

很多愛好白酒的人士喜歡收藏金門高粱酒，商家提醒以下幾個保存注意事項：應放在陰涼、乾燥、通風和清潔的地方。避免受到陽光直曬，或放在高溫之下，否則容易造成酒液蒸發，更不可放在車廂內，長時間受熱恐會爆瓶。在良好的保存條件下，高粱酒並沒有保存期限，但時間久了會自然蒸發，容量減少，酒精濃度下降，這些都屬於正常現象。開瓶後應盡量在短期內飲用完畢。

28. 關於金門，下面哪一個是對的？
   Ⓐ 獨特的坑道是為了釀酒而挖的
   Ⓑ 除了高粱，小麥也是主要作物
   Ⓒ 因為是離島，受海洋影響而多雨
   Ⓓ 因為鄰近大陸，所以是大陸型氣候

29. 能增進高粱酒香甜風味的因素是什麼？
   Ⓐ 空氣的品質
   Ⓑ 高粱的產量
   Ⓒ 水質的特性
   Ⓓ 坑道的濕氣

30. 該如何保存金門高粱酒？
   Ⓐ 可置放在低溫、清潔的冰箱內
   Ⓑ 遠離高溫的環境，以避免酒液蒸發
   Ⓒ 不管是否已經開瓶，高粱酒都有一定的保存期限
   Ⓓ 若未開瓶，時間久了高粱酒酒精濃度也不會下降

B. 關鍵詞語

一、主題相關詞語

本單元出處	主題相關詞語
一、對話聽力1.	地形、潮濕、保存、蜜餞、溫泉、豐富、足夠、地熱、產業
一、對話聽力2.	稻米、廢氣、重金屬、純淨、溫和、美味、代名詞、山谷、遲到、早退、養分、口感
一、對話聽力3.	節節上升、長久、地大物博、根據、條件、挑選、品種、投入、心血、照料、工藝
一、對話聽力4.	香氣、特產、屬於、濕潤、具備、符合、外銷、肯定
一、對話聽力5.	傳統、三合院、建築、田野調查、古厝、反映、炎熱、隔熱、寒冷、保溫、冬暖夏涼、完整、保留、器具、聯想、情景、休閒農場、開放、參觀
三、選詞填空(一)	交界、古老、海洋、典型、供應、研發、殖民、晴朗、優良
三、選詞填空(二)	產地、耗損、信用、因素、賣相、遭受、丟棄、命運
四、材料閱讀(一)	優質、鄉親、通路、普及、銷路、建立、行銷、設立、擴大、範圍、品項、營養、齊全、南來北往、伴手禮、適宜、開幕、融入、品牌、場所、掃描、條碼、現貨
五、短文閱讀	耀眼、絕佳、釀酒、戰地、獨特、坑道、獨一無二、鄰近、離島、清新、間接、富含、稀少、增進、香甜、收藏、陰涼、乾燥、通風、清潔、避免、蒸發、車廂、容量、盡量、完畢

二、常用詞組

本單元出處	常用詞組	例句
一、對話聽力1.	發展產業	企業應該儘量利用政府的補貼政策，發展高科技產業。
一、對話聽力2.	成為……代名詞	科技發展日新月異，智慧型手機早已成為流行的代名詞。
一、對話聽力3.	佔……X分之Y	俗話說：三分天才七分學。就算天生聰明也只佔十分之三，還要靠十分之七的努力才會成功。
一、對話聽力3.	花心血	中國的詩詞不知花了詩人墨客多少心血，才能累積那些智慧的結晶，讓世人欣賞。
一、對話聽力4.	受到（……的）肯定	這是他第一次開演唱會，沒想到票很快就賣光了，受到歌迷的肯定，他很快就決定再辦第二場。
一、對話聽力5.	開放參觀	這個私人博物館平常不開放，只在五月開放一個月讓人參觀。
二、完成句子12.	由於……關係	由於位在熱帶的關係，這裡只有乾季雨季，沒有四季之分。
二、完成句子13.	適合居住	北方冬天會下雪，不適合鳥類居住，所以每到冬天，他們都要飛到南方避寒。

三分天注定，
七分靠努力

Note

A. 測驗練習

一、對話聽力

1. Ⓐ 人類汙染了農田，但是跟蜜蜂的消失沒有關係
   Ⓑ 世界上靠動物來傳播花粉的農作物不到三分之一
   Ⓒ 公園、高爾夫球場、家中的庭院並沒受到農藥汙染
   Ⓓ 沒有蜜蜂，很多蔬菜、水果、堅果類作物的收成就會受影響

2. Ⓐ 農藥濫用的問題對一般人來說是很陌生的
   Ⓑ 常被檢驗出多種混合農藥的不包括中藥藥材
   Ⓒ 人類大量使用農藥種植作物，卻造成濫用的問題
   Ⓓ 一般人都會注意食物中的農藥量，以及是否傷害地球和生態

3. Ⓐ 電子產品可以修理和升級，廢棄量就一定會減少
   Ⓑ 電子產品只有在廢棄過程中才會產生有毒、有害的物質
   Ⓒ 拆開廢棄的電子產品會影響人體健康，但不影響土地和水源
   Ⓓ 電子產品的設計、原料、加工是否對環境友好，也算是企業的責任

4. Ⓐ 這個工作可以交給後代子孫來做
   Ⓑ 保存冰川的目的是為後代子孫建立一個檔案資料室
   Ⓒ 科學家正在計畫把南極的冰運送到世界各地去儲存
   Ⓓ 冰川不會從地表消失，保存起來比珊瑚和樹木簡單

5. Ⓐ 有機咖啡只能向特定的供應商購買
   Ⓑ 因為市場不大，所以咖啡農不願意改種有機咖啡
   Ⓒ 傳統咖啡的種植對保護中南美洲的鳥類有很重要的意義
   Ⓓ 只有老人、生病的人才會接觸有機產品的觀念老早就過時了

二、完成句子

6. 北極危機不僅來自氣候變化，連石油鑽探、工業捕撈和航運等都是危險_____。
   Ⓐ 理由　　　　Ⓑ 因素　　　　Ⓒ 由來　　　　Ⓓ 為何

7. 人類過度捕魚及開採煤礦，加速海洋氣候變化，_____所有海洋生物。
   Ⓐ 刺激　　　　Ⓑ 要命　　　　Ⓒ 威脅　　　　Ⓓ 示威

8. 保護雨林，也是在保護_____雨林動物的家園。
   Ⓐ 無論　　　　Ⓑ 無數　　　　Ⓒ 無限　　　　Ⓓ 無意

9. 森林能維持二氧化碳和氧氣的_____，淨化空氣，如同地球的綠肺。
   Ⓐ 平常　　　　Ⓑ 平靜　　　　Ⓒ 平均　　　　Ⓓ 平衡

10. 電子產品的更新速度越來越快，加上消費量的空前成長，對地球環境_____巨大的影響。
    Ⓐ 結構　　　　Ⓑ 機構　　　　Ⓒ 構造　　　　Ⓓ 構成

11. 全球有百分之八十以上的魚類_____人類的過度捕撈，這對後代子孫來說是不負責任的行為。
    Ⓐ 遭受　　　　Ⓑ 感受　　　　Ⓒ 難受　　　　Ⓓ 忍受

12. 強颱、暴雨、冷熱_____的天氣，顯示如今氣候變化已超出人類的預期。
    Ⓐ 反抗　　　　Ⓑ 反面　　　　Ⓒ 反覆　　　　Ⓓ 反對

13. 對氣候有害的溫室氣體，主要來自如煤、石油、天然氣等傳統_____。
    Ⓐ 原料　　　　Ⓑ 燃料　　　　Ⓒ 燃燒　　　　Ⓓ 點燃

三、選詞填空

（一）

「台灣最美的圖書館」不但內部全由天然木材建造，而且設計上完全　14　節能減碳的要求。屋頂　15　太陽能光電板，以供應圖書館用電，並避免熱氣進入室內。另有　16　的排水系統，可把雨水等水資源回收，當作圖書館的用水。置身圖書館中，　17　牆上都裝了大片窗戶，光線好，還看得見戶外的綠草、大樹與小河。這就是北投圖書館，從捷運站走路去只要三分鐘，附近有生態公園、野溪溫泉、古蹟級的博物館，現在已經變成有名的　18　地點了。

14. Ⓐ 合乎　　　　Ⓑ 合法　　　　Ⓒ 合格　　　　Ⓓ 合適
15. Ⓐ 爭取　　　　Ⓑ 採取　　　　Ⓒ 採購　　　　Ⓓ 採用
16. Ⓐ 妥當　　　　Ⓑ 妥協　　　　Ⓒ 妥善　　　　Ⓓ 妥貼
17. Ⓐ 四季　　　　Ⓑ 四面　　　　Ⓒ 四處　　　　Ⓓ 四壁
18. Ⓐ 美觀　　　　Ⓑ 主觀　　　　Ⓒ 觀光　　　　Ⓓ 光臨

（二）

「垃圾不落地」的環保政策已在本地　19　多年，不過有部分不守法的民眾還是會隨地丟垃圾，造成環境髒亂。這不但　20　法律，也影響居家生活品質。

環保局說，在人力有限的情形下，想要有效　21　這種亂丟垃圾的行為，還是需要民眾與市區商家共同合作，居家週邊自己掃，共同　22　環境清潔，並配合垃圾清運時間，將垃圾交由垃圾車處理，以免　23　處罰。

19. Ⓐ 實在　　　　Ⓑ 實施　　　　Ⓒ 實驗　　　　Ⓓ 實現
20. Ⓐ 反應　　　　Ⓑ 反省　　　　Ⓒ 反而　　　　Ⓓ 違反
21. Ⓐ 不止　　　　Ⓑ 停止　　　　Ⓒ 制止　　　　Ⓓ 截止
22. Ⓐ 保護　　　　Ⓑ 維護　　　　Ⓒ 擁護　　　　Ⓓ 呵護
23. Ⓐ 受到　　　　Ⓑ 收到　　　　Ⓒ 達到　　　　Ⓓ 等到

四、材料閱讀

(一) 廣告 ✂

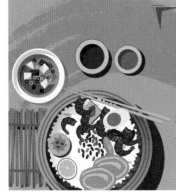

一個便當的花費不高，但為了處理一個用過的塑膠餐盒，我們的環境卻要付出相當高的代價。最後還會賠上人類的未來，說起來這一餐貴得不得了！當然也不值得。

如果您也有相同的感受，請選擇我們的替代方案，支持綠色消費。我們使用天然、低碳，台灣本地生產，並符合季節性的食材。所有的產品都通過政府的食品檢驗，而且採用木製餐盒。讓您安心食用，又盡到對環境友善的責任。

24. 這家公司的理念是什麼？
    Ⓐ 為了人類的未來，最好不要吃便當
    Ⓑ 為了安心，最好不要吃外面賣的便當
    Ⓒ 不應該為了吃一個便當而付很高的價錢
    Ⓓ 為了一個塑膠餐盒而賠上人類的未來並不值得

25. 關於這家公司提出的替代方案，哪一個對？
    Ⓐ 他們使用的食材都是進口的
    Ⓑ 他們不使用塑膠或木製餐盒
    Ⓒ 他們的產品都是政府檢驗合格的
    Ⓓ 支持綠色消費的好處是價錢不高

(二) 引言 ✂

本書介紹環境科學的基本觀念，省略複雜的公式，解釋方式十分清楚易懂。主題豐富，從空氣汙染、自來水和汙水處理、水汙染、噪音、廢棄物、臭氧層破洞到全球暖化等都包括在內，而且都以日常生活中的實例和科學證據來配合說明。適合想要快速認識目前環境科學發展狀況的一般讀者。

26. 請問這段文字提到的內容跟什麼有關？
　　Ⓐ 數學運算的公式
　　Ⓑ 全球化的經濟現象
　　Ⓒ 空氣、水等汙染問題
　　Ⓓ 大氣層是如何生成的

27. 根據這段文字，請選出最合適的書名。
　　Ⓐ 認識水資源
　　Ⓑ 環境科學入門
　　Ⓒ 全球暖化的真相
　　Ⓓ 認識環境保護政策

五、短文閱讀

　　紐西蘭的福克斯是一個只有300人的小鎮，但自1928年起，每年都吸引國際旅客前來進行冰川健行的活動，這也是鎮上居民主要的收入來源。

　　我曾參加過這樣的旅行團，團員必須負重，並且穿著冰鞋在冰上行走，一共需要6-7個小時，並不輕鬆。但這是體驗冰河景觀中最便宜的套裝行程，當時的價格大約是新台幣1500元左右。還記得當天，第一次面對一片白雪及藍冰的世界，我們都很興奮，但因為對健行路線很陌生，心裡也有點害怕會跟不上導遊而迷路，所以一直緊跟著導遊往前走。正當我們一步一腳印前進時，卻聽到天空傳來巨大的聲音。別擔心，並不是冰河掉下來了，而是來了一架直昇機，上面載滿了另一團旅客。那是高級的冰河體驗團，團費高出我們的六倍之多！冰川及周圍地帶都屬於世界自然遺產，受到國家的保護，領隊也需要豐富的知識才能擔任。健行雖然累，但這一趟讓我大開眼界！

　　最近我又看了報導，聽說如今當地由於冰川消退，一些原本的健行步道不能通行，搭直昇機成為唯一的辦法。很多旅客不在乎高價團費，仍然願意前往。然而，氣候暖化造成冰河不斷地消退，就怕再先進的科技也扭轉不了這種惡劣的情況，以後想看冰河也看不到了。

28. 下面哪一個是這篇短文的標題？
    Ⓐ 冰川健行體驗
    Ⓑ 紐西蘭的世界自然遺產
    Ⓒ 紐西蘭福克斯冰川介紹
    Ⓓ 氣候暖化對冰河景觀的影響

29. 作者參加冰河健行的情形，下面哪一個是對的？
    Ⓐ 走到一半時，擔心冰河會掉下來
    Ⓑ 覺得健行不如坐直昇機，讓人大開眼界
    Ⓒ 第一次面對一片冰雪世界，覺得很興奮
    Ⓓ 由於對健行的路線很陌生，跟不上導遊而迷路了

30. 有關去福克斯冰川體驗冰河景觀，下面哪一個是對的？
    Ⓐ 冰川健行是最輕鬆也是最便宜的套裝行程
    Ⓑ 如今冰川消退，很多健行步道都不能走了
    Ⓒ 從1928年開始，每年去健行的國際旅客都有300人
    Ⓓ 由於搭乘直昇機團費太高，所以很多旅客都不願意前往了

B. 關鍵詞語

一、主題相關詞語

本單元出處	主題相關詞語
一、對話聽力1.	消失、農藥、傳播、花粉、功勞、汙染、堅果、糧食、收成
一、對話聽力2.	維持、種植、濫用、檢驗、陌生
一、對話聽力3.	廢棄、措施、接觸、危險、物質、改善、負責任、堅持、友好、升級、延長、壽命、喜新厭舊
一、對話聽力4.	建造、暖化、冰川、融化、儲存、地表、運送、起碼、迫切
一、對話聽力5.	肥料、殺蟲劑、潮流、競爭、印象、過時、特定
三、選詞填空(一)	木材、節能、供應、妥善、置身、生態、野溪、溫泉、古蹟
三、選詞填空(二)	政策、實施、違反、制止、維護、清運、處罰
四、材料閱讀(一)	花費、代價、替代、方案、季節性、食用、友善
四、材料閱讀(二)	省略、複雜、豐富、噪音、臭氧層、實例、證據
五、短文閱讀	健行、來源、負重、輕鬆、體驗、景觀、一步一腳印、遺產、大開眼界、如今、消退、通行、先進、扭轉

二、常用詞組

本單元出處	常用詞組	例句
一、對話聽力3.	延長壽命	清洗衣物最好少用漂白水，這樣才能延長衣物使用的壽命。
二、完成句子9.	維持平衡	賺多少錢就花多少錢，花太多錢就不能維持收支平衡了。
二、完成句子12.	超出預期	價位較高的有機蔬果開始進駐百貨公司的超市，結果反應熱烈，超出預期。
四、材料閱讀(一)	付出代價	過去幾十年台灣強調經濟發展，卻忽略了環境的保護，這是為進步而付出的代價。

天才在逆境中才能顯出，
富裕的環境反而會埋沒他們

Note

A. 測驗練習

一、對話聽力

1. Ⓐ 孩子不肯去看病和吃藥,必須想別的方法來增加他的抵抗力
   Ⓑ 靠營養、運動、睡眠、情緒來增加抵抗力的方法,只對孩子有用
   Ⓒ 除了吃藥,營養、運動、睡眠、情緒才是增加抵抗力最重要的因素
   Ⓓ 只要有規律的運動、良好的睡眠習慣、保持快樂的心情,孩子偏食並沒什麼關係

2. Ⓐ 老陳是先升了職,才結婚的
   Ⓑ 老陳因為結婚而無法照顧自己的事業
   Ⓒ 老陳因為太努力工作,到現在都還是單身
   Ⓓ 老陳因為娶了賢慧的太太,更能專心工作

3. Ⓐ 這位小姐為了換點數和抽獎,常常去菜市場買菜
   Ⓑ 這位小姐居然不知道超市訂的價格一定高於菜市場
   Ⓒ 這位小姐懂得很多省錢的方法,像刷卡、使用折價券等
   Ⓓ 這位小姐聽說超市都在生產平價的商品,就不去超市買東西了

4. Ⓐ 這位先生只是在家請客,服裝邋遢一點沒什麼關係
   Ⓑ 這位先生只有一套休閒服可以穿,所以大家都笑話他
   Ⓒ 這位太太覺得跟熟朋友聚在一起,服裝上不必太麻煩
   Ⓓ 這位太太覺得主人最少要穿得整齊,表示對客人的尊重

5. Ⓐ 他常常為了自己的事業而犧牲社交活動
   Ⓑ 陪他太太看韓劇時,他也不會用電腦處理公事
   Ⓒ 為了專心陪家人一起聊天或出遊,他會把手機關掉
   Ⓓ 他週末以家庭為優先,除非是有意思的演講或餐會才參加

二、完成句子

6. 這張雙人床底下還有_____的空間，可以放衣服跟棉被。
   Ⓐ 廣大　　　　Ⓑ 遙遠　　　　Ⓒ 擁擠　　　　Ⓓ 充足

7. 這間公寓用了最高級的裝潢_____，包括地板、壁紙等，費用才這麼高。
   Ⓐ 質料　　　　Ⓑ 材料　　　　Ⓒ 用具　　　　Ⓓ 用品

8. 為了迎接重要的客人，小英相當_____地準備晚餐。
   Ⓐ 野心　　　　Ⓑ 無心　　　　Ⓒ 用心　　　　Ⓓ 真心

9. 我們社區的游泳池正在進行一項修繕工程，所以這個月_____不開放。
   Ⓐ 暫時　　　　Ⓑ 一時　　　　Ⓒ 即將　　　　Ⓓ 向來

10. 小弟雖然_____卻很可愛，即使他打破東西。我們也很難生他的氣。
    Ⓐ 靈活　　　　Ⓑ 笨重　　　　Ⓒ 暴力　　　　Ⓓ 淘氣

11. 蘇先生的興趣是園藝，他每天_____修剪他家的空中花園。
    Ⓐ 按時　　　　Ⓑ 愛好　　　　Ⓒ 暗中　　　　Ⓓ 中斷

12. 烹飪節目上常有最新的資訊，所以李太太每天下午三點準時_____。
    Ⓐ 追求　　　　Ⓑ 收看　　　　Ⓒ 吸收　　　　Ⓓ 吸引

13. 爸爸花了一個禮拜，把院子修剪得很整齊，_____全家人的讚美。
    Ⓐ 獲得　　　　Ⓑ 省得　　　　Ⓒ 造成　　　　Ⓓ 構成

三、選詞填空

(一)　　美美進入大學，第一次在外面租房子。她有一個室友叫小芬，不過她們倆的生活習慣 14 很大。小芬喜歡早睡早起，從來不熬夜，生活過得很 15 。美美卻是個夜貓子， 16 三更半夜才上床。她們倆好像白天跟黑夜，很少碰面，所以沒什麼說話的機會，當然也從來沒發生過 17 。萬一有什麼重要的事情，她們就用通訊軟體來 18 。

14. Ⓐ 誤會　　Ⓑ 困難　　Ⓒ 差異　　Ⓓ 差錯
15. Ⓐ 規則　　Ⓑ 規定　　Ⓒ 規矩　　Ⓓ 規律
16. Ⓐ 一向　　Ⓑ 一致　　Ⓒ 一律　　Ⓓ 一連
17. Ⓐ 衝撞　　Ⓑ 衝浪　　Ⓒ 衝突　　Ⓓ 衝動
18. Ⓐ 轉告　　Ⓑ 溝通　　Ⓒ 通知　　Ⓓ 翻譯

（二）
　　星期六下午，小王　19　都待在家裡。因為外面人多，人潮聚集在百貨公司、電影院、餐廳，到處都很　20　，出門反而更累！

　　越來越多年輕人跟小王一樣宅。那他們都做些什麼　21　呢？拿小王來說，坐在沙發上看影集就是其中之一。由於這些熱門影集的內容都相當　22　，適合一般人的口味，所以會讓人忍不住一集接著一集地看！肚子餓了也不必做飯，直接打電話叫外送就行了。

　　小王覺得，就是要這麼　23　，才有過週末的感覺！

19. Ⓐ 通常　　Ⓑ 必須　　Ⓒ 反常　　Ⓓ 難得
20. Ⓐ 熱門　　Ⓑ 擁擠　　Ⓒ 複雜　　Ⓓ 矛盾
21. Ⓐ 遊戲　　Ⓑ 活躍　　Ⓒ 消遣　　Ⓓ 樂意
22. Ⓐ 簡化　　Ⓑ 合理化　　Ⓒ 標準化　　Ⓓ 大眾化
23. Ⓐ 懶散　　Ⓑ 骯髒　　Ⓒ 糊塗　　Ⓓ 腐敗

四、材料閱讀

(一) 廣告

歡迎來電洽詢：專人接聽電話，了解您的需求，建議最合適的搬家方式。

免費到府服務：專人到府查詢搬運物品數量及種類，免費估價。

搬家服務項目：
1. 家庭、公司、機關行號搬遷　　4. 物品打包服務
2. 南北長途搬家　　　　　　　　5. 一般貨物運送
3. 全省回頭車服務

專業
搬家

24. 需要以下哪一種服務時，可以找這家公司？
Ⓐ 買賣家具
Ⓑ 長途客運
Ⓒ 公司貨運
Ⓓ 機場接送

25. 根據廣告，這家公司有什麼免費服務？
Ⓐ 送貨服務
Ⓑ 估價服務
Ⓒ 客運服務
Ⓓ 打包服務

（二）新聞

〔台北報導〕

很多消費者都有買錯家具的經驗，該如何避免呢？

記者採訪多位專家，整理出下面一些方法，讓您買家具時能夠省時省力。

一、事先量好房間的尺寸，最好連門窗位置、插座都標示清楚。

二、依不同的空間所需的家具，像玄關、客廳、餐廳、臥房、書房等，列出購買清單。

三、若預算有限，則依使用程度需求來決定購買先後順序。

四、若不知道該如何擺設，可以先逛大型家具賣場，參考各種不同的居家風格，瞭解自己的喜好，決定家中的風格後再下手。建議消費者多逛、多看，不要急在一時。尤其可以趁著過年前後撿便宜貨，因為大部分的商家會在這一段期間推出一些促銷活動及折扣。所以若是想看緊荷包，就要把握這種機會了。

26. 買家具時應該怎麼做才能省時省力？

　　Ⓐ 不用花時間量房間尺寸

　　Ⓑ 把家具都買齊了再決定家中的風格

　　Ⓒ 按照不同空間所需的家具列出購買清單

　　Ⓓ 若預算有限，應該照家具大小來決定購買順序

27. 有關大型家具賣場，下面哪一個是對的？

　　Ⓐ 全年都有促銷活動

　　Ⓑ 消費者多逛、多看，就可以多要一點折扣

　　Ⓒ 消費者若想看緊荷包，就不要在過年前後去買

　　Ⓓ 如果不了解自己的喜好，可以參考賣場內不同的居家風格

五、短文閱讀

2坪大的髒廚房，要花多久時間，才能煥然一新？根據調查，在1.5小時內，一個專業清潔人員能一次完成的工作除了櫥櫃和冰箱內外的清理，瓦斯爐台清洗、地面壁面汙垢清除等繁重的工作也包含在內。連抽油煙機濾網這種最容易藏汙納垢的地方，都清潔溜溜。這種效率，靠家庭主婦一個人是無法達到的。

因此，越來越多的家庭，願意以每人四小時約2000-2400元不等的價格，委託專業人員來解決廚房浴室的清潔問題。另外，這類清潔公司也提供各種廚具與機器如爐台、抽油煙機、冰箱等的保養服務，價錢就要另外計算了。

每年都請清潔人員來打掃的王太太表示：「廚房髒亂，客人來時沒面子，自己清潔又太費事。雖然收費並不低廉，但是專業清潔人員都受過訓練，並使用專業工具，讓廚房一下就能恢復美觀，他們的效率不是一般家庭主婦比得上的。我覺得還是划得來。」

28. 有關廚房專業清潔，下面哪一個是對的？
　Ⓐ 不含清潔瓦斯爐及地面壁面
　Ⓑ 抽油煙機濾網的清潔也沒問題
　Ⓒ 2坪大的空間一天內可以清潔完畢
　Ⓓ 家庭主婦一個人也能達到這種效率

29. 有關廚房浴室專業清潔的費用，下面哪一個是對的？
　Ⓐ 每人一小時約2000到2400元
　Ⓑ 四人一小時約2000到2400元
　Ⓒ 想要順便保養冰箱必須再加錢
　Ⓓ 免費提供各種廚具和機器的保養服務

30. 對王太太來說，下面哪一個不是委託清潔人員來打掃的優點？
　Ⓐ 費用低，比較划算
　Ⓑ 客人來的時候比較有面子
　Ⓒ 讓廚房一下就能恢復美觀
　Ⓓ 專業清潔人員的效率比較高

```
B. 關鍵詞語
```

一、主題相關詞語

本單元出處	主題相關詞語
一、對話聽力1.	藥罐子、增加、抵抗力
一、對話聽力2.	賢內助、專心、衝刺、事業
一、對話聽力3.	刷卡、點數、抽獎、划算、精打細算
一、對話聽力4.	主人、邂逅、笑話
一、對話聽力5.	熱愛、分配、平衡、一律、犧牲、陪伴
三、選詞填空(一)	差異、早睡早起、熬夜、規律、夜貓子、碰面、衝突、溝通
三、選詞填空(二)	通常、人潮、聚集、擁擠、宅、消遣、影集、忍不住、外送、懶散
四、材料閱讀(一)	來電、洽詢、接聽、需求、免費、到府、服務、查詢、搬運、物品、數量、種類、估價、項目、搬遷、打包
四、材料閱讀(二)	消費者、經驗、避免、省時、省力、事先、尺寸、標示、購買、清單、預算、擺設、情境、瞭解、喜好、促銷、折扣、荷包、把握
五、短文閱讀	煥然一新、根據、調查、清理、清洗、清除、繁重、藏汙納垢、清潔溜溜、效率、家庭主婦、價格、委託、解決、廚具、機器、保養

二、常用詞組

本單元出處	常用詞組	例句
一、對話聽力1.	……得要命	炸臭豆腐的味道我還能忍受，滷臭豆腐的味道真是臭得要命，簡直就跟臭襪子一樣臭。
三、選詞填空(一)	發生衝突	這場足球比賽競爭激烈，雙方球員居然在比賽中就發生激烈的肢體衝突。
三、選詞填空(二)	適合……口味	廚師將西餐改造成更適合當地華人口味的吃法，較容易被接受。
四、材料閱讀(一)	了解需求	從事政治活動的團體或個人，必須了解選民的需求，才能贏得人民的支持。
四、材料閱讀(二)	撿便宜	旅遊展時，很多行程都有折扣或優惠，但價錢上撿到便宜了，品質上卻不見得划得來。

Note

A. 測驗練習

一、對話聽力

1.
Ⓐ 李老闆不太懂她的話
Ⓑ 她不敢跟別家做生意
Ⓒ 李老闆因為她請客才有飯吃
Ⓓ 她認為做生意得互相幫忙才行

2.
Ⓐ 她完全同意這位先生說的話
Ⓑ 她覺得這位先生說的都很有道理
Ⓒ 她覺得男女工作內容一樣，可是薪水不同
Ⓓ 這家公司讓員工有工作機會，可是不尊重員工

3.
Ⓐ 這個中心提供海外短期就業機會
Ⓑ 這個中心在海外有80種專業課程
Ⓒ 這個中心不只有個人化課程，今天還有遊學團要出發
Ⓓ 這個中心不只有個人化專業課程，還有其他80個海外校區

4.
Ⓐ 只有送禮物給人家，別人才會喜歡自己
Ⓑ 她看不慣張老闆很不禮貌，在後面批評同事
Ⓒ 有良好的禮貌，的確有助於工作職場上人際關係的發展
Ⓓ 她認為動手打人是暴力行為，但用語言傷害別人並不算是暴力

5.
Ⓐ 他們都很羨慕李強終於有機會升職了
Ⓑ 他們認為李強很誇張，能力好但是常不做事
Ⓒ 他們認為李強認真地把每一件事情負責到底
Ⓓ 他們認為李強做事並不負責任，卻因為搶功勞，所以升職了

二、完成句子

6. 小李決定_____城市高薪工作，返鄉服務。
   Ⓐ 放手　　　　Ⓑ 放棄　　　　Ⓒ 脫離　　　　Ⓓ 分離

7. 他已經是一個知名的企業家了，但是從來不_____展露個人財力。
   Ⓐ 輕視　　　　Ⓑ 輕薄　　　　Ⓒ 輕鬆　　　　Ⓓ 輕易

8. 趙東華因沉迷網路天天遲到，再加上無法專心工作而_____公司減薪警告。
   Ⓐ 遭遇　　　　Ⓑ 遇到　　　　Ⓒ 遭到　　　　Ⓓ 遭殃

9. 街頭藝人用溫柔的歌聲，_____著乾淨無雜音的琴聲，緩緩地唱出遊子的鄉愁。
   Ⓐ 搭理　　　　Ⓑ 搭檔　　　　Ⓒ 搭調　　　　Ⓓ 搭配

10. 羅文_____美式足球教練的工作很多年了，問他有什麼感想？他說就是多鼓勵球員而已。
    Ⓐ 從事　　　　Ⓑ 辦事　　　　Ⓒ 家事　　　　Ⓓ 事業

11. 有人為了賺錢養家而工作，有人為了_____理想而工作。
    Ⓐ 實現　　　　Ⓑ 實驗　　　　Ⓒ 實施　　　　Ⓓ 實行

12. 張教授為了這篇論文的發表已_____加了三個月的班了。
    Ⓐ 陸續　　　　Ⓑ 不斷　　　　Ⓒ 接續　　　　Ⓓ 連續

13. 由於連日大雨造成淹水而使得交通不方便，所以這幾天同事都九點以後才_____進公司。
    Ⓐ 連續　　　　Ⓑ 陸續　　　　Ⓒ 繼續　　　　Ⓓ 不斷

三、選詞填空

（一）
　　50歲的李立在科技　14　領域做了二十多年。他說，儘管他有電子工程學士學位和工業工程碩士學位，具有人與電腦互動及用戶界面設計的專長，但他最後一次拿到薪水卻是十個月之前。可見　15　中年失業要找工作就可能難上加難了。

　　最近的一項研究　16　，美國在科學和技術領域有大量的人力，不過畢業於科學、技術、工程和數學相關科系的美國學生只有一半的人在這些領域找到工作。雖然高科技公司　17　聲稱該領域畢業生短缺，不過李立和許多失業的科技工程老兵都說，很難和成本較低的外國勞工競爭。這些資深工作人員表示，許多公司以特殊的工作要求排除年紀大的老手。即使他們認為，自己可以學習新的程式語言或工具，　18　這並不保證就會有工作機會。這年頭老手找工作不見得比新手容易啊！

14. Ⓐ 美工　　　Ⓑ 工程　　　Ⓒ 里程　　　Ⓓ 程式
15. Ⓐ 一旦　　　Ⓑ 一度　　　Ⓒ 一再　　　Ⓓ 一次
16. Ⓐ 報導　　　Ⓑ 指導　　　Ⓒ 指點　　　Ⓓ 指出
17. Ⓐ 一旦　　　Ⓑ 一度　　　Ⓒ 一再　　　Ⓓ 一次
18. Ⓐ 既然　　　Ⓑ 雖然　　　Ⓒ 然而　　　Ⓓ 而且

（二）
　　許多求職者都認為一份漂亮的簡歷是求職成功的必備條件，卻　19　了求職信才有「畫龍點睛」的妙用。如果你要找一家外商公司的管理　20　，那麼你很有可能需要在交簡歷的同時，附上一封中、英文求職信。

　　在求職信的第一段，須說明自己所申請的職位，以及對該職務內容的　21　。求職信的主要目的在於引起讀信人的興趣去翻閱你的簡歷，所以要充滿自信，同時也應該　22　避免反覆提及簡歷中已有的　23　，更重要的是相關經歷不可撒謊騙人。另外，求職信可千萬不能是一成不變的通用信，否則它就極可能成為垃圾信了。

19. Ⓐ 看輕　　　Ⓑ 歧視　　　Ⓒ 忽視　　　Ⓓ 重視
20. Ⓐ 職位　　　Ⓑ 職稱　　　Ⓒ 職業　　　Ⓓ 職責
21. Ⓐ 見識　　　Ⓑ 見解　　　Ⓒ 見聞　　　Ⓓ 見習
22. Ⓐ 儘早　　　Ⓑ 儘管　　　Ⓒ 儘快　　　Ⓓ 儘量
23. Ⓐ 資訊　　　Ⓑ 紀錄　　　Ⓒ 材料　　　Ⓓ 物料

四、材料閱讀

(一) 廣告

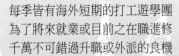

實現夢想動力中心

全球50個海外校區
各種語言專業課程
配合個別需求提供彈性個人化課程

每季皆有海外短期的打工遊學團
為了將來就業或目前之在職進修
千萬不可錯過升職或外派的良機

夢想實現　心動不如馬上行動

Website: dream center 2000.com　　　洽談專線：0800—119911

24. 這是什麼廣告？
　　Ⓐ 打工的廣告
　　Ⓑ 就業的廣告
　　Ⓒ 旅行的廣告
　　Ⓓ 學外語的廣告

25. 下面哪一個說法是這則廣告<u>沒說</u>的？
　　Ⓐ 可以出國學外文
　　Ⓑ 安排海外就業面試
　　Ⓒ 按照個人需求安排課程
　　Ⓓ 到外國一邊打工，一邊學外文

(二) 廣告

風行—吸引千萬目光最有效的媒體整合行銷規畫團隊

您，會有效率！我們善於規畫最有效的媒體管道，說出最關鍵的話。
您，會更輕鬆！我們能精準地提供整合性廣告企畫，並全程負責執行完成。
您，會更省錢！我們追求的是宣傳效率及公關加值，將小資源極大化。

一切交由**風行**，把你的廣告交給**風行**就對了！

專業、有效的廣告及靈活的媒體購買能力（電視、報紙、廣播、戶外媒體……）
提供客戶在每一個專案中的媒體代購及服務建議，並與台灣最大媒體購買公司合作，
藉由其專業及龐大的媒體資源力量，提供客戶最完整的服務！

電話：02-2345-7788　　　E-mail: fengxingwanli@mail.ntnu.com

26. 這是什麼公司的廣告？
　　Ⓐ 廣告公司的廣告　　　　　　Ⓑ 購物頻道的廣告
　　Ⓒ 電視公司的廣告　　　　　　Ⓓ 廣播公司的廣告

27. 關於這個廣告，下面哪一個敘述是對的？
　　Ⓐ 該公司不用媒體資源的力量　　Ⓑ 該公司能提供整合性廣告企畫
　　Ⓒ 該公司追求的是將大資源極小化　Ⓓ 該公司有電視、報紙、戶外媒體

五、短文閱讀

「台北暗殺星」是台灣第一支「英雄聯盟」職業電玩競賽隊伍，共有七名隊員，平均年齡21歲。這次有五名電玩小子手腦並用，在上萬名觀眾見證下正大光明地打敗了電玩強國南韓隊，奪下了獎金一百萬美元；他們各有不同的背景，從加入「英雄聯盟」到組成「台北暗殺星」，全力以赴，有人還休學，密集訓練約兩年。從排名倒數第二名，一路過關斬將到奪冠，贏得了世界的喝采。

「英雄聯盟」是美國在2009年開發完成後推出的線上遊戲。這是一個經典的塔房遊戲，意思是由雙方控制角色，看誰先突破防守，將對方的主塔打爆，就獲得勝利了。

2001年，台灣電玩小子就曾經站上電玩的世界舞台，並且奪冠，但國中畢業以後沒繼續升學，現在他只想找一份兩萬塊的工作；反觀同期的南韓選手，被韓國企業以一年一億五千萬韓幣簽下，政府也以「資優生」名義保送他上大學，直到2006年才風光引退。相較之下，台灣政府和企業界應該要深度反思對電玩人才的不重視。

28. 關於這次的世界職業電玩比賽，哪一個說法<u>不正確</u>？
    Ⓐ 這次南韓隊奪下第一，贏得了獎金一百萬美元
    Ⓑ 「台北暗殺星」共有七名隊員，平均年齡只有21歲
    Ⓒ 「台北暗殺星」隊員都全力以赴，有人甚至於還休學
    Ⓓ 「台北暗殺星」是台灣第一支「英雄聯盟」職業電玩競賽隊伍

29. 關於「英雄聯盟」世界職業電玩比賽及各國選手的情況，下面哪一個是正確的？
    Ⓐ 台灣政府目前尚未以「資優生」名義保送各種人才上大學
    Ⓑ 「英雄聯盟」是美國公司在2006年開發完成後推出的線上遊戲
    Ⓒ 塔房遊戲是看誰注意防守我方主塔，只要不被對方打爆，就獲得勝利
    Ⓓ 2009年「台北暗殺星」奪冠，台灣政府和企業界已經深度反思人才問題

30. 依照本文，台灣政府以及企業界對待獲勝電玩人才的情形如何？下列哪一個是對的？
    Ⓐ 繼續培養獲勝電玩人才就業
    Ⓑ 政府及企業界目前並不重視
    Ⓒ 繼續積極訓練獲勝電玩人才參賽
    Ⓓ 繼續輔導獲勝電玩人才保送就學

B. 關鍵詞語

一、主題相關詞語

本單元出處	主題相關詞語
一、對話聽力2.	幸運、尊重、同工不同酬、男女有別、薪水
一、對話聽力3.	專業、課程、彈性、海外、個人化、短期遊學團
一、對話聽力4.	禮貌、語言暴力、人際關係、日久見人心
一、對話聽力5.	升職、認真、分內事、負責、自誇、邀功、搶功勞
四、材料閱讀(一)	配合、就業、在職進修、外派
四、材料閱讀(二)	行銷、團隊、企畫、宣傳、效率、公關、媒體
五、短文閱讀	手腦並用、正大光明、全力以赴、過關斬將

二、常用詞組

本單元出處	常用詞組	例句
四、材料閱讀(一)	實現夢想	好的教育有助於實現改善生活的夢想。
四、材料閱讀(一)	配合需求	線上課程可配合學生個人的需求來調整。
五、短文閱讀	贏得喝采	她默默行善的舉動贏得不少民眾的喝采。

生命並不是為了等待風雨過去，
而是學會在風雨中漫步

Note

> A. 測驗練習

一、對話聽力

1. A 多少還是可以準備準備的
   B 要他表達對測驗的看法、意見
   C 最少要看得懂、聽得懂測驗的問題
   D 考的是平常的實力，什麼準備都沒用

2. A 那位先生是胡說的，沒事
   B 拍照時別人不知道她要做什麼
   C 那位先生會幫她解決被告的事
   D 教書做補充資料需要照片是當然的事

3. A 孩子要聽懂父母說的話很難
   B 他認為聽話的孩子不懂獨立思考
   C 聽話的孩子比不聽話的更讓人擔心
   D 當師長的教孩子不比當父母的教孩子容易

4. A 愛的教育是不能打不能罵的
   B 這位先生常急得出手幫孩子做事
   C 不打罵孩子，孩子就不容易犯錯
   D 這位先生愛孩子，可又忍不住打孩子

5. A 這位先生只知道玩社團
   B 她的社團生活並沒白過
   C 這位先生總是以為自己是對的
   D 她不喜歡這位先生當熱舞社社長

二、完成句子

6. 將所學到的知識運用到實際的生活或工作中，這就是_____。
   A 學以致用　　B 學非所用　　C 用非所學　　D 派不上用場

7. 小王念的是氣象學系，卻到餐廳當服務生，真的是_____。
   A 學以致用　　B 學非所用　　C 低薪高就　　D 派上用場

8. 這位有名的芭蕾舞者，誰也想不到當初是醫學系的高材生，她真的是_____。
   A 學以致用　　B 用非所學　　C 派上用場　　D 派不上用場

9. 這次的露營活動，王助教精心策畫了一週的大營火，卻因颱風完全_____。
   Ⓐ 學非所用　　Ⓑ 用非所學　　Ⓒ 派上用場　　Ⓓ 派不上用場

10. 到底是在國內念研究所，還是到國外留學，各有各的優缺點，_____難以決定。
    Ⓐ 實在　　　Ⓑ 事實　　　Ⓒ 真實　　　Ⓓ 現實

11. 大學畢業以後，留學的留學，就業的就業，大家_____，很難再常常見面了。
    Ⓐ 知足常樂　Ⓑ 各奔前程　Ⓒ 來來往往　Ⓓ 量入為出

12. 為人師表者對學生的影響力絕對不可小看，不論是談話或是行為都要_____。
    Ⓐ 一齊　　　Ⓑ 一致　　　Ⓒ 一向　　　Ⓓ 一同

13. 傳統社會對高學歷的_____，使得學子在升學求學之路壓力倍增。
    Ⓐ 心結　　　Ⓑ 情結　　　Ⓒ 連結　　　Ⓓ 結論

三、選詞填空

(一)
　　什麼是「知識分子」？在現代，一般人會將所有__14__高等教育的，而且是__15__非體力勞動的人都叫做「知識分子」。不過這__16__是從「知識分子」這四個中文字而來的，以為知識分子就是有知識有文化的人。

　　《教育部重編國語辭典修訂版》解釋「知識分子」是「具有相當知識學問，並對政治、社會具有影響力的__17__」。

　　也有部分學者__18__「知識分子」等同於古代的「士」。知識分子靠自己的專業、人品，立足於社會，受人尊重、敬重，成為有影響力的人。

14. Ⓐ 收到　　　Ⓑ 收過　　　Ⓒ 受過　　　Ⓓ 接到
15. Ⓐ 工作　　　Ⓑ 從事　　　Ⓒ 就職　　　Ⓓ 就業
16. Ⓐ 俗話　　　Ⓑ 成語　　　Ⓒ 定義　　　Ⓓ 規定
17. Ⓐ 分子　　　Ⓑ 角色　　　Ⓒ 職務　　　Ⓓ 人物
18. Ⓐ 建議　　　Ⓑ 提議　　　Ⓒ 主張　　　Ⓓ 評論

(二)　　在學校生活裡，社團活動應該是學生難以忘懷的回憶之一。　19　學生是依照個人的興趣及　20　來選擇參加的社團，不過也有學生是希望　21　參加社團活動來獲得學習與成長，並能從中提高人際　22　的關係。參加社團活動對青春期的學生而言，　23　著青春的不留白。

19. Ⓐ 哪有　　　　Ⓑ 何況　　　　Ⓒ 一般來說　　　Ⓓ 自然而然
20. Ⓐ 樂趣　　　　Ⓑ 意願　　　　Ⓒ 意志　　　　Ⓓ 風趣
21. Ⓐ 經歷　　　　Ⓑ 根據　　　　Ⓒ 藉由　　　　Ⓓ 順便
22. Ⓐ 互動　　　　Ⓑ 互相　　　　Ⓒ 彼此　　　　Ⓓ 自動
23. Ⓐ 指定　　　　Ⓑ 意味　　　　Ⓒ 堅定　　　　Ⓓ 展開

四、材料閱讀

(一) 公告 ✂

大學學生社團活動經費申請補助辦法

一、目的：
- 為鼓勵學生積極推動社團活動，以達到自我成長、回饋社會以及健全社團組織發展。
- 社團活動經費以自籌為主，並依社團性質及活動內容給予補助，使資源有效運用。

二、補助項目：
- 包括：演講、研習、校內外動態靜態成果展、體育性競賽、校際性活動、社會服務等與學校社團相關之活動項目。

三、不予補助之活動項目：
- 各社團迎新、送舊、校隊或有營利行為之活動
- 社員聯誼、聚餐、遊覽或娛樂性之活動

四、申請：
- 申請社團活動經費補助須於活動執行20天以前，繳交活動企畫書，並送至學生聯合代表會。

24. 這是什麼公告？
    Ⓐ 社團活動的申請辦法
    Ⓑ 社團經費補助的申請辦法
    Ⓒ 運用社團經費的說明辦法
    Ⓓ 社團活動的目的及項目的說明辦法

25. 下面哪一個是對的？
    Ⓐ 籃球校隊舉辦聯誼性活動給予補助
    Ⓑ 籃球隊參加校際性競賽活動給予補助
    Ⓒ 鼓勵學生積極推動社團活動而全面補助
    Ⓓ 社團活動在20天前繳交企畫書都可申請補助

(二) 歌詞

……黑板上老師的粉筆還在嘰嘰喳喳地寫個不停，
隔壁班的那個男孩為什麼還沒走過教室窗前，
等待著下課、放學，等待著遊戲、初戀的童年。
總是要等到睡覺前才知道功課只做了一點點，
總是要等到考試以後才知道該念的書都沒有念；
多少個日子總是一個人對著天空發呆。
一寸光陰一寸金，老師說過寸金難買寸光陰，
一天又一天、一年又一年，
就是這麼好奇、幻想，這麼迷糊、孤單的童年。
什麼時候才能有一張像高年級成熟長大的臉，
盼望著明天，盼望著長大的童年。

26. 歌詞裡的主角是個小女孩，依照內容，下面哪一個是對的？
    Ⓐ 她都不做功課
    Ⓑ 她有一個暗戀的男生
    Ⓒ 她是個沒有未來的人
    Ⓓ 她常一個人對著黑板發呆

27. 依照上面這段歌詞內容，下面哪一個是「歌詞中的我」想做的事？
    Ⓐ 趕快長大成熟
    Ⓑ 在睡覺前才做功課
    Ⓒ 有更多時間對天空發呆
    Ⓓ 成為走過窗前的高年級生

五、短文閱讀

現在年輕人的平均學歷提高了不少，進入職場的年紀因而延後了，再加上經濟不景氣，使高學歷的年輕人在求職時出現了「低就」的現象，甚至找不到工作。

學歷越高，年紀越大，能從事的工作範圍也愈窄，有些工作還放不下身段去做，尤其是想到要與後生晚輩搶飯碗，真是令人感嘆、難受啊！因此有些人認為，還不如學業告一段落，就先進入就業市場卡位，等以後有需要或有機會再去進修充電。

另外，有些不想念書的年輕人，也是一樣可以先就業，等工作一段時間以後，實務經驗有了，心智更成熟了，學習的心情和動力也就會跟之前大不相同，也許反而更珍惜充電進修的機會，會更用功念書。而職業專科、技術大學、研究所等各級學校的在職進修課程，都是相當適合再教育、再進修的管道。

28. 依照上面短文內容，下面哪一個是對的？
    Ⓐ 越晚卡位工作經驗越成熟
    Ⓑ 越早工作越能累積實務經驗
    Ⓒ 越早求學越能累積學習經驗
    Ⓓ 越早畢業越容易找到理想工作

29. 依照上面短文內容，下面哪一個是對的？
    Ⓐ 年紀大的人求職必有低就的現象
    Ⓑ 學歷高的人求職必有低就的現象
    Ⓒ 學歷越高，身段也隨之提高，就業就越容易
    Ⓓ 提高學歷，延後就業，使可從事的工作範圍變窄了

30. 依照第三段的內容，下面哪一個說法是對的？

 Ⓐ 考不上大學的人可以考在職進修課程

 Ⓑ 職業專科、技術大學要先就業才能念

 Ⓒ 有了工作實務經驗就很容易考上大學

 Ⓓ 不想念書的人可以先就業，等想念書時再念

B. 關鍵詞語

一、主題相關詞語

本單元出處	主題相關詞語
一、對話聽力1.	溫習
一、對話聽力2.	不良、胡說
一、對話聽力3.	獨立、思考
一、對話聽力4.	出手、心急、處罰、犯錯、情緒
一、對話聽力5.	豈不、白過、留白、自以為是
四、材料閱讀(一)	經費、補助、自籌、給予、營利、聯誼、執行
四、材料閱讀(二)	黑板、粉筆、童年、發呆、光陰、幻想、盼望
五、短文閱讀	學歷、低就、身段、就業、卡位、珍惜、進修、管道

二、常用詞組

本單元出處	常用詞組	例句
三、選詞填空(一)	受過教育	每個孩子都應該接受義務教育，受過義務教育後，才算具有國民基本知識。
三、選詞填空(一)	從事（工作）	他喜歡小孩，從事教育工作一直是他的志願。
三、選詞填空(二)	難以忘懷	人生的每個階段，總是會有一些令人難以忘懷的人跟事。
五、短文閱讀	放（不）下身段	在校慶活動上，要是校長放不下身段，就很難跟學生打成一片。
五、短文閱讀	心智成熟	青少年因心智發展不夠成熟，還無法單獨面對困境。

A. 測驗練習

一、對話聽力

1. Ⓐ 她不清楚要從工作中得到什麼
   Ⓑ 她不否認她還在找薪水高的工作
   Ⓒ 她認為薪水在工作中是最重要的
   Ⓓ 跟重視待遇比，她更重視工作進修的機會

2. Ⓐ 做人做事要實在，別抱怨
   Ⓑ 跑腿的經驗對工作很重要
   Ⓒ 剛畢業只能做跑腿的工作
   Ⓓ 基層工作需要剛畢業的人

3. Ⓐ 他要請長假
   Ⓑ 他打算退休了
   Ⓒ 是這位小姐讓他想開了
   Ⓓ 他想提前蓋木屋種地再退休

4. Ⓐ 不知道自己怎麼會那麼瘋狂
   Ⓑ 不知道自己是怎麼上了舞台的
   Ⓒ 不知道在舞台上發生什麼事了
   Ⓓ 不知道為什麼一演起戲來就很放得開

5. Ⓐ 他沒想到星座可以用來推測運氣
   Ⓑ 這位小姐對星座的看法他很不以為然
   Ⓒ 他同意年輕人都是用星座來選擇朋友的
   Ⓓ 他覺得這位小姐的星座沒什麼好奇怪的

二、完成句子

6. 王明不對未來做規畫，他認為只要做好目前的工作，活在_____就好了。
   Ⓐ 未來　　　　Ⓑ 規畫　　　　Ⓒ 當下　　　　Ⓓ 當中

7. 你應該停下忙碌的工作腳步，好好兒地_____充電。
   Ⓐ 補助　　　　Ⓑ 補救　　　　Ⓒ 進步　　　　Ⓓ 進修

8. 這樣的工作機會太難得了，即使有困難也要排除萬難去_____。
   Ⓐ 競爭　　　　Ⓑ 爭取　　　　Ⓒ 收穫　　　　Ⓓ 獲得

9. 現在是自由的社會，各種行業都攤在面前，_____年輕人挑選。
   Ⓐ 經由　　　　Ⓑ 任由　　　　Ⓒ 隨意　　　　Ⓓ 任意

10. 李明事業有成，是因為當初接受了別人的幫助，現今他希望能_____社會。
    Ⓐ 酬勞　　　　Ⓑ 報酬　　　　Ⓒ 回饋　　　　Ⓓ 回歸

11. 他們兩個不但沒有結婚的打算，還因為意見不合而_____了。
    Ⓐ 離婚　　　　Ⓑ 分居　　　　Ⓒ 分手　　　　Ⓓ 分租

12. 平時多注重人脈的經營，這樣在你需要幫助時，才有人肯伸出_____。
    Ⓐ 幫手　　　　Ⓑ 助手　　　　Ⓒ 援手　　　　Ⓓ 能手

13. 政策規畫不夠完善，使進口遠大於出口，國家貿易因而產生_____。
    Ⓐ 順差　　　　Ⓑ 逆差　　　　Ⓒ 賠本　　　　Ⓓ 賺錢

三、選詞填空

> (一)
> 　　近年來媒體環境__14__劇烈，一般大眾或網民__15__網路社群表達個人的看法，而媒體則從這些網路社群的意見評論中擷取需要的內容__16__報導。這種網民、素人作者和媒體互動的方式__17__了媒體單方面__18__訊息的傳統，讓媒體工作者和讀者之間激盪出更多的火花。

14. Ⓐ 變　　　　　Ⓑ 變成　　　　Ⓒ 變化　　　　Ⓓ 變出
15. Ⓐ 上過　　　　Ⓑ 經過　　　　Ⓒ 穿過　　　　Ⓓ 透過
16. Ⓐ 引以　　　　Ⓑ 用以　　　　Ⓒ 加以　　　　Ⓓ 日以
17. Ⓐ 打開　　　　Ⓑ 打破　　　　Ⓒ 打響　　　　Ⓓ 打擊
18. Ⓐ 提出　　　　Ⓑ 提起　　　　Ⓒ 提供　　　　Ⓓ 供出

（二）　　社會新鮮人要如何才能增加就業機會？或提高職場競爭力，進而為自己爭取更好的薪資待遇？

　　　19　找不到工作的年輕人「千萬不要窩在家裡」，更不要守在電腦前「敲鍵盤過生活」，因為待在家裡會把意志、鬥志都　20　光。專家對失業朋友的　21　是：每天至少與一個朋友「面對面的互動」，哪怕只是找朋友吃飯、聊天、逛街或看電影都好。

　　　而上班族在　22　上的情緒管理（EQ）比智商（IQ）更重要，良好的人際互動是團隊合作　23　的一環。所以無論是失業或工作中，都要維持基本的、良好的人際關係。

19. Ⓐ 臨時　　　　Ⓑ 暫時　　　　Ⓒ 隨時　　　　Ⓓ 一會兒
20. Ⓐ 琢磨　　　　Ⓑ 消耗　　　　Ⓒ 損傷　　　　Ⓓ 浪費
21. Ⓐ 意見　　　　Ⓑ 建議　　　　Ⓒ 討論　　　　Ⓓ 統計
22. Ⓐ 場所　　　　Ⓑ 範圍　　　　Ⓒ 職場　　　　Ⓓ 領域
23. Ⓐ 不可或缺　　Ⓑ 難以忘懷　　Ⓒ 難得一見　　Ⓓ 難能可貴

四、材料閱讀

（一）廣告 ✂

企業找一流人才
上班族找一份好工作

你自認為是千里馬嗎？
那我們就會是伯樂！
一統企業集團熱誠邀約

24. 下面哪一個是對的？
　Ⓐ 千里馬是指伯樂
　Ⓑ 千里馬是指一流人才
　Ⓒ 千里馬是指熱誠的公司
　Ⓓ 千里馬是指一份好工作

(二) 文宣

「薪」想事成　就業快易通
台灣就業通→→國家級就業服務媒合平台

職訓後就業率：

從96年(2007)52.2%提高至104年(2015)75%

推介就業率：

從96年(2007)41.9%提高至104年(2015)58.7%

你的人生由你全權負責，你必須為自己的生涯規畫負起全部的責任。

(統計資料來源：勞動部勞動力發展署)

25. 下面哪一個說法是符合這個文宣想要傳達的？

Ⓐ 參加職業訓練後就一定能就業

Ⓑ 人生的生涯規畫就是要「薪」想事成

Ⓒ 推薦介紹的就業率高於職業訓練後的

Ⓓ 參加職業訓練是一種對自己生涯規畫負責任的表現

(三) 說明

旅遊平安保險

　　出國旅遊或工作，只要你以本行信用卡支付本人的公共運輸工具全部費用或是支付百分之八十以上的旅遊團費，就可有旅遊平安保險和旅遊不便險服務（事故發生時信用卡需為有效卡），保費由本行負擔。

　　被保險對象包括正卡持卡人、配偶和未滿25足歲之未婚子女，14歲以下兒童的理賠金額最高以200萬為限。

　　公共運輸工具包括旅遊所需之飛機、船、火車、地鐵、公車、遊覽車等大眾交通運輸工具。不包括私人交通工具。

　　旅遊不便險包括行李遺失險、行李延誤險、班機延誤險。

※ 本行保有服務內容修改或取消之權利。

26. 下面哪一個信用卡持有人才符合銀行旅遊平安保險的服務？
    Ⓐ 附卡得是配偶持有的持卡人
    Ⓑ 得有14歲以下子女的持卡人
    Ⓒ 以附卡支付旅費的正卡持有人
    Ⓓ 本人支付全部交通費用的持卡人

27. 發生下面哪一種情況才能得到旅遊保險賠償？
    Ⓐ 這次旅遊我跟我同學各刷一半的旅費，在旅遊時背包被搶了
    Ⓑ 我開車送我念高中的兒子去機場搭飛機，途中出車禍，他受傷了
    Ⓒ 我信用卡八月到期，我趕在七月刷卡，九月旅遊轉機時行李轉丟了
    Ⓓ 王先生夫婦在搭遊覽車旅遊時發生意外，王太太受傷，刷卡的是王先生

五、短文閱讀

　　大學畢業了，李平還無法確認未來的規畫，到底是繼續深造？還是先就業？還是二者可同時進行？王明告訴他：「服務人群，造福社會，保國衛民，都是唱高調，太偉大，太不切實際了，要是難以抉擇，只要憑著直覺就行了。」

　　對李平來說，這個建議說了等於沒說，不過王明倒是提出了一個令他意想不到的選項——成家。關於這點，王明可是連古人都搬出來了，他說古有名言「成家立業」，就是說先成家再立業。對於這個建議，李平可不必憑直覺就能立即知道結論：連交女朋友八字都沒一撇，哪裡來的成家。這檔事只能走著瞧，強求不來的。

　　李平認為生涯的發展是一生連續不斷的過程，包括了個人在家庭、學校、社會、工作、休閒等方面的經驗，盡心盡力做好每件事，記取他人的經驗，累積自己的經驗就好了。最重要的是：生涯規畫還是要因應環境的改變而隨時調整。

28. 為什麼李平覺得王明的建議等於沒說？
    Ⓐ 王明並沒給他建議
    Ⓑ 王明的建議太偉大了
    Ⓒ 王明的建議太唱高調了
    Ⓓ 李平不懂王明所謂的直覺是什麼

29. 下面哪一個最符合李平現在的情況？
    Ⓐ 他是個不婚主義者
    Ⓑ 他現在沒有女朋友
    Ⓒ 他畢業後打算先就業
    Ⓓ 他打算繼續深造再就業

30. 李平到底在想什麼？

Ⓐ 生涯規畫好了就不要隨便改變

Ⓑ 一生的變化多到使規畫意義不大

Ⓒ 工作的規畫是應隨著環境而調整的

Ⓓ 生涯發展最重要的是累積自己的經驗

B. 關鍵詞語

一、主題相關詞語

本單元出處	主題相關詞語
一、對話聽力1.	待遇、薪水、升級、更上層樓
一、對話聽力2.	跑腿、大材小用、基層、累積、實務
一、對話聽力3.	開墾、種地、田園生活、工作狂
一、對話聽力5.	星座、推測、不以為然
二、完成句子 　　6.-10.，12.	未來、規畫、目前、當下，充電、進修，排除萬難、爭取、競爭，行業，事業有成、酬勞、報酬、回饋、回歸，人脈、經營、援手
二、完成句子11.	離婚、分居、分手
二、完成句子13.	進口、出口、順差、逆差
四、材料閱讀(一)	千里馬、伯樂
四、材料閱讀(二)	媒合、平台、就業率、生涯
四、材料閱讀(三)	支付、運輸、配偶、理賠、遺失、延誤
五、短文閱讀	深造、就業、良心、造福社會、保國衛民、唱高調、不切實際、抉擇、立業、成家、強求

二、常用詞組

本單元出處	常用詞組	例句
二、完成句子8.	爭取機會	想不到有幾百個人報名，爭取跨年晚會演出的機會。
二、完成句子12.	伸出援手	這次的地震災區，急待各界伸出援手，幫助他們重建。
三、選詞填空(一)	打破傳統	這所有名的女子中學，今年開始招收男生，打破了從不招收男生的傳統。

A. 測驗練習

一、對話聽力

1. Ⓐ 假日登山是找罪受
   Ⓑ 假日她什麼事都不想做
   Ⓒ 她覺得逛街吃飯，並不是無聊的事
   Ⓓ 跟這位先生去登山能有什麼花樣呢

2. Ⓐ 休閒就是要比闊比錢多
   Ⓑ 他的資金不夠才開民宿的
   Ⓒ 休閒度假的人不愛住豪華大飯店
   Ⓓ 要有好的服務品質是不能少花錢的

3. Ⓐ 她根本不懂賽車
   Ⓑ 她無法理解賽車的樂趣
   Ⓒ 她不懂休閒活動有哪些
   Ⓓ 她不懂賽車有什麼風險

4. Ⓐ 說明瑜伽的動作
   Ⓑ 說明瑜伽動作的困難
   Ⓒ 說明練習呼吸的方法
   Ⓓ 說明修練瑜伽的觀念

5. Ⓐ 聽相聲的人都得哈哈大笑
   Ⓑ 相聲不應該是賺錢的工作
   Ⓒ 有的說相聲的人只是上場玩票性質
   Ⓓ 對說相聲的人來說相聲絕對不是娛樂

二、完成句子

6. 划龍舟是個講求_____精神的活動，絕不容許個人英雄主義的出現。
   Ⓐ 團體　　　　Ⓑ 團結　　　　Ⓒ 團隊　　　　Ⓓ 團員

7. 沉思也是休閒的一種，藉由沉思淨化_____。
   Ⓐ 心靈　　　　Ⓑ 心情　　　　Ⓒ 心理　　　　Ⓓ 心意

8. 終年忙於生計的人，為求生活的_____，沒有多餘的時間從事休閒活動。
   Ⓐ 溫飽　　　Ⓑ 溫暖　　　Ⓒ 溫潤　　　Ⓓ 溫馨

9. 休閒時間是自己可以自由_____的時間，跟工作時間不同。
   Ⓐ 配對　　　Ⓑ 配製　　　Ⓒ 支配　　　Ⓓ 支使

10. 不管是工作或生活，都要調整節奏，找到適合自己的生活步調，這就是慢活人生的基本_____。
    Ⓐ 概念　　　Ⓑ 意念　　　Ⓒ 意志　　　Ⓓ 控制

11. 休閒生活可滿足個人生理及心理的需求，故可_____身體及心理的健康。
    Ⓐ 引起　　　Ⓑ 引發　　　Ⓒ 導致　　　Ⓓ 促進

12. 在現今社會中文化和休閒相互影響，兩者之間有著_____的關係。
    Ⓐ 後來居上　　Ⓑ 不相上下　　Ⓒ 密不可分　　Ⓓ 難分難捨

13. 從事_____刺激的休閒活動時，切記安全原則。
    Ⓐ 風險　　　Ⓑ 冒險　　　Ⓒ 安穩　　　Ⓓ 妥當

三、選詞填空

> （一）　　夏季熱氣球嘉年華在遊客的期待中終於　14　活動了，在藍天白雲下，五顏六色的熱氣球從碧綠的大草地上緩緩升空，　15　了耐心排隊等著搭乘熱氣球的遊客們的眼睛，他們在隊伍中抬著頭大力地揮著雙手又叫又跳，讓人　16　感受到他們的興奮、熱情。
>
> 　　跟著風一起高飛，從空中往下看大地美麗的風景，　17　的不只是搭乘熱氣球的樂趣，更有一股說不出來的冒險　18　，讓遊客們既是期待，又有點擔心受傷害。

14. Ⓐ 展開　　　Ⓑ 發展　　　Ⓒ 展覽　　　Ⓓ 展示
15. Ⓐ 吸　　　　Ⓑ 吸取　　　Ⓒ 吸引　　　Ⓓ 吸收
16. Ⓐ 深深地　　Ⓑ 緩緩地　　Ⓒ 紛紛地　　Ⓓ 漸漸地
17. Ⓐ 體貼　　　Ⓑ 體驗　　　Ⓒ 體育　　　Ⓓ 全體
18. Ⓐ 氣溫　　　Ⓑ 運氣　　　Ⓒ 氣氛　　　Ⓓ 脾氣

(二)　　從工業革命以後到現代各種科技的發明，使人們不論是在工作或生產的 __19__ 上都提高了很多，因此人們 __20__ 了更多自由的時間及可運用的閒錢，也因而促成了對休閒的重視。

　　從歷史來看，人類許多休閒都和文化、文明有很深的關係，比如西班牙的鬥牛、歐洲的足球、中國的太極拳、印度的瑜伽、西方文化的下午茶、東方文化的茶道等，這些休閒活動 __21__ 出當時不同地區的社會生活形式，而不同的休閒活動 __22__ 的也正是各地不同的文化。

　　休閒具有紓解壓力、提升工作效率、 __23__ 創造力、擴展生活視野，以及促進自我實現等功能。生活的快樂、生活品質的高低，可以說都跟休閒生活有分不開的關係。

19. Ⓐ 有效　　　Ⓑ 效率　　　Ⓒ 製作　　　Ⓓ 製造
20. Ⓐ 具有　　　Ⓑ 持有　　　Ⓒ 擁有　　　Ⓓ 抱有
21. Ⓐ 呈現　　　Ⓑ 提供　　　Ⓒ 表示　　　Ⓓ 說明
22. Ⓐ 反應　　　Ⓑ 反映　　　Ⓒ 採取　　　Ⓓ 顯出
23. Ⓐ 開發　　　Ⓑ 發起　　　Ⓒ 發行　　　Ⓓ 發動

四、材料閱讀

(一) 市政文宣

　　市政府觀光局結合手機內建功能，下載「台北好行」，查單車租賃站和觀光景點，皆可一指搞定。只要點開圖示，可租可停之租賃站一目了然。

　　因單車已成為民眾平日通勤及假日休閒的環保交通工具，為吸引更多市民及旅客走訪休閒，未來將持續規畫在捷運站、公車站等交通轉運及周邊人潮密集的地點設站。

24. 這則文宣所說的「一指搞定」，指的是什麼？
　　Ⓐ 如何下載手機APP
　　Ⓑ 知道租賃自行車的價錢
　　Ⓒ 知道租賃自行車的地點
　　Ⓓ 知道要下載哪個觀光景點

25. 市政府未來將持續規畫「設站」，是指設什麼站？
　　Ⓐ 手機租賃站
　　Ⓑ 單車租賃站
　　Ⓒ 風景區轉運站
　　Ⓓ 接駁車轉運站

(二) 廣告

> 想來趙具有挑戰性的北極郵輪之旅嗎？那就跟著專業的探險團隊前往北極親身體驗冰天雪地的神奇美景。團隊中有海洋生物及地理方面的專家學者帶領遊客們近距離觀賞冰河、北極熊及當地海洋生物，還可透過特殊的水底音波偵測器聽到鯨魚及海豚的聲音，是不是心動了呢？

> 在郵輪上品嚐美酒外，精緻郵輪會帶你去其他位於北美海岸的著名酒莊，郵輪上更有專門的侍酒師能幫你挑選船上 500 多種不同口味的美酒。

> 搭郵輪不用換旅館，郵輪是海上移動的行宮，娛樂表演隨時為您準備，餐飲、休閒、健身、美容、SPA、育嬰，絕對滿足您的需求。船上時間吃喝玩樂，自由安排。夜晚航行，悠閒享受美食，海浪星光伴人眠。

26. 這則郵輪廣告說可以做什麼？
　　Ⓐ 前往南極體驗冰天雪地
　　Ⓑ 可以下船到著名酒莊去
　　Ⓒ 郵輪只利用夜間航行移動
　　Ⓓ 用水底音波偵測器聽北極熊的聲音

27. 下面哪一個跟這則郵輪廣告說的<u>不一樣</u>？
　　Ⓐ 可賞鯨賞豚
　　Ⓑ 每天換旅館
　　Ⓒ 船上隨時都有娛樂表演
　　Ⓓ 不論是在船上或下船都能品酒

五、短文閱讀

過去的農業社會，強調「日出而作，日入而息」的規律生活，休閒不但對生產工作不利，更耗費有用資源。因此在社會經濟條件不寬裕的傳統社會裡，休閒自然不受重視。

人們有錢有閒之後，才會發展出休閒活動，而大眾流行文化也就在這樣的背景情況下逐漸形成，並影響了社會經濟的發展趨勢。

文化和休閒可看作是相互影響的社會現象，這兩個概念和活動範圍多有重疊，一方面休閒活動呈現出文化特徵，如歐洲貴族的打獵、西班牙的鬥牛；而另一方面，文化也成為休閒的內容，如中國的琴棋書畫、印度的瑜伽、日本的茶道等。

所謂的休閒是要有樂趣的，從事休閒是要自願而非強迫的，是能使人在身心方面更堅強健康的，是在社交生活和道德觀念上的發展更趨於完整的。相對於早期在貧乏文化中顯得單調的休閒活動，如今，處在一個多元文化的世界中，休閒形式也隨之多元豐富了。

28. 在什麼樣的情況下，休閒才被重視？
   Ⓐ 在農業社會裡
   Ⓑ 在規律生活中
   Ⓒ 在經濟寬裕後
   Ⓓ 在生產完成後

29. 對於休閒活動，下面哪一個說法是對的？
   Ⓐ 農業社會沒有休閒活動
   Ⓑ 休閒活動強調只能日出而作
   Ⓒ 休閒是經濟寬裕的人所做的活動
   Ⓓ 有樂趣的、不強迫的就算是休閒活動

30. 下面哪一個說法<u>不是</u>這篇短文所敘述的？
   Ⓐ 休閒對從事生產工作不利
   Ⓑ 沒有休閒活動就沒有文化
   Ⓒ 社會經濟脈動受休閒活動影響
   Ⓓ 大眾流行文化跟休閒發展有關

B. 關鍵詞語

一、主題相關詞語

本單元出處	主題相關詞語
一、對話聽力1.	登山、找罪受
一、對話聽力2.	民宿、開銷、完備、精緻、資金、雄厚、闊
一、對話聽力3.	競速、過癮、快感、考量、技術、體能、刺激、後果、賭注、玩命
一、對話聽力4.	瑜伽、修練、引導、折磨、順序、輔助、姿勢、潛能
一、對話聽力5.	相聲、調劑、粉墨登場、玩票性質
三、選詞填空(一)	嘉年華、繽紛、目光、感受、迫不及待、一望無際、體驗
三、選詞填空(二)	擁有、促成、呈現、反應、反映、紓解、擴展、視野
四、材料閱讀(一)	下載、租賃、一目了然
四、材料閱讀(二)	郵輪、探險、冰天雪地
五、短文閱讀	規律、寬裕、主宰、脈動、趨勢、特徵、貧乏

二、常用詞組

本單元出處	常用詞組	例句
三、選詞填空(二)	紓解壓力	離開工作環境，遠離慣有的生活方式，以紓解工作和生活所帶來的壓力。
三、選詞填空(二)	提升效率	有了充分的休息，才能使工作的效率提升。
三、選詞填空(二)	開發創造力	跳脫既有的思考模式，以全新的視野來觀察，必能開發出無限可能的創造力。
三、選詞填空(二)	擴展視野	參加不同的主題旅遊活動，接觸不同的人事物，來增加見識，擴展不同的人生視野。

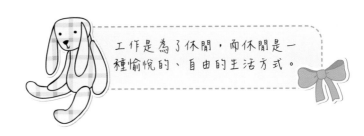

工作是為了休閒，而休閒是一種愉悅的、自由的生活方式。

A. 測驗練習

一、對話聽力

1. Ⓐ 她愛看網路的暴力新聞，但看過就忘了
   Ⓑ 她被有名氣的老公打到住院好幾個星期
   Ⓒ 她認為該明星為了改變壞形象而重造新形象
   Ⓓ 她認為事實上這位先生說的話並沒有什麼道理

2. Ⓐ 她想參加綜藝節目現場錄影，可惜加班錯過機會
   Ⓑ 她想要親自把綜藝節目「今夜歡樂百分百」錄下來
   Ⓒ 她加班把綜藝節目「今夜歡樂百分百」放在網路上
   Ⓓ 她同意那個綜藝節目是因為主持人的風趣和反應而吸引觀眾的

3. Ⓐ 這位先生不同意看表演時，應該把手機關上
   Ⓑ 這位小姐看表演時，把手機關上，但事後忘了開機
   Ⓒ 這位小姐昨晚趕時間跑到音樂廳去聽了一場傳統音樂
   Ⓓ 因為跟人聊到傳統音樂和戲劇不受重視，讓她聊到忘了回家

4. Ⓐ 該電影的拍攝手法的確很美，因此受到觀眾歡迎
   Ⓑ 這齣戲裡的男女主角都不怎麼有名，但是演技不錯
   Ⓒ 這位小姐也認同這位先生對該電視劇的評價這麼高
   Ⓓ 這位先生認為編劇和導演都是一流的，而且將來肯定會合作第二次

5. Ⓐ 下個月底前預訂，票價便宜百分之十五
   Ⓑ 下個月底前預訂，票價便宜百分之八十五
   Ⓒ 一個很知名的馬戲團，明年十二月要來表演
   Ⓓ 一人一次只能預訂兩張票，這位小姐拜託這位先生幫忙預訂

二、完成句子

6. 為了避免地震造成的巨大_____，政府利用電視媒體宣導應變措施。
   Ⓐ 損失　　　　　Ⓑ 消失　　　　　Ⓒ 破裂　　　　　Ⓓ 破損

7. 由於_____媒體的報導，「女強人」一般大都給人「未婚獨身」的印象。
   Ⓐ 傳播　　　　　Ⓑ 傳單　　　　　Ⓒ 傳達　　　　　Ⓓ 傳送

8. 這本雜誌有幾篇在單親家庭裡成長、奮鬥成功的明星的寫實_____。
   Ⓐ 宣傳　　　　　Ⓑ 宣導　　　　　Ⓒ 報導　　　　　Ⓓ 報告

9. 利用網路媒體，像臉書、部落格，傳播各種資訊，_____了人與人之間的距離。
   Ⓐ 緊縮　　　　　Ⓑ 縮緊　　　　　Ⓒ 縮減　　　　　Ⓓ 縮短

10. 這位演員_____家人和好友的反對，挑戰了一個完全沒形象可言的角色。
    Ⓐ 不如　　　　　Ⓑ 不僅　　　　　Ⓒ 不顧　　　　　Ⓓ 不計

11. 廠商不但請了最紅的節目主持人，還超過預算地拍了這支新廣告，_____沒辦法達到預期的效果，讓廠商十分失望。
    Ⓐ 居然　　　　　Ⓑ 不然　　　　　Ⓒ 既然　　　　　Ⓓ 偶然

12. 這個工作時老是遲到的女明星_____接到這麼多廣告，真是叫人難以置信。
    Ⓐ 果然　　　　　Ⓑ 顯然　　　　　Ⓒ 竟然　　　　　Ⓓ 既然

13. 這部電影雖然主題不同，不過_____是抄了前年得最佳劇情獎的那部作品的拍攝手法。
    Ⓐ 竟然　　　　　Ⓑ 居然　　　　　Ⓒ 果然　　　　　Ⓓ 顯然

三、選詞填空

(一)　　新聞報導有一位跨電視、電影和廣告的紅星，前兩年與一家具有知名度的國際服飾公司簽約，並親自　14　服裝和鞋子的設計。這位名演員其實是模特兒出身的，一直以來對流行趨勢相當敏感。她的設計不論是服裝、配飾或是鞋子都很有特色，又兼具休閒和時尚感，深得多數上班族喜愛；不但　15　上班時穿，連週末外出時，只要稍微　16　一下也很合適。這位聰慧的女演員演技高超，有很多愛看她演戲的粉絲不說，現在連忙碌的上班族也為她所設計的服飾著迷，每次一推出就銷售一空。該公司將在　17　的時機推出以她為名，同時價格更　18　的大眾化品牌。

14. Ⓐ 參加　　　　Ⓑ 參考　　　　Ⓒ 參與　　　　Ⓓ 參選
15. Ⓐ 合適　　　　Ⓑ 適合　　　　Ⓒ 適切　　　　Ⓓ 適應
16. Ⓐ 分配　　　　Ⓑ 搭配　　　　Ⓒ 支配　　　　Ⓓ 配合
17. Ⓐ 適用　　　　Ⓑ 舒適　　　　Ⓒ 適中　　　　Ⓓ 適當
18. Ⓐ 有理　　　　Ⓑ 合理　　　　Ⓒ 講理　　　　Ⓓ 公理

(二)　　「娛樂新聞」台北報導，　19　日本音樂教父　20　的樂團，昨晚（20日）在台灣大學體育場開唱。記者會時他們表示，這是他們30週年世界巡迴演唱會的最後一站，同時也是最期待的一站，因此特別為台灣加碼演唱好幾首歌。1100多位台灣長青　21　整整期待了30年，終於在　22　聽到了22首經典老歌，有人甚至於激動得落淚了。

　　日本音樂教父為了跟台灣歌手一起合唱一首由日文歌改寫的中文歌，加緊苦練中文，滿頭白髮、舞台經驗豐富的他　23　也會緊張。最後演唱會在熱烈的掌聲中圓滿結束，他們一行人將在今天中午離台。

19. Ⓐ 使　　　　　Ⓑ 讓　　　　　Ⓒ 由　　　　　Ⓓ 被
20. Ⓐ 率領　　　　Ⓑ 領先　　　　Ⓒ 率先　　　　Ⓓ 領帶
21. Ⓐ 好手　　　　Ⓑ 老手　　　　Ⓒ 歌唱　　　　Ⓓ 歌迷
22. Ⓐ 現場　　　　Ⓑ 場合　　　　Ⓒ 場所　　　　Ⓓ 立場
23. Ⓐ 容易　　　　Ⓑ 難過　　　　Ⓒ 難受　　　　Ⓓ 難得

四、材料閱讀

(一) 票券 ✂

Arts Ticket.com.tw 兩廳院售票	大廳區—17排—21號　兩廳院售票

節目/　古典愛情喜劇—崑曲小全本「玉簪記」

地點/　新舞台（台北市松壽路3號）

時間/　106年12月09日週六14：30

座位/　大廳區—17排—21號

票價/　**$630**

演出/　溫宇航、邢金沙、張世錚

主辦單位/　蘭亭崑劇團

協辦單位/　國立傳統藝術中心、國光劇團、戲曲學院京劇團

贊助單位/　財團法人中國信託商業銀行文教基金會 新舞台

退、換票事宜請於演出前10天洽主辦單位辦理，並酌收票價10%手續費

201710040001213—5　購票證明聯　G19274189　內含娛樂稅　G19550486

新舞台（台北市松壽路）

106年12月09日14：30

NT：**630** （優待）

全票：900

201710040001213—5
G19550486
入場聯
G19274189

24. 這是什麼？

Ⓐ 音樂節目單

Ⓑ 戲劇節目單

Ⓒ 音樂表演票

Ⓓ 戲劇表演票

25. 下面哪一個說法是對的？

Ⓐ 演出地點在兩廳院

Ⓑ 這張是七折優待票

Ⓒ 主辦者是溫宇航、邢金沙、張世錚

Ⓓ 退票不在10天前辦理得加手續費10%

(二) 電影海報

我美麗的見鬼新娘

恐怖、浪漫喜劇片
炎炎盛夏結伴一齊到電影院消暑
今年暑假最強檔
金球獎最佳外語片入圍
金馬獎最佳導演、劇情、演員、音樂等入圍
影帝、影后攜手演出
敬請期待
七月一號隆重上映

導　　演：侯孝真、蘇志安
編　　劇：趙金梅、趙金蘭姊妹
主要演員：2015年影后王主賢、2016年影帝張立修、林青鳳、黃小明
友情演出：王曉偉、孫京舞、張燕雲、李碩國、金原傑
攝　　影：郎靜伯、歐博修
音　　樂：神木音樂公司
製　　片：史奇國際影視公司、迪士電影工作室聯合製作

26. 這是什麼？
　　Ⓐ 音樂會票　　　Ⓑ 話劇傳單　　　Ⓒ 電影海報　　　Ⓓ 音樂會廣告

27. 下面哪一個是對的？
　　Ⓐ 這部電影是暑假最賣座的
　　Ⓑ 這部電影得到金球獎最佳外語片
　　Ⓒ 這部電影是今年的影帝和影后主演的
　　Ⓓ 這部電影綜合了恐怖效果和喜劇的元素

五、短文閱讀

　　媒體大致可分三類，舊媒體、新媒體和新新媒體。「舊媒體」就是指網際網路以前的媒體，指的是印刷的報紙及雜誌，電子的廣播與電視，其特徵是自上而下的控制。「新媒體」是指網際網路的第一代媒體，始於20世紀90年代，譬如電子郵件、報刊的網路版；新媒體的產業類型包括電玩產業、動畫產業、搜尋引擎、網路拍賣等等，相對於報刊、雜誌、廣播、電視四大傳統意義上的

媒體，新媒體又被稱為「第五媒體」。「新新媒體」是指網際網路上的第二代媒體，始於20世紀末，興盛於21世紀，譬如博客、臉書、推特、維基網等，其主要特徵是沒有自上而下的控制，消費者也可以是訊息的生產者和受惠者，用戶可以編輯資訊內容，也可以分享資訊等。

　　2006年，加拿大使用新媒體一詞做為政府投資、產業分類等的依據；美國是Web 2.0一詞當道；臺灣則是以數位內容、數位學習、數位典藏做為國家投資的分類。雖然這些字眼不同，但所指的對象同樣是新媒體。新媒體也可以說是電腦技術在訊息傳播媒體中的應用所產生的新的傳播模式或形態。

28. 按照上面這段短文的內容，下面哪一個是對的？
Ⓐ 網際網路的第一代屬於新媒體
Ⓑ 電視傳播已經被新媒體完全取代了
Ⓒ 傳統媒體僅指報刊、雜誌、廣播三種
Ⓓ 新新媒體是指網際網路上的第一代媒體

29. 按照上面這段短文的內容，下面哪一個是對的？
Ⓐ 新新媒體一般來說是自上而下的控制
Ⓑ 新媒體是指電子郵件、報刊雜誌、網路拍賣
Ⓒ 新媒體是電腦技術在訊息傳播媒體中產生的新傳播型態
Ⓓ 新媒體指的是搜尋引擎、博客、臉書、推特、維基網等

30. 按照上面這段短文的內容，下面哪一個是對的？
Ⓐ 報刊、雜誌、廣播、電視的特徵不是自上而下的控制
Ⓑ 媒體自上而下的控制，消費者既是訊息的生產者也是受惠者
Ⓒ 20世紀加拿大以「新媒體」做為政府投資、產業分類的依據
Ⓓ 臺灣把數位內容、數位學習、數位典藏做為國家投資新媒體的分類

B. 關鍵詞語

一、主題相關詞語

本單元出處	主題相關詞語
一、對話聽力1.	擺脫、形象、搜尋、善忘
一、對話聽力2.	綜藝、直播、臨時、凌晨、風趣、來賓、互動、現場、氣氛、吸引
一、對話聽力3.	抱歉、邀請、國家音樂廳、傳統音樂、戲劇
一、對話聽力4.	齣、電視劇、攝影、手法、演技、編劇、導演、創作、的確、默契、劇情、節奏、否認
一、對話聽力5.	世界知名、馬戲團
三、選詞填空(一)	報導、紅星、簽約、設計、出身、著迷、趨勢、服飾、配飾、聰慧、銷售、模特兒、深得喜愛
三、選詞填空(二)	樂團、開唱、巡迴、加碼、演唱、經典、苦練、圓滿、結束、報導
四、材料閱讀(一)	售票、古典、喜劇、主辦、協辦、贊助
四、材料閱讀(二)	強檔、入圍、導演、影帝、影后、隆重、上映、製片、製作
五、短文閱讀	媒體、印刷、投資、依據、數位、分享、產業、傳播、形態、模式、特徵、受惠、典藏

二、常用詞組

本單元出處	常用詞組	例句
二、完成句子6.	造成損失	這次的森林大火對國家公園造成相當大的損失。
三、選詞填空(一)	適當時機	找個適當的浪漫時機，他要跟女朋友求婚。
三、選詞填空(二)	熱烈掌聲	那位女歌手演唱精彩，在觀眾熱烈掌聲中，她連唱四首歌。
五、短文閱讀	做為依據	學校把這次報告的成績，做為申請獎學金的依據之一。

朋友是憂傷日子裡的一陣春風

Note

A. 測驗練習

一、對話聽力

1. Ⓐ 來自海外的書法和繪畫作品一共有一千多件
   Ⓑ 增加得獎人數和獎金，是為了吸引專業書畫家來參賽
   Ⓒ 這是一個大型國際比賽，得獎作品會在海內外舉辦展覽
   Ⓓ 電腦打字已經取代手寫了，這說明我們不需要傳統藝術教育

2. Ⓐ 今晚的相聲演員都是年輕的演員
   Ⓑ 想要吸引年輕觀眾，傳統藝術也應該隨著時代加進新東西
   Ⓒ 像相聲這種傳統藝術，如果加入生活化的話題，會讓票房下降
   Ⓓ 這位先生本來就不喜歡流行音樂和偶像電視劇，只喜歡傳統藝術

3. Ⓐ 他認為應該多給孩子一點壓力，才學得好
   Ⓑ 他對孩子的期望很高，想把孩子栽培成音樂家
   Ⓒ 他希望孩子有快樂的童年，所以讓孩子學音樂
   Ⓓ 他認為孩子沒有音樂天分，才堅持讓孩子學鋼琴

4. Ⓐ 歐洲觀眾聽不懂這個台灣樂團在唱什麼，所以反應很冷淡
   Ⓑ 有個台灣樂團在歐洲很受歡迎，還得了這一屆的歐洲音樂獎
   Ⓒ 台灣沒有合適的場地，所以完全沒有辦法舉辦國際音樂活動
   Ⓓ 除了這個台灣樂團，還包括從美洲和亞洲等地來的樂團應邀到歐洲音樂獎表演

5. Ⓐ 這位先生認為當代藝術並不嚴肅，可以給人帶來樂趣
   Ⓑ 這位小姐不要去當代藝術館，因為無法看到國際級展覽
   Ⓒ 這位先生覺得藝術的領域這麼廣，很難立刻決定從哪裡開始寫
   Ⓓ 這位小姐認為一般人對當代藝術只有片面的理解，因為跟生活沒關係

二、完成句子

6. 這個時段來參觀故宮博物院，_____國民身分證就可以免費入場。

   Ⓐ 繳　　　　Ⓑ 按　　　　Ⓒ 依　　　　Ⓓ 憑

7. 學校的合唱團這個禮拜天晚上要在國家音樂廳表演，有興趣的同學可以到辦公室
   _____免費入場券。

   Ⓐ 錄取　　　Ⓑ 考取　　　Ⓒ 索取　　　Ⓓ 吸取

8. 舞台劇演員的表演必須一次完成，不能_____再重來。

   Ⓐ 阻擋　　　Ⓑ 中斷　　　Ⓒ 中止　　　Ⓓ 阻止

9. 小林舉辦個人演奏會，收到了很多朋友送的花籃，_____他表演成功。

   Ⓐ 祝賀　　　Ⓑ 誇獎　　　Ⓒ 表揚　　　Ⓓ 問候

10. 西洋畫我看不懂，還是跟著導覽人員，聽他_____吧！

    Ⓐ 解釋　　　Ⓑ 解剖　　　Ⓒ 解除　　　Ⓓ 解說

11. 這次展覽中的作品，其實並不是原作，都是_____的。

    Ⓐ 修正　　　Ⓑ 複製　　　Ⓒ 抄襲　　　Ⓓ 反覆

12. 欣賞藝術作品，了解作家和作品背後的故事，可以提升個人的藝術_____。

    Ⓐ 狀況　　　Ⓑ 學位　　　Ⓒ 品味　　　Ⓓ 口味

13. 歌劇表演到一半時，卻突然停電了，只好取消表演，現場觀眾_____要求退票！

    Ⓐ 緩緩　　　Ⓑ 紛紛　　　Ⓒ 漸漸　　　Ⓓ 粒粒

三、選詞填空

（一）　　大安公園幾乎每個週末都有免費的露天音樂會，到現場去聽音樂會的　14　往往把場地擠得滿滿的。有時是古典演奏會，有時是聲樂演唱會，讓大安公園夜間的氣氛跟白天一樣　15　！

　　像這樣在公園舉辦　16　的音樂活動，提供市民多一點的休閒去處，很受好評。尤其對年長的市民來說，音樂欣賞是一種溫和的活動，並且可以　17　心智。再說，在開放的露天音樂座中欣賞古典樂，可以隨興地交談、分享心情，　18　人與人之間的交流。

14. Ⓐ 大眾　　　　Ⓑ 民眾　　　　Ⓒ 人民　　　　Ⓓ 人員
15. Ⓐ 熱絡　　　　Ⓑ 繁榮　　　　Ⓒ 盛行　　　　Ⓓ 風趣
16. Ⓐ 似乎　　　　Ⓑ 相像　　　　Ⓒ 相似　　　　Ⓓ 類似
17. Ⓐ 淨化　　　　Ⓑ 同化　　　　Ⓒ 活化　　　　Ⓓ 窄化
18. Ⓐ 催促　　　　Ⓑ 促進　　　　Ⓒ 開發　　　　Ⓓ 聚集

（二）　　太陽馬戲團要來了。不只孩子高興，大人也都　19　能欣賞他們的現場演出。

　　它最早是由加拿大魁北克省一個偏遠小城，幾個在街頭雜耍、噴火、踩高蹺的年輕小夥子組成的。一開始歷經千辛萬苦才得到政府　20　，但是不管有多困難，他們始終不願意降低表演品質，讓　21　的馬戲團，變成黑白的！

　　如今它變成全球最有創意的馬戲團，從倫敦到東京，從墨爾本到紐約，他們的表演可說是世界各地最　22　的！每張門票100美元　23　，被媒體讚為一生非看一次不可的表演！

19. Ⓐ 等待　　　　Ⓑ 招待　　　　Ⓒ 期待　　　　Ⓓ 待遇
20. Ⓐ 擴展　　　　Ⓑ 賠償　　　　Ⓒ 補償　　　　Ⓓ 贊助
21. Ⓐ 五顏六色　　Ⓑ 五光十色　　Ⓒ 七上八下　　Ⓓ 八面玲瓏
22. Ⓐ 華麗　　　　Ⓑ 豪邁　　　　Ⓒ 奢侈　　　　Ⓓ 魅力
23. Ⓐ 起薪　　　　Ⓑ 起步　　　　Ⓒ 起跳　　　　Ⓓ 起跑

四、材料閱讀

(一) 廣告 ✂

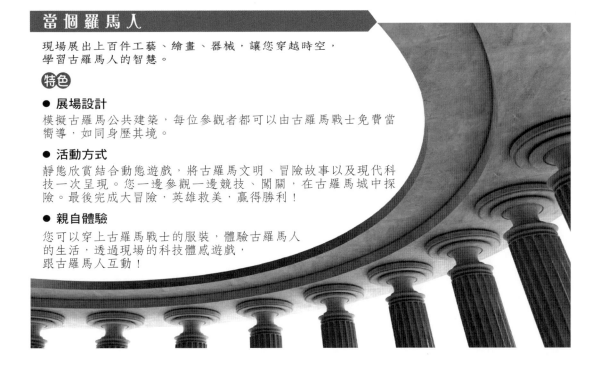

當個羅馬人

現場展出上百件工藝、繪畫、器械,讓您穿越時空,
學習古羅馬人的智慧。

特色

● **展場設計**
模擬古羅馬公共建築,每位參觀者都可以由古羅馬戰士免費當
嚮導,如同身歷其境。

● **活動方式**
靜態欣賞結合動態遊戲,將古羅馬文明、冒險故事以及現代科
技一次呈現。您一邊參觀一邊競技、闖關,在古羅馬城中探
險。最後完成大冒險,英雄救美,贏得勝利!

● **親自體驗**
您可以穿上古羅馬戰士的服裝,體驗古羅馬人
的生活,透過現場的科技體感遊戲,
跟古羅馬人互動!

24. 這個廣告要宣傳什麼?
Ⓐ 古羅馬文物展
Ⓑ 到歐洲的古羅馬城探險
Ⓒ 了解古羅馬人如何生活
Ⓓ 最新開發的科技體感遊戲

25. 這次主題的特色是什麼?
Ⓐ 可以闖關救美女
Ⓑ 可以到羅馬去冒險
Ⓒ 可以買到古羅馬戰袍
Ⓓ 跟真實的羅馬人互動

(二) 新聞

　　市政府日前發布了「打開藝術之窗」的表演訊息，將推出一共四十天，超過四十場的經典演出。向兒少觀眾推廣藝術是今年的宗旨，統一制定新台幣一百元到兩百元的票價，希望更多兒童與青少年觀眾能親近藝術。

　　從7月12日到8月23日，有傳統的鋼琴、交響樂等演奏會，也有浪漫的主題室內樂、芭蕾舞劇，更有歡樂的木偶劇、兒童劇等。除此以外，也邀請到台灣各地小提琴、鋼琴、古箏、琵琶等名家大師，以及各大劇院、樂團等名團加盟助陣。

　　已有越來越多的藝術家和藝術團體，都願意參與「打開藝術之窗」的表演節目，讓這項公益活動越來越實惠，因此也吸引了更多人走進音樂廳、劇院，從中感受快樂。

　　本屆藝術節除了保留最受歡迎的歌仔戲夏令營以外，國家音樂廳還與市立美術館通力推廣「我是小畫家」夏令營，也邀請廣播節目主持人小牛叔叔擔任「先鋒小主持人」夏令營的來賓，希望帶動更多兒童與青少年觀眾的參與。

　　這個暑期藝術節已在全台各地連續舉辦五屆。為吸引更多的觀眾走進高雅藝術殿堂，主辦單位推出100元、120元、140元、160元、180元等五種低票價。

26. 關於本屆「打開藝術之窗」，下面哪一個是對的？
    Ⓐ 這是一項公益活動　　　　　　Ⓑ 將在寒假期間舉辦
    Ⓒ 一共有四十個表演單位參與演出　Ⓓ 已在全世界各地輪流舉辦過五屆了

27. 主辦單位用什麼策略吸引更多的兒童跟青少年？
    Ⓐ 邀請小牛叔叔表演節目　　　　Ⓑ 舉辦夏令營以增加互動
    Ⓒ 票價統一為新台幣100元　　　Ⓓ 表演節目全都是為兒童與青少年設計的

28. 關於演出節目，下面哪一個是對的？
　　Ⓐ 表演節目一共只有四十場
　　Ⓑ 鼓勵兒童與青少年參加演出
　　Ⓒ 表演者只限於有名氣的大師
　　Ⓓ 演出內容並不限於音樂類節目

五、短文閱讀

　　　獨立唱片「溫心音樂」剛剛歡慶成立25周年紀念，這是華人音樂界的一支領導品牌，歷年來得過無數的獎，包括5次葛萊美獎提名、40座金曲獎，早就進入一個成熟的階段，這幾年又開始發展數位雲端音樂。

　　　「溫心音樂」並不是一開始就成功，也曾經面臨負債的困境。後來創辦人調整銷售方向，不再以製作商業音樂為主，轉而發行佛教音樂、健康音樂、心靈音樂、自然音樂、環保音樂等，到近年更嘗試製作抒壓音樂，並結合SPA。他們的音樂大部分都沒有歌詞，更能超越語言的限制，也更自由。

29. 關於「溫心音樂」，下面哪一個是對的？
　　Ⓐ 25年來一直很風光
　　Ⓑ 一共得到5座金曲獎
　　Ⓒ 領導世界音樂的發展
　　Ⓓ 這幾年也跟上數位音樂的潮流

30. 「溫心音樂」現在主要在販售哪一類型的產品？
　　Ⓐ SPA賣場音樂
　　Ⓑ 身心療癒音樂
　　Ⓒ 世界多語音樂
　　Ⓓ 商業流行音樂

B. 關鍵詞語

一、主題相關詞語

本單元出處	主題相關詞語
一、對話聽力1.	國慶、書畫、大賽、集合、優秀、規模
一、對話聽力2.	相聲、結合、劇本、話題、漲價、擴大、年齡層、限於、傳統、藝術、新血、創新、刺激、票房
一、對話聽力3.	天分、栽培
一、對話聽力4.	應邀、演出、優美、掌聲
一、對話聽力5.	領域、實驗、裝置、嚴肅、批判、片面、理解

本單元出處	主題相關詞語
三、選詞填空(一)	露天、聲樂、氣氛、年長、溫和、心智、隨興、交談、分享
三、選詞填空(二)	期待、偏遠、歷經、始終、創意、媒體
四、材料閱讀(一)	穿越、時空、智慧、模擬、嚮導、身歷其境、文明、冒險、呈現、競技、闖關、探險、體驗、科技、互動
四、材料閱讀(二)	發布、經典、宗旨、制定、親近、浪漫、歡樂、加盟、助陣、參與、公益、實惠、吸引、感受、保留、通力、推廣、邀請、擔任、來賓、強調、連續、舉辦、高雅、殿堂
五、短文閱讀	獨立、歡慶、成立、紀念、領導、品牌、歷年、無數、提名、成熟、階段、發展、數位、雲端、負債、抒壓

二、常用詞組

本單元出處	常用詞組	例句
三、選詞填空(一)	促進交流	因為各校標準舞社團發展不一，有的全是男社員，有的全為女社員，風氣也不同，為了平衡發展，並促進各校交流，所以成立標準舞聯會。
三、選詞填空(二)	降低品質	一分錢一分貨，低價位的行程規畫，就怕降低旅遊品質，得不償失。
五、短文閱讀	面臨困境	因為父親中風，家裡的經濟面臨困境，於是他只好放棄學業出外工作，負擔起全家生活。
五、短文閱讀	調整方向	在目前這種新金融情勢之下，央行確實有必要調整策略方向，對資本外流設限。
五、短文閱讀	超越限制	如果台灣史研究，能超越政治史的限制，相信會有助於研究境界的提昇，顯露台灣歷史的真實相貌。

閒適，就像工作一樣，是一種活動狀態，但這種活動是一種心靈活動，是一種心智的「修養」，心靈為其自身而樂此不疲。

Note

> A. 測驗練習

一、對話聽力

1. Ⓐ 烤海綿蛋糕很容易，不需要什麼技巧就能成功
   Ⓑ 新手要多多練習，最好要把烘焙的過程記錄下來
   Ⓒ 剛烤好的海綿蛋糕不能倒著放，要不然就會塌掉
   Ⓓ 海綿蛋糕膨脹不起來，可能是因為烤箱火力太大

2. Ⓐ 這位太太想要挑戰這位先生，看看誰做得好吃
   Ⓑ 這位太太覺得外面的小籠包賣那麼貴沒道理，何不自己做
   Ⓒ 這位先生認為小籠包的皮最難做，因為中間要薄，外圍要厚
   Ⓓ 這位先生覺得按照他手中的食譜來做，一定可以做出最有水準的小籠包

3. Ⓐ 他們的商品是現場取貨的
   Ⓑ 因為是組合套餐，很適合小家庭
   Ⓒ 這家網路年菜是得到媒體推薦的新品牌
   Ⓓ 他們的商品如佛跳牆、大四喜、女兒紅燒雞等，都通過檢驗合格

4. Ⓐ 這位太太是家庭主婦，所以才有空天天做晚飯
   Ⓑ 這位先生搬到台北以後就再也沒機會吃到媽媽做的菜了
   Ⓒ 這位先生覺得現代的職業婦女對做菜特別有興趣的並不多
   Ⓓ 為了讓先生孩子留下美好的記憶，這位太太只要有時間就會下廚

5. Ⓐ 味精對身體健康有害，做菜時盡量不要放
   Ⓑ 出現頭痛等症狀可能是因為對小麥或豆類等食物過敏
   Ⓒ 吃到加了味精的菜以後很容易口渴，最好多喝一點水
   Ⓓ 味精的成分對人體無害，吃了以後絕對不會出現頭痛等症狀

二、完成句子

6. 這道菜結合了中式跟西式的做法，不但擺盤＿＿＿＿＿，味道也很獨特。
   Ⓐ 美滿　　　　Ⓑ 美妙　　　　Ⓒ 美觀　　　　Ⓓ 美化

7. 炒菜時加入適量的蔥、薑或蒜，除了增加風味，也能提高身體對疾病的＿＿＿＿＿。
   Ⓐ 傳染力　　　Ⓑ 抵抗力　　　Ⓒ 吸引力　　　Ⓓ 約束力

8. 現做的麻糬不含防腐劑，最好＿＿＿＿＿吃完。
   Ⓐ 盡快　　　　Ⓑ 盡責　　　　Ⓒ 盡力　　　　Ⓓ 盡興

9. 這是一種五彩繽紛的法式甜點，這兩年在女性消費者之間掀起＿＿＿＿＿。
   Ⓐ 時髦　　　　Ⓑ 熱門　　　　Ⓒ 熱潮　　　　Ⓓ 新潮

10. 我用剩菜做了一盤炒飯，沒想到一向愛＿＿＿＿＿的哥哥竟然覺得好吃。
    Ⓐ 挑戰　　　　Ⓑ 挑剔　　　　Ⓒ 挑選　　　　Ⓓ 挑撥

11. 香蕉＿＿＿＿＿皮以後很容易變黑，趕快吃掉吧。
    Ⓐ 刪掉　　　　Ⓑ 撕掉　　　　Ⓒ 摘掉　　　　Ⓓ 剝掉

12. 輕鬆愉快的用餐氣氛，可以＿＿＿＿＿食慾。
    Ⓐ 促進　　　　Ⓑ 促成　　　　Ⓒ 促使　　　　Ⓓ 促銷

13. 衛生局＿＿＿＿＿超市販賣的熟食後發現，不是所有商品都符合食品衛生標準，消費者要小心。
    Ⓐ 糾正　　　　Ⓑ 侵入　　　　Ⓒ 搶救　　　　Ⓓ 檢驗

三、選詞填空

(一)　　林太太從六月份開始，在自己家裡＿14＿烹飪班。她在結婚以前＿15＿了六年的餐館，所以料理的大小事都難不倒她。煎、煮、炒、炸，當然也樣樣＿16＿。她不但在上課時對學員很有＿17＿，而且為了吸引更多人報名，她還自製教學影片放在網路上，在影片中她親自＿18＿了好幾道拿手菜的烹飪過程。由於很多網友轉發她的影片，現在她在網路上已經小有名氣了。

14. Ⓐ 開放　　　Ⓑ 開動　　　Ⓒ 開設　　　Ⓓ 開啟
15. Ⓐ 經商　　　Ⓑ 經營　　　Ⓒ 經手　　　Ⓓ 經辦
16. Ⓐ 精緻　　　Ⓑ 精裝　　　Ⓒ 精明　　　Ⓓ 精通
17. Ⓐ 耐心　　　Ⓑ 用心　　　Ⓒ 重心　　　Ⓓ 操心
18. Ⓐ 顯示　　　Ⓑ 表示　　　Ⓒ 模範　　　Ⓓ 示範

(二)　　柳老先生對做菜有　19　的興趣，因此自從他退休以後，就開始去學烹飪。他說，外面的餐館為了　20　大眾口味，不是太鹹就是太油，完全　21　健康的重要，不如自己做的好。由於他做的菜味道一點也　22　外面賣的，全家人都吃得很高興，並且　23　他做下去，讓他越學越起勁。柳老先生雖然退休了，卻在烹飪方面找到自己的第二春。

19. Ⓐ 高大　　　Ⓑ 充足　　　Ⓒ 濃厚　　　Ⓓ 沉重
20. Ⓐ 迎接　　　Ⓑ 迎合　　　Ⓒ 融合　　　Ⓓ 配合
21. Ⓐ 放棄　　　Ⓑ 放下　　　Ⓒ 忽視　　　Ⓓ 輕視
22. Ⓐ 不少於　　Ⓑ 不止於　　Ⓒ 不低於　　Ⓓ 不遜於
23. Ⓐ 鼓勵　　　Ⓑ 鼓舞　　　Ⓒ 鼓掌　　　Ⓓ 讚美

四、材料閱讀

(一) 廣告

肉餡中添加雞高湯凍，湯汁鮮美。
體小、餡大、汁多、味鮮、皮薄、形美，蒸熟後趁熱食用，搭配薑醋汁更美味。

花蓮張家小籠包

◎價目表：
10 顆／包　　50 元

◎運費計算：
• 1～5 包　　貨到付款 150 元
• 6～10 包　　貨到付款 200 元
• 11 包以上　貨到付款 250 元

即日起推出限量盒裝冷凍餃子
豬肉餃子一盒20個60元
韭菜餃子一盒20個80元

因人手不足
停止24小時營業
改成早上6點至凌晨1點

※店家提醒：
請在三日前來電預訂。本店產品全是手工新鮮製作，接到預訂電話才開始製作。出貨方式分為冷凍宅配或自取兩種，請事先告知。

24. 有關張家小籠包的產品和營業情形，下面哪一個是對的？
    A 現場24小時營業
    B 小籠包每包有50顆
    C 買超過11包要付運費250元
    D 限量冷凍餃子只有一種口味

25. 預訂小籠包，有什麼注意事項？
    A 自取的話不用預訂
    B 全都用冷凍宅配的方式出貨
    C 店家接到客戶來電訂購才開始製作
    D 店家接到客戶來電訂購可以馬上出貨

(二) 新聞

〔本報訊〕
　　不少男性過了中年以後，常為啤酒肚而煩惱，不過有啤酒肚真的全是因為常喝啤酒嗎？醫生說這「不一定」！其實，雖然啤酒熱量高，但是真正的原因還是跟生活習慣不良有關。有啤酒肚也意味著高血糖、高血脂、高血壓等慢性疾病容易上身，影響健康狀況。想要避免惱人的「啤酒肚」，專業醫師指出，首先要從飲食習慣改起，例如：固定一天三餐的飯量，吃七分飽就好；以優質蛋白質取代油脂，避免吸收太多油脂；搭配每天至少30分鐘的全身運動，尤其是可透過站立時踮腳尖的方式，局部加強腹部運動，就能有效消除大肚。

26. 根據上文，引起啤酒肚的主因是什麼？
    A 得到慢性疾病　　　　　B 啤酒熱量過高
    C 生活習慣不良　　　　　D 年紀過了中年

27. 根據上文，該如何避免啤酒肚？
    A 不能攝取米飯　　　　　B 每天站立30分鐘
    C 以油脂取代蛋白質　　　D 局部加強腹部運動

五、短文閱讀

> 　　5月17號，台灣的公館商圈成立了「無基改農區」，推廣無基因改造的農產品，並且對外宣佈要堅持這個農業經營的理念。這一天也是英國的知名主廚所發起的「食物革命日」。
>
> 　　專家強調，有機農業的四大原則包括：健康、生態、公平及謹慎，其中「謹慎」一項，是指不排斥新科技和新技術，但必須小心仔細地因應農業改革，尤其是基因改造的食物，對破壞環境和健康的風險極高。雖然目前在國內並沒有開放種植基因改造農作物，但台灣農民要特別注意木瓜、黃豆和美國進口甜玉米可能已經入侵台灣農地。

28. 「5月17號」這一天發生了什麼事？
    Ⓐ 公館商圈發起食物革命日
    Ⓑ 基因改造農作物開始入侵台灣
    Ⓒ 英國知名主廚成立了無基改農區
    Ⓓ 公館商圈推廣無基改農產品的理念

29. 專家認為，有機農業的「謹慎」原則是什麼？
    Ⓐ 開放基因改造
    Ⓑ 拒絕農業改革
    Ⓒ 拒絕新科技和新技術
    Ⓓ 小心仔細地面對新科技和新技術

30. 關於基因改造的農作物，哪一個對？
    Ⓐ 會降低產量
    Ⓑ 會破壞環境
    Ⓒ 會增加出口量
    Ⓓ 會提高人類健康

B. 關鍵詞語

一、主題相關詞語

本單元出處	主題相關詞語
一、對話聽力1.	新手、膨、塌、烤箱、倒扣、放涼、扁、膨脹
一、對話聽力2.	餡、關鍵、手工、挑戰、食譜、內行
一、對話聽力3.	年菜、單點、套餐、檢驗、合格、推薦、真空、半成品、加熱
一、對話聽力4.	允許、下廚、記憶、懷念
一、對話聽力5.	味精、儘量、成分、症狀、絕對、過敏、口渴
三、選詞填空(一)	開設、烹飪、經營、餐館、料理、精通、自製、示範
三、選詞填空(二)	濃厚、退休、迎合、大眾、忽視、起勁、第二春
四、材料閱讀(一)	添加、高湯、湯汁、鮮美、蒸熟、趁熱、食用、搭配
四、材料閱讀(二)	啤酒肚、熱量、意味、慢性、疾病、上身、惱人、優質、油脂、站立、踮腳尖、局部、消除
五、短文閱讀	商圈、推廣、宣佈、堅持、理念、革命、強調、排斥、因應、基因、改造、風險、入侵

二、常用詞組

本單元出處	常用詞組	例句
一、對話聽力2.	包你……	在夜市裡吃的喝的穿的玩的什麼都有，逛一趟夜市，包你滿載而歸。
一、對話聽力4.	留下記憶	那張小學時全班的畢業照，留下的是我們年少時共同的記憶。
一、對話聽力5.	對……有害／無害	中醫常說吃中藥是有病治病，沒病可補身。一般指的就是這些對人體無害的自然植物。
一、對話聽力5.	出現症狀	有人食用蝦子會過敏，皮膚會出現又紅又癢的症狀。
二、完成句子13.	符合標準	不符合健康標準的食物，不可以在學校福利社販賣。
三、選詞填空(一)	開設……班	受到全球化的影響，現在高中開設第二外語班、第三外語班的情形越來越普遍。
三、選詞填空(二)	迎合口味	為了迎合年輕人的口味，這家中式餐廳的菜單上也出現了漢堡薯條。
五、短文閱讀	堅持理念	他堅持健康、誠實的理念來經營餐廳。寧願食材成本增加，也要顧客吃得健康。

▶ A. 測驗練習

一、對話聽力

1. Ⓐ 她不知道林美君哪天生日
   Ⓑ 她不知道到底要不要去慶生
   Ⓒ 她建議去那家天天有人排隊的餐廳慶生
   Ⓓ 她認為該先問壽星，再決定去哪裡吃飯

2. Ⓐ 他說請客的話，可能有些問題
   Ⓑ 他覺得加班的話，非大魚大肉不可
   Ⓒ 要加班的話，他非請這位小姐吃大餐不可
   Ⓓ 他也希望晚餐能給同事加菜，但恐怕餐費不足，無法大魚大肉

3. Ⓐ 食物美味，價錢又低廉而受歡迎
   Ⓑ 火鍋店平常要提早兩小時訂位才行
   Ⓒ 這位小姐說可以趁著火鍋店特惠跟同學們去好好地吃頓飯
   Ⓓ 因為這家店正在「買四送一」，非五個人一同前去訂位不可

4. Ⓐ 他認為三十桌花了三百萬很值得
   Ⓑ 他覺得沒被邀請是一件很奇怪的事
   Ⓒ 他認為那家公司舉辦的酬謝貴賓晚會真是花了大錢
   Ⓓ 他認為貴賓把魚子醬、大龍蝦當小菜，把葡萄酒當水喝

5. Ⓐ 這位小姐天天用開水洗蔬菜和水果
   Ⓑ 對話中的「老外」是指天天在外頭吃飯的人
   Ⓒ 這位小姐不認為農業改良全拜外國科技進步所賜
   Ⓓ 這位小姐並不擔心農藥殘餘量多少，天天照樣吃生菜

二、完成句子

6. 有句話說「藥補不如食補」，由此可知平日飲食_____最重要。
    Ⓐ 平衡 　　　　 Ⓑ 均衡 　　　　 Ⓒ 平均 　　　　 Ⓓ 均勻

7. 壓力愈大記憶力愈差，故而醫生提醒_____攝取十分重要。
    Ⓐ 養料 　　　　 Ⓑ 保養 　　　　 Ⓒ 飼養 　　　　 Ⓓ 營養

8. 研究發現，奇異果、南瓜含有_____的「快樂」營養素，因此建議多吃這些食物。
    Ⓐ 豐富 　　　　 Ⓑ 豐盛 　　　　 Ⓒ 豐茂 　　　　 Ⓓ 豐美

9. 維他命、礦物質和蛋白質的攝取，有助於_____情緒。
    Ⓐ 穩當 　　　　 Ⓑ 穩固 　　　　 Ⓒ 穩定 　　　　 Ⓓ 穩妥

10. 上班族_____機會增多，應該避免多鹽、多油和膽固醇過多的食物。
    Ⓐ 外食 　　　　 Ⓑ 外務 　　　　 Ⓒ 外派 　　　　 Ⓓ 外交

11. 吃自助餐，誰都可以挑選喜愛的菜，可是得_____取用才不浪費食物。
    Ⓐ 適合 　　　　 Ⓑ 適量 　　　　 Ⓒ 適當 　　　　 Ⓓ 合適

12. 為爭取更合理的福利，該航空的空服員全體罷工，_____在公司門口前抗議。
    Ⓐ 聚集 　　　　 Ⓑ 聚餐 　　　　 Ⓒ 集合 　　　　 Ⓓ 集會

13. 多數人缺乏維生素B，是因為米飯麵食在_____過程中，就已經失去一些營養了。
    Ⓐ 改造 　　　　 Ⓑ 造成 　　　　 Ⓒ 構造 　　　　 Ⓓ 製造

三、選詞填空

（一）

　　俗話說：「病從口入。」想長壽，就要遵循「八少八多」的原則。一、少肉多菜：飲食以 ___14___ 為主，多吃蔬果，少吃雞鴨魚肉。二、少量多餐：一般人隨著年紀漸長脾胃功能逐漸 ___15___ ，新陳代謝就慢了，因此少量多餐是必要的。三、少鹽多醋：醋既能補肝，又有助於消化，可是多吃鹽則傷腎。四、少硬多稀：因為稀的、軟的食物利於吸收。五、少衣多浴：少穿厚重衣物， ___16___ 寬鬆舒適；多泡澡沐浴。六、少煩多眠：不如意的事十常八九，煩惱的就不要常掛心頭；睡眠一定要 ___17___ ，特別是冬季時務必得早睡晚起。七、少慾多施：清心寡慾，不貪戀享樂；樂於跟人 ___18___ 。八、少車多步：少開車、坐車，多步行，有益健康。不是有句話說：「飯後百步走，活到九十九」？

14. Ⓐ 清新　　　Ⓑ 清淡　　　Ⓒ 清雅　　　Ⓓ 淡雅
15. Ⓐ 衰壞　　　Ⓑ 衰老　　　Ⓒ 衰退　　　Ⓓ 衰敗
16. Ⓐ 力求　　　Ⓑ 請求　　　Ⓒ 懇求　　　Ⓓ 懇請
17. Ⓐ 補充　　　Ⓑ 充實　　　Ⓒ 充滿　　　Ⓓ 充足
18. Ⓐ 分享　　　Ⓑ 享受　　　Ⓒ 欣賞　　　Ⓓ 賞識

（二）

　　健康又便宜的食物——維他命豐富的水果。俗話說：「藥補不如食補。」西諺也說：「一天一個蘋果，醫生 ___19___ 我。」而水果就是這麼經濟又 ___20___ 的首選，而且完全不必烹調，十分方便，最適合 ___21___ 的族群或是健康暫時出了問題的人。像是糖尿病的患者除了要定時定量，減少米飯、麵粉類的 ___22___ 攝取以外，番石榴（芭樂）、梨子、櫻桃、楊梅什麼的，都能 ___23___ 血糖。患有心血管疾病者吃柑橘、葡萄柚、桃子、草莓，可以降低血脂肪和膽固醇。常熬夜、睡眠不足、肝臟不好的人，可以多吃西瓜、香蕉、蘋果保護肝臟。

19. Ⓐ 遠離　　　Ⓑ 分離　　　Ⓒ 脫離　　　Ⓓ 偏離
20. Ⓐ 實際　　　Ⓑ 實在　　　Ⓒ 實惠　　　Ⓓ 優惠
21. Ⓐ 連忙　　　Ⓑ 急忙　　　Ⓒ 忙碌　　　Ⓓ 繁忙
22. Ⓐ 米粉　　　Ⓑ 澱粉　　　Ⓒ 粉條　　　Ⓓ 冬粉
23. Ⓐ 降低　　　Ⓑ 降落　　　Ⓒ 調降　　　Ⓓ 下降

四、材料閱讀

(一) 食譜 ✂

川菜螞蟻上樹

👨‍🍳 材料

綠豆冬粉	三把	辣椒末	少許
絞肉（豬肉）	120公克	辣豆瓣醬	兩大匙
薑末	少許（約10公克）	沙拉油	兩大匙
蒜末	少許（約10公克）	醬油	少許
蔥末	少許	水	120CC

👨‍🍳 作法

1. 先把冬粉泡軟對切備用。
2. 熱鍋後加入 2 大匙沙拉油、薑末、蒜末爆香，然後加入豬絞肉炒到變色，接著加入辣椒末、蔥末炒香。
3. 在作法 2 的鍋內加入冬粉和所有的調味料，再炒到沒有湯汁就可以起鍋了。

---

24. 這是什麼？
    Ⓐ 中國菜的菜單
    Ⓑ 中國菜的食譜
    Ⓒ 飯館兒的廣告
    Ⓓ 用螞蟻做的一道菜

25. 下面哪一個說法是這則說明上<u>沒說</u>的？
    Ⓐ 鍋子要先預熱後再爆香
    Ⓑ 得先把冬粉泡水，再對切
    Ⓒ 加入冬粉、調味料後待收汁起鍋
    Ⓓ 按照個人口味調整各種調味料的量

(二) 廣告

26. 這是什麼廣告看板？

   Ⓐ 印度食譜的廣告

   Ⓑ 印度餐館的廣告

   Ⓒ 印度咖哩的廣告

   Ⓓ 各國咖哩的廣告

27. 在這則廣告中，下面哪一個是對的？

   Ⓐ 是一家印度餐廳，但是也提供中式咖哩雞

   Ⓑ 有五星級印度主廚，價格便宜，只做印度咖哩

   Ⓒ 除了主菜以外，小菜、白飯、飲料都免費無限供應

   Ⓓ 有各種肉類的咖哩，包括魚、雞、羊、牛，以及蔬菜的咖哩

五、短文閱讀

隨著科技進步，不知名的文明病變得更多了。眾所周知，癌症佔十大死因的多數，吃藥卻只能治標，而食療才是治本的最佳選擇。多數醫生建議最好能一日五蔬果，而且紅、黃、綠、白、黑，各種顏色都要有。

首先推薦白菜，這可是最強的抗癌蔬菜。除了豐富的維他命和胡蘿蔔素以外，維他命含量是番茄的三倍，也含有葉酸，對貧血和發育中的兒童、青少年最好。還可治療潰瘍、刺激生成有益酶，也有殺菌及消炎等作用。

西諺有句話：「番茄紅了，醫生的臉綠了。」用來形容番茄的高營養價值最合適不過。而茄紅素是抗氧化性最強的類胡蘿蔔素，既能保護細胞，同時還可以減緩癌細胞病變。但番茄中的茄紅素必須煮熟後，營養才能完全放出來，空腹吃番茄則恐怕會引起胃酸。

茭白筍、芹菜等是富含纖維的蔬菜，進入大腸後，可加快排空速度，縮短食物中有毒物質在腸道內停留時間，有利降低大腸癌的發生。

地瓜（紅薯）中含有一種化學物質，常吃地瓜可以預防結腸癌和乳腺癌。胡蘿蔔、南瓜等蔬菜中的胡蘿蔔素能夠預防肺癌的發生。高麗菜（捲心菜），對於人體內一種能引起解毒作用的酶，具有引導作用。綠色蔬菜、紅色蔬菜中含有一種化合物能顯著提高免疫力，也有較強的抗癌功效。最後別忘了單靠飲食來提高免疫力是不夠的，還要多運動、多鍛煉，增加免疫力！

28. 根據上述短文所提到飲食、習慣跟疾病的關係，哪一項正確？
    Ⓐ 多數醫生建議，一天吃五種蔬果就不會得癌症
    Ⓑ 隨著科技進步，文明病增加了，人類壽命也跟著減短了
    Ⓒ 一些不知名的文明病越來越多了，卻只能依靠藥物治病
    Ⓓ 正確的飲食習慣之外，也得運動，兩者同時進行，才能增強免疫力

29. 關於番茄與茄紅素的說明，哪一個是正確的？
    Ⓐ 番茄具有抗氧化性最強的類胡蘿蔔素
    Ⓑ 番茄中因含有茄紅素，所以會讓癌細胞增強
    Ⓒ 番茄不宜熟食，容易引起胃酸，反而會造成身體不適
    Ⓓ 番茄的維生素和胡蘿蔔素總含量是所有蔬菜中最高的

30. 關於蔬菜營養的敘述，
下面哪一個正確？

Ⓐ 紅薯中含有豐富的纖維，可以預防乳
癌和大腸癌

Ⓑ 番茄富含葉酸對於貧血者，以及青少
年和兒童最好

Ⓒ 高麗菜對於人體內一種能引起解毒作
用的酶，具有誘導作用

Ⓓ 茭白筍和芹菜含有極其豐富的纖維，
能起殺菌和消炎等作用

B. 關鍵詞語

一、主題相關詞語

本單元出處	主題相關詞語
一、對話聽力1.	慶生、自助餐、壽星
一、對話聽力2.	大魚大肉、餐費
一、對話聽力3.	吃到飽、推銷、預約、訂位、特惠
一、對話聽力4.	酬謝、大手筆、年消費千萬、請帖
一、對話聽力5.	蔬果、農藥、科技
四、材料閱讀(一)	川菜、材料、食譜
四、材料閱讀(二)	料理、套餐、主廚、餐館
五、短文閱讀	文明病、食療、治本、免疫力

二、常用詞組

本單元出處	常用詞組	例句
一、對話聽力3.	提早訂位	好吃的餐廳一定要提早訂位，以免訂不到位子。
二、完成句子6.	飲食均衡	飲食均衡多運動，可有效提升免疫力。
三、選詞填空(一)	少量多餐	孕婦應少量多餐，有助於改善孕吐的情況。
三、選詞填空(一)	樂於分享	我們應該抱著感恩的心，樂於與他人分享一切。
五、短文閱讀	提高免疫力	有不少蔬果可以讓人在寒冷的天氣中提高免疫力，避免感冒。

Note

A. 測驗練習

一、對話聽力

1. Ⓐ 孩子天天盯著電視看,跟父母有說有笑
   Ⓑ 現在孩子忙著看電腦,連吃飯都沒時間了
   Ⓒ 現代人盯著手機看,方便跟人往來而且更加親密
   Ⓓ 現在大多數孩子只看眼前的螢幕,反而少跟四周的人溝通互動

2. Ⓐ 她平常有很多理由不去健身房
   Ⓑ 她喜歡運動,不在乎花錢去健身房
   Ⓒ 今天她有很多事情得加班,所以不能跟這位先生去慢跑
   Ⓓ 因為跟教練有約,即使她再忙,也沒有藉口不去健身房了

3. Ⓐ 這位小姐說話太大聲,誰都受不了
   Ⓑ 這位小姐一生氣就對朋友動手動腳
   Ⓒ 這位小姐一遇到不順心的事,就立刻翻臉打人
   Ⓓ 這位先生做事做得很馬虎,經常讓這位小姐又急又氣

4. Ⓐ 每個同事都和和氣氣地去醫院照顧老張
   Ⓑ 難得有人生病,同事們應該到醫院表示關心
   Ⓒ 這位先生不懂同事為何每個人天天都去看老張
   Ⓓ 同事們都能感受到老張平日誠懇以對的真心,個個輪流前往照顧

5. Ⓐ 她做事常犯錯,再加上不努力改變自己,讓經理受不了
   Ⓑ 她天天都因為聽不明白經理的話,因此無法跟經理溝通
   Ⓒ 她沒辦法清楚地說明她的錯誤,使得經理也無法幫她解決問題
   Ⓓ 她完全聽不懂經理的話,經理也不願意協助她,所以經常被責備

二、完成句子

6. 他一向自我感覺良好，但是這過度的_____感反而讓人有距離。
   Ⓐ 優良　　　　　Ⓑ 優越　　　　　Ⓒ 優秀　　　　　Ⓓ 優美

7. 這份工作不但要專業能力好，而且要跟團隊_____的人才行。
   Ⓐ 合適　　　　　Ⓑ 合理　　　　　Ⓒ 合不來　　　　Ⓓ 合得來

8. 臉上帶著微笑讓人很自然地想_____你，人際關係自然就更融洽了。
   Ⓐ 對待　　　　　Ⓑ 接待　　　　　Ⓒ 接近　　　　　Ⓓ 接見

9. 他總是主動親切地對待每位客人，是最_____公司要求的最佳員工。
   Ⓐ 符合　　　　　Ⓑ 適合　　　　　Ⓒ 合適　　　　　Ⓓ 合格

10. 在公司升等條件當中，除了工作能力，與人_____的能力也是很受重視的。
    Ⓐ 代溝　　　　　Ⓑ 溝通　　　　　Ⓒ 聯絡　　　　　Ⓓ 聯繫

11. 每次朋友、同事們吵架，他就得_____老好人，想辦法讓氣氛緩和下來。
    Ⓐ 扮演　　　　　Ⓑ 演出　　　　　Ⓒ 負擔　　　　　Ⓓ 承擔

12. 人與人的關係能不能更進一步，_____是從一起解決困難開始的。
    Ⓐ 面對　　　　　Ⓑ 多半　　　　　Ⓒ 果然　　　　　Ⓓ 暫時

13. 小王_____就對別人發脾氣，因此大家都不想接近他。
    Ⓐ 等不及　　　　Ⓑ 趕不及　　　　Ⓒ 動不了　　　　Ⓓ 動不動

三、選詞填空

(一)　　有一位八歲就開始表演的年輕歌手 __14__ 有能力在十歲時，就主動成立了一個青少年歌唱團體，為慈善團體募款。她總是笑臉 __15__ 各種挑戰，不但忙著唱歌、寫歌、演戲，甚至於製作音樂，現在雙十年華的她 __16__ 可是相當豐富。她的粉絲和追隨者已經有千萬之多了。她們喜愛她善良、認真又親切的態度。在推特和臉書社群網站上也 __17__ 了數百萬按讚的支持。我們都知道許多有名氣的藝人往往因為壓力過大，容易染上壞習慣，但她最近接受雜誌採訪時說她並沒 __18__ 過多的壓力，即使有些時候或環境她一時無法完全融入，也不灰心，主要是因為她有談得來的朋友和親密的家人關係。

14. Ⓐ 竟然　　　Ⓑ 依然　　　Ⓒ 果然　　　Ⓓ 仍然
15. Ⓐ 對面　　　Ⓑ 面臨　　　Ⓒ 迎接　　　Ⓓ 迎合
16. Ⓐ 學歷　　　Ⓑ 經歷　　　Ⓒ 經過　　　Ⓓ 實驗
17. Ⓐ 獲取　　　Ⓑ 獲利　　　Ⓒ 收穫　　　Ⓓ 獲得
18. Ⓐ 感染　　　Ⓑ 感覺　　　Ⓒ 感到　　　Ⓓ 感受

（二）

　　我們有時不免會　19　有些同學、朋友、同事總是能輕鬆地與周邊的人聊天，得到很多人認同，在學業、家庭或工作上都很順利。要是我們也很會與人　20　，至少可以讓我們少走一段辛苦的彎路，甚至提早成功。

　　如果是演員，就要好好地表演各種角色；如果是兄弟姊妹，就要彼此友愛；如果是同學，就要好好地互相學習；如果是同事，就要好好地協助　21　前輩，配合後輩；如果是客戶，就要好好地從對方　22　思考雙贏。總之能先真心地了解對方，交流起來就容易多了，但是無論如何對人應態度誠懇，多傾聽、多關心，常分享，而不是勢利眼或凡事都只　23　自己。總之成功不僅得努力做好分內的事，更要關心並且處理好周邊的人際關係。

---

19. Ⓐ 敬慕　　　Ⓑ 羨慕　　　Ⓒ 愛慕　　　Ⓓ 仰慕
20. Ⓐ 相交　　　Ⓑ 相遇　　　Ⓒ 相處　　　Ⓓ 重逢
21. Ⓐ 職場　　　Ⓑ 職業　　　Ⓒ 職員　　　Ⓓ 職位
22. Ⓐ 上場　　　Ⓑ 現場　　　Ⓒ 當場　　　Ⓓ 立場
23. Ⓐ 思想　　　Ⓑ 思慮　　　Ⓒ 思考　　　Ⓓ 考慮

四、材料閱讀

(一) 講座講義 ✂

市政府衛生局社區心理衛生中心 — 人際關係講座之一

　　您是否因為人緣很差，以至於學習情緒低落或工作效率很差而煩惱。以下是人際關係專家整理出三種會破壞人際關係的致命傷與解決方案。

一、不用心：

您或許對事業或作業很用心，但您注意到旁邊的同學一臉愁苦，對面的女同事換了髮型了嗎？

解決方案 **問問自己要的是什麼？**

要爭取財富、地位？還是希望讓別人能接受自己？不要只是過度專注於自己的需求。問問隔壁同事「你是不是不舒服？」，讚美女同事的新造型，其實只要這麼多用一點心就好了。

二、一開口就說錯話：

您會覺得自己一開口就說錯話嗎？明明是好意，說出來的話卻令對方感到「非正面、指責、批評」。

解決方案 **來點「溫柔對話」吧！**

比方您希望掌握專案進度，建議對下屬說「有問題希望你隨時來找我，好嗎？」。

三、以傷人的批評表示不滿：

當事件被搞砸了，我們總會生氣、不滿，但您曾經因此而傷到人嗎？

解決方案 **對事不對人。**

凡事針對的是行為，不要人身攻擊，說出傷人的話語。可以批評同事不重視這專案，讓您感到失望，但不要批評他沒團隊精神。

24. 這個講座中談到會破壞人際關係的是哪一個？

Ⓐ 對課業和事業用心，相對地會破壞人際關係

Ⓑ 經常關心同事的造型和觀察他們的臉色說話

Ⓒ 一開口就批評對方，並只專注自己工作上的需求

Ⓓ 針對同事承辦的專案，明白指出錯誤、不專業的部分

25. 為了解決公司或同學、朋友們的問題，下面哪一個是正確的做法？

Ⓐ 解決工作時的問題，首先要針對做事的人來處理

Ⓑ 解決工作時的問題最好針對事情而非針對人，以免傷人

Ⓒ 對沒有團隊精神的同事得隨時隨地提醒其錯誤以提高效率

Ⓓ 對不負責任的同事適時表示不滿，並隨時掌握協助其工作

(二) 講座講義 ✂

市政府衛生局社區心理衛生中心 ── 人際關係講座之二

　　為了有更加美好的生活，上週介紹了人際關係講座一的三種方案，接著為大家介紹經常發生在周邊的狀況及另外三種實用的解決方案。

四、情緒失控：

在遇到各種衝突時，生理與心理上不知道如何對應付，只想逃避，覺得自己是受害者。這樣的事多半發生在常緊張的人身上，尤其是男性。

解決方案 暫停一下。

給自己二十分鐘冷靜下來，做些讓自己暫時忘記剛剛發生衝突的活動，如散步、做體操等都可以。

五、總是在生氣：

或許您發現自己好像總是在生氣，總是對這不完美的世界挑出各種錯誤。

解決方案 天天感恩。

請做以下的練習：

(一) 選定一週每天記錄自己批評別人的衝動。

(二) 在紀錄表上描述批評別人的感覺與原因，然後以讚美與欣賞的話反駁。

例如，想想那位愛現的同事有何優點，反過來試著稱讚他一下。

六、該說的話不說：

該討論的事情不討論，常常會變成「說出不該說的話」。明明對隔壁同事的二手菸感到困擾，卻忽略自己的不愉快，以為事情總會過去的。

解決方案 從說出感受開始。

很多時候不知道該怎麼說，那麼就跟對方從討論感受開始，談談為何感到困擾。

　　「若要工作氣氛好，人際關係少不了！」因此建議您可以跟人一起分享這些人際關係的「解決方案」，彼此提醒、打氣。

26. 按照講座內容,當發現自我總是抱怨或易怒時,應當如何處理?

Ⓐ 應多忍耐

Ⓑ 先去散步

Ⓒ 應該先讚美對方

Ⓓ 以記錄的方式描述自己的衝動

27. 當同事或朋友經常做一些困擾你的事情時,應該如何解決最好?

Ⓐ 天天讚美同事以減少衝突或困擾

Ⓑ 不討論困擾的事,會因意見不合跟人翻臉

Ⓒ 只要不去想衝突或困擾的事,事情總會過去

Ⓓ 當我們感到困擾時,最好能跟對方說出感受

五、短文閱讀

　　我們可以選擇公司,但不能選擇老闆。我們可以選擇朋友,但不能選擇同事。職場溝通及人際關係是除了工作技能外,必須不斷練習的。溝通是學習成長重要的一環,而溝通就是說話的藝術。如何有效地掌握時機,運用適當的言語及行動來表達你的意思,讓對方接受並認同,進而達到目標,這就是要學習的功課。

　　溝通是人與人之間傳達情感、態度、事實和想法的過程。良好的溝通是指一種雙向表達的過程,它不是單一的演說,而是用心去了解對方在說什麼,有什麼感受,並且把自己的想法回饋給對方,如戀愛對象、夫妻,或教養孩子的時候;又如與老闆培養默契、與同事互動合作等。

　　另外,關於說話的方式,有時我們在與人溝通時,常會不自覺地用「否定式」、「命令式」或「上對下」的說話方式。一般來說,誰都不喜歡「被批評、被否定」,但是,有時我們卻不知不覺地表現出「自我中心主義」,覺得自己都是對的,別人都是錯的。有句話說:「太強烈的建議,像是一種攻擊。」即使我們說話的出發點是好意的,但如果講話的口氣太強、太不注意到對方的感受,對方聽起來就會像是一種攻擊,令人反感、不舒服。

　　打開心去傾聽和表現同理心才是最有效的溝通。我們有一對耳朵,卻只有一張嘴,由此可見「聽」比「說」來得重要,而且要小心、用心地回應對方才行。說話藝術是人際關係中最重要的一門學問。

28. 關於上述職場關係，下面哪一個說法是對的？
    A 我們無法選擇好老闆和好朋友
    B 有工作技能就能與同事們互動合作愉快
    C 我們只要好好地聽同事說話，就可以有良好的關係
    D 即使我們的出發點是好意的，但對同事講話的口氣還是得溫和

29. 就本文中，「職場關係」該如何溝通、建議或避免？
    A 其實同事們都喜歡並願意接受批評
    B 千萬別給強烈的建議，就像是在攻擊別人一樣
    C 用「命令式」或「下對上」的方式與人溝通比較明確
    D 溝通就是把感受和自己的想法很仔細地說明清楚直到對方接受

30. 關於上述職場關係中「最有效的溝通」，哪一個才是對的？
    A 說話像是演說一樣，人際關係才會好
    B 說話藝術是人際關係唯一的一門學問
    C 打開門隨時與人溝通，人際關係就能變好
    D 唯有打開心認真地聽和有同理心，人際關係才能改善

B. 關鍵詞語

一、主題相關詞語

本單元出處	主題相關詞語
一、對話聽力1.	螢幕、有說有笑
一、對話聽力2.	健身房、教練、慢跑、不定時
一、對話聽力3.	大呼小叫、亂七八糟、語言暴力、承認、暴躁
一、對話聽力4.	待人和氣、輪流、難得、真誠對待、感受、真心
一、對話聽力5.	指責、應對、忍受、清清楚楚、錯誤、指導、解決
四、材料閱讀(一)	低落、致命傷、解決方案、愁苦、專注、搞砸、不滿、人身攻擊、團隊精神
四、材料閱讀(二)	失控、衝突、應付、逃避、受害者、暫停、感恩、描述、反駁、愛現、忽略
五、短文閱讀	職場溝通、工作技能、掌握時機、認同、傳達、不自覺、反感、傾聽、同理心

二、常用詞組

本單元出處	常用詞組	例句
二、完成句子12.	解決困難	他時常伸手援手，解決同學的困難。
四、材料閱讀(一)	掌握進度	主管請我確實掌握這項工作的進度。
四、材料閱讀(二)	感到困擾	有一個很迷他的女孩，天天追著他，跟著他，讓他感到相當困擾。
五、短文閱讀	表達意思	中文不但能表達文字的意思，又具有藝術欣賞的功能。
五、短文閱讀	培養默契	從競賽遊戲的活動中，和同學培養高度的默契及感情。

愛他人，並為他人所愛，
這就是生存的最大樂趣。

A. 測驗練習

一、對話聽力

1. Ⓐ 她希望孩子回到最初的溫柔
   Ⓑ 她真的有用不完的愛心和耐心
   Ⓒ 現在她知道為什麼常常對孩子發脾氣
   Ⓓ 對自己的孩子她要求回報，難以真心付出

2. Ⓐ 不接受捐款讓「社會企業」更能解決社會問題
   Ⓑ 年輕世代能掌握科技工具才有助於提升創造力
   Ⓒ 「社會企業」的經營方式不同於傳統，是不能賺錢的
   Ⓓ 發揮創意更能創造出不同的「社會企業」來做社會公益

3. Ⓐ 產業界不用大學生
   Ⓑ 一技之長比學歷重要
   Ⓒ 大學、研究所不值得上
   Ⓓ 應減少大學畢業生的薪水

4. Ⓐ 騎自行車能使身體健康
   Ⓑ 要靠騎單車來培養革命情感
   Ⓒ 要挑戰自我體能進而挑戰社會
   Ⓓ 一群同好的感染力可以大到改變社會

5. Ⓐ 標準作業流程的服務較好
   Ⓑ 強調個人風格的服務都不到位
   Ⓒ 流露出較濃烈的個人風格的服務較好
   Ⓓ 標準作業流程的服務至少有一定的基本規範

二、完成句子

6. 在公共場所講手機時放低音量，這就是對別人的一種＿＿＿＿。
   Ⓐ 尊敬　　Ⓑ 尊重　　Ⓒ 重視　　Ⓓ 看重

7. 只顧追求自己的利益，而不顧別人的情況，這種人實在是太＿＿＿＿了。
   Ⓐ 私人　　Ⓑ 私心　　Ⓒ 自私　　Ⓓ 隱私

8. 老林跟老張為了一個停車位的問題，對罵了半天，誰也不肯_____。
   Ⓐ 退步　　　　Ⓑ 留步　　　　Ⓒ 讓步　　　　Ⓓ 禮貌

9. 這位護士照顧病人不僅有耐心又很細心，處處為病人著想，非常_____。
   Ⓐ 體貼　　　　Ⓑ 體會　　　　Ⓒ 體能　　　　Ⓓ 體力

10. 人跟人之間的「溝通」是人際關係中很重要的_____。
    Ⓐ 一股　　　　Ⓑ 一圈　　　　Ⓒ 一環　　　　Ⓓ 一番

11. 當員工做得好時，公開_____員工，不但可鼓勵員工士氣，更能提高工作效率。
    Ⓐ 贊成　　　　Ⓑ 贊同　　　　Ⓒ 讚美　　　　Ⓓ 讚嘆

12. 記者報導了戰場上需要人照顧的傷兵，引起了國際上_____的注意與重視。
    Ⓐ 廣博　　　　Ⓑ 廣泛　　　　Ⓒ 廣闊　　　　Ⓓ 擴大

13. 沒有道德觀念的歹徒，為了騙人錢財，什麼_____都使得出來。
    Ⓐ 技術　　　　Ⓑ 手段　　　　Ⓒ 功夫　　　　Ⓓ 特技

三、選詞填空

(一)
　　長期以來，當國際間發生重大災難時，國際紅十字會都會迅速地動員志工，立即__14__各種各樣的援助活動，還捐出各種物資，小自飲用水、食物，大至帳篷、組合屋等等。

　　這個國際組織__15__災民並不因國籍、種族、宗教信仰、社會階級或政治意見而有所不同。並且為了獲得各方的信任和__16__，在任何時候任何地方都必須保持其獨立性及自主性。因此，不僅讓災區民眾感受到愛心不分__17__，同時更受到各國的__18__與肯定。

14. Ⓐ 引入　　　Ⓑ 投入　　　Ⓒ 納入　　　Ⓓ 列入
15. Ⓐ 對等　　　Ⓑ 對待　　　Ⓒ 招待　　　Ⓓ 優待
16. Ⓐ 保護　　　Ⓑ 保存　　　Ⓒ 保持　　　Ⓓ 支持
17. Ⓐ 國界　　　Ⓑ 國土　　　Ⓒ 土地　　　Ⓓ 世界
18. Ⓐ 認定　　　Ⓑ 認知　　　Ⓒ 認同　　　Ⓓ 贊同

(二)

　　學校的班級是由學生加上教師所組成的，每個班級也都擁有 ___19___ 社會的規範、秩序、組織結構及權威階層。

　　師生在班級教學活動中為了達成教育目標所進行的互動，也都很難 ___20___ 這些社會秩序規範，也就是說在教學活動情境中的師生關係，也可說是社會互動型態中的一種，班級可說是社會體系的 ___21___ 版。

　　一項針對「影響青少年學習與教育因素」的調查指出：網路世界的無所不在，使現代的教育已經不全是來自於學校、教師，而父母親對子女價值觀的 ___22___ 與學習參與的程度，以及家中閱讀與學習資源的充足，都對子女的教育有很 ___23___ 的影響，調查指出現代教育應重建家庭倫理，應回歸、落實並重視家長參與子女教育的重要性。

19. Ⓐ 相似　　Ⓑ 類似　　Ⓒ 此類　　Ⓓ 比如
20. Ⓐ 避開　　Ⓑ 避不開　　Ⓒ 離開　　Ⓓ 離不開
21. Ⓐ 縮小　　Ⓑ 放大　　Ⓒ 縮短　　Ⓓ 擴大
22. Ⓐ 輔助　　Ⓑ 補助　　Ⓒ 指示　　Ⓓ 輔導
23. Ⓐ 明白　　Ⓑ 顯出　　Ⓒ 明顯　　Ⓓ 鮮明

四、材料閱讀

(一) 公告

　入山管制問答集：

➢ 為何實施入山管制？
　依國家安全法施行細則規定，部分山地地區應列為管制區，以確保山地治安並維護居民利益，中外人士要進入此類山區者，都須向有關單位申請「入山證」，獲得核可，才能入山。

➢ 如何申請入山證？
　向內政部警政署保安組提出申請，或可向當地警察局申請，應備證件、資料如下：
　1. 國民身分證正本。
　2. 入山者名冊、入山事由、前往地點及停留時間。
　3. 攀登 3000 公尺以上高山需附計畫書及路線圖。

24. 依照國家的入山管制辦法，下面哪一個說法是對的？

Ⓐ 此辦法是為了禁止中外人士入山

Ⓑ 申請入山證同時也必須附上計畫書和路線圖

Ⓒ 為確保山地治安，部分山區得申請入山證來管制

Ⓓ 為維護山地居民的利益，入山證須由有關單位和居民核定

(二) 說明

※ 部落保護區封路自救說明：

　　部落保護區當日入山人數早上限 300 人，下午限 300 人，每天總人數最多600人，從上午7點30分起在本地警局派出所辦理入山證，額滿即止。遊客雖然為當地帶來消費及繁榮，但同時也對觀光景點生態帶來傷害或災害，甚至嚴重影響了本地居民的正常生活。

說明如下

1. 入山管制量是每天600人，但實際上有時甚至湧入3000人。觀光旅遊小巴士不斷地往返，使社區道路無法負擔而造成路面破損，假日時更造成塞車，使居民出入不便。
2. 遊客亂丟垃圾，造成自然環境及居住環境的破壞。
3. 帶團的旅遊解說員胡亂講解，不尊重當地文化。
4. 近日採取封路，阻擋遊客進入，實是不得已。
5. 本部落要求確實落實每日入山總人數600人的限制，觀光小巴自然隨之減量。

　　本部落歡迎自重的觀光客，要是能自己健行入山，欣賞大自然美景，那更是居民、遊客、大自然三贏。

25. 下面哪一個是這個部落保護區要說明的？

Ⓐ 觀光客太多了

Ⓑ 本部落需要救助

Ⓒ 本部落交通不方便

Ⓓ 禁止觀光客進入部落

26. 這則自救說明是由誰出面說明的？
   Ⓐ 入山證管理處
   Ⓑ 當地部落居民
   Ⓒ 環境保護團體
   Ⓓ 當地警局派出所

27. 根據說明，下面哪一個跟觀光客的個人行為有直接關係？
   Ⓐ 亂丟垃圾
   Ⓑ 亂開遊覽車
   Ⓒ 亂阻擋遊客
   Ⓓ 亂解說當地文化

五、 短文閱讀

　　媒體報導某人因為他個人在心理上的問題，而去傷害不特定的社會大眾，甚至造成嚴重的傷亡。有些讀者、網民就會投書報刊或上網發文，認定這個人一定是個精神疾病的患者，一定要馬上限制他的自由，要強迫他住進精神病院治療，要不然會對社會帶來重大的傷害。

　　但以現代專業的專科醫師來說，他們是不會如此隨便就下結論的。一般人不能根據媒體上的報導就認為：精神疾病的患者一定會做出瘋狂傷害人的行為來。否則像這樣「貼標籤」的主觀認定，會使一些在精神上有問題而需要求助於醫生的病人，因為擔心被「標籤化」、被認為也是會做出傷害人的行為，而不敢就醫，不敢向外求助，結果會使許多精神健康上有問題的民眾，病情更為嚴重，更無法有效地治療改善。有病就要治療，精神疾病也是如此，把他們標籤化，只會使他們退縮，甚至放棄就醫。

　　現今醫療科學再怎麼進步，也無法預知一個有精神疾病的人，他往後的人生會有什麼樣的發展。我們社會應該努力的是，給精神上有問題的人或已經患有精神疾病的人更多的愛心、關懷和正面的支持。

28. 下面哪一個說法跟短文中談到的「標籤化」<u>沒有</u>關係？
   Ⓐ 精神疾病患者一定會殺人
   Ⓑ 去看精神專科醫師的人一定很瘋狂
   Ⓒ 精神健康有問題的人一定要限制自由
   Ⓓ 斷定某人是精神疾病患者的讀者要強制治療

29. 根據這篇短文的內容，精神疾病者被貼標籤，會產生什麼反效果？
   Ⓐ 會無法限制他們的自由
   Ⓑ 會使他們更瘋狂地傷害人
   Ⓒ 會使他們不敢針對問題就醫
   Ⓓ 會使醫生不敢針對他們的病情下結論

30. 哪一個選項裡有這段短文<u>沒提到</u>的人或事？
   Ⓐ 瘋狂、強制、強迫
   Ⓑ 醫師、患者、護士
   Ⓒ 疾病、就醫、治療
   Ⓓ 媒體、讀者、社會大眾

B. 關鍵詞語

一、主題相關詞語

本單元出處	主題相關詞語
一、對話聽力1.	志工、奉獻、懊惱、竟然、驚醒
一、對話聽力2.	社會企業、領域、公益、捐款
一、對話聽力3.	起薪、學歷、貶值、產業界、凸顯
一、對話聽力4.	挑戰、祥和、同好、培養、感染力
一、對話聽力5.	強調、流程、感受、流露、濃烈、風格、規範、到位、貼心
三、選詞填空(一)	災難、迅速、援助、對待、支持、國籍、國界、種族、認同
三、選詞填空(二)	班級、組成、類似、避開、縮小、因素、輔導、參與、資源、充足、明顯、調查、指出、倫理、回歸、落實
四、材料閱讀(一)	管制、確保、治安、維護、利益、核可、名冊、事由、攀登
四、材料閱讀(二)	部落、額滿、消費、繁榮、生態、傷害、災害、往返、負擔、破損、破壞、胡亂、尊重、阻擋、限制
五、短文閱讀	媒體、偏差、嚴重、傷害、傷亡、造成、投書、刊登、疾病、患者、限制、強迫、治療、瘋狂、標籤、就醫、改善

二、常用詞組

本單元出處	常用詞組	例句
一、對話聽力3.	不……反……	近年來政府預算壓力大，對體育經費的補助相對減少，許多訓練、比賽受影響，選手成績不進反退。
四、材料閱讀(一)	維護利益	忠於政府與維護國家基本利益是公務人員應盡的責任和義務。
五、短文閱讀	造成傷亡	921全台大地震造成空前慘重的傷亡，救援和重建工作艱辛而漫長。

好習慣是一個人
在社交場合所能
穿著的最佳服飾

Note

> A. 測驗練習

一、對話聽力

1. Ⓐ 靠應酬來談生意是免不了的
   Ⓑ 這位先生拼命想把自己的身體搞壞
   Ⓒ 乾杯會破壞氣氛,生意就談不成了
   Ⓓ 做業務這一行的,只有一半的人天天應酬

2. Ⓐ 他們並非透過學校組織起來的
   Ⓑ 這些中學生是各自到火車站幫忙老人提行李的
   Ⓒ 因為受到學校表揚,所以現在有更多的自願者加入
   Ⓓ 這些中學生是利用寒假旅行的機會,到火車站幫忙老人提行李的

3. Ⓐ 這位先生不排斥出國工作,因為他還是單身
   Ⓑ 這位先生的公司要派人出國工作,但並不包括他
   Ⓒ 家人的感受是這位先生猶豫要不要出國工作的主因
   Ⓓ 有的人提早回來,是因為他們的家人無法融入當地的生活

4. Ⓐ 包紅包的習俗是大學中的一門課
   Ⓑ 這位先生現在還是常常跟小王有工作上的來往
   Ⓒ 為了不失禮,這位先生包紅包的金額不會太少
   Ⓓ 為了恭喜小王換工作,所以這位先生要包個紅包給小王

5. Ⓐ 報名老人大學的人不多,一定還有名額
   Ⓑ 這位小姐覺得充電有助於擺脫單調的日子
   Ⓒ 這位先生因為現在沒有體力去玩,所以覺得日子很單調
   Ⓓ 這位先生雖然怕坐在教室裡聽老師講話,但他還是要去上課

二、完成句子

6. 有共同愛好的人，比較容易建立_____關係。
   Ⓐ 交際　　　　Ⓑ 交往　　　　Ⓒ 社交　　　　Ⓓ 社團

7. 在捷運上講電話，應該_____說話的音量，才不會影響別人。
   Ⓐ 管制　　　　Ⓑ 改善　　　　Ⓒ 調整　　　　Ⓓ 縮減

8. 家庭、學校、朋友都會影響青少年的_____形成。
   Ⓐ 人格　　　　Ⓑ 人生　　　　Ⓒ 人事　　　　Ⓓ 人力

9. 公共場所之所以禁菸，是要避免二手菸造成其他人的_____。
   Ⓐ 困境　　　　Ⓑ 困擾　　　　Ⓒ 困難　　　　Ⓓ 打擾

10. 台灣現在有越來越多的新移民，該如何幫助他們適應社會，值得好好_____。
    Ⓐ 評論　　　　Ⓑ 判斷　　　　Ⓒ 妥協　　　　Ⓓ 思考

11. _____學歷高、收入高、外貌佳，然而由於工作忙碌，很多年過三十的男女都還是
    單身。
    Ⓐ 儘管　　　　Ⓑ 儘量　　　　Ⓒ 僅僅　　　　Ⓓ 不僅

12. 我看了一部早期的台灣電影，裡面_____很多農村生活的場景，讓我感受到濃濃的
    人情味。
    Ⓐ 表揚　　　　Ⓑ 刻畫　　　　Ⓒ 插播　　　　Ⓓ 素描

13. 喜歡相同音樂類型的人，他們之間往往有較多的共通話題，這是因為音樂在無形中
    _____出他們共同的想法。
    Ⓐ 暗示　　　　Ⓑ 描述　　　　Ⓒ 傳達　　　　Ⓓ 傳送

三、選詞填空

(一)

　　九十年代中期，情緒商數（EQ）成為探討人際關係的熱門指標。無論在任何社會文化背景下，一般人都認同高EQ才是成功的 __14__ ，EQ的重要性是才能與智能的兩倍。二十年後，網路深入大眾生活，社會隨著環境的 __15__ ，除了EQ外，專注力開始受到人們關注。在這個時代，建立人際關係的管道 __16__ 轉移到網路，但也由於網路上五花八門的內容很輕易就 __17__ 人們的專注力，人際關係因而受到負面影響。有人說，專注力像「肌肉」，若不鍛鍊就會 __18__ 。有意識地培養對他人的專注力，才能優化人際關係。

14. Ⓐ 規律　　　Ⓑ 關鍵　　　Ⓒ 方案　　　Ⓓ 領土
15. Ⓐ 滅亡　　　Ⓑ 起飛　　　Ⓒ 循環　　　Ⓓ 變遷
16. Ⓐ 大幅　　　Ⓑ 劇烈　　　Ⓒ 慎重　　　Ⓓ 迫切
17. Ⓐ 阻擋　　　Ⓑ 耽誤　　　Ⓒ 分散　　　Ⓓ 制止
18. Ⓐ 退化　　　Ⓑ 短缺　　　Ⓒ 投降　　　Ⓓ 縮水

(二)

　　做人可說是人生中最重要的一堂課。懂得在社會上做人的道理，當碰到困難時，才不會 __19__ 無援。在華人文化中，尤其如此。

　　台灣有一家營運五十年的公司，專門生產大型機器。初期的客戶多半是創業的年輕人，工廠老闆看他們資金並不 __20__ ，總是大方地先把設備借給他們用，讓他們用分期付款的方式慢慢還。這種為人著想的態度，培養出許多忠實的客戶，往往從第一代到第二、第三代的父子、兄弟，甚至是夫妻，都一直向他們訂購機器。在2009年全球發生金融危機的時候，這家工廠也受到 __21__ ，資金被銀行凍結，頓時 __22__ 困境。然而，當時客戶都沒有 __23__ 他們，依然向他們下訂單。跟他們配合的上游工廠，也照常提供零件給他們。公司裡的員工跟主管也選擇相信公司，留下來一起度過最艱難的時候。就是靠過去累積下來的信用，才讓這家工廠安然撐過了金融危機。

19. Ⓐ 孤立　　　Ⓑ 獨自　　　Ⓒ 寂寞　　　Ⓓ 自立
20. Ⓐ 濃厚　　　Ⓑ 豐滿　　　Ⓒ 寬裕　　　Ⓓ 富足
21. Ⓐ 折磨　　　Ⓑ 威脅　　　Ⓒ 壓迫　　　Ⓓ 侵害
22. Ⓐ 充滿　　　Ⓑ 陷入　　　Ⓒ 喚起　　　Ⓓ 引起
23. Ⓐ 躲避　　　Ⓑ 拋棄　　　Ⓒ 冤枉　　　Ⓓ 閃開

四、材料閱讀

(一) 文宣品 ✂

台北市社區暨志願服務推廣中心

服務項目

一、志工人力招募與媒合
二、志願服務理念的宣導
三、教育訓練暨人才培訓
四、舉辦觀摩研習、聯歡活動與獎勵表揚
五、推廣各式創新方案
六、發行志願服務刊物

你也想幫助社會弱勢族群，成為我們的一份子嗎？
請洽台北市社區暨志願服務推廣中心

專線：02-2700-6200　　　傳真：02-2700-5353
地址：台北市中正區中華路一段**129**號

24. 這是一份什麼樣的文宣品？
Ⓐ 徵文辦法及投稿方式
Ⓑ 宣導手冊及索取方式
Ⓒ 研習內容及洽詢專線
Ⓓ 機構簡介及招募資訊

25. 關於這個中心提供的服務，下面哪一個是對的？
Ⓐ 出版教育類的書籍
Ⓑ 負責公務員的培訓
Ⓒ 補足志工的人力短缺
Ⓓ 提供外界舉辦聯歡活動的場地

(二) 告示

入場須知

- 超過A3尺寸的行李請寄存於服務台寄物處，私人貴重物品請自行保管。
- 攜帶寵物（導盲犬除外）、服裝不整、嚼食口香糖或檳榔，均不得入內。
- 依據菸害防制法規定，本館不分館內區或戶外區全面禁菸。
- 特定展區僅開放一般民眾拍照，其餘皆禁止拍照或錄影。
- 在特定展區拍照，不得使用閃光燈及腳架。
- 新聞報導、教學、學術研究等用途，請於三天前洽服務台提出申請入內攝影，包括拍照及錄影，但本館謝絕婚紗攝影、個人專輯、商業專輯等。
- 場內工作人員一律不提供攝影服務。
- 未經許可或未租用語音導覽系統，請勿私自進行任何導覽及解說服務。

為維護所有參觀者的權益，如不遵守本須知，本館有權加以制止或要求離場。

---

26. 根據入場須知，下列哪一種人<u>不可以</u>入場？
    Ⓐ 穿拖鞋遛狗的人
    Ⓑ 電視台的攝影記者
    Ⓒ 做研究的大學教授
    Ⓓ 沒有租用語音導覽系統的人

27. 想要在場內攝影，要注意什麼？
    Ⓐ 場內工作人員可協助拍照
    Ⓑ 所有展區都開放給一般民眾拍照
    Ⓒ 婚紗攝影必須在三天前向服務台申請
    Ⓓ 只要關閉閃光燈，不用腳架，就可以在特定展區拍照

28. 在哪一種情況下，參觀者會影響到別人的權益而被館方制止或要求離場？
    Ⓐ 在戶外區吸菸
    Ⓑ 由導盲犬陪同
    Ⓒ 租用語音導覽服務
    Ⓓ 隨身攜帶私人貴重物品

五、短文閱讀

在這個全球化的時代，有各種異國交流經驗並不稀奇，身為地球公民，多數人起碼都會說一點英文，有的人甚至擅長使用兩種以上的國際語言。因此，語言不再是人際交流上的阻礙，反而是其他「跨文化」的禮儀課題更需要學習。

周經理是一位跨國企業的總經理，因為工作的緣故，必須適應每年長達三、四個月的跨國飛行，管理56個國家的分部。像他這樣工作型態的人並非少數。他說，第一次到法國分公司時，由於他只會使用簡易的當地語言，因此一直苦思怎麼發展人際圈。他觀察到一位四十多歲的技工師傅，總是邊聽古典音樂邊工作，午餐時享用自己帶來的葡萄酒和乳酪麵包，非常自得其樂。他也仿效這位員工，帶酒跟乳酪來工廠，嘗試建立彼此的共通點，趁中午休息時間打入對方的圈子。和對方交換名片時，即使看見名片上的名字拼法很熟悉，他依舊用英文請教師傅該怎麼念。結果法文念法完全跟他預期的不同。幸好他先問了，要不然萬一念錯了，豈不是讓對方感覺受到侮辱？

在異地生活，對於打破文化的藩籬，周經理認為，要先試著發現差異，並且尊重差異，正確地念出對方的姓名就是第一步。即使語言不通，這一步也省略不得。最好親自請教對方，以免出錯。

29. 根據文章，在這個全球化的時代，身為地球公民可能會碰到什麼事？
Ⓐ 有異國交流經驗變得很稀奇
Ⓑ 跨文化禮儀課題的重要性超越語言學習
Ⓒ 只有少數人必須適應跨國飛行的工作型態
Ⓓ 因為多數人不擅長使用外語，使得語言成為人際交流上的阻礙

30. 以周經理的經驗為例，要成功地達到異國交流，應該注意什麼？
Ⓐ 觀察對方的喜好，建立彼此的共通點
Ⓑ 休息時間不要打擾對方，遠離對方的圈子
Ⓒ 交換名片時，要立即念出對方的姓名，才不會侮辱對方
Ⓓ 在語言不通的情況下，可以省略不念對方的姓名，以免出錯

B. 關鍵詞語

一、主題相關詞語

本單元出處	主題相關詞語
一、對話聽力1.	應酬、拼命、難免、乾杯、敬酒、破壞、業務、多半、如此
一、對話聽力2.	報導、犧牲、自願、組織、相約、善事、表揚、無所謂、徵求
一、對話聽力3.	開拓、名單、企業、潮流、猶豫、單身、排斥、提早、融入
一、對話聽力4.	喜帖、習俗、學問、私底下、恐怕、破費、數目、失禮、金額
一、對話聽力5.	退休、單調、擺脫、充電、活躍、踴躍、截止、名額
三、選詞填空(一)	探討、指標、認同、變遷、專注、關注、轉移、鍛鍊、優化
三、選詞填空(二)	孤立無援、真實、營運、創業、著想、忠實、危機、凍結、頓時、照常、零件
四、材料閱讀(一)	志願、招募、媒合、宣導、培訓、觀摩、研習、聯歡、方案、發行、刊物、弱勢、族群
四、材料閱讀(二)	須知、寄存、貴重、保管、攜帶、嚼食、特定、其餘、禁止、用途、謝絕、租用、導覽、私自、解說遵守、制止、離場
五、短文閱讀	稀奇、起碼、擅長、阻礙、禮儀、課題、緣故、適應、型態、簡易、苦思、觀察、自得其樂、仿效、嘗試、共通、熟悉、依舊、預期、幸虧、侮辱、藩籬、省略

二、常用詞組

本單元出處	常用詞組	例句
一、對話聽力1.	破壞氣氛	樂隊和歌迷又唱又跳，氣氛熱烈，突然停電，真是破壞氣氛。
一、對話聽力3.	看樣子	那個籃球隊已經連輸了三場，看樣子無法進入決賽了。
一、對話聽力4.	來往密切	這兩個國家關係良好，在政治、經濟上的來往相當密切。
一、對話聽力5.	缺乏動力	最近太累，加班費又沒有預期的高，實在缺乏加班的動力。
二、完成句子6.	建立關係	結婚不只是建立一個新的小家庭，也要和男女雙方的家庭建立良好的關係。
二、完成句子9.	造成困擾	患了失憶症的老人，喪失了正常的生活能力，還經常走失，造成家人不小的困擾。
四、材料閱讀(二)	未經許可	根據民用航空法的規定，直升機未經許可，不可以無故在飛行場以外降落或起飛。

本單元出處	常用詞組	例句
四、材料閱讀(二)	維護權益	每個考區的考試環境都一樣，以<u>維護</u>考生公平的<u>權益</u>。
五、短文閱讀	受（到）侮辱	因為同學笑他膽子小怕事，他覺得自尊心<u>受侮辱</u>，兩個人就打起來了。
五、短文閱讀	打破藩籬	學習不同的語言，了解不同的文化就是希望能<u>打破</u>所有的限制和<u>藩籬</u>，讓不同的文化都能溝通交流。

不傳壞話，減少是非，是促進人際關係重要的一環，好話要多傳，壞話一句也不傳。

A. 測驗練習

一、對話聽力

1. Ⓐ 長壽的人都身體健康
   Ⓑ 身體老化使人無法長壽
   Ⓒ 個性開朗是長壽的特色之一
   Ⓓ 在生活起居上都能自理者才能
      長壽

2. Ⓐ 她破相所以被貓抓了
   Ⓑ 她走倒楣運所以破相了
   Ⓒ 她說傷口會長好不算破相
   Ⓓ 這位先生破壞了她原來的面相

3. Ⓐ 復健方法不同於以往
   Ⓑ 復健科現在不做運動傷害的治療
   Ⓒ 這位先生說摔傷的人現在多於
      以往
   Ⓓ 這位先生說復健科熱門是因老人
      增加了

4. Ⓐ 反省慢食慢活的生活
   Ⓑ 推行網路科技的生活
   Ⓒ 研究速食和慢食之間的不平衡
   Ⓓ 經多元的管道選擇多元生活方式

5. Ⓐ 捐贈的器官是否沒問題
   Ⓑ 手術後是否能恢復健康
   Ⓒ 外科醫生的技術是否夠好
   Ⓓ 捐贈器官之後身體外觀會變得奇怪

二、完成句子

6. 朋友住院了，我去醫院_____，祝他早日康復。
   Ⓐ 看病　　　　Ⓑ 探病　　　　Ⓒ 看診　　　　Ⓓ 慰問

7. 「能幫助他人」的這個_____意願，使他願意捐出器官助人。
   Ⓐ 強調　　　　Ⓑ 勉強　　　　Ⓒ 強烈　　　　Ⓓ 強度

8. 工作時間長，壓力又大，會使身心失去_____。
   Ⓐ 平等　　　　Ⓑ 平常　　　　Ⓒ 平衡　　　　Ⓓ 平靜

9. 空氣汙染所_____的影響，有可能使正常細胞轉變成癌細胞。

Ⓐ 造成　　　　　Ⓑ 達成　　　　　Ⓒ 完成　　　　　Ⓓ 成為

10. 一般人運用的腦力不超過10%，但那位天才超人，卻能_____到八成以上。

Ⓐ 發明　　　　　Ⓑ 發現　　　　　Ⓒ 發揮　　　　　Ⓓ 發表

11. 還沒老，卻_____感覺到記憶力大減，這是老化現象嗎？

Ⓐ 明明　　　　　Ⓑ 明顯　　　　　Ⓒ 證明　　　　　Ⓓ 明白

12. 健康飲食的_____不在吃肉或是吃素食，而是在要有正確的飲食觀念。

Ⓐ 相關　　　　　Ⓑ 關係　　　　　Ⓒ 關鍵　　　　　Ⓓ 影響

13. 有些健康食品的廣告_____了它的功效，有的甚至會傷害到身體的健康。

Ⓐ 誇　　　　　　Ⓑ 誇大　　　　　Ⓒ 誇讚　　　　　Ⓓ 誇獎

三、選詞填空

（一）　　當你發現你的聽力可能產生問題時，不要不當一回事，請立即前往醫院或專業的助聽器公司__14__聽力檢查，__15__能立刻得知目前的聽力狀況，再進一步決定__16__需要戴助聽器。

　　一般人通常很難了解，聽力受到損傷的患者所處的世界__17__與一般人有什麼不同？對他們而言，生活的改變不僅僅是環境變得安靜而已。到底聽力減退造成的影響是什麼？最__18__的就是在與人說話時，有明顯的溝通困難。

14. Ⓐ 進行　　　　Ⓑ 改進　　　　Ⓒ 促進　　　　Ⓓ 進一步
15. Ⓐ 便　　　　　Ⓑ 便利　　　　Ⓒ 使　　　　　Ⓓ 使得
16. Ⓐ 是否　　　　Ⓑ 可否　　　　Ⓒ 需否　　　　Ⓓ 願否
17. Ⓐ 竟　　　　　Ⓑ 竟然　　　　Ⓒ 究竟　　　　Ⓓ 畢竟
18. Ⓐ 顯得　　　　Ⓑ 顯示　　　　Ⓒ 顯然　　　　Ⓓ 顯著

（二）

　　有個歌星開 __19__ 會時，為了求好，除了唱歌還表演特技，在彩排時，發生意外，頭部撞到地板，當場臉上、身上、地上都是血，馬上送醫急救。

　　在網路上就有人留言回應，覺得演唱會為什麼不能好好地唱歌，為什麼要做一些非專業的甚至跟唱歌 __20__ 關係的特技。

　　這裡的「特技」指的是超過一般人平常動作能力的高難度表演，可能邊唱邊做，也可能只做不唱，不論如何，都會帶來一定的 __21__ ，威脅到身體的安全，造成身體的 __22__ 。

　　一些特技表演就算在電視上播出，也一定會在畫面上打出警語「危險 __23__ ，請勿模仿」。就是要我們注意安全，以免身體受傷。

19. Ⓐ 表演　　　Ⓑ 演唱　　　Ⓒ 演出　　　Ⓓ 開演
20. Ⓐ 沒拉扯　　Ⓑ 拉得上　　Ⓒ 扯得上　　Ⓓ 扯不上
21. Ⓐ 冒險　　　Ⓑ 風險　　　Ⓒ 驚險　　　Ⓓ 保險
22. Ⓐ 傷害　　　Ⓑ 災害　　　Ⓒ 損害　　　Ⓓ 損失
23. Ⓐ 作品　　　Ⓑ 作為　　　Ⓒ 動作　　　Ⓓ 行動

四、材料閱讀

（一）公告 ✂

捐血注意事項：
- 須帶身分證明文件。
- 須經過初步的問診、量血壓、量體重及檢測血色素等。
- 年齡在十七歲以上，六十五歲以下，身體一般健康情況良好者。
- 女性體重應在四十五公斤以上，男性應在五十公斤以上。
- 量體溫時，不超過攝氏三十七度半。
- 懷孕中或產後六個月內，以及手術未滿一年者暫時不應捐血。
- 吸毒或有高危險傳染病者不得捐血。

24. 以下四個人誰可以捐血？
    (A) 今年剛滿十八歲的大年
    (B) 生完孩子剛滿月的美美
    (C) 上個月開刀已出院的老王
    (D) 身材苗條只有四十公斤的王小姐

25. 捐血時<u>沒有</u>做什麼檢查？
    (A) 量身高
    (B) 量體重
    (C) 量體溫
    (D) 量血壓

(二) 說明 ✂

　　聽力受到損害指的是因為各種原因所造成的聽覺敏感度下降的情況。當你發現你的聽力可能受損，請立即前往醫院進行聽力檢查，便能立刻得知目前的聽力狀況。一般來說，受損的聽力很難恢復。

　　另外專業的助聽器公司也能檢查聽力，進一步決定是否需要配戴助聽器，以協助與人溝通時的聽力。下面是以計算聲音響度的單位「分貝」來說明聽力的受損情況。

- 正常聽力（10-25分貝）
  對正常的聲音及語言能清楚分辨

- 輕度聽力受損（26-40分貝）
  對細小的聲音難以分辨，如在樹林中風吹的聲音

- 中度聽力受損（41-55分貝）
  對日常對話有聽覺上的困難，交談時覺得聲音模糊不清楚

- 重度聽力受損（71-90分貝）
  對於叫喊的聲音及吵雜的大聲音量，如汽車喇叭聲之類的聲音才有反應

26. 這張說明的重點是什麼？
    (A) 說明什麼是分貝
    (B) 說明聲音的大小
    (C) 說明聽力受損的情況
    (D) 說明什麼時候要戴助聽器

27. 下面哪一個說法符合這張說明的意思？
    (A) 配戴助聽器可恢復受損的聽力
    (B) 分貝數字越大聽力受損愈嚴重
    (C) 聽覺敏感度下降才不會使聽力受損
    (D) 分貝數字越大對聽力越好，聽得越清楚

五、短文閱讀

「生命輕如鴻毛，重如泰山」，這句話的意思是：一個人因為自己個人的小事或無關緊要的事死了，對別人沒什麼意義，也沒什麼貢獻，所以他的死，就跟沒什麼重量的羽毛一般，沒什麼特別可說的。但有些人可能為了他人，或是仁義道德而犧牲生命，他的死可能會影響到很多人，這樣死的意義就很不一樣，就如同泰山那麼重大，那麼不可忽視。

有位醫學研究所學生，身為單親家庭的長子，一路半工半讀，一個人長期負擔家庭經濟，一天打三份工，為了多賺點錢，還上大夜班，長期作息的不正常及疲累，使他的身體抵抗力下降，得了癌症。他怕母親及家人擔憂，不但沒告訴家人，甚至也不就醫，繼續苦撐，直到身體實在撐不下去而過世了。母親得知實情，自責痛哭地說：「人活著才有希望，要是沒有健康的身體，什麼也做不了、做不成了。」

生命真的可以是輕如鴻毛，也可以是重如泰山。……

28. 這位研究生做了什麼事讓他母親痛哭？
    Ⓐ 上大夜班
    Ⓑ 一路半工半讀
    Ⓒ 不願告訴家人病情
    Ⓓ 長期負擔家庭經濟

29. 哪一個是這篇短文主要的意思？
    Ⓐ 人不能為小事而死
    Ⓑ 死也能死得很有意義
    Ⓒ 身體疲累，抵抗力會下降
    Ⓓ 人因工作疲累而死不值得

30. 哪一個例子最符合第一段的觀點？
    Ⓐ 一個人因為失戀而自殺，他的生命真是輕如鴻毛
    Ⓑ 他因失業無法照顧家人的生活，因此自殺了，他的生命真是重如泰山
    Ⓒ 他控制不了脾氣而殺了好幾個人，最後自己也自殺了，他的生命真是重如泰山
    Ⓓ 救難人員為了爭取讓民眾逃離的幾分鐘時間，結果自己反而死了，他的生命真是輕如鴻毛

B. 關鍵詞語

一、主題相關詞語

本單元出處	主題相關詞語
一、對話聽力1.	長壽、根據、統計、作息、避免、抱持、正面、樂觀、開朗
一、對話聽力2.	破相、傷口、痕跡、面相、運氣、倒楣
一、對話聽力3.	復健、摔、治療、退化、冷門、造成
一、對話聽力4.	檢討、反省、利弊、慢食、慢活、有益
一、對話聽力5.	器官、捐贈、反應、外觀、技術、手術、狀況、恢復
三、選詞填空(一)	立即、進行、檢查、助聽器、是否、究竟、竟然、畢竟、顯著、明顯、顯然、顯得
三、選詞填空(二)	演唱、彩排、特技、難度、送醫、急救、動作、風險、威脅、模仿
四、材料閱讀(一)	捐血、注意、事項、暫時、懷孕、吸毒、傳染
四、材料閱讀(二)	損害、聽覺、敏感度、受損、配戴、分貝、模糊
五、短文閱讀	生命、犧牲、貢獻、奉獻、作息、抵抗力、撐、自責

二、常用詞組

本單元出處	常用詞組	例句
一、對話聽力4.	取得平衡	政府需在環保和經濟之間設法取得微妙的平衡。
二、完成句子9.	造成影響	網路遊戲對兒童的身心發展,是否會造成負面的影響?
二、完成句子13.	誇大功效	廣告常誇大了健康食品的功效,消費者應該審慎評估。
三、選詞填空(一)	產生問題	現代社會結構、生活型態的轉變,產生了許多老人安養、婦女就業、孩童就學上的問題。
三、選詞填空(一)	進行檢查	針對今年入學的新生進行健康檢查。
三、選詞填空(二)	發生意外	家中的浴室、廚房,是最容易發生燒燙傷意外的地方。

保持健康的唯一辦法是:
吃你所不願吃的東西,喝你所不愛喝的飲料,做你所不想做的事情。

A. 測驗練習

一、對話聽力

1. Ⓐ 王老先生的兒子二十四小時來照
顧他
Ⓑ 專業看護一方面照顧老先生，一
方面也照顧全家人
Ⓒ 請專業看護最重要的功能是幫王
老先生洗澡，讓他睡得好一點
Ⓓ 王老先生現在一個人住，所以他
兒子請了一個專業看護來照顧他

2. Ⓐ 許多不養寵物的人也喜歡去那家
寵物餐廳
Ⓑ 學校裡新養了很多小貓小狗當成
大家的寵物
Ⓒ 那家寵物餐廳的客人很多，容易
害寵物生病
Ⓓ 只有養寵物的人才支持那家餐廳
的經營方式

3. Ⓐ 這家飯店提供的拋棄式個人衛生
用品不包括毛巾
Ⓑ 這位先生覺得使用拋棄式個人衛
生用品太不方便了
Ⓒ 這家飯店向來就不提供拋棄式個
人衛生用品給客人用
Ⓓ 這家飯店為了響應環保而不再提
供拋棄式個人衛生用品了

4. Ⓐ 妹妹沒想到大姐居然對客人這麼
隨和
Ⓑ 弟弟怕弄髒大姐的新沙發，所以
不敢坐下來
Ⓒ 妹妹覺得去大姐家聽起來讓人不
自在，不如不去
Ⓓ 大姐會檢查客人有沒有把東西吃
完，讓客人很緊張

5. Ⓐ 感染新型流感，初期會讓人非常
疲倦
Ⓑ 感冒發燒就要馬上服藥，才能避
免新型流感
Ⓒ 打噴嚏、咳嗽，並不會把流感病
毒傳染給別人
Ⓓ 新型流感有很多不同症狀，但還
不至於有性命危險

二、完成句子

6. 個人衛生習慣是否良好，會影響到別人對你的_____。
   Ⓐ 觀念　　　　Ⓑ 觀賞　　　　Ⓒ 觀光　　　　Ⓓ 觀感

7. 充足的睡眠是健康的_____，因此最好不要熬夜。
   Ⓐ 原則　　　　Ⓑ 原本　　　　Ⓒ 根本　　　　Ⓓ 根據

8. 各國_____進入感冒流行期，出國旅遊要特別注意個人衛生。
   Ⓐ 陸續　　　　Ⓑ 連續　　　　Ⓒ 連接　　　　Ⓓ 接近

9. _____洗手是注重個人衛生最基本的方式。
   Ⓐ 正經　　　　Ⓑ 經常　　　　Ⓒ 經歷　　　　Ⓓ 通常

10. 讓正確的衛生知識_____，才能改變一般國民的衛生習慣。
    Ⓐ 普及　　　　Ⓑ 普通　　　　Ⓒ 通過　　　　Ⓓ 透過

11. 大眾溫泉池應設有衛生管理人員以及_____的急救人員。
    Ⓐ 合適　　　　Ⓑ 合算　　　　Ⓒ 合理　　　　Ⓓ 合格

12. 夏季氣候潮濕炎熱，應做好衛生措施，才能減少_____各種疾病的風險。
    Ⓐ 感激　　　　Ⓑ 感受　　　　Ⓒ 感到　　　　Ⓓ 感染

13. 改造觀光夜市的環境，能提高觀光客去夜市玩的_____。
    Ⓐ 意外　　　　Ⓑ 意願　　　　Ⓒ 意識　　　　Ⓓ 意志

三、選詞填空

(一)　　小家庭或單身者在家中飼養寵物，能增進家中 __14__ 的氣氛，但像小貓小狗掉毛、處理大小便這種 __15__ 避免的問題，卻讓人大傷腦筋。家中也許有人會對貓毛狗毛過敏，嚴重的還會 __16__ 打噴嚏或全身發癢。此外，貓狗的大小便如果沒有立即清理，則容易有異味，味道也不容易 __17__ 。其實寵物並 __18__ 讓主人增加困擾，而且現在有很多好用的清潔產品可以選擇，主人只要稍微用心，維持空間的整潔及全家人的健康並不難。

14. Ⓐ 歡呼　　　Ⓑ 歡喜　　　Ⓒ 歡樂　　　Ⓓ 娛樂
15. Ⓐ 足以　　　Ⓑ 難以　　　Ⓒ 加以　　　Ⓓ 以便
16. Ⓐ 繼續　　　Ⓑ 連續　　　Ⓒ 連接　　　Ⓓ 連忙
17. Ⓐ 取消　　　Ⓑ 消化　　　Ⓒ 消滅　　　Ⓓ 消除
18. Ⓐ 無意　　　Ⓑ 無情　　　Ⓒ 無數　　　Ⓓ 無限

◣（二）　　洗衣機使用的時間越長，＿＿19＿＿的細菌越多，反而會讓衣服越洗越髒。這個問題跟我們的健康有關，卻很容易被＿＿20＿＿。洗衣機要是擺在潮濕或通風不良的地方，細菌的＿＿21＿＿就更快了，而細菌也有可能經由衣服引起皮膚感染。最好每隔3個月就對洗衣機進行＿＿22＿＿清潔。平常洗衣機＿＿23＿＿用過，就應敞開蓋子，讓內部通風一段時間。

19. Ⓐ 集中　　　Ⓑ 儲存　　　Ⓒ 結合　　　Ⓓ 累積
20. Ⓐ 誤會　　　Ⓑ 輕視　　　Ⓒ 忽略　　　Ⓓ 大意
21. Ⓐ 繁殖　　　Ⓑ 繁榮　　　Ⓒ 繁忙　　　Ⓓ 繁重
22. Ⓐ 深刻　　　Ⓑ 徹底　　　Ⓒ 空前　　　Ⓓ 健全
23. Ⓐ 一再　　　Ⓑ 一致　　　Ⓒ 一齊　　　Ⓓ 一旦

四、材料閱讀

（一）雜誌報導 ✂

BREAKFAST

　　早餐外食人口多，不止平價餐廳競爭激烈，連高價餐廳也紛紛推出各種早餐特價組合，希望吸引消費者上門。不過，如今消費者對餐廳的要求逐漸提高，光是優惠價已不能滿足消費者。根據本期雜誌調查，不論平價或高價，消費者心中理想的餐廳條件包括：
● 店內環境乾淨明亮。
● 處理食物的店員應戴口罩和手套，且不應同時算帳。
● 餐點最好能現點現做，以減少細菌隨時間增加。
● 菜單上除了一般餐點，最好能另外提供全麥麵包、無糖飲料、生菜沙拉等較為健康的選擇。
● 店家所使用的容器，內用應以玻璃或瓷器為主，外帶應使用合格的耐熱容器。

24. 消費者心中理想的早餐餐廳，有什麼條件？
　　Ⓐ 內用外帶都使用合格的耐熱容器
　　Ⓑ 餐點最好能事先做好，以減少細菌隨時間增加
　　Ⓒ 處理食物和結帳的工作由不同的店員分開來做
　　Ⓓ 菜單上只提供全麥麵包、無糖飲料和生菜沙拉即可

25. 下面哪一個是對的？
　　Ⓐ 平價餐廳競爭激烈，高價餐廳則不受影響
　　Ⓑ 消費者在選擇餐廳時，優惠是唯一的條件
　　Ⓒ 為了吸引消費者上門，平價餐廳比高價餐廳推出更多優惠組合
　　Ⓓ 消費者對餐廳的要求越來越高，不只重視店內環境，還有其他的條件

(二) 宣導圖片 ✄

健康小學堂

感冒篇

感冒了怎麼辦？

發現自己有感冒症狀時，不一定要馬上吃藥，但應多休息，並攝取充足的水分。

　　自己購買感冒藥時，應注意成分。要先閱讀包裝上的說明或問過藥師再買。某些感冒藥的常見成分容易讓人想睡，因此從事有危險性工作的人，要避免在工作中服用。成人服用感冒藥最多一週，情況沒有改善的話應立即就醫。

　　病人應保持良好個人衛生習慣。一、重視居家環境清潔，讓感冒病毒無法生存。二、多洗手，以免將病毒經由接觸傳染給別人。三、進入公共場所要戴口罩，避免突然咳嗽或流鼻水而使他人受到感染。

26. 這段文字的目的是什麼？
　　Ⓐ 說明如何服用感冒藥
　　Ⓑ 說明感冒藥常見的成分
　　Ⓒ 說明感冒時的處理方式
　　Ⓓ 說明感冒病毒的傳播方式

27. 有關感冒藥，下面哪一個是對的？
　　Ⓐ 購買以前，要先了解感冒藥的成分
　　Ⓑ 用藥超過一個月，感冒還沒好就要去看醫生
　　Ⓒ 一發現有感冒症狀時，就應該馬上吃感冒藥
　　Ⓓ 從事有危險性工作的人，什麼感冒藥都不能吃

28. 有關病人的個人習慣，下面哪一個是對的？
 Ⓐ 保持居家環境清潔，就不會感冒
 Ⓑ 只要多休息、多喝水，感冒就會好
 Ⓒ 病人要經常洗手，以減少病毒傳播的機會
 Ⓓ 到公共場所，病人只要沒有流鼻水、咳嗽，就不必戴口罩

五、短文閱讀

今年年初，台灣東部山區的一間衛生所，決定成立自己的劇團，目的是用戲劇來輔助當地的衛生教育。這是因為當地小孩老人多，由教育員來解說也好，在上課中播放影片也好，小孩總是坐不住到處跑，老人則一下子就睡著了，所以想用傳統方式來教當地居民個人衛生知識是十分困難的，當地人的健康情況當然也不可能獲得改善。

由於地理位置較為偏遠，不太可能常常邀請專業劇團來表演，因此衛生所決定請當地人來當志工，組成地方劇團。他們自己寫劇本，把衛生教育的內容放進劇本中，再用生動、有趣、易懂的方式演出來。

這個劇團第一次演出就吸引了滿滿的人，小孩老人都看得非常開心。主角是活潑調皮的小新，經由小新跟爺爺奶奶的對話，告訴台下的觀眾正確的洗手方式，以及保持衛生對身體健康的好處。表演結束後，衛生所並舉辦搶答跟抽獎活動，加深大家的印象。

衛生所表示，孩子們看完戲以後，回家都會主動教父母及祖父母如何洗手以保持衛生，目前為止這種方式的效果最好，因此未來將會繼續利用戲劇來宣導各種衛生知識。

29. 當地衛生所覺得用什麼方式來傳遞衛生知識效果最好？
 Ⓐ 由教育員來解說
 Ⓑ 在上課中播放影片
 Ⓒ 請專業劇團來表演
 Ⓓ 由志工組團自編自演

30. 有關這個劇團的第一次演出，下面哪一個是對的？
 Ⓐ 孩子看完戲以後什麼都不記得
 Ⓑ 成功教台下的觀眾們如何正確洗手
 Ⓒ 搶答跟抽獎活動是在演出前舉辦的
 Ⓓ 演員的對話內容非常無聊，讓人一下子就睡著了

B. 關鍵詞語

一、主題相關詞語

本單元出處	主題相關詞語
一、對話聽力1.	獨自、照顧、專業、看護、睡眠、品質、負責
一、對話聽力2.	寵物、新奇、的確、標準、嚴重、互動、享受、經營
一、對話聽力3.	拋棄式、響應、所謂、沐浴
一、對話聽力4.	隨和、居然、地毯、檢查、要命、自在
一、對話聽力5.	傳染、新型、流感、症狀、疲倦、落伍、感染、就診
三、選詞填空(一)	單身、飼養、增進、難以避免、大傷腦筋、過敏、異味、消除、無意、稍微
三、選詞填空(二)	累積、細菌、忽略、潮濕、通風不良、繁殖、經由、引起、徹底、一旦
四、材料閱讀(一)	外食、競爭、激烈、吸引、逐漸、滿足、算帳、容器、合格
四、材料閱讀(二)	攝取、充足、成分、服用、改善、就醫、居家、生存
五、短文閱讀	衛生所、劇團、戲劇、輔助、偏遠、搶答、抽獎、宣導

二、常用詞組

本單元出處	常用詞組	例句
一、對話聽力2.	合乎標準	新聞表示，那家百貨公司的安全檢查不合乎標準。
一、對話聽力3.	造成不便	捷運在通車營運的最初幾年，以人工方式補票，造成乘客的不便。
三、選詞填空(二)	引起感染	冬天常引起的一些呼吸道感染，會加重或引發氣喘的症狀。
五、短文閱讀	獲得改善	一個圓環路口變更為兩個十字路口，預期當地交通壅塞情形將可獲得大幅改善。
五、短文閱讀	加深印象	老師希望上禮拜的學習，藉由再一次抄寫，能讓學生加深印象。

健康的價值，貴重無比。它是人類為了追求它而唯一值得付出時間、血汗、勞動、財富——甚至付出生命的東西。

A. 測驗練習

一、對話聽力

1.
Ⓐ 事故發生時，只有住院的費用能得到全部的賠償
Ⓑ 外國學生得先買健康保險，否則無法得到事故的賠償
Ⓒ 除了健康保險，學生得在出國前加保意外險才可留學
Ⓓ 發生事故後，得將收據交給校方才能申請醫藥等賠償

2.
Ⓐ 全民健康保險肯定是一項賺錢的生意
Ⓑ 國家醫療唯一的辦法就是繼續積極補助病患
Ⓒ 光有全民健康保險制度還不夠，人人應有正確的飲食及運動習慣
Ⓓ 國家醫療需要政府、學生以及公司雇主共同負擔才能改善醫療制度

3.
Ⓐ 慢性病原因皆來自糖和鹽這兩種白色的毒品
Ⓑ 糖和鹽是食物中影響健康最直接的調味料，應全面禁止食用
Ⓒ 三十歲以上不宜食用過量的甜食和過鹹的食品，容易有各種慢性疾病
Ⓓ 政府和媒體應該宣導，人在三十歲以後，只吃無糖、無鹽的清淡食物

4.
Ⓐ 她因為運動不當使得肩膀和脊椎發生了問題
Ⓑ 她因為工作時間太長，無法撥出時間每天到醫院復健
Ⓒ 她只要每天到醫院復健，或者天天運動一小時就可以改善身體
Ⓓ 她不但要每天到醫院復健，還得天天運動一小時才可以改善身體狀況

5.
Ⓐ 她因為父母生病了而離職
Ⓑ 她因為是女兒，所以有義務照顧父母
Ⓒ 她因為常幫助同事而無法照顧自己的父母
Ⓓ 她因為同事競爭激烈，感到壓力過大所以才辭職的

二、完成句子

6. 他昨天去上班的路上出了一個小_____，幸好身體沒受傷。
   Ⓐ 意外　　　Ⓑ 意料　　　Ⓒ 異常　　　Ⓓ 異樣

7. 任何醫療過程或多或少都會有一些_____。
   Ⓐ 探險　　　Ⓑ 驚險　　　Ⓒ 保險　　　Ⓓ 風險

8. 由於近年_____發展快速進步，使得人類疾病得以治療，而平均壽命也逐年延長。
   Ⓐ 教學　　　Ⓑ 學術　　　Ⓒ 醫學　　　Ⓓ 化學

9. 有些人身體沒有明顯的_____，卻經常頭疼胃疼，多半是精神壓力所造成的。
   Ⓐ 悲痛　　　Ⓑ 疾病　　　Ⓒ 理由　　　Ⓓ 病毒

10. 病人應該跟醫生說明自己的飲食習慣和作息，並主動了解及配合治療的_____。
    Ⓐ 行程　　　Ⓑ 工程　　　Ⓒ 里程　　　Ⓓ 過程

11. 健康管理計畫要能_____在日常生活習慣上，才是有用的。
    Ⓐ 落實　　　Ⓑ 確實　　　Ⓒ 實驗　　　Ⓓ 實施

12. 大部分在醫療上發生的_____和糾紛，往往得通過法律途徑才得以解決。
    Ⓐ 歧視　　　Ⓑ 忽視　　　Ⓒ 疏忽　　　Ⓓ 忽略

13. 才過了半個月又再次住院，已經充分_____他過度熬夜工作導致抵抗力降低。
    Ⓐ 顯得　　　Ⓑ 顯示　　　Ⓒ 顯然　　　Ⓓ 顯著

三、選詞填空

(一)
　　我有個比較年長的朋友，她姓李。我都叫她李姐。她是大家 14 的姐妹，也是我們學習的 15 。她年輕時就開始在國外求學、工作，接著她的兄弟姐妹也都各在不同國家成家。可是沒想到一向健康的母親卻檢查出得了癌症。年過半百又未婚的她就決定 16 退休返國專心照顧父母。其他姐妹也 17 回國陪伴母親，然而老母親的病情並沒有因為子女們的孝心和照顧而改善， 18 越來越差，不幸在不久前過世了，留下傷心的子女和捨不得的親友們。

14. Ⓐ 愛護　　　Ⓑ 敬愛　　　Ⓒ 相愛　　　Ⓓ 熱愛
15. Ⓐ 目標　　　Ⓑ 目的　　　Ⓒ 目光　　　Ⓓ 項目
16. Ⓐ 遲早　　　Ⓑ 早已　　　Ⓒ 提早　　　Ⓓ 早晚
17. Ⓐ 流動　　　Ⓑ 流通　　　Ⓒ 交流　　　Ⓓ 輪流
18. Ⓐ 飲食　　　Ⓑ 偏食　　　Ⓒ 吸食　　　Ⓓ 食慾

（二）　　我們都十分　19　成功的企業家李天恩永不放棄的精神，但也同情他家庭的不幸，不過更應該從他的傳記中明白一個道理：「健康」是金錢買不到、最有價值的　20　。哪怕你擁有金山銀山，一日也不過是三餐；哪怕你豪宅萬間，一床也不過是三尺。有一個早逝的獨子，再加上長期臥病在床的妻子，對一天得吞數十顆藥的他而言，人生是多麼的　21　。李天恩說過：「夢想永遠是跟眼淚和汗水在一起的。」連晚上做的夢也是和工作這件事有關，他肯定為事業付出了沉重的　22　。不過，沒有健康的身體，什麼都是浮雲。金錢、名聲、社會地位都是身外之物，千萬別用生命作為代價去交換。身體健康才是「1」，所有的財富只不過是在「1」後面的幾個「0」而已。沒有「1」，所有的「0」都沒有　23　意義。

19. Ⓐ 克服　　　Ⓑ 佩服　　　Ⓒ 說服　　　Ⓓ 服從
20. Ⓐ 財富　　　Ⓑ 錢財　　　Ⓒ 財力　　　Ⓓ 發財
21. Ⓐ 無奈　　　Ⓑ 不耐　　　Ⓒ 忍耐　　　Ⓓ 耐心
22. Ⓐ 殺價　　　Ⓑ 漲價　　　Ⓒ 價值　　　Ⓓ 代價
23. Ⓐ 現實　　　Ⓑ 實行　　　Ⓒ 實際　　　Ⓓ 實驗

四、材料閱讀

(一) 報導 ✂

癌症連續35年蟬聯10大死因首位，

你的保單足夠嗎？

　　行政院衛生署今(19)日公布2016年最新的10大死因排行榜，其中惡性腫瘤連續35年都在國人死亡排行榜之首，去年共4萬7760人因癌症死亡，而其中，肺癌、肝癌和大腸直腸癌分居10大癌症死因的前3名。

　　過去的癌症險也很少將昂貴的藥物納入賠償範圍，使得許多人即使保了癌症險，卻還是面臨藥費的鉅額支出。因此在癌症的治療上，其實應該考慮一次性給付的重大疾病險，能夠在確診癌症之後，一次給付一百萬或兩百萬，讓保戶自行決定如何運用。

　　台灣民眾每年最多願意花16.5%的收入來買保險，而調查顯示每人每年平均的保費支出卻高達7萬5千元。但是這樣的保費，能換來多少保障呢？

　　國人的保障都偏低，我們時常看到許多意外事件發生之後，就會有家庭因為經濟支柱出事而陷入財務危機，但是實際保費支出又很高，為什麼呢？其實就是因為國人太愛買那些幾乎沒有保障功能的保單，尤其特別喜歡還本的保險。

---

24. 就上述報導，下面哪一個是對的？
    Ⓐ 鼓勵人人最好能多買還本型的癌症保單
    Ⓑ 如果考慮買保險，最好能買有保障性的保單
    Ⓒ 一般台灣民眾每年都願意花7萬5千元以上購買意外險
    Ⓓ 意外隨時會發生，人人都願意花16.5%的收入來買意外險

25. 就上述報導，關於疾病與保險，哪一項正確？
    Ⓐ 在2015年共4萬7760人的死亡原因是癌症
    Ⓑ 肺癌、肝癌和大腸直腸癌是10大死因前三名
    Ⓒ 買保險前應考慮能一次性給付的重大疾病險
    Ⓓ 應考慮高保費的保險，以免出事或意外疾病而讓家中陷入財務危機

(二) 廣告

健康人壽定期牙齒健康保險－安心型

台灣獨創牙齒保險：不論植牙、假牙皆有給付，每年最高付18萬元。牙齒保單減輕全民健保和商業保險不保的缺口！

　　全民健保涵蓋牙齒治療過程，僅到拔牙階段。至於裝假牙或植牙，並不在健保給付的項目內。台灣獨創的牙齒保險補足全民健保和商業保險不保的缺口，對於植牙、裝假牙皆予以補助，才能完成你對牙齒照護的最終步驟。

│ **必保4大理由** │

植牙給付：每年最高12萬元（註1）
假牙給付：每年最高6萬元（註2）
免繳保費：二至六級殘缺在確定後不須再繳保費
滿期給付：所繳保險費總和之70%

註1：以投保一萬元為例，第三保單年度及以後每保單年度最高理賠三顆，每顆牙齒40,000元。
註2：以投保一萬元為例，第三保單年度及以後每保單年度，固定義齒最高理賠三次，每次15,000元，活動義齒最高理賠一次，每次15,000元。

26. 這是哪一種保險的廣告？
　　Ⓐ 全民健康保險
　　Ⓑ 健康人壽意外保險
　　Ⓒ 全民健保和商業保險
　　Ⓓ 健康人壽安心型牙齒健康保險

27. 在這則保險廣告中，下面哪一個是對的？
　　Ⓐ 假牙、植牙給付，每年最高12萬元
　　Ⓑ 只有確定在六級殘缺以後就不須再繳保費
　　Ⓒ 以投保一萬元為例，每年固定義齒至少理賠三次，每次15,000元
　　Ⓓ 以投保一萬元為例，第三年度每年活動義齒最高理賠一次，每次15,000元

五、短文閱讀

> 　　三年前，我姐在晚上回家時，被一個正在跑步的年輕人撞倒了。送到醫院後，卻變成重度昏迷狀態。身為弟弟的我負起了照顧的主要責任。除了心情沉重之外，最現實的就是貴得付不起的醫藥費。
>
> 　　最近我開始整理姐姐的資料，裡面有她向一家保險公司買的「安家保險簡易人壽保險」保險單，於是我向該公司負責人員問了保險賠償，獲得的答案竟然是這份保險是存款性質的儲蓄險，任何人身意外包括傷殘、意外和死亡都沒有賠償。
>
> 　　我非常驚訝，於是很仔細地把保險單的內容看了一遍，幾乎找不到任何一項條文能夠表明不理賠的原因和結果；相反地，整份保險單裡面，一半以上的條文，都是在說這種傷害有什麼樣的賠償，那種傷害有什麼樣的福利。簡單來說，保險單刻意製造一種假象：買這個保險單是有很大的保障的，不但利息高，發生事故時還可以得到合理的理賠。因此，不賠償明顯是違法的，但是我們卻一直得不到理賠，我們到底應該向誰去討回公道？

28. 就上述短文內容，下面哪一個是對的？
    Ⓐ 文章中正在跑步的姐姐被年輕人撞倒
    Ⓑ 文章中兩個姐弟都負起主要責任照顧昏迷的姐姐
    Ⓒ 文章中姐姐向一家公司買的保險是「簡易人壽保險」的保險單
    Ⓓ 文章中撞倒人的年輕人不願意賠償，所以姐姐這家人付不出醫藥費

29. 就上述短文，姐姐所購買的保險內容怎麼樣？
    Ⓐ 是利息高的存款性質儲蓄險
    Ⓑ 是屬於很完善、很高額的保險
    Ⓒ 內容包括傷殘、意外和死亡都有賠償的保險
    Ⓓ 只有一項條文能夠表明不理賠的原因和結果

30. 按照上面短文的內容，姐姐所購買的保險，哪一項是正確的？
    Ⓐ 裡面的說明是違法的
    Ⓑ 發生意外時，可以理賠
    Ⓒ 不但有保障、利息，發生事故時還能得到賠償
    Ⓓ 保險單裡的條文大半都是跟各種傷害有關的合理賠償

B. 關鍵詞語

一、主題相關詞語

本單元出處	主題相關詞語
一、對話聽力1.	意外險、申請、賠償
一、對話聽力2.	雇主、分擔、賠本、虧本、強身、養生、醫療、無底洞
一、對話聽力3.	血糖、膽固醇、高血壓、慢性病、急性、皆、調味料
一、對話聽力4.	姿勢、脊椎、撥出、復健
一、對話聽力5.	接連、接二連三、互補、互助、互動、互惠
四、材料閱讀(一)	蟬聯、首位、冠軍、惡性、腫瘤、良性
四、材料閱讀(二)	涵蓋、治療、植牙、予以、最終、步驟
五、短文閱讀	刻意、假象、理賠、討回、公道

二、常用詞組

本單元出處	常用詞組	例句
一、對話聽力4.	撥出時間	每天撥出一點時間運動一下，就能提升免疫力。
二、完成句子12.	通過……途徑	到底要通過哪些途徑才能找回已經失去的健康？
三、選詞填空(一)	提早退休	她由於健康不佳，因此考慮提早退休。
三、選詞填空(二)	付出……代價	他是付出十二年青春的代價才考上名校的。
五、短文閱讀	製造……假象	媒體有時為了掩蓋事實而製造一些假象。

想要改變世界--先從改變自己開始，當然首先要改變生活習慣和思考模式

Note

A. 測驗練習

一、對話聽力

1.
Ⓐ 國道服務區本來的規畫就是打造成觀光景點
Ⓑ 為了賺錢,國道服務區不再為國道用路人服務了
Ⓒ 國道服務區為了經濟效益規畫成觀光景點及美食區
Ⓓ 一般民眾為了解決生理上的問題特地開車去國道服務區

2.
Ⓐ 租借不到單車
Ⓑ 不能騎單車旅遊
Ⓒ 騎單車的速度太慢
Ⓓ 騎單車的穩定性不夠

3.
Ⓐ 放心!隨時都搭得到纜車
Ⓑ 有時搭不到纜車是因為安全上的問題
Ⓒ 經過專業設計,空中纜車都不會搖擺
Ⓓ 為了安全,每個車廂都需有老人、小孩、成人共同搭乘

4.
Ⓐ 對天空步道的管制和規定
Ⓑ 去這條天空步道的交通資料
Ⓒ 這條步道路面及圍欄的建築法
Ⓓ 如何進入天空步道的網路預約系統

5.
Ⓐ 不給只住一晚的背包客住
Ⓑ 只住一夜的背包客要付住宿費
Ⓒ 為了讓背包客當志工,所以住宿全部免費
Ⓓ 如果想要住宿免費,得跟當地的孩子說故事

二、完成句子

6. 旅遊途中,貴重物品證件要隨身攜帶,不要離開＿＿＿＿。
Ⓐ 手上 　　　Ⓑ 手頭 　　　Ⓒ 身體 　　　Ⓓ 身邊

7. 根據航空公司的研究，發現女性比較愛靠窗的座位，因比較不會被_____。
   Ⓐ 困擾　　　　Ⓑ 打擾　　　　Ⓒ 打斷　　　　Ⓓ 打聽

8. 近幾年，旅遊業者為爭取女性消費者，_____推出為女性設計的旅遊行程。
   Ⓐ 一向　　　　Ⓑ 不僅　　　　Ⓒ 紛紛　　　　Ⓓ 往往

9. 為了_____旅途中的安全，出發前一定要了解整個旅遊行程及注意事項。
   Ⓐ 擁護　　　　Ⓑ 愛護　　　　Ⓒ 救護　　　　Ⓓ 維護

10. 飯店游泳池_____到開放時間，請勿入池游泳，以免發生意外。
    Ⓐ 未　　　　　Ⓑ 無　　　　　Ⓒ 勿　　　　　Ⓓ 免

11. 搭乘飛機碰到空中出現_____時，請扣緊安全帶，以免影響安全。
    Ⓐ 海流　　　　Ⓑ 亂流　　　　Ⓒ 波浪　　　　Ⓓ 浪花

12. 這次環島旅遊他打算從東北邊往東南邊_____方向前進。
    Ⓐ 順風　　　　Ⓑ 逆風　　　　Ⓒ 順時針　　　Ⓓ 逆時針

13. 觀光客年年增加，這一_____每週固定的班次已由3班增加為5班。
    Ⓐ 航線　　　　Ⓑ 航空　　　　Ⓒ 過程　　　　Ⓓ 程序

三、選詞填空

> **(一)**
> 　　一般遊客到了花蓮當地的西瓜田，吃到口感清甜爽口的花蓮西瓜，就會興起買個西瓜帶回去和親朋好友分享的念頭，但想到西瓜的重量，實在很難成為　14　攜帶的行李。
> 　　花蓮盛產西瓜，到了產季不同品種的西瓜，從花蓮南部往北部一路採收　15　，花蓮縣蔬菜運銷合作社趁著花蓮西瓜進入盛產期，各地方農會　16　舉辦促銷活動，遊客可以在當地購買，利用宅配服務送到家。當然更方便的是上網尋找　17　，在網路上訂購，一樣可以宅配服務送到家。這種　18　盛產水果宅到家的服務，目前只適用於台灣本島。

14. Ⓐ 隨著　　　　Ⓑ 隨手　　　　Ⓒ 隨身　　　　Ⓓ 隨便
15. Ⓐ 下市　　　　Ⓑ 上市　　　　Ⓒ 上場　　　　Ⓓ 下場

16. Ⓐ 陸續　　Ⓑ 強烈　　Ⓒ 寧可　　Ⓓ 明明
17. Ⓐ 材料　　Ⓑ 資訊　　Ⓒ 通訊　　Ⓓ 訊息
18. Ⓐ 當代　　Ⓑ 當季　　Ⓒ 當場　　Ⓓ 當選

（二）

　　　19　假期一到，觀光旅遊最怕的就是塞車。到了連假，各級使用道路不論是縣道、省道、國道，塞車路段處處可　20　。在政府全力推動公共運輸政策下，各家客運的載客量都較之前成長兩成　21　，自行開車的民眾也減少了一成，這　22　的兩項統計，顯現政府推出的公共運輸政策是有效的。

　　　業者及學者建議，要吸引民眾搭乘公共運輸，除了在平日時段票價有　23　，在例假日更應加開班次，縮短等車時間。也可在國道上設置大客車專用道，使小客車因減少一線車道而降低其便利流暢的速度，這樣大家就會多多利用公共交通工具了。

19. Ⓐ 接連　　Ⓑ 連著　　Ⓒ 連續　　Ⓓ 連接
20. Ⓐ 見　　　Ⓑ 看　　　Ⓒ 到　　　Ⓓ 有
21. Ⓐ 大概　　Ⓑ 大約　　Ⓒ 左右　　Ⓓ 差不多
22. Ⓐ 一增一減　Ⓑ 一冷一熱　Ⓒ 一左一右　Ⓓ 一大一小
23. Ⓐ 招待　　Ⓑ 拍賣　　Ⓒ 推銷　　Ⓓ 優惠

四、材料閱讀

（一）公告

新北市天燈施放管理辦法：
➤ 平溪區師功橋到十分遊客中心，106 號縣道基隆河流域沿岸範圍二百公尺以內為施放區域。
➤ 晚間十點到隔天早上六點前是禁止施放時段。
➤ 有關天燈的尺寸、重量必須符合規定，以避免增加天燈施放的危險性。
➤ 違反相關規定者將處新台幣三千元罰鍰。
➤ 天燈施放告示牌以天燈樣式為主體，用色彩鮮艷的字樣，並搭配許可施放區域的平面圖。

（本公告改寫自新北市天燈施放管理辦法）

24. 在天燈管理辦法中，清楚說明了下面哪一個項目？

Ⓐ 天燈的尺寸、重量

Ⓑ 天燈可施放的區域

Ⓒ 天燈施放的危險性

Ⓓ 違反不同規定的金額

(二) 新聞報導

〔記者張大村／台北報導〕

　　在平溪施放天燈已有近百年歷史，是當地相當特殊的民俗傳統，每年吸引大批觀光遊客來此參加天燈祈福活動。平溪一個月就有三萬個天燈升空，根據消防局統計，每個月都會有一、兩筆因天燈引發火災的報案紀錄。

　　因遊客施放天燈所引起的火災意外，包括機車、公廁、住戶冷氣機等都有被火燒的紀錄，還有多起火燒山的意外。消防局人員說這就像是公開在放火。施放天燈造成災禍，往往找不到天燈的所有人來賠償，民眾批評政府雖有「天燈施放管理辦法」，卻無法真正處罰違法的人。

　　經過修法後，施放天燈得先經過申請許可才能施放。經由訂立管理辦法，對天燈的重量、大小、燈油都有一定的規定，所以升空高度及飛行距離都有一定的範圍，燈油燒完就會墜落地面，讓災禍意外減到最低。

　　平溪當地地理環境四面環山，和其他空間開放的地方來比，相對比較安全。因此新北市政府特地訂出「新北市天燈施放管理辦法」，使平溪成了台灣唯一遊客合法施放天燈的專區。

25. 「天燈施放管理辦法」是管理什麼？

Ⓐ 規定不許民眾施放天燈

Ⓑ 管理施放天燈的申請許可

Ⓒ 嚴格管理被火燒的報案紀錄

Ⓓ 處罰公開放火燒機車的遊客

26. 為什麼平溪成為台灣唯一遊客合法施放天燈的專區？
    Ⓐ 施放天燈祈福是當地特殊民俗活動
    Ⓑ 平溪的天燈因為地形的關係，飛得又高又遠
    Ⓒ 在四面環山地區施放天燈相對比在開放空間安全
    Ⓓ 施放天燈有近百年歷史，當地人都很會施放天燈

27. 這則新聞報導的重點是什麼？
    Ⓐ 每個月有成千上萬個天燈升空
    Ⓑ 訂出天燈施放管理辦法的原因
    Ⓒ 每個月都有幾起天燈引發的火災
    Ⓓ 施放天燈是平溪當地的民俗傳統

五、短文閱讀

雅倫：
　　你好！
　　你說你將帶團來台灣旅遊，這一團是由7、8位高中老師利用暑假期間來台灣做一趟文化及生態的深度旅遊，要我建議路線提供你參考。
　　最近我正好看到一則網路報導，提到在台灣的外交官彼此之間流傳，來台灣必做的三項活動是：騎單車環島、登玉山、泳渡日月潭。參加過這些壯舉的人，都說很累，是挑戰，但保證絕不會後悔，絕對會留下深刻回憶。
　　話說玉山是台灣最高的山，而日月潭的湖光山色本就是國內外知名的景點，再加上當地的原住民部落文化、史蹟，更增加了它的旅遊文化深度（要是行程能配合上一年一度的「萬人泳渡日月潭」，那就更棒了）。而台灣中央是高山，四面環海的地理環境，更讓單車環島之旅一路都在依山傍水的絕佳美景中度過。
　　想想看在台灣西邊由北往南逆時針環島，朝陽由東北後方往前追，過了正午，一路追逐夕陽，最後目送夕陽在霞光萬變中隱入海中。晚上在營地，涼風習習，可能是山風，可能是海風；抬頭仰望夜空星光，一日積累的疲勞一絲絲、一縷縷地消失，一夜好眠，第二天又精氣十足、神清氣爽地上路囉！
　　過了台灣南端變成由南往北，迎著朝陽，一路北上，背後拉長的身影逐漸縮短，直到閃著金光的太平洋海面換上了清雅涼爽的晚裝，一日又盡。
　　怎麼樣？我的描述要是讓你心動，那就規畫一趟加入登玉山、遊覽日月潭的單車環島之旅，如何？

為你認真規畫路線的海林　敬上

28. 海林寫這封信的目的是什麼？
Ⓐ 答應幫忙帶團並規畫行程
Ⓑ 提供可做為單車運動的旅遊路線
Ⓒ 駐台外交官必做三項活動的好處
Ⓓ 希望能讓雅倫心動，安排單車環島深度旅遊

29. 在信中海林描述的重點是什麼？
Ⓐ 泳渡日月潭是最棒的
Ⓑ 登玉山朝陽、夕陽的美
Ⓒ 騎單車環島一路上的美景
Ⓓ 如何規畫讓人心動的行程

30. 海林規畫的是一個什麼樣的行程？
Ⓐ 為暑假規畫的暑期夏令營
Ⓑ 為外交官及高中老師規畫的旅遊
Ⓒ 為登山、游泳、騎單車三項運動規畫的行程
Ⓓ 為體驗單車旅遊、山海美景、部落文化而規畫的行程

B. 關鍵詞語

一、主題相關詞語

本單元出處	主題相關詞語
一、對話聽力1.	附設、廢話、解決、經濟效益、打造、規畫、吸引、單純
一、對話聽力2.	購物、趨勢、時尚
一、對話聽力3.	纜車、體驗、視野、搖擺、範圍、搭乘、陪同
一、對話聽力4.	步道、欄杆、建築、設置、考驗、膽量、接駁、預約、系統
一、對話聽力5.	民宿、免費、背包客、食宿、停留、賠、走馬看花、藉著
三、選詞填空(一)	爽口、興起、隨身、盛產、採收、上市、陸續、促銷、宅配、資訊、當季
三、選詞填空(二)	連續、塞車、運輸、載客、顯現、政策、優惠
四、材料閱讀(一)	施放、天燈、流域、範圍、區域、禁止、符合、避免、違反
四、材料閱讀(二)	民俗、祈福、統計、災禍、賠償、批評、處罰、違法、墜落、唯一
五、短文閱讀	建議、路線、提供、參考、駐、壯舉、神清氣爽、心動、朝陽

二、常用詞組

本單元出處	常用詞組	例句
一、對話聽力5.	藉著……的……	十六世紀中期，葡萄牙的水手藉著新興的航海技術越過大洋，探索世界。
三、選詞填空(一)	興起……念頭	父親因癌症過世，使他興起了將來要當醫生幫助癌症病人的念頭。
三、選詞填空(二)	一……一……	本來五票比五票，重投票時，有一個人改投，這一來一往、一增一減的情況，結果是四票比六票。
四、材料閱讀(二)	根據……（的）統計	根據教育單位的統計，青少年的近視比率有逐年上升的趨勢。

旅行能使見聞大開；能觀賞不同都市景觀；能認識結交新朋友；能學到各種不同的禮儀習俗。

Note

A. 測驗練習

一、對話聽力

1. Ⓐ 要減少、分散遊客人數
   Ⓑ 即使平日團體遊客也擠爆了
   Ⓒ 熱門景點的門票費用提高了
   Ⓓ 熱門景點遊客的人數讓人懷疑

2. Ⓐ 在異國打工能賺較多錢
   Ⓑ 認為打工是賺不了錢的
   Ⓒ 認為這位小姐出國打工不見得存得到錢
   Ⓓ 有了異國生活經驗，在國內可賺更多錢

3. Ⓐ 她因趕不上同學而畢不了業
   Ⓑ 她放棄了一生就一次的畢業
   Ⓒ 她不應該沒畢業就出國旅遊
   Ⓓ 她的畢業、工作、旅遊是可同時完成的

4. Ⓐ 旅遊者不再旅行就會回不去原本的生活
   Ⓑ 常自助旅行的人就會習慣生活中的人事物
   Ⓒ 行程安排得多，不見得就能看得多、感受得多
   Ⓓ 因為出國旅行時間久了就感受不到平時的人事物

5. Ⓐ 他認為這位小姐聽懂他說的了
   Ⓑ 他幫這位小姐安排了一個孤島旅遊
   Ⓒ 他讓這位小姐度假時不要帶太多東西
   Ⓓ 他讓這位小姐有一個能享受悠閒浪漫的假期

二、完成句子

6. 小王把他在國外旅行親身見聞的＿＿＿＿，編寫成旅遊小說。
   Ⓐ 履歷　　　　Ⓑ 學歷　　　　Ⓒ 經歷　　　　Ⓓ 來歷

7. 在滿天星光的夜空下，舉辦沙灘派對，享受＿＿＿＿浪漫魅力的夜晚。
   Ⓐ 充分　　　　Ⓑ 充足　　　　Ⓒ 充實　　　　Ⓓ 充滿

8. 島國馬爾地夫被＿＿＿＿「人間最後的樂園」。
   Ⓐ 名稱　　　　Ⓑ 稱為　　　　Ⓒ 自稱　　　　Ⓓ 簡稱

9. 每年到了離島旅遊＿＿＿＿，各民宿、餐廳最需要人手。
   Ⓐ 節氣　　　　Ⓑ 熱點　　　　Ⓒ 旺季　　　　Ⓓ 淡季

10. 這些所謂「背包客」的年輕人，他們的旅遊＿＿＿＿都不算寬鬆。
    Ⓐ 預算　　　　Ⓑ 總算　　　　Ⓒ 計算　　　　Ⓓ 結算

11. 有些好奇的遊客，到離島去尋找當地部落＿＿＿＿中的「會走路的樹」。
    Ⓐ 聽說　　　　Ⓑ 據說　　　　Ⓒ 傳說　　　　Ⓓ 說明

12. 帶客人出海浮潛，不但有錢賺，還賺到自己玩的機會，＿＿＿＿超多人來應徵。
    Ⓐ 吸收　　　　Ⓑ 吸取　　　　Ⓒ 吸引　　　　Ⓓ 吸入

13. 由於全球氣候變暖，海平面上升，有些靠海的城市可能＿＿＿＿會被海水蓋過的危機。
    Ⓐ 遭到　　　　Ⓑ 受到　　　　Ⓒ 面臨　　　　Ⓓ 臨時

三、選詞填空

（一）　　這是一個　14　印度洋中的島國，是由一千多個島嶼　15　，海洋　16　了
99%，陸地只有1%，其中只有二百多個島嶼有人居住。這個國家的主島南北長
八百多公里，最寬處一百二十公里，陸地離海平面最高處僅八英呎。

　　這個島國有著豐富的海洋生物、多元的生態　17　，成群的游魚，各種的珊
瑚，是深海潛水者夢想的樂園。

　　島上度假村連接著白色沙灘，各種設施與自然美景融合，　18　浪漫假期一
切的夢幻享受，是個令人難忘的度假天堂。

14. Ⓐ 位置　　　　Ⓑ 地位　　　　Ⓒ 置於　　　　Ⓓ 位於
15. Ⓐ 成立　　　　Ⓑ 造成　　　　Ⓒ 組成　　　　Ⓓ 合成
16. Ⓐ 佔　　　　　Ⓑ 佔有　　　　Ⓒ 佔到　　　　Ⓓ 站到
17. Ⓐ 資訊　　　　Ⓑ 資源　　　　Ⓒ 資本　　　　Ⓓ 資格
18. Ⓐ 補助　　　　Ⓑ 支援　　　　Ⓒ 援助　　　　Ⓓ 提供

（二）　　春節是國人出國旅遊的　19　期，外交部領務局機場辦事處人員在此期間處
理出國的緊急、急難業務幾乎　20　平常的三到四倍，帶給工作人員極大的壓力
及負擔。

　　領務局副局長表示：到機場才急著補辦護照是「掛急診」，不但要繳比平
常高的規費，還有可能因為趕辦護照來不及而有搭不到飛機的　21　，民眾平時
就應注意護照的有效期限，並提早申請辦理。

　　出國前，要先詳細　22　護照效期　23　滿六個月，否則到了機場才發現護照
有效期限不夠，無法出國，你的國外假期也就會泡湯了。

19. Ⓐ 高峰　　　　Ⓑ 低潮　　　　Ⓒ 有效　　　　Ⓓ 有限
20. Ⓐ 直到　　　　Ⓑ 碰到　　　　Ⓒ 遇到　　　　Ⓓ 達到
21. Ⓐ 危險　　　　Ⓑ 冒險　　　　Ⓒ 風險　　　　Ⓓ 保險
22. Ⓐ 檢討　　　　Ⓑ 檢查　　　　Ⓒ 檢驗　　　　Ⓓ 測驗
23. Ⓐ 可否　　　　Ⓑ 能否　　　　Ⓒ 是否　　　　Ⓓ 對否

四、材料閱讀

(一) 公告 ✂

浮潛注意事項

至本海域從事浮潛活動時，應遵守下列事項：

➤ 嚴格禁止採集、破壞貝類、珊瑚，或捕捉、射殺海洋生物，及汙染水質、丟棄廢棄物等行為。

➤ 如遇海上颱風警報或天候海象狀況不佳時，禁止一切海域活動。

➤ 由專業浮潛指導員帶領才得以進行，並且限制每位浮潛指導員只能帶領十名遊客。此外，每位遊客必須強制投保意外責任險。

➤ 潛水人員必須在規畫指定之海域進行潛水活動，以免和其他休閒遊樂行為有所衝突。

➤ 浮潛時須於水面設置浮潛旗幟或浮潛標誌，以便過往之船隻辨識，以免發生碰撞或危險。

➤ 潛水人員需著全套潛水裝備，且避免單獨潛水（至少二人以上）並選擇在海況及身體狀況良好時潛水，以策安全。

➤ 如有違反上述相關規定者將依國家公園法，及其他相關法令有關規定辦理。

（本公告內容參考多個浮潛注意事項網頁整合而成）

24. 下面哪一個是浮潛活動注意事項中避免意外碰撞的辦法？
    Ⓐ 要投保意外責任險
    Ⓑ 要能辨識過往船隻
    Ⓒ 要在浮潛的海域水面設置浮潛標誌
    Ⓓ 要跟其他休閒活動一起進行，以策安全

25. 按照「浮潛注意事項」從事浮潛時要注意什麼？
    Ⓐ 海水是否受到汙染
    Ⓑ 是否有海上颱風警報
    Ⓒ 浮潛海域是否公布實施國家公園法
    Ⓓ 每位浮潛遊客是否都有一位浮潛指導員跟著

26. 下面哪一個**不是**遊客從事浮潛活動時必備的？
    Ⓐ 強制投保意外險
    Ⓑ 穿著全套潛水裝備
    Ⓒ 須是專業浮潛指導員
    Ⓓ 須參加團體浮潛，最少二人

(二) 新聞報導 ✄

台灣觀光巴士上路

〔記者王大明／台北報導〕

　　為方便國內外旅客在台休閒度假，提供從飯店、機場及車站到知名觀光地區之便捷、友善、固定行程之導覽巴士，交通部觀光局輔導旅行業者推出具備服務品質、操作標準及品牌形象之「台灣觀巴」系統，同時亦說明相關注意事項。

1. 「台灣觀巴」各路線產品都採用預約制，旅客需先跟承辦旅行社查詢路線詳情及訂位搭乘。

2. 「台灣觀巴」各路線產品之費用，都包含車資、導覽解說和保險(200萬元契約責任險、10萬元醫療險)等費用；部分未包含餐食及門票之行程，都可提供代訂服務。

3. 本產品如有任何服務不佳之事，可撥交通部觀光局國民旅遊組**04-6666-8888**申訴。

（本報導參考自台灣觀巴協會網站）

27. 關於「台灣觀巴」，下面哪一個是對的？
    Ⓐ 「台灣觀巴」的巴士是由交通部觀光局提供的
    Ⓑ 為方便國內外遊客休閒度假，行程可按照遊客需求來規畫
    Ⓒ 「台灣觀巴」之費用全都包括交通費、保險費、餐費、門票
    Ⓓ 為了服務品質、操作標準及品牌形象，須先向旅行社預約路線產品

五、短文閱讀

想體驗離島打工度假的人動作要快了！幾個有名的離島民宿業者已開始招募暑假短期的工讀，要搶這個工作機會的人動作要快。

這些民宿每個月雖僅提供五千元到一萬元的生活補助金，不過可深入體驗離島生活，因此即使沒有薪水，每年還是吸引不少人來報名。

這些人對於離島度假打工抱有高度的期待，但實際到了當地後，才發現有很多不適應的地方。對此，有業者表示，會要求應徵者對當地文化先有足夠的認識，再藉著應徵的過程提醒他們島嶼生活與大都會生活環境的差異；因為許多都市人喜歡這裡的自然環境，卻不一定習慣離島不便利的生活。

此外，了解打工內容也很重要，像是有些島嶼以生猛海鮮為號召，來打工的人自然也得要有認識及處理海鮮魚類的經驗；而擔任外場服務員，或協助帶領客人體驗當地生活文化特色的工作人員，本身就要具備活潑、外向的性格，應徵者應先了解自我特性，工作起來才能順利。

28. 按照短文內容，下面哪一個說法是對的？
Ⓐ 業者為了吸引工讀生而經營離島民宿
Ⓑ 喜歡島嶼環境，不見得就能適應島嶼生活
Ⓒ 到離島打工的年輕人對薪水都抱著高度期待
Ⓓ 有名的民宿業者為了搶工讀生而提早找短期工讀

29. 這篇短文說來應徵打工的人應該如何？
Ⓐ 工作時動作要快
Ⓑ 要喜歡吃海鮮魚類
Ⓒ 必須了解遊客的性格
Ⓓ 對當地文化要有足夠的認識

30. 為什麼到離島打工得用搶的？
Ⓐ 因每個月都提供生活補助
Ⓑ 因要搶當民宿的外場服務員
Ⓒ 因可邊打工邊體驗離島生活
Ⓓ 薪水雖不高但工作環境便利

B. 關鍵詞語

一、主題相關詞語

本單元出處	主題相關詞語
一、對話聽力1.	擠爆、達到、成效、懷疑、登記、限制、分散、人潮
一、對話聽力2.	藉此、藉由、體驗、異國、尋求、思考、目標
一、對話聽力3.	磨練、開拓、國際、觀點、閱歷、累積、心態
一、對話聽力4.	悠閒、觀察、體會、感受、思想
一、對話聽力5.	孤島、心靈
三、選詞填空(一)	位於、位置、達成、到達、表達、生態、資源、珊瑚、融合
三、選詞填空(二)	急難、業務、達到、負擔、繳、規費、詳細、檢查、是否、否則、期限、泡湯
四、材料閱讀(一)	浮潛、嚴格、禁止、汙染、丟棄、廢棄物、警報、天候、海象、海域、強制、投保、意外責任險、潛水、規畫、標誌、辨識
四、材料閱讀(二)	提供、品質、品牌、形象、路線、預約、承辦、導覽、解說
五、短文閱讀	民宿、招募、吸引、應徵、提醒、差異、擔任、協助、具備

二、常用詞組

本單元出處	常用詞組	例句
三、選詞填空(一)	由……組成	本校合唱團的成員是由高年級學生組成的。
三、選詞填空(二)	有……風險	買賣股票，雖然在短時間就可以賺到錢，可是也有賠錢的風險。
五、短文閱讀	抱有期待	剛畢業的學生對第一份工作通常抱有極大的期待。
五、短文閱讀	以……為號召	創意工作室以追求夢想為號召來吸引有創意有勇氣的人才。

人之所以愛旅行，不是為了抵達目的地，而是為了享受旅途中的種種樂趣。

Note

A. 測驗練習

一、對話聽力

1. Ⓐ 她覺得還算滿意
   Ⓑ 她一點也沒有休假的感覺
   Ⓒ 旅途中常有狀況，但導遊很專業
   Ⓓ 她喝醉了趕不上飛機，所以導遊留下來陪她

2. Ⓐ 有國際學生證的人可以在全球享受130種優惠
   Ⓑ 出示國際學生證的話，托運行李的規定不那麼嚴格
   Ⓒ 持卡的學生會得到一筆旅費，讓他們到世界各地開拓視野
   Ⓓ 參觀博物館、美術館、劇院，只要憑國際學生證就可以免費

3. Ⓐ 這位先生覺得自己比較適合自助旅行的方式
   Ⓑ 這位小姐覺得旅行團代訂住宿不一定比較安心
   Ⓒ 這位小姐覺得自助旅行在時間和預算上的彈性比較少
   Ⓓ 這位小姐覺得到了國外發現住宿品質不良，再換也來得及

4. Ⓐ 林小姐熱愛旅行，總是去一樣的地方玩
   Ⓑ 林小姐出國期間，她的工作由代理人來執行
   Ⓒ 林小姐平常工作很辛苦，所以覺得別人都對不起自己
   Ⓓ 這次林小姐和她先生一起坐輪船到歐洲，再沿歐洲最長的河流旅行

5. Ⓐ 旅伴嫌巴士太貴而不肯坐
   Ⓑ 去餐廳吃飯時，旅伴不願意共同分攤消費
   Ⓒ 旅伴害這位小姐玩得不盡興，她只好提前回國了
   Ⓓ 旅伴抱怨買不到博物館的門票，只能在外面拍照

二、完成句子

6. 現在是旅遊淡季，很多旅館都在_____。
   Ⓐ 價值　　　　　Ⓑ 代價　　　　　Ⓒ 降價　　　　　Ⓓ 殺價

7. 這個旅遊網站推薦了許多熱門的_____，出國以前你可以參考一下。
   Ⓐ 帶路　　　　　Ⓑ 道路　　　　　Ⓒ 銷路　　　　　Ⓓ 路線

8. 他們這趟單車旅行，一共騎了5600公里的路，花了56天才_____目的地。
   Ⓐ 返回　　　　　Ⓑ 靠近　　　　　Ⓒ 到達　　　　　Ⓓ 前往

9. 要是臨時改機位，得多付一點錢，恐怕會_____本來的預算。
   Ⓐ 超出　　　　　Ⓑ 提出　　　　　Ⓒ 突出　　　　　Ⓓ 外出

10. 我出國的機會不多，行李箱使用的_____很少，所以用租的就好。
    Ⓐ 數目　　　　　Ⓑ 半數　　　　　Ⓒ 歲數　　　　　Ⓓ 次數

11. 最近這個國家的_____非常不穩定，旅客應該避免非必要的旅行。
    Ⓐ 政府　　　　　Ⓑ 政黨　　　　　Ⓒ 政局　　　　　Ⓓ 政策

12. 王先生回國時多帶了幾條香菸，結果在通過_____時被罰了不少錢。
    Ⓐ 海外　　　　　Ⓑ 海峽　　　　　Ⓒ 海軍　　　　　Ⓓ 海關

13. 小美的行李在托運的時候丟了，她打算要求航空公司賠償她的_____。
    Ⓐ 消失　　　　　Ⓑ 損失　　　　　Ⓒ 失望　　　　　Ⓓ 喪失

三、選詞填空

(一)　　出國旅行如何避免行李遺失？專家建議，無論是拍下行李的__14__照片，還是__15__記下航空公司的聯絡電話，都是必要的。旅遊前做最壞的__16__，其實也就是最__17__的準備。還有，千萬別把重要的__18__放在行李箱內，你可以沒有換洗的衣服，但是不能沒有護照和錢！

14. Ⓐ 外界　　　　Ⓑ 外科　　　　Ⓒ 外行　　　　Ⓓ 外觀
15. Ⓐ 領先　　　　Ⓑ 事先　　　　Ⓒ 先進　　　　Ⓓ 先賢

16. Ⓐ 打算　　　Ⓑ 打包　　　Ⓒ 打擾　　　Ⓓ 打斷
17. Ⓐ 健全　　　Ⓑ 保全　　　Ⓒ 齊全　　　Ⓓ 一齊
18. Ⓐ 文物　　　Ⓑ 文件　　　Ⓒ 文法　　　Ⓓ 文具

（二）　　每年自十一月底至十二月，正 __19__ 歐洲的耶誕假期，大部分的家庭都在準備度過這一年一度的重要節慶，各地的耶誕市集也都 __20__ 展開了。耶誕市集分布的區域相當 __21__ ，幾乎歐洲各地的城鎮都有，而且攤位的數目不但多，還販售各式各樣新奇有趣的耶誕商品或食品。 __22__ 到當地旅遊，可以感受溫馨的氣氛，融入當地的生活。對於遊客來說，應景的耶誕市集絕對是旅途中不能 __23__ 的重要景點。

19. Ⓐ 遭　　　　Ⓑ 隨　　　　Ⓒ 遇　　　　Ⓓ 逢
20. Ⓐ 反覆　　　Ⓑ 陸續　　　Ⓒ 連忙　　　Ⓓ 果然
21. Ⓐ 廣　　　　Ⓑ 齊　　　　Ⓒ 深　　　　Ⓓ 足
22. Ⓐ 臨時　　　Ⓑ 及時　　　Ⓒ 此時　　　Ⓓ 時時
23. Ⓐ 返回　　　Ⓑ 缺少　　　Ⓒ 縮短　　　Ⓓ 減輕

四、材料閱讀

（一）旅遊手冊

海外服務窗口提供以下服務：

📍 **諮詢服務**
觀光及特約商店優惠訊息。

📍 **預約服務**
當地飯店、餐廳、鐵路、機票，自選行程旅遊、各種旅遊票券的預訂。

📍 **緊急服務**
提供信用卡遺失或者被盜時的支援，協助持卡人取得緊急補發信用卡。若有部分信用卡無法辦理緊急補發信用卡，則請自行洽詢信用卡發卡機構。

📍 獨創貼心服務
※ 免費提供電腦、上網及列印服務
※ 免費使用Wi-Fi無線上網服務
※ 免費手機充電服務（Android、iPhone）
※ 各類旅遊手冊和旅遊資訊雜誌

　　除了全球共53個海外服務窗口外，世界9個主要城市還設有服務中心。服務中心可接受觀光及特約商店的優惠資訊洽詢，提供特色飲料。此外，可自由上網和閱覽當地雜誌。原則上，服務以英語及日語應對。在香港、台北、首爾等地也可應對中文和韓文。其他服務還包括當日行李寄放服務、雨傘租借服務等。

24. 海外服務窗口可提供什麼服務？
    Ⓐ 免費提供電腦、手機、上網、列印等服務
    Ⓑ 免費取得特約商店優惠訊息和各種旅遊票券
    Ⓒ 信用卡被偷時協助取得補發信用卡的緊急服務
    Ⓓ 獲得當地飯店、餐廳、鐵路、航空、航運的折扣

25. 有關海外服務中心，下面哪一個是對的？
    Ⓐ 全球共有53個據點
    Ⓑ 提供住宿、餐點、飲料、上網、雜誌
    Ⓒ 接受持卡人寄放行李，時間以當日為限
    Ⓓ 主要使用英文或中文，某些城市可使用日文或韓文

(二) 調查報告 ✂

> 　　旅遊業者經分析發現，單次旅遊花費20萬元以上的族群，每年增加2至3成；也曾出現過單次旅遊就近千萬元的行程安排。
>
> 　　這批頂級旅遊的客戶年齡約落在41~65歲之間，個人單次旅遊消費平均達20到150萬元，他們平常在工作上多為意見領袖，大部分都有家庭，懂得寵愛自己與家人。他們不只願意花費較多金額在旅遊活動上，更期待追求不同的旅遊體驗。
>
> 　　他們除了在意服務外，大多也重視社交，因此偏好和親友們組團出遊。許多人是透過親友介紹參團，回國後也因為有共同的旅遊經驗而保持聯絡，甚至再相約參團，熟客的回頭率突破50%。

26. 報告中所說的這個族群，有什麼特點？
    Ⓐ 已經退休了　　　　　　　　Ⓑ 大部分是單身
    Ⓒ 年齡從41歲到65歲都有　　　Ⓓ 個人每次旅遊花費都達到150萬元

27. 有關頂級旅遊的客戶，哪一個是對的？
    Ⓐ 不在意服務　　　　　　　　Ⓑ 人數每年增加50%
    Ⓒ 回頭率大約2到3成　　　　　Ⓓ 不在意花費較多金額在旅遊活動上

五、短文閱讀

> 　　每個人每次踏上旅途的目的都不同，有時是為了滿足物質上的享受，像購物、享受美食，有時則是為了充實心靈而參加古蹟之旅、藝術之旅……但是真正的目的只有一個，就是得到快樂。
>
> 　　旅行者每到一個人生地不熟的地方，哪怕心中不是完全認同，也一定要學會尊重當地的文化和風俗。因為如果不能尊重當地人的飲食習慣、生活習慣、思想、宗教、語言……對方也不會尊重你，彼此無法交流，那麼快樂怎麼來呢？
>
> 　　所以除了得到豐富的旅遊經驗、發現各種省錢的方法或新鮮的玩法之外，旅行者最重要的是能夠入境隨俗，才能體會到旅行的樂趣。

28. 作者認為旅行真正的目的是什麼？
    Ⓐ 購物
    Ⓑ 享受美食
    Ⓒ 充實心靈
    Ⓓ 得到快樂

29. 對旅行者來說什麼最重要？
    Ⓐ 新鮮的玩法
    Ⓑ 省錢的方法
    Ⓒ 如何入境隨俗
    Ⓓ 豐富的旅遊經驗

30. 有關這篇文章的內容，下面哪一個是對的？
    Ⓐ 出國旅遊時，一定要學會當地的語言
    Ⓑ 接觸不同國家文化，一定要先改變自己的思想
    Ⓒ 為了了解當地文化，一定要認同當地的宗教信仰
    Ⓓ 每到一個人生地不熟的地方，一定要尊重當地的文化

B. 關鍵詞語

一、主題相關詞語

本單元出處	主題相關詞語
一、對話聽力1.	滿意、旅途、喝醉、幸好、順利、抵達、平安
一、對話聽力2.	國際、鼓勵、預算、開拓、視野、交流、出示、優惠、折扣、托運、寬鬆、享有、特惠、免費
一、對話聽力3.	跟團、自助、彈性、自行、查詢、代訂、惡劣、不良
一、對話聽力4.	代理人、執行、熱愛、重複、曉得、沿、享受
一、對話聽力5.	盡興、旅伴、經驗、巴不得、提前、嫌、堅持、抱怨、划不來、寧可、分攤、邀約、仔細、考慮、適合
三、選詞填空(一)	遺失、無論、外觀、事先、必要、打算、齊全、換洗
三、選詞填空(二)	逢、市集、廣、城鎮、攤位、販售、新奇、有趣、感受、溫馨、氣氛、融入
四、材料閱讀(一)	手冊、諮詢、特約、預約、緊急、支援、協助、辦理、機構、獨創、貼心、雜誌、閱覽、應對、寄放、租借
四、材料閱讀(二)	調查、分析、發現、族群、批、頂級、客戶、領袖、家庭、寵愛、期待、追求、在意、重視、社交、偏好、組團、出遊、保持、聯絡、回頭率
五、短文閱讀	心靈、藝術、人生地不熟、認同、尊重、新鮮、入境隨俗、體會

二、常用詞組

本單元出處	常用詞組	例句
一、對話聽力1.	毫無……感覺	我天天都去看醫生、打美容針，但經過一個多月皮膚毫無更年輕的感覺。
一、對話聽力2.	進行交流	國科會很希望能和各國進行技術交流，學習吸收相關技術及經驗。
二、完成句子9.	超出預算	週年慶時的女裝部門，雖然都掛著七五折的條子，可是林太太算算價錢，要買的還是超出自己的預算太多。
二、完成句子13.	賠償損失	雖然保了旅遊意外險，但發生問題時，保險公司並不能賠償所有的損失。
三、選詞填空(一)	做……打算	週末要去露營，不過氣象預告可能會下雨，所以我做了最壞的打算，要是下雨了就改住旅館。
三、選詞填空(二)	感受……氣氛	十二月一到，百貨公司的布置就讓人感受到聖誕節的氣氛。
三、選詞填空(二)	融入……生活	種花、插花是她的興趣，多年來已融入她的生活中，成為她生活的一部分。
四、材料閱讀(一)	以……應對	多數明星面對感情問題向來以低調態度應對，只要不被記者拍到，通常是不會公開承認的。
五、短文閱讀	踏上旅途	從到機場踏上十天旅途的開始，我一分鐘都不要想到工作。

A. 測驗練習

一、對話聽力

1. Ⓐ 這位小姐的禮券已經過期
   Ⓑ 這位小姐今年的生日禮物是餐具
   Ⓒ 這位小姐去年的生日禮物是禮券
   Ⓓ 這位小姐的禮券上面沒有時間限制

2. Ⓐ 這位小姐加薪了,所以想買六件洋裝
   Ⓑ 這位小姐在網路上買了洋裝,可是她受騙了
   Ⓒ 這位小姐看到買二送一的優惠就買了六件洋裝
   Ⓓ 如果網站的交易條件太好,應該特別注意,避免受騙

3. Ⓐ 網路的現金交易就是貨到付款
   Ⓑ 媽媽有很豐富的網站購物經驗
   Ⓒ 在網站上購物只有一種付款方式
   Ⓓ 網路的現金交易是要先匯款到網站指定的銀行

4. Ⓐ 「網路團購」並沒有折扣
   Ⓑ 網購食品不須標示食用方法
   Ⓒ 「網路團購」比較便宜,所以消費者不應該有什麼權益
   Ⓓ 網購食品可能因內容物、使用期限等標示不清而產生糾紛

5. Ⓐ 網站購物不可以用信用卡付款
   Ⓑ 廠商不可以隨便公開客戶的隱私資料
   Ⓒ 買書一定要去書店,不可以在網路上訂書
   Ⓓ 網路業者可以把客戶的資料給別人,沒有保護客戶隱私的義務

二、完成句子

6. _____ 資訊的進步，日常生活中的買賣行為也能在網站上進行。
   ⓐ 根據　　　　ⓑ 隨著　　　　ⓒ 跟隨　　　　ⓓ 跟著

7. 網路購物帶給 _____ 者的好處是有更多的選擇和更多的產品資訊。
   ⓐ 銷售　　　　ⓑ 銷路　　　　ⓒ 生產　　　　ⓓ 消費

8. 在網路上交易 _____ 的是產品或服務的資訊，是否能讓消費者沒有疑問。
   ⓐ 注重　　　　ⓑ 注視　　　　ⓒ 看輕　　　　ⓓ 重點

9. 網路購物不必到店面選購，只要 _____ 電腦就可以了。
   ⓐ 經過　　　　ⓑ 穿過　　　　ⓒ 透過　　　　ⓓ 看過

10. _____ 太便宜的物品有可能是假貨或是有瑕疵的貨品。
    ⓐ 時常　　　　ⓑ 常常　　　　ⓒ 經常　　　　ⓓ 通常

11. 根據報上的 _____，網路上販賣的減肥藥通常會誇大它的功效，吃了傷身體。
    ⓐ 統計　　　　ⓑ 計算　　　　ⓒ 算帳　　　　ⓓ 統一

12. 網路購物建議採用貨到付款或面交的方式，_____ 產生交易糾紛。
    ⓐ 免得　　　　ⓑ 躲避　　　　ⓒ 難免　　　　ⓓ 逃避

13. 網路購物無法直接面對業者，可能給消費者帶來一些 _____。
    ⓐ 危險　　　　ⓑ 風險　　　　ⓒ 風氣　　　　ⓓ 風趣

三、選詞填空

（一）
　　由於網路上看不到 __14__ 的東西，有些不道德的業者就在網路上 __15__ 假的購物網站，欺騙不知實情的消費者。這些騙徒要求消費者依照他們指示的方式先轉帳付款或匯款，之後就 __16__ 關掉網站消失了，消費者苦苦等著對方送貨來，但是 __17__ 等不到，這下子才知道受騙上當。這種 __18__ 的網路商店，讓消費者損失財物的行為，犯了「詐欺取財罪」。

14. ⓐ 具有　　　　ⓑ 實體　　　　ⓒ 全體　　　　ⓓ 具備
15. ⓐ 設立　　　　ⓑ 設法　　　　ⓒ 獨立　　　　ⓓ 建設

16. **A** 立場　　　　**B** 即將　　　　**C** 立即　　　　**D** 即使
17. **A** 終於　　　　**B** 始終　　　　**C** 於是　　　　**D** 開始
18. **A** 假如　　　　**B** 假象　　　　**C** 建設　　　　**D** 虛設

(二)

　　「淘寶網」是全中國最大的購物網站，它　19　推動品質好、價格低的網路商品的　20　，也幫助更多人透過網路實現他們創業的　21　。淘寶網對中國的農村經濟也　22　著重要的角色，只要該地區網路速度穩定，能有機車送貨的服務，就可以在淘寶網設立網路商店。這讓他們可以用很低的　23　，把貨品銷售到全中國，甚至服務更多的顧客。

19. **A** 壓力　　　　**B** 盡力　　　　**C** 勞力　　　　**D** 暴力
20. **A** 及時　　　　**B** 及格　　　　**C** 普通　　　　**D** 普及
21. **A** 夢想　　　　**B** 作夢　　　　**C** 想像　　　　**D** 幻想
22. **A** 演出　　　　**B** 打扮　　　　**C** 表演　　　　**D** 扮演
23. **A** 根本　　　　**B** 影本　　　　**C** 成本　　　　**D** 基本

四、材料閱讀

(一) 雜誌報導

　　根據《經濟學人》報導，亞馬遜、Google和eBay這三大網站，目前都在美國推出「當日到貨」的服務，彼此競爭，都希望能成為消費者首選的網購及配送的平台。

　　eBay Now當日到貨的服務範圍包含舊金山灣區、芝加哥、達拉斯和紐約。亞馬遜的AmazonFresh，提供舊金山、洛杉磯和西雅圖等地50萬項商品的當日到貨服務。Google則在舊金山首次推出 Google Shopping Express快遞服務，又進一步擴展到紐約曼哈頓及西洛杉磯地區。消費者可以在Costco、Target和Walgreen等實體業者的網站訂購商品，然後選擇Google Shopping Express快遞服務，而且前六個月免費。現在Google與eBay都和大型連鎖業者或在地業者合作，由在地業者負責倉儲。但是到目前為止，「當日到貨」的服務還是很難獲利。

　　然而對於Google、Amazon來說，提供送貨服務可以間接得到消費者的資料，進一步提高廣告的準確度，因此免費或低價送貨服務仍然有發展的空間。

24. 以下哪一個與報導**不符**？

Ⓐ 三大網路都在美國各大主要城市推出當日到貨服務

Ⓑ 現在三大網路都和大型連鎖業者或在地業者合作，由前者負責倉儲

Ⓒ 亞馬遜的 AmazonFresh 在舊金山、洛杉磯和西雅圖等地提供當日到貨服務

Ⓓ 消費者可以在實體業者的網站訂購商品，然後選擇 Google Shopping Express 快遞服務，前六個月免費

25. 關於三大網站的當天到貨服務，以下哪一個是對的？

Ⓐ 免費或低價送貨已無發展空間

Ⓑ 到目前為止，當日到貨服務獲利頗多

Ⓒ Google當日到貨的服務範圍包含舊金山灣區、芝加哥、達拉斯和紐約

Ⓓ 三大網路在美國推出當日到貨服務，搶著成為消費者首選的網購和配送的平台

(二) 比例圖表

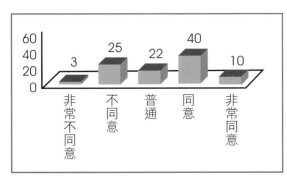

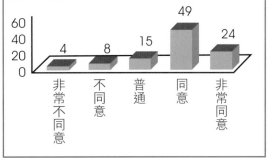

圖1 「網購產品和網路廣告內容相符」比例圖　　　圖2 「網路廣告相對於其他廣告有效」比例圖

26. 根據圖1可以了解「透過網路廣告購買的產品與廣告內容相符程度」，依照圖表分析，哪一個與比例圖相符？

Ⓐ 有 47% 消費者在網路購買產品後表示不滿意

Ⓑ 圖1 顯示出透過網路廣告購買的產品沒有風險

Ⓒ 圖1 顯示實體和廣告內容非常符合消費者的期待

Ⓓ 有 50% 消費者在網路購買產品後覺得產品沒問題

27. 圖2是「網路廣告相對於其他廣告（傳單、電視、廣播）有效」比例圖，下面哪一個與圖2**不符合**？

Ⓐ 有24%的人認為網路廣告非常有效率

Ⓑ 根據圖2，只有12% 的人不認同網路廣告

Ⓒ 有73%的人認為網路廣告比其他廣告有效率

Ⓓ 根據圖2，大眾普遍不接受網路廣告的行銷手法

五、短文閱讀

　　老李經常在家上網，在網路上看些免費影片、跟朋友聊聊天，或者是毫無目標地隨便看。他發現網路上的購物網站越來越多，網站上賣的各種商品，更是多得數不清，而且許多網頁都設計得相當好看。

　　有一天，他無意間發現一個賣名牌電子產品的網站上寫著「只限今天，優惠五折」，他馬上點選一個看起來不錯的照相機，在訂購網頁上輸入姓名、身分證字號、電話、地址、電子郵件等個人資料，並依照網頁上的指示去自動櫃員機轉帳，把錢轉入對方的銀行帳戶中。他等著等著，已經過了網路商店所保證的三日送到期限，卻始終不見商品寄來，也沒接到任何通知，他有些擔心，再上該網站，發現該網站已經不存在了，這時他才知道自己被騙，當然，錢也拿不回來了！

28. 下面哪一個跟老李上網的實際情況**不符**？

Ⓐ 經常在網路上購物

Ⓑ 喜歡無目標地隨便看看

Ⓒ 常在網路上跟朋友聊天

Ⓓ 常在網路上看些免費影片

29. 老李為什麼忽然想在網路上購物？

Ⓐ 他想買一個照相機

Ⓑ 網頁的設計相當好看

Ⓒ 網站的商品多得數不清

Ⓓ 被網站商品打五折的低價吸引

30. 最後老李發生了什麼事？

Ⓐ 他收到網站的通知

Ⓑ 照相機在三日內送達了

Ⓒ 他去把錢轉入對方的銀行帳戶中了

Ⓓ 電子產品的網站已不存在，老李被騙了

B. 關鍵詞語

一、主題相關詞語

本單元出處	主題相關詞語
一、對話聽力1.	老闆、餐具、禮券、注意、限制、使用期限、過期、提醒
一、對話聽力2.	洋裝、加薪、服飾、舉辦、優惠、抽獎、條件、當心、受騙
一、對話聽力3.	總算、時代、腳步、複雜、選擇、比如、現金、交易、貨到付款
一、對話聽力4.	團購、避免、糾紛、標明、內容物、食用、消費者、權益
一、對話聽力5.	聽說、公開、詳細、仔細、廠商、保護、客戶、隱私、政策
三、選詞填空(一)	實體、道德、設立、欺騙、實情、騙徒、郵政、匯款、立即、消失、始終、受騙、上當、虛設、損失、財物、詐欺、取財
三、選詞填空(二)	盡力、推動、普及、透過、實現、就業、夢想、扮演
四、材料閱讀(一)	報導、競爭、首選、配送、範圍、包含、快遞、擴展、連鎖、倉儲、獲利、間接、準確
五、短文閱讀	免費、毫無目標、數不清、相當、無意間、點選、通知、存在

二、常用詞組

本單元出處	常用詞組	例句
一、對話聽力3.	跟上腳步	手機產品競爭激烈，必須不斷推出新外型、新功能，要不然會跟不上市場汰換的腳步。
二、完成句子11.	根據統計	根據日本商業週刊的統計，東京都富可敵國，是日本第一大都市。
二、完成句子11.	誇大功效	廣告媒體常誇大了一些食物的功效，消費者應該審慎評估，避免一次吃太多。
二、完成句子12.	產生糾紛	租屋條約要是不夠詳細清楚，房東和房客之間就很可能會產生租屋糾紛。
三、選詞填空(二)	扮演……角色	廣場在歐洲都市生活中扮演了重要的角色，它是市民日常生活碰面、集會、遊行、資訊交流的場所，具有商業的、文化的、社會性的功能。
五、短文閱讀	接到通知	球團董事長已同意撤換總教練；而總教練也在例行賽結束次日接到球團通知。

A. 測驗練習

一、對話聽力

1.
Ⓐ 懷念是最好的回憶
Ⓑ 逛夜市能帶給人美好的回憶
Ⓒ 已經找到這位先生心中的美食了
Ⓓ 這位先生決定跟這位小姐去逛夜市

2.
Ⓐ 並沒有具體的建議
Ⓑ 要這位先生好好想想
Ⓒ 去夜市是很好的選擇
Ⓓ 要這位先生問女朋友的意見

3.
Ⓐ 夜市裡的東西很便宜
Ⓑ 在夜市吃東西的人，不會隨手丟垃圾
Ⓒ 他們認為夜市的東西好吃，環境也乾淨
Ⓓ 夜市應該多擺些垃圾筒，以免民眾亂丟垃圾

4.
Ⓐ 夜市賣的食品都合乎衛生
Ⓑ 夜市裡賣的東西，種類非常豐富
Ⓒ 應該讓顧客看到食物製作的過程才安心
Ⓓ 夜市的攤子所賣的食品看起來都很好吃

5.
Ⓐ 小偷偷到錢包後被抓了
Ⓑ 這位先生聽別人說，在夜市看到小偷偷東西
Ⓒ 人多擁擠的地方，是小偷動手的好時機，我們要小心
Ⓓ 看到小偷偷東西的時候，要趕快逃走，要不然太危險了

二、完成句子

6. 逛夜市已經成為一般民眾＿＿＿＿＿生活的一部分。
   Ⓐ 退休　　　　Ⓑ 休閒　　　　Ⓒ 休假　　　　Ⓓ 休息

7. 逛夜市＿＿＿＿＿了台灣人民的夜生活。
   Ⓐ 反映　　　　Ⓑ 違反　　　　Ⓒ 反覆　　　　Ⓓ 反應

8. 和家人朋友一起逛夜市，可以＿＿＿＿＿彼此之間的感情。
   Ⓐ 進入　　　　Ⓑ 促進　　　　Ⓒ 前進　　　　Ⓓ 先進

9. 夜市主要是指在夜間做買賣的市場，除了賣吃的，也賣衣服、鞋子等＿＿＿＿＿用品。
   Ⓐ 照常　　　　Ⓑ 平常　　　　Ⓒ 日常　　　　Ⓓ 正常

10. 夜市是台灣文化特色之一，是讓外國朋友＿＿＿＿＿台灣文化的好地方。
    Ⓐ 試驗　　　　Ⓑ 實驗　　　　Ⓒ 檢驗　　　　Ⓓ 體驗

11. 夜市裡吃的、喝的、穿的、用的、玩的東西＿＿＿＿＿樣樣都有，所以能吸引人。
    Ⓐ 幾乎　　　　Ⓑ 似乎　　　　Ⓒ 合乎　　　　Ⓓ 在乎

12. 在夜市甚至可以看到一些不常見的表演，看過的人都覺得很＿＿＿＿＿。
    Ⓐ 精神　　　　Ⓑ 精彩　　　　Ⓒ 精力　　　　Ⓓ 精細

13. 夜市文化所＿＿＿＿＿的是台灣的飲食文化及濃厚的人情味。
    Ⓐ 實現　　　　Ⓑ 現成　　　　Ⓒ 呈現　　　　Ⓓ 現實

三、選詞填空

（一）
　　對於夜市的看法，人們各有不同的觀點。有人認為夜市會破壞都市的 14 及經濟的 15 ，甚至認為逛夜市這種休閒活動不算 16 ；但是大部分的民眾把夜市文化看成是最具代表性的傳統文化。夜市裡處處呈現 17 文化，在這裡也嗅得到在地人的生活 18 ，是民眾最常帶國內外親友體驗本地文化的地方。

14. Ⓐ 外界　　　　Ⓑ 外部　　　　Ⓒ 外觀　　　　Ⓓ 觀光
15. Ⓐ 秩序　　　　Ⓑ 程序　　　　Ⓒ 順序　　　　Ⓓ 次序

16. Ⓐ 高明　　　Ⓑ 高級　　　Ⓒ 高貴　　　Ⓓ 崇高
17. Ⓐ 本來　　　Ⓑ 本身　　　Ⓒ 根本　　　Ⓓ 本土
18. Ⓐ 氣氛　　　Ⓑ 氣息　　　Ⓒ 氣味　　　Ⓓ 神氣

（二）　　台灣夜市有得吃有得玩，人多又熱鬧。外國人 __19__ 到台灣，都想體驗一下這裡的夜生活，但有些 __20__ 客似乎不太能適應。他們覺得夜市 __21__ 很吵，環境還有點髒亂。經過研究發現：有些外國遊客對台灣夜市的環境最不滿意；有的覺得文化特色不夠，但是有的 __22__ 對傳統小吃和價格有 __23__ 的看法，認為價格合理。不管來台旅遊者怎麼想，我們都應該改善不足的地方。

19. Ⓐ 難道　　　Ⓑ 難以　　　Ⓒ 難得　　　Ⓓ 懶得
20. Ⓐ 觀光　　　Ⓑ 觀察　　　Ⓒ 客觀　　　Ⓓ 光臨
21. Ⓐ 不如　　　Ⓑ 不只　　　Ⓒ 不當　　　Ⓓ 不許
22. Ⓐ 皆　　　　Ⓑ 即　　　　Ⓒ 勿　　　　Ⓓ 則
23. Ⓐ 正面　　　Ⓑ 正經　　　Ⓒ 正規　　　Ⓓ 全面

四、材料閱讀

(一) 書籍文章

觀光夜市規畫原理

◆ **吸引力**：觀光夜市的入口處如果有吸引人的設計，一定能吸引遊客前往。
◆ **多樣性**：觀光夜市須按照營業種類分區，如：飲食區、百貨區、休息區、文化區等，各區有不同的特色才能滿足不同的遊客。
◆ **文化區**：觀光夜市的特色就是有民俗表演，如果沒有，只能算是普通夜市。
◆ **安全區**：夜市營業時應禁止車輛進入，只准遊客通行，保護遊客的安全。

◆ **舒適性**：觀光夜市須具備休息區供遊客休息，並設公廁，燈光亮度要適當。
◆ **一致性**：觀光夜市的招牌和電燈等設計應具一致性，避免給遊客複雜不整齊的觀感。
◆ **連續性**：觀光夜市比較適合在一條連續道路上，避免分成兩段，中間隔著十字路口或紅綠燈，可能造成兩區營業情況的差距。
◆ **要建立明確的觀光夜市組織**：觀光夜市最少應具備上述條件才得以成立。

24. 觀光夜市應該怎麼規畫才能吸引遊客？
　　Ⓐ 營業種類應該多樣，但不要分區比較熱鬧
　　Ⓑ 應有民俗表演，讓遊客覺得跟普通夜市不同
　　Ⓒ 入口處的招牌設計是否具吸引力，跟遊客多少無關
　　Ⓓ 開始營業後，車輛也可以進入，才能吸引更多的遊客

25. 什麼是觀光夜市應具備的條件？
　　Ⓐ 要有多個入口處
　　Ⓑ 不要在一條路段上
　　Ⓒ 提供休息區給遊客
　　Ⓓ 招牌設計應各有特色

(二) 新聞報導 ✂

浪漫有趣的泰國大型河畔夜市購物廣場

　　2017年4月泰國曼谷出現了一座「亞洲精品購物廣場」，擁有超過1500家商店及40家餐廳、酒吧及啤酒花園等等的大型河畔夜市，成為曼谷夜生活的超級熱門景點。目前亞洲精品河畔購物廣場規畫四大主題區，如下：

★皇宮區：以販賣紀念品和裝飾品為主，整區有1000多
　　　　　家商店。傳統泰國木偶劇院和人妖劇場也在
　　　　　此區。
★市中心區：以戶外活動、外國餐廳、酒吧及啤酒花園等為主。
★工廠區：主要特色是在已有100年歷史的鋸木廠內有500多家流行商店。
★河畔區：位於昭彼耶河河岸，延伸了300公尺長，可欣賞整條河岸風光。
　　　　　此區以國際料理為主，包括日本菜、義大利菜、中國菜以及海鮮等。
營業時間：每日下午 5:00 至凌晨 12:00

26. 根據這篇報導，下面哪一個是對的？
    Ⓐ 傳統泰國木偶劇院設在市中心區內
    Ⓑ 泰國曼谷的亞洲精品購物廣場位於山上
    Ⓒ 目前去逛亞洲精品購物廣場的遊客並不多
    Ⓓ 2017年4月泰國曼谷新開了一家叫「亞洲精品」的購物廣場

27. 下面哪一個敘述跟這篇報導<u>不一樣</u>？
    Ⓐ 皇宮區賣紀念品和裝飾品
    Ⓑ 每日營業時間從下午五點至半夜兩點
    Ⓒ 在工廠區有500多家流行商店設在鋸木廠內
    Ⓓ 河畔區不但有國際料理可品嚐，還可欣賞整條河岸風光

五、短文閱讀

> 　　對台灣人而言，吃是藝術，也是文化的表現，尤其因台灣特殊的歷史背景，使得飲食文化更加多樣化，不只中國各地的菜在台灣更加發揚，連美、歐、義、東南亞地區、地中海等世界美食，在台灣也都吃得到。除了中華美食以外，台灣小吃和夜市文化更是全球聞名，不但是台灣人生活中最具代表性的飲食文化，甚至很多地方小吃可以吃出當地的人文特色。
> 　　夜市，通常位於各地發展最早、人最多的地方，方便、便宜又快速的各色小吃，可說是「速食文化」的開始。聚集在夜市的小吃攤，因為經過長時間的經營，早已成為歷史老站。有得吃又有得玩便成了夜市最大特色，不僅帶動了該地區的發展，更因為規模的逐漸擴大而形成「觀光夜市」，是外國遊客認識台灣文化的最佳場所。因此，到夜市不只有「吃」的滿足，還有「逛街」的樂趣。

28. 下面哪一個與短文<u>不符</u>？
    Ⓐ 對台灣人來說，吃是藝術，也是一種文化
    Ⓑ 在台灣能吃到中國各地、台灣各地和世界各地的美食
    Ⓒ 台灣飲食文化多樣化，是因為台灣的歷史背景很單純
    Ⓓ 除了中華美食以外，台灣的小吃和夜市文化更是全球有名

29. 下面哪一個合乎夜市的特色？
    Ⓐ 台灣各地夜市的小吃味道都一樣不具特色
    Ⓑ 在夜市不但可以吃到美食，也可以享受閒逛的樂趣
    Ⓒ 聚集在夜市裡的小吃攤，因為經營時間過長就慢慢消失了
    Ⓓ 夜市裡主要的就是小吃攤，所以逛夜市的人只能得到「吃」的滿足

30. 下面哪一個與觀光夜市的形成有關？

Ⓐ 夜市的東西種類多、方便買又便宜，觀光客很喜歡

Ⓑ 夜市通常都位在各地發展最早、人聚集最多的地方

Ⓒ 夜市裡又快又大碗的各色小吃，可以說是「速食文化」的開始

Ⓓ 夜市因為規模逐漸擴大，吸引更多人，進一步變成觀光客想認識台灣文化的「觀光夜市」

B. 關鍵詞語

一、主題相關詞語

本單元出處	主題相關詞語
一、對話聽力1.	美好、回憶、想念、行動、美食、時機、智慧
一、對話聽力2.	羨慕、計畫、傷腦筋、需求、親自、體驗、提醒
一、對話聽力3.	讚美、隨手、設置
一、對話聽力4.	各種、豐富、危機、衛生、攤子、建議、顧客、製作、過程
一、對話聽力5.	親眼、特地、逃跑、擁擠、動手
三、選詞填空(一)	觀點、破壞、外觀、秩序、高級、呈現、本土、氣息
三、選詞填空(二)	難得、適應、髒亂、滿意、價格、正面、合理、改善
四、材料閱讀(一)	規畫、原理、吸引、營業、民俗、通行、適當、一致、觀感、連續、差距、建立、組織、具備、條件、成立
四、材料閱讀(二)	浪漫、河畔、廣場、精品、延伸、欣賞、河岸、風光
五、短文閱讀	藝術、表現、飲食、發揚、聞名、當地、人文、快速、聚集、規模、逐漸、擴大、場所、樂趣

二、常用詞組

本單元出處	常用詞組	例句
一、對話聽力4.	合乎衛生（合乎N）	那家百貨公司的安全檢查不<u>合乎標準</u>，市政府要他們在兩個星期內改善。
四、材料閱讀(一)	得以成立	這所研究中心因獲得教育部的資助，才<u>得以成立</u>。

> A. 測驗練習

一、對話聽力

1. Ⓐ 兒子想自己花錢請媽媽吃大餐
   Ⓑ 女兒想自己買項鍊當母親節禮物
   Ⓒ 這對兒女用現金請母親在百貨公司吃大餐
   Ⓓ 這位母親除了會收到兒女合買的項鍊外，還能吃到美食

2. Ⓐ 這位先生平時習慣在百貨公司購物
   Ⓑ 他們趁百貨公司換季打折的良機去消費
   Ⓒ 這位先生因為要結婚，所以想刻意打扮一番
   Ⓓ 這位小姐自己也想漂亮一下，所以決定週末也去百貨公司大採購

3. Ⓐ 這位小姐沒買到限量的優惠化妝品
   Ⓑ 週年慶人山人海，服務品質打了折扣
   Ⓒ 為了有更好的購物服務，走廊也設攤位
   Ⓓ 週年慶時，營業時間還沒到，百貨公司外面還沒人排隊

4. Ⓐ 這位小姐並不在意週年慶優惠時間的長短
   Ⓑ 這位小姐年輕時購物的回憶跟這家百貨公司無關
   Ⓒ 百貨公司離這位小姐的家雖然很近，但不吸引她
   Ⓓ 這位小姐總是看週年慶的廣告單，慢慢地享受購物的樂趣

5. Ⓐ 101購物中心，只有購物的功能
   Ⓑ 來台北旅遊，101購物中心並非必到之處
   Ⓒ 這位小姐建議這位先生帶父母去看很多名勝古蹟
   Ⓓ 101商圈，除了可逛101購物中心，還可以看電影、逛書店

二、完成句子

6. 百貨公司賣的商品很多，而且有的價格相當_____。
   Ⓐ 貴重　　　Ⓑ 寶貴　　　Ⓒ 昂貴　　　Ⓓ 高貴

7. 週年慶是商家常用來促進商品_____的辦法。
   Ⓐ 銷售　　　Ⓑ 推銷　　　Ⓒ 花費　　　Ⓓ 經營

8. 對消費者而言，週年慶的意義在於可以得到更多的_____。
   Ⓐ 打折　　　Ⓑ 獎品　　　Ⓒ 獎金　　　Ⓓ 折扣

9. 百貨公司都應該有誠心、耐心、關心的服務精神和提供_____舒適的購物環境。
   Ⓐ 優秀　　　Ⓑ 優良　　　Ⓒ 精細　　　Ⓓ 精彩

10. 週年慶的時候，百貨公司彼此之間的_____非常激烈。
    Ⓐ 競爭　　　Ⓑ 殺價　　　Ⓒ 競賽　　　Ⓓ 比賽

11. 這家百貨公司印了很多廣告單，_____他們的優惠活動。
    Ⓐ 傳播　　　Ⓑ 廣播　　　Ⓒ 宣傳　　　Ⓓ 傳達

12. 為了這次的週年慶活動，公司_____了多位專業服務人員。
    Ⓐ 補充　　　Ⓑ 聘請　　　Ⓒ 補助　　　Ⓓ 請求

13. 這家百貨公司位於市中心，大眾_____系統發達，消費者購物非常方便。
    Ⓐ 運送　　　Ⓑ 運用　　　Ⓒ 運轉　　　Ⓓ 運輸

三、選詞填空

（一）　　打折或滿一定的　14　送折價券，這些在價格上　15　的活動是消費者最喜愛的購物方式。在　16　不太好的時候，聰明的消費者都想省錢，假如百貨公司在價格上做更優惠的促銷活動，不僅能增加　17　業績，也更符合消費者的購物心理，會讓消費者感覺　18　到很多便宜而願意購買。

14. Ⓐ 金錢　　　Ⓑ 金額　　　Ⓒ 財產　　　Ⓓ 金融
15. Ⓐ 優惠　　　Ⓑ 優美　　　Ⓒ 優越　　　Ⓓ 優良
16. Ⓐ 經歷　　　Ⓑ 經營　　　Ⓒ 財富　　　Ⓓ 經濟

17. Ⓐ 消費　　　　Ⓑ 銷路　　　　Ⓒ 銷售　　　　Ⓓ 買賣
18. Ⓐ 踩　　　　　Ⓑ 摘　　　　　Ⓒ 抱　　　　　Ⓓ 撿

(二)　　百貨業如果 _19_ 到了成長階段，數量會 _20_ 增加，同類型的百貨公司間競爭就會更加激烈，而在競爭後仍然能 _21_ 的，往往是 _22_ 有大型財團作為依靠的廠商。大型財團由於 _23_ 充足，所以在有錢可賺的情況下，發展連鎖百貨成為一種普遍的現象，如太光百貨、新越百貨等，他們都各有多個分店，分店聯合起來形成一個大企業。

19. Ⓐ 發起　　　　Ⓑ 發行　　　　Ⓒ 發展　　　　Ⓓ 發揚
20. Ⓐ 逐漸　　　　Ⓑ 放大　　　　Ⓒ 富裕　　　　Ⓓ 緩慢
21. Ⓐ 升級　　　　Ⓑ 生長　　　　Ⓒ 生活　　　　Ⓓ 生存
22. Ⓐ 由於　　　　Ⓑ 屬於　　　　Ⓒ 善於　　　　Ⓓ 終於
23. Ⓐ 資本　　　　Ⓑ 資格　　　　Ⓒ 資訊　　　　Ⓓ 本領

四、材料閱讀

(一) 報導

台灣的百貨業

〔記者李思東/台北報導〕

　　台灣的百貨業目前較多與日商進行技術合作或合資，這種合作關係由於過度依賴提供技術的廠商，對國內百貨業的未來發展可能產生不良影響；但是這種與外商合作的模式，因為全球產業國際化的關係，未來還是會發展下去。

　　台灣地區的百貨公司，目前仍然集中分佈於台北、台中、高雄三大都會區，尤其是大台北地區，屬於中大型的百貨公司就有二十多家；中部地區約十家左右；至於高雄地區，目前的百貨公司以本土業者經營者居多。最近大台北「社區型」百貨興起，社區百貨主要以家庭客為主，「美食街」最下功夫，貨品大多是中價位，主要對象是在地人，出門過個馬路就是百貨公司，像這樣的社區型百貨，未來在台北會很普遍。

24. 下面哪一個**不符合**台灣百貨業的情況？

Ⓐ 台灣的百貨業多與日商合資或技術合作

Ⓑ 因為產業國際化的關係，百貨業與外商的合作會繼續下去

Ⓒ 百貨業因與日商合作，過度依賴日商的技術，影響未來的發展

Ⓓ 台灣的百貨公司分佈平均，大型的百貨公司北、中、南各有十多家

25. 下面哪一個是對的？

Ⓐ 社區百貨的購物對象主要以中老年人為主

Ⓑ 社區型百貨因為屬於小型百貨，所以沒有發展性

Ⓒ 因為是社區型百貨，所以百貨公司特別重視餐飲美食的經營

Ⓓ 社區百貨專櫃的品牌都走高價位，提供在地人最好的購物服務

(二) 表格 ✂

週年慶活動比較表

	大西洋百貨公司	星光百貨公司	竹屋百貨公司
週年慶天數	25天	30天	35天
促銷活動	全館7折起、服飾5折起、滿5000送400折價券	活動開始的20天內化妝品、睡衣滿3000送200折價券服飾滿3000送300折價券	全館7折起滿5000送500折價券
	某些樓層各自有促銷活動		
特別活動	無	逢60週年大慶，擴大舉辦週年慶活動	集點送「卡地貓」獨家贈品
卡友優惠	皆有優惠		

26. 根據表格，百貨公司卡友購物有何好處？

Ⓐ 竹屋百貨公司滿5000送「卡地貓」

Ⓑ 不管是哪一家百貨公司，只要是卡友都有優惠

Ⓒ 星光百貨公司化妝品、睡衣滿3000送300折價券

Ⓓ 大西洋百貨公司沒有特別活動，可是滿5000送500折價券

27. 關於週年慶活動，哪一個符合表格中的內容？
    Ⓐ 三家百貨公司都是全館7折起
    Ⓑ 三家百貨公司的某些樓層都各自有促銷活動
    Ⓒ 因逢 60 週年大慶，三家百貨公司都擴大舉辦週年慶活動
    Ⓓ 星光百貨公司活動開始的 20 天內，服飾滿 5000 送 400 折價券

五、短文閱讀

消費者購買商品，最在乎的還是商品有什麼優惠。所以「週年慶」對消費者而言，重點是有多少折扣而不是「週年慶」這個話題。例如大樂多賣場舉辦「法國大樂多 50 週年慶」的活動，事實上，「法國大樂多 50 週年」跟台灣的消費者沒有關係，商家只是找「週年慶」這個話題來推銷商品。商家用「自由、平等、博愛」為話題，推出自由週、平等週及博愛週等不同的活動。

(1) 自由週：部分商品買一送一或買二送一，再抽巴黎自由行。

(2) 平等週：眾多商品均一價 50 元或 100 元，再抽 50 倍紅利點數。

(3) 博愛週：任何會員卡都享有大樂多會員價。

有人認為百貨公司的「週年慶」有點過頭了，本來一年兩次的促銷，變成月月促銷還外加週年慶，讓消費者養成有促銷活動才去百貨公司購物的習慣，這並不正常，但是在商家認為「別家辦週年慶，我們這家不能不辦」的競爭情形下，「週年慶」一定會繼續辦下去。

28. 下面哪一個是對的？
    Ⓐ 消費者覺得活動的話題非常重要
    Ⓑ 消費者購買東西，最重視商品有什麼優惠
    Ⓒ 「週年慶」這個話題對消費者來說非常重要，有沒有折扣沒關係
    Ⓓ 「法國大樂多 50 週年慶」的活動，意思是大樂多在台灣營業已經 50 年了

29. 下面哪一個跟文章內容**不一樣**？
    Ⓐ 博愛週是什麼會員卡都可以享有大樂多會員價
    Ⓑ 大樂多推出自由週、平等週及博愛週等不同的促銷活動
    Ⓒ 自由週的優惠是有的商品買一送一或買二送一，再抽巴黎自由行
    Ⓓ 消費者重視的是「法國大樂多50週年慶」這個名稱，並不在意商品有多少優惠

30. 百貨公司為什麼無論如何都會舉辦週年慶的活動？
 Ⓐ 消費者覺得百貨公司週年慶很好，可以打折
 Ⓑ 因為百貨公司有很多的促銷活動，對顧客有利益
 Ⓒ 百貨公司因為競爭，會繼續用週年慶這個話題辦促銷活動
 Ⓓ 消費者為了要省錢，所以百貨公司有促銷活動的時候才去購物

B. 關鍵詞語

一、主題相關詞語

本單元出處	主題相關詞語
一、對話聽力1.	項鍊、優惠、打聽、折價券、物美價廉、主意
一、對話聽力2.	平時、婚禮、換季、拍賣、珍珠
一、對話聽力3.	限量、滿、猜、擠、影響、服務、降低、走廊、設、攤位、走動、難怪、抱怨
一、對話聽力4.	年輕、回憶、何況
一、對話聽力5.	羨慕、指定、同意、休閒、功能、假期、興趣、影城
三、選詞填空(一)	金額、喜愛、方式、經濟、聰明、消費者、促銷、不僅、增加、銷售、業績、符合、心理、願意
三、選詞填空(二)	發展、成長、階段、逐漸、競爭、生存、屬於、財團、依靠、廠商、資本、連鎖、普遍、現象、各自、形成、企業
四、材料閱讀(一)	技術、合資、依賴、家庭客、下功夫、中價位、對象、在地人
四、材料閱讀(二)	比較、服飾、樓層、大慶、集點、獨家、贈品、卡友
五、短文閱讀	在乎、折扣、話題、事實、關係、自由、平等、博愛、部分、眾多、均一、紅利、點數、過頭、正常

二、常用詞組

本單元出處	常用詞組	例句
三、選詞填空(二)	在……情況下	我在無人陪伴的情況下，自在地在這個繁榮的城市亂走。
四、材料閱讀(一)	產生影響	製造成本提高，導致廠商開發新產品意願低落，最後更可能對社會整體經濟產生負面影響。
四、材料閱讀(一)	下功夫	應該在貼心服務的行銷範疇內多下功夫才好，否則企業的生存發展空間無法拓展。
五、短文閱讀	對……而言	對大部分同志而言，出櫃比結婚需要更大的勇氣，因為需抵抗世俗眼光。
五、短文閱讀	養成習慣	孩子能做的事，家長不要替他做；事事替孩子做，將會養成依賴的習慣。

A. 測驗練習

一、對話聽力

1. Ⓐ 這位小姐的父母很不開明
   Ⓑ 這位小姐的父母不會強迫她念什麼系
   Ⓒ 這位先生覺得這位小姐選電機系不太對，因為不適合她
   Ⓓ 這位小姐本來選心理系，後來她父母要求她一定要填電機系

2. Ⓐ 自傳內容分段不分段都可以
   Ⓑ 自傳只能用手寫，而且要寫得整整齊齊
   Ⓒ 寫自傳不能吹牛，也要避免談論爭議性的話題
   Ⓓ 自傳內容只要有個人資料、經歷、專長就夠了

3. Ⓐ 選冷門科系，畢業以後很難找到工作
   Ⓑ 太多人填熱門科系，這位先生選不上了
   Ⓒ 以往物理系較少人選，現在是熱門科系了
   Ⓓ 選系應考慮到畢業以後社會的需求，不一定要搶熱門科系

4. Ⓐ 一定要選填明星學校
   Ⓑ 有些私立大學的特色科系，很受業界的肯定
   Ⓒ 選擇沒興趣的科系再轉系，沒有轉系失敗的風險
   Ⓓ 私立大學不可能提供交換學生到國外知名的大學進修

5. Ⓐ 不能上好大學，就沒有好的前途
   Ⓑ 就算沒上好大學，將來不見得沒有成就
   Ⓒ 個性好、溝通能力強，這些長處對將來沒什麼幫助
   Ⓓ 這位小姐考大學的成績不好，表示她沒有任何長處

二、完成句子

6. 一般來說，所謂的熱門系所，通常是意味著未來工作_____較高者。

   Ⓐ 財富　　　　Ⓑ 薪水　　　　Ⓒ 財產　　　　Ⓓ 存款

7. 很多高中生按照熱門科系的先後順序填_____。

   Ⓐ 志願　　　　Ⓑ 格式　　　　Ⓒ 學歷　　　　Ⓓ 許願

8. 把興趣與薪水的高低兩個_____放在一起，如何選系的答案就很明顯了。

   Ⓐ 道理　　　　Ⓑ 理由　　　　Ⓒ 原因　　　　Ⓓ 因素

9. 有的學生選系時，還是不知道自己對所選的系_____有興趣。

   Ⓐ 算是　　　　Ⓑ 是非　　　　Ⓒ 是否　　　　Ⓓ 否定

10. 有些高中生說他不曉得興趣在哪裡，這現象是_____一般常情的。

    Ⓐ 合格　　　　Ⓑ 合理　　　　Ⓒ 合適　　　　Ⓓ 合乎

11. 學生說他對某學科有興趣，這可能只是因為他該科成績好，_____是真的有興趣。

    Ⓐ 不見得　　　Ⓑ 不得已　　　Ⓒ 不敢當　　　Ⓓ 不由得

12. 念大學_____要選學校還是選系？這是個讓學生傷腦筋的問題。

    Ⓐ 遲早　　　　Ⓑ 大都　　　　Ⓒ 究竟　　　　Ⓓ 初步

13. 對大學生來說，選系時_____哪個志願只是一會兒的功夫，卻可能影響他們一輩子。

    Ⓐ 填充　　　　Ⓑ 選舉　　　　Ⓒ 填空　　　　Ⓓ 填選

三、選詞填空

(一)　　　為將來 _14_ 做準備，一般人會選擇上大學或讀研究所。在 _15_ 中，有求學、工作與退休三個 _16_ 。一般人大約26歲左右開始工作，如果60歲退休，就約工作35年。因此，選一個 _17_ 自己的科系，畢業後再找一個與所念科系有關的工作，這 _18_ 是非常重要的。所以，「選系問題」與「選擇職業」是有連帶關係的。換句話說，「哪一個系比較好」與「哪一種工作比較好」的選擇，兩者關係是密切的。

14. Ⓐ 就業　　Ⓑ 專業　　Ⓒ 行業　　Ⓓ 業務
15. Ⓐ 命運　　Ⓑ 生命　　Ⓒ 壽命　　Ⓓ 人生
16. Ⓐ 場合　　Ⓑ 階段　　Ⓒ 方案　　Ⓓ 構造
17. Ⓐ 適當　　Ⓑ 適用　　Ⓒ 適合　　Ⓓ 合理
18. Ⓐ 準確　　Ⓑ 目的　　Ⓒ 明確　　Ⓓ 的確

(二)

　　如果把薪水的高低與興趣兩個因素放在一起，那麼應該　19　選系就很清楚了。哪些系的畢業生薪水比較高？　20　很簡單，一般來說，「　21　科系」通常就是未來工作的薪水比較高的系。因此，如果對任何職業或科系都無特別喜好，或是　22　程度相同，那麼按照科系受歡迎的先後順序填寫志願，應該　23　一個不錯的做法。

19. Ⓐ 如何　　Ⓑ 為何　　Ⓒ 何況　　Ⓓ 如同
20. Ⓐ 答案　　Ⓑ 報答　　Ⓒ 解答　　Ⓓ 答覆
21. Ⓐ 熱心　　Ⓑ 熱情　　Ⓒ 熱烈　　Ⓓ 熱門
22. Ⓐ 疼愛　　Ⓑ 敬愛　　Ⓒ 熱愛　　Ⓓ 親愛
23. Ⓐ 算是　　Ⓑ 預算　　Ⓒ 結算　　Ⓓ 合算

四、材料閱讀

(一) 高中校刊 ✂

選系可以參考的因素

❖ 如果你認為興趣不重要，可以按熱門科系的先後順序填志願。
❖ 如果你覺得興趣是重要的，但目前不曉得興趣在哪裡，可考慮容易轉出去或容易念的系。
❖ 進大學以後，試著從選修的課程中了解自己的興趣，再考慮轉什麼系。
❖ 如果因成績不佳，沒機會進理想的學校或科系，那麼大一大二必須用功一點，爭取轉校或轉系的機會。
❖ 可考慮選擇離家較遠的大學。離開家獨立生活，是成長過程中重要的一步。當然這一個因素與興趣無關。

（學生會提供）

24. 關於選系，下面哪一個是校刊內容的建議？
    Ⓐ 不知道自己的興趣在哪裡，就選比較難念的系
    Ⓑ 念什麼系是學校分配的，跟自己有沒有興趣無關
    Ⓒ 還不能確定自己的興趣，建議選較難轉出去的系
    Ⓓ 如果你不重視興趣，可以按照熱門科系的先後順序選填志願

25. 下面哪一個**不是**校刊內容所要表達的意思？
    Ⓐ 進大學後不必了解自己真正的興趣，反正轉什麼系都可以
    Ⓑ 如果念的不是自己想念的學校，得更用功，爭取轉校的機會
    Ⓒ 如果沒機會進理想的系，那麼大一大二就要用功一點，才有機會轉系
    Ⓓ 可考慮較遠的大學，訓練獨立生活，這與興趣無關，但是成長必經的過程

(二) 報紙統計

　　據報導，台灣考大學的學生們常面對到底應該「選校」還是「選系」的問題，而感到非常煩惱。根據人力銀行業者調查統計，當年選填大學志願時，「選系不選校」占67.7%，其中42.4%是依據個人興趣去選系，30.6%則是因為分數落在這個科系而去念，而會考慮未來就業市場因素的有22.2%。有42.2%的上班族後悔當年選錯科系，21.9%的人是等到畢業求職後才開始後悔，也有20.3%在求學期間就已經後悔了。進一步交叉分析的結果，「選系不選校」後悔的比例是35.7%，遠低於「選校不選系」的54.3%。

26. 根據人力銀行業者的調查統計，下面哪一個是對的？
    Ⓐ 依據個人興趣去選系的大學生，占30%左右
    Ⓑ 選填志願會考慮未來就業市場因素的，不到20%
    Ⓒ 因為考試分數落在這個科系而選填的，占40%左右
    Ⓓ 大學生選填大學志願時，「選系不選校」的，占60%以上

27. 下面哪一個符合統計的內容？
    Ⓐ 後悔當年選錯科系的上班族，占50%左右
    Ⓑ 等到畢業求職後才開始後悔選錯系的，不到20%
    Ⓒ 「選校不選系」的後悔比例，遠高於「選系不選校」的比例
    Ⓓ 求學期間就已經後悔的比例，大於畢業求職後才開始後悔的比例

五、短文閱讀

　　近日報紙上有一篇文章討論「父母該不該幫助孩子選擇念什麼科系」，其中提到如果父母真的想讓孩子「正確選系」，可以採用「職業性向測試」，就是測驗學生的個性傾向於從事哪一種職業。這種測試，是由很多專家所共同製作完成的，費用有的高有的低。這些測試很吸引人，因為可以建議一些「從沒聽過的行業」給孩子，全家人再一起研究。

　　參考是可以參考，但是會不會有錯誤的引導？到最後，父母沒自信幫孩子選系，反而變成是「性向測驗」與「心理學家」在幫孩子選。比如說：孩子都喜歡旅行，根據性向測驗的結果，他們選了一個跟旅行相關的系，但或許有一天孩子會後悔！

　　其實父母不必這麼「沒自信」，父母可以「建議」孩子要念什麼系比較好。甚至父母可以憑他們的人生經驗「強力建議」，但是有一個情況應該避免，那就是父母的建議，是當年自己想念而念不到的，這種補償的做法是不正確的。

28. 根據短文，「職業性向測試」跟選系有何關聯？
    Ⓐ 有人建議用「職業性向測試」幫助孩子正確選系
    Ⓑ 測驗孩子個性的傾向跟將來從事哪一種職業沒有關係
    Ⓒ 「職業性向測試」是由某一個著名的專家自己研究製作的
    Ⓓ 「職業性向測試」很吸引人，因為父母可以強迫孩子選什麼系

29. 下面哪一個跟「職業性向測試」的說明<u>有差異</u>？
    Ⓐ 如果父母沒自信幫孩子選系，可能變成是「性向測驗」在幫孩子選系
    Ⓑ 「職業性向測試」可以建議一些特殊、沒聽過的行業給父母、孩子參考
    Ⓒ 「職業性向測試」是百分之百準確的，完全可以參考，不會有錯誤的引導
    Ⓓ 孩子都愛旅行，根據性向測驗的結果，他選了跟旅行有關的系，也可能以後會後悔

30. 關於父母幫孩子選系，下面哪一個
    是短文的意思？

    Ⓐ 父母補償心理做法的建議是相當
    正確的

    Ⓑ 父母絕對不可以建議孩子念什麼
    系比較好

    Ⓒ 父母自己當年想念而念不到的
    系，應該強力建議孩子念

    Ⓓ 父母要有自信，可以憑自己的人
    生經驗，建議孩子念什麼系比較
    好

B. 關鍵詞語

一、主題相關詞語

本單元出處	主題相關詞語
一、對話聽力1.	登記、強迫、要求、羨慕、開明、討論、建議、適合
一、對話聽力2.	報考、背景、經歷、動機、競賽、錯別字、工整、吹牛、爭議
一、對話聽力3.	冷門、標準、有道理、過剩、以往、就業、考量、眼光
一、對話聽力4.	贊同、名氣、同意、知名、業界、堅持、打算、失敗、風險
一、對話聽力5.	沒法、代表、安慰、神氣、個性、不斷、智慧、就算、成就
三、選詞填空(一)	退休、階段、大約、左右、的確、連帶、換句話說、兩者
三、選詞填空(二)	薪水、因素、答案、簡單、一般而言、通常、喜好、熱愛、順序、算是、做法
四、材料閱讀(一)	曉得、考慮、選修、機會、爭取、獨力、成長
四、材料閱讀(二)	煩惱、調查、統計、上班族、後悔、求職、期間、交叉
五、短文閱讀	性向、測驗、傾向、從事、測試、製作、吸引、行業、自信、或許、憑、強力、狀況、避免、補償

二、常用詞組

本單元出處	常用詞組	例句
一、對話聽力3.	以……（為）考量	買鞋考量的重點，若只求美觀，忽略了腳底的感覺，旅途中將會苦了自己的雙足，所以挑選時應以鞋子的舒適做為優先考量。
一、對話聽力3.	（把）眼光放遠	目前還在感情圈子打轉的人，眼光不妨放寬放遠，感情只佔你生活的一部份，你應該將更多的心思放在自我的發展上，放在事業的發展上。
一、對話聽力5.	（不）在……之下	在父母期待之下，他放棄了喜愛的音樂，選讀法律系。
四、材料閱讀(一)	與……無關	他們兩人分手的原因是彼此個性不合，與第三者無關。
五、短文閱讀	從事……職業	以前讀書是唯一出路，如今變成行行出狀元，從事任何職業都可以有成就。

習慣是一種可以主宰人生的力量，
人自幼就應該通過完美的教育，去建立好的習慣

Note

A. 測驗練習

一、對話聽力

1. Ⓐ 這位先生的兒子想念高中
   Ⓑ 這位先生覺得念高職比念高中有前途
   Ⓒ 教育制度根本不考慮學生心理方面的發展
   Ⓓ 家長的眼光應該看遠一點，尊重孩子的意願與興趣

2. Ⓐ 綜合高中的學生無法按照興趣選讀
   Ⓑ 綜合高中在台灣中等教育的學制中，是不合法的
   Ⓒ 結合高中及高職的課程，是為了讓高中生容易升上大學
   Ⓓ 綜合高中是高中同時開設職業課程，或高職同時開設普通課程

3. Ⓐ 完全中學是國中、高中各自獨立管理
   Ⓑ 完全中學學制的實施，主要是政府想省錢
   Ⓒ 設立完全中學跟國中、高中課程一貫沒有關係
   Ⓓ 中學同時設立國中部和高中部一起管理，就是完全中學

4. Ⓐ 綜合高中跟完全中學只是名稱不同
   Ⓑ 完全中學的高中部學生有些是國中部直升的
   Ⓒ 完全中學是同時設置學術科和專門科的中學
   Ⓓ 綜合高中的學生不需再選擇適合自己的課程

5. Ⓐ 一年級大多是共同課程，是以後學習的基礎
   Ⓑ 綜合高中的課程，百分之六十由教育部訂定
   Ⓒ 綜合高中的課程，學校自行訂定百分之四十
   Ⓓ 二、三年級時共同必修科目增加，也可選讀自己喜歡的課程

二、完成句子

6. 所謂學校系統，是各級各類學校教育內部的_____。
   Ⓐ 結構　　　　Ⓑ 結合　　　　Ⓒ 結算　　　　Ⓓ 結局

7. 學校教育制度規定學校的_____、任務、入學條件及上課的年數限制。
   Ⓐ 記性　　　　Ⓑ 個性　　　　Ⓒ 性格　　　　Ⓓ 性質

8. 18世紀以前，歐洲大陸按照人民身分等級，設置分等_____的學校教育制度。
   Ⓐ 嚴　　　　　Ⓑ 嚴格　　　　Ⓒ 嚴肅　　　　Ⓓ 嚴重

9. 19世紀_____，隨著工業的發展，各國開始重視工人小孩的教育。
   Ⓐ 初　　　　　Ⓑ 起初　　　　Ⓒ 當初　　　　Ⓓ 初步

10. 學校教育制度要_____到學生身體和心理方面發展的階段性和連續性。
    Ⓐ 考察　　　　Ⓑ 考慮　　　　Ⓒ 考取　　　　Ⓓ 參考

11. 台灣於2014年開始_____十二年國民教育，提高國人的教育水準。
    Ⓐ 實施　　　　Ⓑ 確實　　　　Ⓒ 實用　　　　Ⓓ 證實

12. 一般來說，接受國民教育是一項國民應盡的_____。
    Ⓐ 業務　　　　Ⓑ 服務　　　　Ⓒ 義務　　　　Ⓓ 任務

13. 一個國家要人民都認識字，一定要讓國民義務教育_____。
    Ⓐ 及格　　　　Ⓑ 普及　　　　Ⓒ 普通　　　　Ⓓ 及時

三、選詞填空

> (一)　　學校教育制度的建立和 __14__ ，需要國家有相當的 __15__ 基礎和相當程度的科技發展水平。國家沒有錢，要發展學校教育是不容易 __16__ 的。而科學技術的發展，像電腦資訊方面，__17__ 充實了教學內容、提供了有效的教學 __18__ ，也擴大了就業的範圍。

14. Ⓐ 開發　　　　Ⓑ 發動　　　　Ⓒ 發展　　　　Ⓓ 發行
15. Ⓐ 經濟　　　　Ⓑ 經驗　　　　Ⓒ 經營　　　　Ⓓ 正經

16. Ⓐ 現實　　　Ⓑ 落實　　　Ⓒ 真實　　　Ⓓ 事實
17. Ⓐ 不成　　　Ⓑ 不過　　　Ⓒ 不然　　　Ⓓ 不僅
18. Ⓐ 手工　　　Ⓑ 手段　　　Ⓒ 手術　　　Ⓓ 高手

（二）　　學校的教育制度和經濟、科技的發展有　19　的關係。在經濟發展　20　的情況下，學校教育制度結構簡單，義務教育年限可能縮短。隨著經濟與科技的發展，市場在　21　力方面，對數量與品質的管控都有　22　的要求，亦即要求各級各類學校培養大批社會所需要的　23　，這時學校的教育結構就可能因此而改變。

---

19. Ⓐ 直　　　　Ⓑ 直接　　　Ⓒ 直線　　　Ⓓ 簡直
20. Ⓐ 緩慢　　　Ⓑ 緩和　　　Ⓒ 慢慢　　　Ⓓ 疲勞
21. Ⓐ 勞工　　　Ⓑ 行動　　　Ⓒ 流動　　　Ⓓ 勞動
22. Ⓐ 高大　　　Ⓑ 強大　　　Ⓒ 高度　　　Ⓓ 強度
23. Ⓐ 人才　　　Ⓑ 人事　　　Ⓒ 才能　　　Ⓓ 能力

四、材料閱讀

（一）招生海報 ✂

　　成人教育由來已久，隨著全球化、資訊科技的發展及人口老化等因素，使得成人學習更加受到重視。

上課對象：成人。通常是指在一般正常教育後的再學習，例如社區
　　　　　大學、進修學校等。
學習目標：提供各種活動或方案，滿足個人生活中的學習興趣
　　　　　或需要，增長成人生活基本知識，擴大生活領域，
　　　　　充實精神生活。
授課內容：除了一般的科學或人文教育，如語言、文化、
　　　　　藝術、興趣等方面的課程外，也有一些是技能
　　　　　訓練課程，例如電腦與網路班、Google 雲端與
　　　　　Office 應用班，或是考專業證照的課程，
　　　　　例如中餐烹調班。

24. 下面哪一個**不是**成人教育的相關內容？

　Ⓐ 成人教育是指成人接受一般正常的教育

　Ⓑ 社區大學、進修學校等，都是成人接受再學習的地方

　Ⓒ 成人教育可以充實成人的精神生活，擴大他們的生活領域

　Ⓓ 因為全球化、資訊科技的發展及人口老化等因素，更加重視成人學習

25. 關於成人學習，下面哪一個是對的？

　Ⓐ 成人教育只包括語言方面的課程

　Ⓑ 成人教育一般包括學習科學或是人文方面的知識

　Ⓒ 電腦和網路這種技能訓練課是不適合成人教育的

　Ⓓ 考專業證照，像中餐烹調、西式點心等課程，成人教育是不能上的

(二) 招生廣告

宗　　旨	教授科技新知及創造終身學習機會。
對　　象	年滿18歲以上，有志學習的民眾。
班　　期	每年兩次，分別為春季班與秋季班。
班　　數	每期約招收10個班，每班20人。
報名時間	春季班約一月中到二月底。 秋季班約七月中到八月初。
報名地點	本校行政大樓五樓會議室。
準備事項	一吋照片1張、身分證件、學費和材料費。
開班內容	以電腦基礎班與電腦進階班為主。
上課時間	春季班約三月初至六月底；秋季班約九月初至十二月底。下午六時三十分至 九時二十分上課。分每週上一天或兩天兩種。
證　　書	成績及格者，發給成人職業進修教育結業證書。

26. 下面哪一個符合招生廣告的內容？

　Ⓐ 18歲不可以報名參加

　Ⓑ 此課程一年一期，開10個班，每班20人

　Ⓒ 報名時間是一月底到二月中和七月中到八月初

　Ⓓ 這個招生的目的，是教科技新知和創造民眾終身學習的機會

27. 下面哪一個符合廣告的內容？
　Ⓐ 課程內容是以電腦的高級班為主
　Ⓑ 在行政大樓五樓會議室報名，並先繳學費、材料費
　Ⓒ 成績及格與否，都發給成人職業進修教育結業證書
　Ⓓ 上課分春季班和秋季班兩期，每週上課時間都是一天

五、短文閱讀

　　終身學習是指「一輩子的學習」，也可以說是「活到老學到老」。近代的知識和科技快速發展，舊知識很快就被新知識取代，人們感到一生只讀一門學科絕對是不夠用的，因此產生了終身學習這個概念。終身學習的特點是：
● 持續性：學習是從出生到死亡的，隨著人生階段的發展，每個人依照自己不同的學習需求而持續學習。
● 普遍性：學習是一般人普遍享有的權利與共同期望的機會，不會因為個人的年齡、性別、職業、地位而有任何的差別。
● 自主性：終身學習強調自主的精神，透過個人自由意識的決定，主動地安排適合自己的學習方式及內容。
● 全面性：從不同的時間點來看，終身學習希望能連接教育的每一個階段；在同一個時段上，則有正規、非正規、非正式的學習，方便學習者時時學習、處處學習。
● 彈性化：終身學習的方式、途徑很多，因個人需求不同，可以隨時調整、充滿彈性。

28. 下面哪一個是終身學習真正的意思？
　Ⓐ 所謂的終身學習就是指一輩子的學習
　Ⓑ 「活到老學到老」跟終身學習沒有關係
　Ⓒ 一個人一生只學一門學科，就是終身學習
　Ⓓ 新知識發展快速，只要永遠記得舊知識，就做到終身學習

29. 下面哪一個對「學習」的解釋是**不對的**？
　Ⓐ 人從出生到死亡都在學習
　Ⓑ 學習是一般人的權利與共同期望的機會
　Ⓒ 每個人隨著人生階段的發展，一般只要念完正規教育就夠了
　Ⓓ 學習不會因為人的性別、年齡、職業、身分、地位不同而有差別

30. 對於終身學習的特點，下面哪一個是對的？

Ⓐ 終身學習的途徑方式雖多，但是一般不可以隨時調整

Ⓑ 在同一時段上，終身學習者希望能連接教育的每一個階段

Ⓒ 人們可以自己主動安排終身學習的內容及適合自己的學習方式

Ⓓ 從不同的時間點來看，終身學習有正規、非正規的，學習者可以時時處處學習

B. 關鍵詞語

一、主題相關詞語

本單元出處	主題相關詞語
一、對話聽力1.	傷腦筋、選擇、興趣、前途、輔導、考慮、眼光、有道理
一、對話聽力2.	中等、學制、當局、需要、結合、明白、開設、選讀
一、對話聽力3.	設立、獨立、管理、強調、一貫、一併、實施、促進、平衡
一、對話聽力4.	包括、直升、設置、學術、專門、學程、普通、職業、跨
一、對話聽力5.	設計、訂定、自行、共同、科目、基礎、必修、升大學、準備
三、選詞填空(一)	建立、發展、相當、經濟、程度、科技、水平、落實、充實、有效、手段、擴大、就業、範圍
三、選詞填空(二)	直接、關係、緩慢、情況、結構、簡單、義務、年限、勞動力、數量、品質、高度、需求、培養
四、材料閱讀(一)	由來已久、全球化、老化、更加、對象、方案、增長、領域、授課、人文、證書、烹調
四、材料閱讀(二)	招生、宗旨、新知、終身、有志、民眾、招收、進階、及格
五、短文閱讀	活到老學到老、取代、絕對、產生、概念、特點、期望、差別、自主、意識、層面、連接、正規、彈性、途徑、調整、充滿

二、常用詞組

本單元出處	常用詞組	例句
一、對話聽力2.	考慮……需要	在綠地空間狹小，休閒場所不易取得的都市中，公園應是民眾最佳的休閒場所，裡面的設計最好考慮各種人的需要，不應該設立太多限制。
一、對話聽力3.	促進……平衡	若是大家能一直以使用者需求與利益為考量，採取合理價位策略，提供良好服務，應能促進市場生態平衡，實為使用者之福。
一、對話聽力5.	為……（而）準備	他每天進行八小時的運動訓練，為參加下屆的奧運準備。

215

本單元出處	常用詞組	例句
二、完成句子11.	提高水準	鄭成功到了臺灣以後，就開闢農田，創辦學校。他改善了人民的生活，也提高了人民的知識水準。
三、選詞填空(一)	擴大範圍	目前因工作人員調度困難，無法擴大服務範圍。
四、材料閱讀(一)	受到重視	最近流行「動手學」的教學觀念，在美國的教育系統中相當受到重視。
四、材料閱讀(二)	創造機會	政府對於失業者，雖應照顧其失業後的生活，但更應積極地為其創造工作機會。
五、短文閱讀	被……取代	通訊業以電腦代替人工，省下大筆人事開支，「人」的工作機會可能就被機器取代了。
五、短文閱讀	享有……權利	不論哪個國家，兒童都應該享有受教育的權利。

最好的教育是以身作則。孩子們對謊言或虛偽非常敏感，極易察覺。如果他們尊重你、依賴你，他們就是在很小的時候也會跟你合作。

Note

A. 測驗練習

一、對話聽力

1.
Ⓐ 這位先生不一定要回國
Ⓑ 這位先生因為不能回國而傷腦筋
Ⓒ 「線上教學」跟「遠距教學」是不同的課型
Ⓓ 這位先生不必傷腦筋，因為可以透過「線上教學」繼續上課

2.
Ⓐ 這位先生最近到學校上寫作課程
Ⓑ 遠距教學一定要沒有時差的地區才能參加
Ⓒ 在網頁的討論區上貼文章，就是「同步」的網路寫作教學
Ⓓ 視訊會面、即時打字對談，就是一種「同步」的網路教學方式

3.
Ⓐ 好文章通常不會放在網站上讓人學習
Ⓑ 老師都自己改作文，不會放在網路上公開討論
Ⓒ 在網站上公開作文，可以互相觀摩學習、互相修改
Ⓓ 在網站上讓別人看到自己寫得不好的文章，是很丟臉的事

4.
Ⓐ 作文寫得好是靠運氣
Ⓑ 開始練習寫作就要長篇大論
Ⓒ 大量閱讀別人的作品，可以增加寫作能力
Ⓓ 作文完成後不須修改，因為只要運用記敘、描寫、說明等方式寫作就可以了

5.
Ⓐ 作文應該從兒童時期就開始訓練
Ⓑ 兒童有想像力，但跟寫作沒關係
Ⓒ 兒童雖有創意和想法，老師不可能引導他們寫出來
Ⓓ 兒童用文字、注音符號、圖畫組合的短句，不能算是一篇「短文」

二、完成句子

6. 語言是從_____開始的，所以專心聽話可以加強說話的能力。
   Ⓐ 模仿　　　　　Ⓑ 扮演　　　　　Ⓒ 考察　　　　　Ⓓ 記憶

7. 讓學生看圖說話是說話教學中一項有效的_____。
   Ⓐ 對策　　　　　Ⓑ 策略　　　　　Ⓒ 政策　　　　　Ⓓ 策畫

8. 閱讀是可以幫助人類吸取新經驗來替代舊經驗的最佳_____。
   Ⓐ 路線　　　　　Ⓑ 管線　　　　　Ⓒ 前途　　　　　Ⓓ 途徑

9. 閱讀的_____是在於可以增進一個人的想像力和判斷力。
   Ⓐ 盡力　　　　　Ⓑ 精力　　　　　Ⓒ 魅力　　　　　Ⓓ 活力

10. 在聽、說、讀、寫四種能力中，閱讀與寫作有直接的_____。
    Ⓐ 有關　　　　　Ⓑ 關連　　　　　Ⓒ 關於　　　　　Ⓓ 關鍵

11. 在閱讀的_____中，學生透過文字，理解文章中所要表達的思想。
    Ⓐ 過渡　　　　　Ⓑ 過濾　　　　　Ⓒ 過期　　　　　Ⓓ 過程

12. 閱讀為寫作提供材料，而寫作是閱讀後表達的_____。
    Ⓐ 窗口　　　　　Ⓑ 窗戶　　　　　Ⓒ 門口　　　　　Ⓓ 港口

13. 寫作能力可以說是語文能力的_____展現。
    Ⓐ 聯合　　　　　Ⓑ 結合　　　　　Ⓒ 綜合　　　　　Ⓓ 集合

三、選詞填空

（一）
　　人生下以後，為什麼在幾年內就能掌握 _14_ 的語言？兒童說話的過程 _15_ ？是生下來就具有這種能力？還是時間到了就會說話？或是受到後來的影響？對這些問題，學者們有不同的觀點。_16_ 他們的理論，我們知道一年級兒童在說話能力上，已經能主動 _17_ 新的語言句式，而且在 _18_ 表達能力上也增進不少。所以教師在教學時，應配合學生語言發展的階段，提高他們說話的能力。

14. Ⓐ 複雜　　　　Ⓑ 繁忙　　　　Ⓒ 雜亂　　　　Ⓓ 繁雜
15. Ⓐ 如何　　　　Ⓑ 何在　　　　Ⓒ 為何　　　　Ⓓ 奈何
16. Ⓐ 合作　　　　Ⓑ 聯合　　　　Ⓒ 合理　　　　Ⓓ 綜合

17. Ⓐ 建築　　　Ⓑ 建構　　　Ⓒ 建設　　　Ⓓ 建議
18. Ⓐ 口音　　　Ⓑ 口氣　　　Ⓒ 口語　　　Ⓓ 口才

(二)　　語言教學應該是 __19__ 的，比如說不能只強調閱讀或只強調寫作。從研究中，發現閱讀和寫作兩者之間不會互相干擾，它們的關係是 __20__ 的。根據學者 __21__ 的結果：經過 __22__ 閱讀後的學生的寫作成績高於只是常寫作的學生，這表示 __23__ 閱讀量比只加強寫作更能增進寫作能力。所以說，閱讀和寫作在語言教學上的關係是很密切的。

---

19. Ⓐ 完全　　　Ⓑ 全體　　　Ⓒ 全面　　　Ⓓ 全部
20. Ⓐ 互助　　　Ⓑ 幫助　　　Ⓒ 協助　　　Ⓓ 補助
21. Ⓐ 實現　　　Ⓑ 實驗　　　Ⓒ 實施　　　Ⓓ 實用
22. Ⓐ 大力　　　Ⓑ 強大　　　Ⓒ 重量　　　Ⓓ 大量
23. Ⓐ 提早　　　Ⓑ 提升　　　Ⓒ 提前　　　Ⓓ 升高

四、材料閱讀

(一) 書籍內容

課堂上聽力教學的方法

❖ 教師在課堂上對所教內容隨時提問，以了解學生是不是在注意聽。

❖ 用「把老師說的話再說一次」的方式（複述）訓練說話的能力。對於字詞或短句，教師讀一次學生再跟著說一次（仿讀），教師改正錯誤，學生交替練習，至正確為止。

❖ 讓學生聽寫一個詞語、語句或短文。

❖ 教師講故事或念一篇文章，讓學生聽後說出大意或重點。

❖ 教師說話有趣、內容有意義，發音清楚，加上肢體的動作、臉部的表情，引起學生聽課的興趣，學生一定會專心聽講。

24. 根據聽力教學的方法，下面哪一個對聽力的訓練有幫助？
    Ⓐ 老師上課時讓學生注意聽，不能提出問題
    Ⓑ 聽力教學只要讓學生聽就好了，不必聽寫
    Ⓒ 訓練學生聽話的能力，可以讓學生複述老師所說的話
    Ⓓ 老師讀出字詞或短句，讓學生仿讀，老師不能改正學生的錯誤

25. 根據聽力教學的方法，下面哪一個是對的？
    Ⓐ 老師上課時臉部表情多，會讓學生無法注意聽
    Ⓑ 老師上課時，不能有肢體動作，會影響學生聽課
    Ⓒ 學生聽了老師所講的故事或文章以後，說出大意或重點
    Ⓓ 老師發音清楚不清楚，說的話有趣或無趣，跟聽力教學沒關係

(二) 網路文章

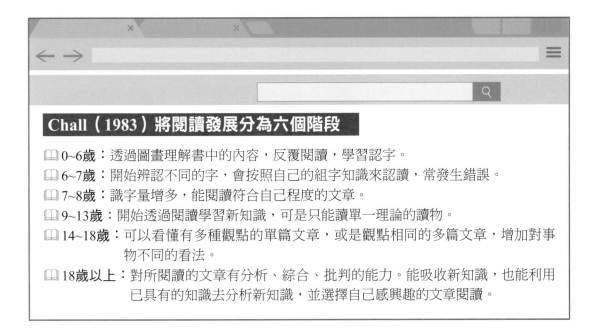

Chall（1983）將閱讀發展分為六個階段

📖 0~6歲：透過圖畫理解書中的內容，反覆閱讀，學習認字。
📖 6~7歲：開始辨認不同的字，會按照自己的組字知識來認讀，常發生錯誤。
📖 7~8歲：識字量增多，能閱讀符合自己程度的文章。
📖 9~13歲：開始透過閱讀學習新知識，可是只能讀單一理論的讀物。
📖 14~18歲：可以看懂有多種觀點的單篇文章，或是觀點相同的多篇文章，增加對事物不同的看法。
📖 18歲以上：對所閱讀的文章有分析、綜合、批判的能力。能吸收新知識，也能利用已具有的知識去分析新知識，並選擇自己感興趣的文章閱讀。

26. 下面哪一個符合閱讀發展階段？
    Ⓐ 兒童8歲開始辨認不同的字
    Ⓑ 4歲的小孩看圖畫書學習認字
    Ⓒ 5歲的兒童能透過組字的知識來認讀
    Ⓓ 小孩子到了7歲還無法閱讀符合自己程度的文章

27. 根據閱讀發展的六個階段，下面哪一個是對的？
    Ⓐ 12 歲左右的小孩看得懂複雜理論的讀物
    Ⓑ 10 歲的小學生能了解單篇文章中多種不同的理論
    Ⓒ 15 歲的中學生有能力看懂有多種觀點的單篇文章
    Ⓓ 20 歲左右的大學生看文章時，缺少分析批判的能力

五、短文閱讀

網路的產生使得第二語言教學或外語教學的方式更豐富，有的用網路來輔助語言聽力教學，有的應用於寫作教學，很多外語教師透過電子郵件改作文，甚至進行語言與文化的學習。

在華語文教學方面，許多海外大學的中文系，已發展了數門網路自學課程，學生可以在網路上相互討論、張貼訊息。目前華語文漢字、語音、會話、閱讀與寫作等教學網站越來越多，大多是把教材放在網路上，以靜態的文字資料為主。但是也有互動的網站，例如在網際網路上放置華語教材及可以聆聽的語音檔。網路上最大規模的華語教材庫是台灣僑務委員會的「全球華文網路教育中心」，有許多華語會話教材與文化教材。其中的會話教材，可以用聲音檔做為聽力訓練，而文化教材有視訊檔可以看。在「同步連線」的華語教學方面，有遠距離的教學，就是透過電腦網路用視訊會議的方式，進行華語文遠距教學。

28. 運用網路從事外語教學，下面哪一個是對的？
    Ⓐ 聽力教學在網路上沒辦法進行
    Ⓑ 網路和第二語言教學或外語教學無關
    Ⓒ 外語教師透過電子郵件改作文是做不到的
    Ⓓ 在網路上可以進行語言和文化方面的學習

29. 網路運用於華語文教學，下面哪一個<u>不對</u>？
    Ⓐ 有些海外大學的中文系課程，可以在網路上自學
    Ⓑ 在華語文教學方面，到現在還未與網路結合進行教學
    Ⓒ 目前華語文的教學網站很多，大多是放上靜態文字的教材
    Ⓓ 現在學生可以在網路上進行寫作、閱讀、討論及張貼訊息

30. 關於網路上的華語會話教材與文化教材，下面哪一個是對的？
Ⓐ 在網路上的華語教材，沒有可聆聽的語音檔
Ⓑ 文化教材都是文字資料，沒有視訊檔可以看
Ⓒ 網路上的會話教材，可以利用聲音檔訓練聽力
Ⓓ 華語文教學方面，還沒有透過視訊方式的遠距教學

一、主題相關詞語

本單元出處	主題相關詞語
一、對話聽力1.	結束、傷腦筋、處理、遠距、學習、接洽、繼續、完成
一、對話聽力2.	參加、寫作、時差、配合、張貼、視訊、即時、對談、同步
一、對話聽力3.	明白、公開、互相、觀摩、丟臉、經由、修改、完善
一、對話聽力4.	誇獎、羨慕、苦功、聯句成段、場景、構思、描寫、抒情
一、對話聽力5.	富有、想像、天真、創意、引導、綜合、表現、組合、通順
三、選詞填空(一)	掌握、複雜、過程、影響、觀點、理論、建構、句式
三、選詞填空(二)	全面、干擾、正面、實驗、結果、提升、密切
四、材料閱讀(一)	隨時、提問、複述、仿讀、改正、錯誤、交替、大意、肢體、表情、引起、專心、聽講
四、材料閱讀(二)	反覆、認字、辨認、組字、識字、增多、讀物、分析、批判
五、短文閱讀	輔助、應用、自學、訊息、靜態、互動、規模、連線

二、常用詞組

本單元出處	常用詞組	例句
一、對話聽力2.	配合時間	很多市民平時工作忙碌，常常無法配合垃圾車收運垃圾的時間清理垃圾，造成他們很大的困擾。
一、對話聽力4.	下苦功	那位畫家雖然是用腳畫畫兒，但是畫得很好，足見是下過一番苦功的。
一、對話聽力5.	富有想像力	虛擬世界的虛擬實境（VR）、擴增實境（AR），處處充滿富有酷炫科技的想像力。
三、選詞填空(二)	關係密切	在鄉村，居民之間關係密切，又有守望相助的精神。有陌生人出現，很快就會引起注意。
四、材料閱讀(一)	引起興趣	作業要能使學生發揮創意才能引起學生的興趣，並且應以各種不同的作業方式達到考核學習的目的。
四、材料閱讀(二)	對……（的）看法	不同的成長背景使關係親密的夫妻對某些事的看法仍有不同。

Unit 1 1-1

A. 測驗練習

1	B	2	B	3	D	4	C	5	D
6	B	7	C	8	D	9	A	10	B
11	C	12	D	13	C	14	B	15	D
16	B	17	D	18	C	19	B	20	B
21	A	22	C	23	D	24	A	25	D
26	A	27	A	28	C	29	A	30	D

B. 聽力文本

1. **男**：聽說華人通常都有兩個年齡：一個實歲，一個虛歲，這是怎麼算的？

   女：一般來說，法定年齡是指實際上的歲數，是從出生那天的年月日開始算的，是實歲。

   男：我們國家也是採用這樣的方法。那虛歲呢？

   女：華人通常是以虛歲來算，出生那天就算一歲，過了年又加一歲。

   Question：這位小姐的意思是什麼？

2. **男**：我用健保卡看病，醫生是否看得到我之前的就醫紀錄？

   女：並不是把健保卡插入讀卡機就能直接看得到！除非刻意去閱讀卡上的資料才能進一步看到。

   男：看診內容都看得到嗎？

   女：健保卡只會顯示最近六次的看診日期、醫療診所的名稱及代碼。目前健保卡上還未記錄看診的內容。你放心！

   Question：這位小姐要這位先生對什麼放心？

3. 男：在社群網站上，常看到一些年輕媽媽把自家寶貝的照片上傳，跟大家分享初為人母的喜悅。

女：難道她們不擔心這些上傳的照片所透露出的資訊，也許在將來會對孩子造成意想不到的影響？

男：上面又沒姓名、地址、電話等個人資料，只不過是小孩可愛的生活照片。

女：對有心利用的人來說，從照片上孩子的穿著、周遭環境、背景等，就能拼湊出一些訊息，甚至遭人惡意利用。

Question：下面哪一個是他們談話的主題？

5. 男：現在有些人對配偶和婚姻生活的期待比較高。

女：是啊！他們比較重視婚姻的品質，要是不理想，寧可離婚也不願意忍受不幸的婚姻。

Question：現在有些人對婚姻的看法怎麼樣？

4. 男：自從林飛發動了環保抗議活動之後，現已成了名人了。

女：可不是嗎？經由媒體的報導，讓更多人了解並參加了這次的抗議活動，給了他很大的幫助。

男：現在活動已經告一段落，群眾也都退場了，可是不管他到哪兒都還有記者報導他的一舉一動，他希望大家不要再把焦點放在他的身上了。

女：這談何容易，有得必有失。

Question：這位小姐說「談何容易」，指的是什麼？

> **C. 解答說明**

二、完成句子

6. A 這課都學會了覺得很有**成就**。
   B 你在哪兒**高就**？（工作）
   C 請主席到主席台**就位**。
   D 第八任總統於5月20日**就任**。

7. A 他找到一個好**對象**，打算結婚了。
   B 小王有**外遇**，因為他結婚了卻還有別的女朋友。
   C 王先生的**配偶**是王太太，王太太的**配偶**就是王先生。
   D 他們兩個人**配對**，參加雙人舞蹈比賽。

9. A 現代的價值觀不可有性別**歧視**。
   B 一個不孝順的人到處受人**輕視**。
   C 工作再忙碌都不可**忽視**健康。
   D 大人蹲下來跟小孩一樣高，才能跟小孩**平視**。

10. A **親戚**：有血緣關係或婚姻關係的親人。
    B **親屬**：因血統、婚姻或收養而與自己有關係的人。直系親屬：指的是具有直接血緣關係的親屬，如父子、祖孫。
    C **親子關係**：一般指的是父母子女之間的關係。
    D **親情**：指的是家人或親屬之間的情感。

11. A 這次大樓發生的爆炸**事件**是一個意外事件。
    B 爺爺年紀大了，他現在的身體**狀況**沒有以前好。
    C 以前找**資料**都得去圖書館，現在網路上資訊多得不得了。
    D 軍事**情報**是跟軍事情況有關的消息及報告，具有機密性質。

12. A 談到**性別**，馬上會想到男性、女性。
    B 他是長男，在家裡**排行**是老大。
    C 機票價錢按照舒適程度的不同分成三個**等級**。
    D 以一個人所出生之年來定他所屬的動物，稱為「**生肖**」，總共有十二種動物，稱為十二生肖。

13. B 醫生的**職責**就是醫治病人。
    C 他工作上的**職稱**是經理。

三、選詞填空

　　在團體裡，如果你想做一件事，可是這件事本來不屬於你管的，或者說你還沒有取得「管」的權力，那麼想要取得大家的信任，讓事情能　順利　辦好，這就很不容易。

　　舉個例來說，你要　組織　一個學生社團，而這些學生為什麼願意　遵守　你的領導管理？應該是這個團體給了你職位上的　權力　，你才能代表這個組織說話，說出來的話才能得到廣大學生的支持，才有人願意執行。

　　同樣的，在人生中也要找到自己的定位，有了合適的地位，無論說話做事都能有所　依據　，才能合理地發展自己，才能有所成就，這就是所謂的名正言順。

14. Ⓐ 說話很流利
　　Ⓑ 工作很順利
　　Ⓒ 多做幾次就會越做越順手。
　　Ⓓ 每個東西都要放好，不要走到哪裡就隨手放到哪裡。

15. Ⓐ 飛機內部的構造很複雜。
　　Ⓑ 他們來自同一個團體。
　　Ⓒ 這是最新的電腦作業系統。
　　Ⓓ 1) 組織（Ｖ）新的政黨
　　　 2) 這是一個國際性的環保組織（Ｎ）。

16. Ⓐ 熱心服務的志工受人尊敬。
　　Ⓑ 遵守交通規則
　　Ⓒ 從事教育工作
　　Ⓓ 他照顧病人的認真和耐心，讓人佩服。

17. Ⓐ 東西都有名稱，就像人有名字一樣。
　　Ⓑ 人生來就有的權力就是人權。
　　Ⓒ 權利是人民依據法律的規定而應該有的利益，如：孩子接受國民教育的權利。
　　Ⓓ 有控制、指揮等影響的力量就是權力，如：公司老闆有決定人事的權力。

18. Ⓐ 沒有偷東西的<u>證據</u>，就不可以說他是小偷。
    Ⓑ <u>據說</u>這棟老房子裡有鬼。
    Ⓒ 選舉人民代表是<u>依據</u>法律的規定來辦理的。
    Ⓓ 這張是繳學費的<u>收據</u>。

(二)

　　結婚不是 _一時_ 之間說結婚就馬上結婚的。婚姻是一種需要長時間 _相處_ 互動的人際關係，而且不只是夫妻二人 _而已_ ，還包括娘家、婆家的親人，以及將來和子女之間的親子關係等等。

　　在結婚之前，對婚姻、家庭、配偶、子女的責任都要有相當的心理準備。現在有些人在結婚前會先跟對方討論，了解一些結婚後必須要 _面對_ 的問題，例如：結婚後誰做飯？誰打掃？跟雙方父母之間如何相處？兩人之間的金錢、家庭經濟，以及將來對孩子的教育態度要如何等等。這些問題如果有50%你都不知道，或是沒想過，那麼你對婚姻的態度就還不夠 _成熟_ ，還不適合結婚。

19. Ⓐ 還好剛剛那一陣大雨很快就停了。
    Ⓑ <u>一時</u>糊塗忘記了，但很快就又想起來了。
    Ⓒ 大家<u>一致</u>同意他的意見，沒人反對。
    Ⓓ 他<u>一再</u>地向客戶保證這個產品絕對不會有問題。

20. Ⓐ 今天很熱，氣溫相當高。
    Ⓑ 在班上他跟同學都<u>相處</u>得很好，很受歡迎。
    Ⓒ 買東西當然是要品質好的，可是<u>相對</u>來說價錢也比較高。
    Ⓓ 這兩支手機外觀<u>相似</u>，難怪會被拿錯。

21. Ⓐ 現在才三點<u>而已</u>，還早呢。
    Ⓑ 我不確定那本書要多少錢，大概三百塊<u>左右</u>吧。
    Ⓒ 一輛小客車坐五個人<u>剛好</u>，沒有空位了。
    Ⓓ 你買的手機真貴，<u>那些</u>錢<u>足夠</u>我過一個月的生活了。

22. Ⓐ 學校畢業了，很快就<u>面臨</u>找工作的問題了。
    Ⓑ 找工作時的<u>面試</u>是要面對面談話的。
    Ⓒ 要<u>面對</u>問題，解決問題，不要逃避。
    Ⓓ 打電話說不清楚，請到辦公室來<u>當面</u>說清楚。

23. Ⓐ 他常騙人，說話很不<u>老實</u>。
　　Ⓒ 這個工作他已經做了五年，技巧相當<u>熟練</u>了。
　　Ⓓ 這個高中生很懂事，在想法上有時比大人還<u>成熟</u>。

Unit 1　1-2

1	C	2	D	3	C	4	D	5	D
6	C	7	B	8	D	9	B	10	A
11	A	12	D	13	B	14	B	15	C
16	D	17	D	18	A	19	B	20	C
21	B	22	A	23	D	24	D	25	C
26	D	27	D	28	B	29	A	30	C

B. 聽力文本

1. 女：你看你女兒又鬧脾氣，不去上芭蕾舞課了。
　　男：妳要孩子上舞蹈課算是妳的一種補償心理吧。非逼她去不可嗎？
　　女：也不是啦！她學了以後，自己也覺得很有興趣嘛！
　　男：孩子長大了，是獨立的個體，總不可能按照父母的意願來生活。
　　Question：這位爸爸的意思是什麼？

2. 男：妳兒子不是研究所畢業了嗎？在哪裡上班呢？
　　女：他從小就希望當個公務員，可是「高考」不容易，所以還在補習呢！
　　男：真是難為妳了。
　　女：哪裡。我們總是鼓勵孩子要堅持到底，完成夢想。
　　Question：下面哪一項是他們談話的主題？

3. 男：我本來以為小吳只是說說，沒想到他真的信教了呢！

女：聽說他不只是週日到教會去，而且隔週週六都會去老人院服務。

男：信什麼教都是個人的自由，最重要的是心中能獲得平靜。

女：平日我已經累死了。一到週末我就只信「睡覺」了。

Question：下面哪一項是這位先生感到意外的事？

4. 女：舅舅，真不好意思，最近都沒能來拜訪您。我最近忙得不可開交。

男：沒關係，我猜那代表妳一切都進行得很順利。

女：店裡生意忙是很忙，但事實上賺的錢並不多。

男：妳一直想當老闆，應該早就知道「萬事起頭難」嘛！等到年底如果收入和支出能平衡就算是很能幹的了。

Question：從對話中知道這次創業的情形怎麼樣？

5. 男：什麼事情讓妳這麼不愉快啊？聚餐時服務員不禮貌還是食物難吃？

女：業務部好幾個年輕的同事吃飯時不停地講手機或是滑手機。

男：現在很多年輕人都習慣這樣，在餐桌上邊吃邊講電話或是邊玩遊戲。

女：對啊！他們完全忽視同事，彼此也不交談。怎麼可以這麼沒有禮貌，不理別的部門呢？

男：就是嘛！光玩手機就自己單獨用餐好了，何必去聚餐？

Question：是什麼事情讓這位小姐這麼生氣？

▶ C. 解答說明 ◀

二、完成句子

6. Ⓐ 這個事件總算告一段落了。
   Ⓑ 這個想法到底要表達什麼？
   Ⓒ 在任何困境中他始終保持冷靜清醒。
   Ⓓ 政府終於重視這個研究領域了。

7. Ⓐ 堅持不變的信念
   Ⓑ 對宗教的信仰
   Ⓒ 對成功有信心
   Ⓓ 盲目的相信是迷信

8. Ⓐ 深刻的體驗
   Ⓑ 穿得十分體面
   Ⓒ 面前困難重重
   Ⓓ 面對種種困難

9. Ⓐ 學習中文是他來這裡的目的。
   Ⓑ 中文說得跟當地人一樣好是他要達成的目標。
   Ⓒ 他們順利在預定的目的地降落。
   Ⓓ 目的物就是目標所在之物。

10. Ⓐ 簡直難以相信
    Ⓑ 寫字難免有錯
    Ⓒ 他難道不懂加減法嗎？
    Ⓓ 難得下了一場大雨

11. Ⓐ 做勞力工作讓人覺得疲勞。
    Ⓑ 沒睡好，整天都覺得疲倦。
    Ⓒ 等到覺得疲困時，即使休息也很難消除了。
    Ⓓ 雖然休息了，卻不能很快回復到原狀，就是彈性疲乏了。

12. Ⓐ 國家經濟發展與環境保護同時並進
    Ⓑ 農產品出產的種類與氣候有關
    Ⓒ 文化與藝術的氣息
    Ⓓ 歡樂的氣氛

13. Ⓐ 他喜歡這本小說，著迷到不睡覺也要看完。
    Ⓑ 他為了破除民眾的迷信而努力。
    Ⓒ 有些地方還是很難破除重男輕女的迷思。
    Ⓓ 他迷糊到把雨傘放進冰箱裡。

三、選詞填空

> **(一)**
>
> 　　東歐有一個青年叫奇克，從小就 _熱愛_ 登山。18歲時就跟同伴登上歐洲最高峰——白朗峰。後來幾年，還陸續登上九座海拔超過4000公尺的高山。接著，他們的目標 _轉向_ 世界最高峰——珠穆朗瑪峰。攀登的申請條件和資格比較 _嚴格_ ，於是奇克寫信請求擔任國際登山者協會常務理事的父親幫忙，因為這一直是他的夢想，然而父親的回信卻是希望他按照原來 _預定_ 的計畫，一步一步完成目標。
>
> 　　於是奇克決定暫時放棄攀登最高峰的目標，好幾位登山好友都笑他沒 _志氣_ 。沒想到那一年卻傳來好友們挑戰最高峰失敗的消息，有人甚至因此而失去了生命。最後，奇克終於在2016年成功地登上最高峰。他非常感謝父親的建議以及支持，才阻止他遇到可能因過度自信而造成的危險。

14. Ⓐ 充滿熱情
　　Ⓑ 熱愛工作
　　Ⓒ 發言熱烈
　　Ⓓ 熱心服務

15. Ⓐ 他本來是個小農，而今轉變成為一個知名有機農產品的代表。
　　Ⓑ 今天牆上大時鐘的時針停止轉動，害他上班遲到了。
　　Ⓒ 他把經營目標轉向發展兒童才藝教育。
　　Ⓓ 他今天早上來電轉達老闆的感謝之意。

16. Ⓐ 嚴肅的面孔叫人害怕
　　Ⓑ 嚴謹的工作態度讓人佩服
　　Ⓒ 嚴厲地責備於事無補
　　Ⓓ 嚴格地管制進出的人員

17. Ⓐ 這次公司旅遊的預算恐怕得增加
　　Ⓑ 他預計錄取三名業務員
　　Ⓒ 氣象預報今明兩日將有暴雨，外出得小心
　　Ⓓ 他預定一年內產值提高三成。

18. Ⓐ 有了志氣就有動力
　　Ⓑ 捐大體是出自個人的意願
　　Ⓒ 他順利考上第一志願
　　Ⓓ 發展自己的興趣和志向

(二)

　　有一個旅行家，在很年輕的時候就已環遊世界80餘國。環遊世界就是他的 夢想 ，當然他也早就 實現 了。雖然他長年旅居國外，但是最近他寫了一本《年輕就開始環遊世界》的中文書。他在書中提醒我們，年輕時最不該計較的事情有三件：時間、金錢、語言能力。

　　旅行或是到海外居留一段時間是年輕人給自己最好的禮物。人生一定會在這一次次的旅行中重新定位。只要 事先 計畫好你嚮往的地方，注意安全，勇敢去探險就行了。旅遊除了能增廣見聞，更重要的是要好好地 思索 並找尋自我重新出發的位置。記得別等到有錢、有閒，還有 具備 了流利的外語能力時才準備出國旅行。

19. Ⓐ 理想的工作是什麼
　　Ⓑ 夢想成為一個音樂家
　　Ⓒ 他整天作夢，就是不肯腳踏實地工作
　　Ⓓ 教育理念

20. Ⓐ 實際的效果不大
　　Ⓑ 實行資本主義
　　Ⓒ 實現自己的承諾
　　Ⓓ 實施交通管制

21. Ⓐ 成績領先各隊
　　Ⓑ 事先準備妥當
　　Ⓒ 因下雨而改變原先的計畫
　　Ⓓ 需要各位先進指導

22. Ⓐ 思索未來就業方向
　　Ⓑ 思路敏捷
　　Ⓒ 為思想和言論自由努力
　　Ⓓ 承認內心對她思慕已久

23. Ⓐ 旅行必備用品
　　Ⓑ 計畫完備
　　Ⓒ 運動設備齊全
　　Ⓓ 內在或外在條件都具備

Unit 1　1-3

A. 測驗練習

1	D	2	D	3	B	4	C	5	C
6	A	7	B	8	D	9	B	10	A
11	C	12	D	13	B	14	A	15	C
16	D	17	C	18	D	19	B	20	A
21	C	22	B	23	A	24	D	25	B
26	A	27	D	28	C	29	C	30	D

B. 聽力文本

1.
男：你們這個社區的綠化程度很高，人行道上都是綠樹。

女：嗯，建築沒什麼特色，靠這些綠樹才讓環境美化。

男：人行道這麼乾淨，是請專人打掃的嗎？

女：沒有，這都是社區居民共同努力的結果。

Question：這一區的環境怎麼樣？

2.
男：孩子的房間需要增加一些櫃子，他們的玩具已經多到沒地方放了。

女：兩個孩子擠在一個小房間，東西當然不夠放。

男：還是先把雜物間清一清，這樣就有兩個房間了。

女：嗯，讓兩個孩子各住各的，到時候再決定要買什麼家具。

Question：下面哪一個是對的？

3.
男：上次妳說妳想找一間大一點的房子，還沒找到滿意的嗎？

女：雖然有幾間條件不錯的房子，但是我還沒決定要不要買下來。

男：有什麼原因嗎？

女：因為房子的價錢太高了，我手邊的現金不夠，如果要買就必須先跟銀行貸款才行。

Question：下面哪一個是對的？

4.
男：您退休後為什麼不跟兒女住呢？

女：跟兒女住反而不自在。

男：您把大房子賣了，自己一個人搬到這麼小的房子，應該不太適應吧？

女：還好，其實小房子住起來比較不孤單，整理起來也比較容易。

Question：這位女士退休後住的方面怎麼樣？

5. 男：我住的這一區雖然是郊區，但現在正在開發，以後會跟市區一樣繁榮。

　　女：你不怕噪音跟汙染嗎？

　　男：其實我也受不了。等這裡的房價漲了以後，我就要轉賣出去。到時候我就可以賺一筆，再搬到生活品質比較好的地方去住。

　　Question：這位先生為什麼要在這一區買房子？

C. 解答說明

二、完成句子

6. Ⓐ 這一區的<u>四周</u>都是商店，沒什麼公園綠地。

　　Ⓑ 你剛來我們學校，我帶你在校園裡<u>四處</u>走走吧！

　　Ⓒ 王老闆喜歡結交<u>四方</u>好友，生意也越做越大。

　　Ⓓ 台灣<u>四季</u>都有不同的水果出產。

7. Ⓐ 工廠的機器不能正常<u>運轉</u>，請打電話叫人來修理。

　　Ⓑ 市民的習慣正在<u>轉變</u>，從搭公車變成搭捷運為主。

　　Ⓒ 桌椅都排好了，不要<u>移動</u>了。

　　Ⓓ 訂好了計畫我們就開始<u>行動</u>。

8. Ⓐ 我們<u>全家</u>一共有六個人。

　　Ⓑ 今天是校慶，<u>全體</u>師生都要參加運動會。

　　Ⓒ <u>全球</u>的氣溫越來越高。

　　Ⓓ 聖誕節的時候，這家百貨公司<u>全面</u>打七折！

9. Ⓐ 所有的人都已經報告<u>完畢</u>，現在是討論時間。

　　Ⓑ 一般來說，大醫院的設備比小醫院<u>完善</u>。

　　Ⓒ 政府通知這家餐廳，在一週內<u>改善</u>環境衛生。

　　Ⓓ 不滿意的地方請告訴我，我會<u>改進</u>。

10. Ⓐ 因為平日工作忙，所以我<u>時</u>常吃泡麵。

Ⓑ 網路上可以<u>查</u>到火車到站的<u>時</u>刻。

Ⓒ 現在正是投資的好<u>時</u>機，不要錯過了。

Ⓓ 孩子在青少年<u>時</u>期更需要父母的關心。

11. Ⓐ 一個政府部門內有好幾個不同的<u>單</u>位。

Ⓑ 這件衣服只有一個顏色，有點<u>單</u>調。

Ⓒ 我們這個大樓的住戶很<u>單</u>純，都是小家庭。

Ⓓ 李小姐現在<u>單</u>身，你幫她介紹男朋友吧！

12. Ⓐ 幼稚園的師<u>生</u>比當然會影響上課的品質。

Ⓑ 今年的訂單<u>數</u>超越去年。

Ⓒ 報紙的廣告<u>量</u>逐年下降。

Ⓓ 公務員考試的錄取<u>率</u>提高了。

13. Ⓐ 由於這兩個人都是公眾人物，所以他們的關係很受<u>外</u>界的注意。

Ⓑ 台北101的<u>外</u>觀非常特別。

Ⓒ 感冒應該掛<u>外</u>科還是內科？

Ⓓ 教書我是<u>外</u>行，王老師才是內行。

三、選詞填空

（一）

「我們 <u>終於</u> 買到自己喜歡的房子了！」這個時候別高興得太早，因為接下來還有更大的挑戰在等著你，那就是裝修。第一次裝修房子內部，一不小心就會超過預算，還不一定能得到滿意的 <u>成果</u> 。因此裝修前千萬不要 <u>嫌</u> 麻煩，一定要先做功課。例如，剛成家的新人都想把自己的新房 <u>佈置</u> 成夢想中的樣子，但是最好先弄清楚自己的需求，以及家中的每個空間要怎麼使用，並且也將未來的換屋計畫考慮進去。這樣才能讓裝修的每一分錢， <u>發揮</u> 最大的效果。

14. Ⓐ 忙了一天，我們<u>終於</u>可以休息一下了！

Ⓑ <u>關於</u>這個問題，你有什麼看法？

Ⓒ 小王不舒服，<u>於是</u>他決定早點下班去看醫生。

Ⓓ <u>由於</u>他亂停車，因此被開了一張罰單。

15. Ⓐ 購買任何食品以前，都要看清楚包含的<u>成</u>分有哪些。

Ⓑ 這位學者寫了幾十本書，學術上的<u>成</u>就很高。

Ⓒ 你的努力一定會有<u>成</u>果的。

Ⓓ 要是你不聽我的勸告，<u>後</u>果就自己負責。

16.
Ⓐ 這件事跟你沒關係,你別多事,要不然會惹麻煩的。
Ⓑ 外面颳大風、下大雨,他整天都躲在家裡。
Ⓒ 王先生在路邊招了一輛計程車就上車離開了。
Ⓓ 爺爺嫌麻煩,不肯去看醫生。

17.
Ⓐ 服務員把商品陳列在架子上。
Ⓑ 我到台灣來了一個禮拜後,總算安頓好了。
Ⓒ 妹妹把她的房間佈置成粉紅色的。
Ⓓ 老闆叫我複製這份文件。

18.
Ⓐ 我在車上看小說,都沒發覺已經過站了。
Ⓑ 這輛車子我太久沒開,現在好像發不動了。
Ⓒ 這把槍不是真的,不能發射子彈。
Ⓓ 每個人都希望在工作上發揮最大的能力。

(二)

　　近來,「住在陌生人家裡」在全球各地流行起來。除了可以省錢以外,還可以賺到 獨特 的經驗。只要在「換屋旅遊」網站上 註冊 ,你就可以免費獲得旅遊當地民宅、城堡、農莊或船屋等出租的消息,再按照個人的預算和喜好來選擇住處。有經驗的人表示,別人家的設備當然不如旅館 齊全 ,也沒有客房服務;但只要 仔細 挑選,一樣可以找到舒適的住處。出發前多看多比較,就能把 風險 降到最低。

19.
Ⓐ 他長得很高,在一群人中間很突出。
Ⓑ 出國留學可以得到獨特的經驗。
Ⓒ 香港的地理位置優越,很多航線都必須經過那裡。
Ⓓ 這個球員的表現很出色,所以其他球隊也想爭取他。

20.
Ⓐ 在這個網站上註冊,就可以有一個免費的電子信箱。
Ⓑ 你可以利用網路先訂位,就不必排隊。
Ⓒ 去醫院看病要先去櫃台掛號。
Ⓓ 到銀行開戶需要準備什麼東西?

21. Ⓐ 小林的報告準備得很<u>充分</u>，所以得了高分。
    Ⓑ 這個牌子的錶做得很<u>精細</u>，價錢當然也很高。
    Ⓒ 這家旅館的設備很<u>齊全</u>，你什麼都不用帶。
    Ⓓ 高級餐廳的服務一般都很<u>周到</u>。

22. Ⓐ 你不要那麼<u>嚴肅</u>，輕鬆一點嘛！
    Ⓑ 張老師改考卷改得很<u>仔細</u>，一點錯都不放過。
    Ⓒ 早餐店的老闆幫客人準備餐點的動作十分<u>熟練</u>。
    Ⓓ 小王的房間到處放滿了他帶回來的旅行紀念品，看起來雖然<u>隨意</u>卻不亂。

23. Ⓐ 去爬高山是有<u>風險</u>的。
    Ⓑ 這個國家碰上了經濟<u>危機</u>。
    Ⓒ 這家餐廳<u>限制</u>客人的用餐時間。
    Ⓓ 颱風帶來嚴重的<u>災害</u>。

Unit 2 2-1

A. 測驗練習

1	A	2	D	3	D	4	D	5	C
6	C	7	B	8	D	9	D	10	D
11	C	12	C	13	A	14	B	15	A
16	D	17	A	18	C	19	B	20	C
21	A	22	D	23	B	24	D	25	D
26	C	27	A	28	D	29	D	30	D

B. 聽力文本

1. 男：妳想，山的走向是南北走向，或是東西走向，會有什麼不同嗎？

   女：你的意思是說山是南北走的方向，還是東西走的方向，對生態環境會有什麼不一樣的影響嗎？

   男：想想看，當地球在冰河時期，冰河從北往南發展，生物因為碰到東西走向的山，沒辦法穿過高山往南走。而在山是南北走向地區的生物，就有機會順著山邊的路到南方去，而生存下來。

   女：還真的沒想到山的走向會有這樣重大、長遠的影響呢！

   Question：下面哪一個是這位先生的意思？

2. 男：世界七大奇景之一的印度「泰姬瑪哈陵」最近向國際求救。

   女：怎麼了？他們跟誰打仗嗎？

   男：根據報導，「泰姬瑪哈陵」白色的外牆慢慢變黃了，他們發現在尖塔上出現了一塊塊的黑色塊，他們認為這跟空氣汙染有關。

   女：所以他們是跟排放廢氣的工廠還是汽車打仗？

   男：聽說在當地市區，將規定因排放廢氣而汙染空氣的汽車改用天然氣，也禁止在市區燒垃圾，以及牛大便。

   Question：這段對話的重點是什麼？

3. 男：沒人看得到風、抓得住風，風是自由自在的。

女：你太浪漫了吧。科技就抓得住風，海邊那一座一座的風力發電機，它不但抓住了風，還利用了風。

男：妳說的是海邊那一大排的白色大風車啊，它們就像是展開雙翅，迎向藍天大海的天使、白鳥。

女：那不是天使，不是鳥。那是電廠利用風力轉動風車，使發電機發電的科技設備。

男：妳真無趣。在大自然中自由、浪漫的風，就這樣被妳說得失去了詩意。

女：才不是呢。人類的科技文明，把自然的風變成了能源、資源，看著那一排排壯觀的風力發電機，你不覺得人類創造出的人文科技景觀很令人感動嗎？

Question：下面哪一個是這位小姐的意思？

4. 男：海拔3500公尺以上的「高山寒原」，溫度大多低於攝氏8度以下，真不適合人類生活！為什麼還有生物能在那裡生存？

女：人類有很強的移動能力，可以離開不適合的環境，但是有些動植物並沒有那麼強的移動力，為求生存它們只好演化出能適應環境的特殊構造。

男：難怪在那裡的植物需要用到三個季節來開花結果，到了冬天還得冬眠。

女：在惡劣環境下，植物經過長時間的生長、開花、結果，外貌也很矮小。而植物在生長過程提供動物所需，動物也為植物傳播種子。

男：太神奇了，這種生物間的互動和依靠，就是所謂的「生態環境」了。

Question：下面哪一個是這段對話內容的意思？

5. 男：我們現在已經爬到超過海拔 2500公尺的地方了，這一路走來，有沒有發現什麼比較特別的？

女：台灣位在溫暖的地區，但為什麼這裡的林木是冷溫帶的針葉林？

男：我們現在的高度，溫度大約是在攝氏15度到18度，算是冷溫帶地區。台灣的地理環境，讓台灣能同時擁有熱帶和冷溫帶植物。

女：一路上看到的多半是台灣鐵杉，是因為它們最適合生長在這個環境中嗎？

男：其他的樹種在這裡也生長得很好啊！問題不是在自然環境，而是對人類來說，台灣鐵杉不是好木材，經濟利用價值不高，所以很少被砍，因此保留下來的最多。

女：同樣是生活在這個環境中，而人類對這個環境的生態，卻有那麼強勢的影響。

Question：根據對話，下面哪一個是對的？

C. 解答說明

二、完成句子

6. Ⓐ 一股香氣／一股力量
   Ⓑ 一番努力／一番事業
   Ⓒ 一陣風／一陣音樂聲
   Ⓓ 一片土司麵包／一片雲

7. Ⓐ 牛奶加入咖啡融合在一起後就分不開來了。
   Ⓑ 冰遇到熱就會融化。
   Ⓒ 地球溫度慢慢地在升高，這是一種暖化現象。
   Ⓓ 冬天的太陽曬在身上不熱，很暖和。

8. Ⓐ 小孩子一不小心，就很容易跌倒受傷。
   Ⓑ 戰爭在很多人的心裡留下了永遠的傷痛。
   Ⓒ 沒看到警察就想違反交通規則，這是錯誤的觀念。
   Ⓓ 地震、颱風都是自然災害。

9. Ⓐ 網路、報紙等都是傳播媒體，傳播各種新聞、資訊。
   Ⓑ 用傳真機可以傳真文字、圖像等。
   Ⓒ 把這份資料傳送到經理手機，不要傳送到公司電腦。
   Ⓓ 網路上流傳著各種訊息，都是大家傳來傳去的結果。

10. Ⓐ 她書桌上的書按著高矮排列得很
　　　整齊。
　　Ⓑ 博物館的玻璃櫃裡陳列著展覽
　　　品，供人觀賞。
　　Ⓒ 王教授發表了三篇跟環保有關的
　　　一系列文章。
　　Ⓓ 這次的報告不列入這學期的成
　　　績。

12. Ⓐ 固體是有一定形狀和體積的物
　　　體，如：桌子。
　　Ⓑ 氣體是沒有一定的形狀和體積的
　　　物體，如：空氣。
　　Ⓒ 液體是有一定體積，沒有一定形
　　　狀而能流動的物體，如：水。
　　Ⓓ 濃縮是把液體的濃度增高，如：
　　　濃縮果汁。

11. Ⓐ 這家醫院新蓋的門診大樓規模很
　　　大。
　　Ⓑ 這家工廠生產的產品規格都一
　　　樣。
　　Ⓒ 這幾位作家寫作的風格都不一
　　　樣。
　　Ⓓ 「品格高尚」指的是在行為、道
　　　德上都很好的人。

13. Ⓐ 這座山雖然不高，但有山有水，
　　　風景很美，真的是山明水秀。
　　Ⓑ 出國留學後常感冒、拉肚子，大
　　　概還不習慣這個地方，真的是水
　　　土不服。
　　Ⓒ 她不會穿著打扮，不但跟不上流
　　　行，看起來還土裡土氣的。
　　Ⓓ 他們結婚以後過得很幸福，大家
　　　都說他們是天作之合。

三、選詞填空

（一）
　　龐貝城位在義大利南部維蘇威火山山腳下，在西元79年8月24日中午，火
山突然 <u>爆發</u> 了。噴出的大量火山灰在很短的時間內就把龐貝城 <u>埋</u> 在底下
了，<u>從此</u> 龐貝城在六公尺深的火山灰下，靜靜地度過了一千多年。
　　一般來說，火山除了噴出火山灰以外，還會流出滾燙的岩漿，或是冒出大
量水蒸氣，看到這些地形或現象，就知道這兒的火山還在活動。火山和地震有
 <u>密切</u> 的關係，所以火山地帶也是地震地帶。但是到目前為止，科學家還是無
法 <u>阻止</u> 火山的爆發或是地震的發生。

14. Ⓐ 炸彈爆炸
    Ⓑ 火山爆發
    Ⓒ 爆出大新聞
    Ⓓ 氣球氣太足，突然爆破了。

15. Ⓐ 埋在土裡
    Ⓑ 用火燒掉
    Ⓒ 藏在椅子後面
    Ⓓ 杯子裡的水太多，滿出來了。

16. Ⓐ 他們談了七年的戀愛，終於決定要在今年年底結婚了。
    Ⓑ 由於這學期的課比較多，功課也比較重，再加上得準備畢業論文，於是她決定這學期不打工、專心念書了。
    Ⓒ 她一向不愛運動的習慣，到現在還是沒改變。
    Ⓓ 結婚以後，從此就不再是單身一個人了。

17. Ⓐ 這兩個國家關係很好，在政治、經濟上都有密切的合作關係。
    Ⓑ 這位牙醫看病時很親切，讓小孩去看牙時比較不害怕。
    Ⓒ 到山中走走，多親近大自然。
    Ⓓ 這隻小狗對人太親熱了，真讓人受不了。

18. Ⓐ 紅燈亮了，路上的車都要停止前進。
    Ⓑ 這裡有禁止吸菸的標誌。
    Ⓒ 小孩的好奇心不是大人阻止得了的。
    Ⓓ 大家都累了，今天練球就到此為止，早點回去休息吧。

(二)　「自然環境」是由土壤、岩石、地形、水、氣候、生物等　構成　的，自然環境直接影響著人類的飲食、穿著、居住、交通、休閒、娛樂等，跟人類的生活關係密切。

　　一般來說，我們眼睛看到的所有自然　形成　的景象，就是「自然景觀」，像森林、河流、高山、沙漠、春天的花、秋天的紅葉等。而有些景觀是人類利用資源所造成的，就　稱為　「人文景觀」，像城市、房屋、稻田、農場、交通工具等，都跟人類的生活方式有關。

　　所有生物在各自的環境中取得資源而　成長　、延續生命。從環境生態教育中，人們認識到自然環境與人文環境互動的生態關係，進一步了解人類在自然環境、人文景觀、經濟發展活動中所要　面對　的種種問題，也因此而能更關心注重人類為了生存與發展，在自然環境和人文環境互動中應有的行為和態度。

19. Ⓐ 利用電腦合成的技術把兩張照片合成一張。
Ⓑ 由孩子、父母、爺爺奶奶構成了三代同堂的家庭。
Ⓒ 為了開發國外市場，公司成立了國外業務部。
Ⓓ 王媽媽說孩子能健康地長大，就是她最大的成就。

20. Ⓐ 這間度假小屋完全是由木頭蓋成的。
Ⓑ 租帶家具的房子比較方便，因為家具都是現成的。
Ⓒ 這條街本來只有幾家餐廳，後來餐廳越開越多，慢慢地就形成一條美食街了。
Ⓓ 經過幾次的溝通，雙方終於達成一致的意見。

21. Ⓐ 收入高，又還沒結婚的人，被稱為「單身貴族」。
Ⓑ 從電視節目「唱唱跳跳」的名稱，就知道一定跟唱歌跳舞有關係。
Ⓒ 我們喜歡把各行各業裡表現優秀能幹的女主管加上「女強人」這樣的稱謂。
Ⓓ 所謂「二八佳人」指的是十六歲的少女。

22. Ⓐ 增長知識見聞
Ⓑ 延長時間
Ⓒ 完成任務
Ⓓ 孩子的成長

23. Ⓐ 相對來看，他的長處也正好是他的短處。
Ⓑ 要面對問題才能找出解決問題的辦法。
Ⓒ 對待朋友要真心誠意。
Ⓓ 對付騙子的辦法就是不要相信他說的話。

Unit 2 2-2

A. 測驗練習

1	B	2	D	3	B	4	A	5	C
6	B	7	D	8	B	9	D	10	B
11	A	12	C	13	D	14	A	15	C
16	B	17	D	18	A	19	A	20	B
21	B	22	D	23	A	24	B	25	B
26	D	27	C	28	B	29	C	30	B

B. 聽力文本

1. 　男：宜蘭的地形一邊高、一邊低，當東北季風吹來的時候，留下了大量的水氣，因此造成多雨的氣候。

　　女：難怪宜蘭氣候這麼潮濕。在這種情況下，東西的保存應該不容易吧？

　　男：的確，所以為了延長保存期限，當地人會把鴨肉做成鴨賞，把水果做成蜜餞。

　　女：宜蘭的溫泉資源豐富，也跟多雨這個原因有關嗎？

　　男：嗯，多雨帶來足夠的地下水，加上地熱，所以有很多溫泉，適合發展溫泉觀光產業。

　　Question：關於宜蘭，下面哪一個是對的？

2. 　男：你知道為什麼台東的稻米特別有名嗎？

　　女：因為台東沒有工業、廢氣或重金屬的汙染，擁有最純淨的水源，加上氣候溫和，使得那裡產的稻米特別美味，成為高級米的代名詞。

　　男：「好米帶」說的又是哪裡呢？

　　女：噢，那是指台東的池上、關山，還有花蓮的富里，因為在山谷裡，太陽遲到早退，日照時間較短，日夜溫差大，所以那一帶的米比一般的米晚熟二十到三十天。這樣一來，養分吸得飽，口感也好。

　　男：妳這麼一說，我想起來了。池上便當的米飯好像真的特別香。

　　Question：關於台東，下面哪一個敘述是對的？

3. 男：法國除了葡萄酒，蘋果也很受
國際市場的歡迎，尤其最近在
亞洲地區，銷售量節節上升。

女：種植蘋果在法國有很長久的歷
史嗎？

男：嗯，蘋果一直是法國最受歡迎
的水果，平均每年每人吃下20
公斤蘋果，佔當地水果市場的
五分之一，是橙和香蕉的雙倍
銷量。

女：為什麼法國蘋果這麼好？

男：法國出產的蘋果超過400種，
果農會根據氣候條件挑選品
種，為了投入生產還要花上四
到五年的時間準備。從生長、
開花到結果，果農都花很多心
血來照料。就像葡萄酒業一
樣，他們也把蘋果業當成一種
工藝。

Question：關於法國種植蘋果的情
況，下面哪一個是對的？

4. 男：這是什麼茶？有種果香和蜂蜜
的香氣，真好聞！

女：這叫東方美人茶，是台灣北部
的特產。

男：跟中南部種植的高山茶有什麼
不同？

女：台灣北部的桃園、新竹一帶，
屬於酸性土，氣候溼潤多雨，
本來就具備茶樹生長的條件。
加上東方美人茶不適合種在早
晚溫差太大的高山，剛好符合
當地高度一百五十到三百五十
公尺的地形。

男：東方美人的品質這麼好，產量
怎麼樣？

女：產量非常少，但是它年年都外
銷到國外，受到國際的肯定，
是台灣之光！

Question：根據這段對話，下面哪一
個是對的？

5. 男：小美，妳研究的是傳統三合院
建築，這次做田野調查，妳去
了哪裡？

女：高雄有一座一百二十年歷史的
老房子，叫林家古厝。很能反
映當時的居住環境特色。它在
炎熱氣候下有隔熱效果，在寒
冷的氣候下也能保溫。

男：老房子就是有這種冬暖夏涼的
好處，這是現代建築比不上
的。

女：是啊！而且裡面完整保留當時
林家生活的各種用品及器具，
能讓人聯想到當時農村生活的
情景。現在林家子孫並不住在
那裡，而是改成休閒農場，開
放給一般人參觀。改天有空去
玩玩吧！

Question：關於林家古厝，下面哪一
個是對的？

C. 解答說明

二、完成句子

6. Ⓐ 根據這本權威雜誌的報導,這個國家<u>超越</u>世界各國,成為新的經濟強權。
   Ⓑ 真正的自信不是認為自己比別人<u>優越</u>,或去證明自己比別人屬害。
   Ⓒ 她寫的文章都很<u>優美</u>。
   Ⓓ 有的網站收集全國連鎖品牌的<u>優惠</u>資訊,還有各分店的聯絡和營業資訊。

7. Ⓐ 政府宣布,會分兩階段來<u>修正</u>法條。
   Ⓑ 有幾個地方印錯了,編輯一一<u>改正</u>。
   Ⓒ 前一任的領導人死了以後,由下一任領導人繼續進行<u>改革</u>。
   Ⓓ 這個節目的內容是請設計師到觀眾家裡,<u>改造</u>房子的內部。

8. Ⓐ 一個人的空閒時間,要多拿來利用,<u>充實</u>自己,否則就會感到無聊。
   Ⓑ 我們的身體需要<u>充足</u>的營養。
   Ⓒ 他是一個<u>充滿</u>冒險精神的人。
   Ⓓ 選用環保<u>補充</u>包裝,為環境多做一點努力。

9. Ⓐ 這<u>分明</u>是錯的,你怎麼說是對的?
   Ⓑ 懂得<u>分配</u>收支,就能存不少錢。
   Ⓒ 我們要保護台灣黑熊,第一就是要了解牠們生活或<u>分佈</u>在哪裡。
   Ⓓ 專家<u>分析</u>,這個地方最近幾年出現很多豪宅的原因是跟高鐵經過有關。

10. Ⓐ 他不敢反抗<u>上級</u>的命令。
    Ⓑ 氣候暖化使海平面<u>上升</u>。
    Ⓒ <u>上述</u>的規定,希望各位都能遵守。
    Ⓓ 這個牌子下個星期要舉行新手機<u>上市</u>的記者會。

11. Ⓐ 重大<u>災害</u>區的居民,可申請補助。
    Ⓑ 這是歷史上造成最多人死亡的<u>災難</u>。
    Ⓒ 電腦中毒的話,軟體和系統會受到病毒的侵害。
    Ⓓ 因為大雨的關係,造成了嚴重的<u>水災</u>。

12. Ⓐ 計畫要確實去實行，才知道有沒有效果。
    Ⓑ 我看了你推薦的那部影集，的確不錯。
    Ⓒ 翻譯軟體的翻譯並不是最準確的。
    Ⓓ 小王的工作目標很明確，所以做起來十分有效率。

13. Ⓐ 王小姐喜歡把各種新鮮蔬菜水果打成蔬果汁。
    Ⓑ 秋天一到，有些樹葉就會變成紅色。
    Ⓒ 樹林裡藏著很多可愛的小動物。
    Ⓓ 樹木對環境有保護的作用。

三、選詞填空

（一）

　　地中海位於歐亞非的 <u>交界</u> 處，是世界古老的海洋。 <u>典型</u> 的地中海氣候為夏季乾熱、冬季濕暖。這種氣候上的特點特別適合種植葡萄及橄欖。古代的地中海國家，就把當地出產的葡萄酒及橄欖油 <u>運送</u> 到其他地區，去換取像小麥這種可以當作主食的糧食和農作物。除此以外，地中海供應的各種魚和海鮮， <u>長久</u> 以來就是居民們研發料理的主角。還有殖民時代帶進許多外來蔬菜的種子，本區溫暖晴朗的天氣提供了優良的 <u>生長</u> 環境。

14. Ⓐ 這個城市位在三國的<u>交界</u>處。
    Ⓑ 擅長<u>交際</u>應酬的人，無論在什麼場合，遇到什麼樣的人，都能輕鬆面對。
    Ⓒ 進行網路<u>交易</u>時，有可能會因為遇到網路塞車的情況而失敗。
    Ⓓ 在出差以前，李經理<u>交代</u>我們該做的工作。

15. Ⓐ 這個建築是中式園林的<u>經典</u>之作。
    Ⓑ <u>古典</u>音樂讓他百聽不厭。
    Ⓒ 台灣的氣候炎熱潮濕，是<u>典型</u>的亞熱帶氣候。
    Ⓓ <u>畢業典禮</u>時，校長跟每一位畢業生握手。

16. Ⓐ 上課學會的東西，要在生活中<u>運用</u>才不容易忘記。
    Ⓑ 必須單獨<u>運送</u>的貨物，要另外收費。
    Ⓒ 這台冷氣因為太舊了而停止<u>運轉</u>。
    Ⓓ 我一定會把你的意見<u>轉達</u>給他。

17. Ⓐ 每個人都要發現自己的<u>長處</u>，才能獲得快樂和成功。
    Ⓑ 我們不能決定生命的<u>長度</u>，但可以決定生命的廣度。
    Ⓒ 駱駝在沙漠中<u>長途</u>跋涉。
    Ⓓ 他們兩個人有共同的人生目標，所以感情才能<u>長久</u>。

18. Ⓐ 每種植物都有特定的<u>生長</u>環境。
    Ⓑ 《魯賓遜漂流記》是一部小說，寫一個在荒島<u>上生</u>存下來的人，最後又回到文明都市的故事。
    Ⓒ 經過全國人民投票，新的總統<u>誕生</u>了。
    Ⓓ 這家小館的價錢比攤子貴，但是比較<u>衛生</u>。

（二）

　　雲林西螺是全台最大的蔬菜產地，這裡的葉菜產量 <u>占</u> 全國近半。但是這些菜從產地到餐桌，往往 <u>大量</u> 耗損達40%。農民表示，這些菜長度要齊，外表要漂亮，否則送到市場會破壞 <u>信用</u> 。因為氣候或其他因素，如颱風等，使賣相不佳的葉菜遭受被丟棄的 <u>命運</u> 。更別說，葉菜類 <u>通常</u> 保存時間有限，時間一到就只能當廢物處理。

---

19. Ⓐ 李先生的房屋貸款<u>占</u>了每月薪水的四成。
    Ⓑ <u>集</u>大家的力量，一定會成功的。
    Ⓒ 鴨血、小魚乾、紫菜、黃豆等都是<u>含</u>鐵量豐富的食材。
    Ⓓ 這個展覽非常受歡迎，所以延<u>至</u>月底才結束。

20. Ⓐ 你就<u>大膽</u>地去做吧！做錯了也沒關係。
    Ⓑ 他事先閱讀了<u>大量</u>的書籍、資料，才開始做研究。
    Ⓒ 這對夫妻爭吵的原因<u>大都</u>是跟錢有關。
    Ⓓ 這趟旅行所需的花費，我<u>大致</u>算出來了。

21. Ⓐ 在他出國的這段期間，他的信箱塞滿了廣告單、信件。
Ⓑ 做生意一定要講信用。
Ⓒ 朋友之間最重要的是信任。
Ⓓ 台灣的民間信仰相當豐富，已經成為一種文化了。

22. Ⓐ 水果或起司這一類的進口食品不易保存和運輸，所以進口商的成本當然就比較高。
Ⓑ 除了專業知識，也要懂得運用應變能力，才能讓工作順利。
Ⓒ 排長命令全部的士兵集合。
Ⓓ 命運是很難預測的，現在不幸，不表示會不幸一輩子。

23. Ⓐ 元宵節的那一天，一般人家裡通常會吃元宵或湯圓來度過。
Ⓑ 這位名醫的形象一直很專業，因為報上經常有他的訪問和報導。
Ⓒ 最近妳時常覺得容易累，要不要去醫院檢查一下？
Ⓓ 雖然碰到假日，但他還是照常使用網路工作。

Unit 2 2-3

A. 測驗練習

1	D	2	C	3	D	4	B	5	D
6	B	7	C	8	B	9	D	10	D
11	A	12	C	13	B	14	A	15	D
16	C	17	B	18	C	19	B	20	D
21	C	22	B	23	A	24	D	25	C
26	C	27	B	28	A	29	C	30	B

B. 聽力文本

1. 男：我看了一篇文章，提到蜜蜂的消失跟人類使用農藥有很大的關係。可以說，是人類害死了牠們。

   女：我知道世界上有多達三分之一的農作物靠動物來傳播花粉，其中大部分是蜜蜂的功勞。是不是因為花粉受到汙染，所以才讓蜜蜂吃下毒花粉？

   男：嗯，不只如此，農藥不光在農田出現，連公園、高爾夫球場、家中的庭院等，都會大受汙染而成為殺死蜜蜂的現場。

   女：沒有蜜蜂，不但沒有蜂蜜，花草也活不了，包括很多蔬菜、水果、堅果類的作物都不能結果或長出下一代，也會影響糧食收成。

   Question：下面哪一個是他們談話的主題？

2. 男：由於全球糧食不足，為了維持足夠的糧食，人類大量使用農藥種植作物，如今農藥濫用成了一個嚴重的問題。

   女：嗯，不論是水果、蔬菜、茶葉，甚至是中藥藥材，都常被檢驗出多種混合農藥。這個問題十分普遍吧！農藥濫用對一般人來說並不陌生，或多或少都聽過。

   男：不過大家通常只注意到食物中的農藥量是否超過標準，卻忽略了農藥對地球和生態的傷害。為了解決糧食不足，出現了工業化農業，它帶來了農藥濫用的問題，也是氣候暖化的兇手之一。

   Question：他們對農藥濫用的看法怎麼樣？

3. 男：廢棄的電子產品不是可以回收
嗎？為什麼常被人說不環保
呢？

女：因為電子產品回收以後，兒童
或工人在毫無保護措施的情況
下，拆開廢棄的電子產品，接
觸到各種危險物質，對人體健
康、土地和水源都有嚴重的影
響。

男：有什麼辦法可以改善？

女：企業也要負責任，對於所推出
的電子產品，從設計產品、選
擇原料到加工過程，都應該堅
持對環境友好，因為電子產品
在製造和廢棄的過程中都會產
生有毒、有害的物質。還有，
產品應該可修理、可升級，以
延長使用壽命。

男：問題是現在的消費者喜新厭
舊，新產品一推出馬上就不要
舊的了，因此不見得能減少電
子產品的廢棄量。

女：的確，消費者的習慣也要跟著
改變才行。

Question：根據對話，電子產品跟環
保有什麼關係？

4. 男：新聞上說，科學家正在南極建
造冰庫，這是因為氣候暖化讓
世界各地的高山冰川融化，所
以他們計畫把冰儲存起來。

女：既然暖化是不可避免的，幾個
世紀以後，這些冰還能保存下
來嗎？

男：科學家也明白，相對於保存珊
瑚、樹木等，冰的保存面對更
大的危險，因為它們將來很有
可能會從地表消失。不過，若
把冰運送到南極的冰庫中，這
些冰起碼可以再保存幾十年或
一個世紀以上，如此才能讓後
代的科學家繼續研究暖化問
題。

女：那個冰庫，就像是一個檔案資
料室囉？

男：嗯，沒錯。我們的後代子孫將
面對氣候暖化的後果。可以
說，冰川的保存工作已十分迫
切，現在不做就太遲了！

Question：有關保存冰川，下面哪一
個是對的？

5. 男：妳為什麼只選購有機咖啡？這跟一般咖啡有什麼不同？

　　女：傳統咖啡的種植技術要使用化學肥料、殺蟲劑，長久下來會破壞森林。而有機咖啡的種植技術不同於以往，對保護中南美洲的鳥類有很重要的意義。

　　男：這麼環保，為什麼咖啡農不都種有機咖啡呢？

　　女：因為成本比較高。不過，咖啡農改種有機咖啡是未來的潮流，這樣也可以讓咖啡更具有競爭力。

　　男：在我印象裡，好像只有老人、生病的人才會接觸有機產品。

　　女：這種觀念老早就過時了。有機咖啡的市場雖然不大，但是一直在成長中。以前消費者得向特定的供應商購買，現在通路多了，可以透過網路直接訂購。

　　Question：關於選購咖啡，下面哪一個是對的？

C. 解答說明

二、完成句子

6. Ⓐ 他提出的理由很勉強，不能說服大家。
　 Ⓑ 台灣冬天的氣候主要是受冷氣團和洋流等因素影響。
　 Ⓒ 農曆新年的由來跟「年獸」的傳說有關。
　 Ⓓ 這場意外發生的原因為何，至今還沒有查出來。

7. Ⓐ 給大腦適當的刺激，可以減緩老化的速度。
　 Ⓑ 我牙疼得要命，什麼都不想吃。
　 Ⓒ 這個國家的軍事力量給鄰國帶來極大的威脅。
　 Ⓓ 有一些人因為不滿選舉的結果而上街示威遊行。

8. Ⓐ 無論是長期或短期，待在汙染的空氣中都會提高生病的可能性。
　 Ⓑ 人類製造了無數的環境問題。
　 Ⓒ 無限供應塑膠袋或免洗用品，容易發生浪費不說，也會製造更多的環境汙染。
　 Ⓓ 文明的發展使人類有意或無意地破壞了環境。

9. Ⓐ 我們平常炒菜、烤肉、燒香的煙，也有可能對空氣產生不好的影響。
　 Ⓑ 這座火山至今已維持了5000年的平靜。
　 Ⓒ 溫室效應導致地球平均溫度上升。
　 Ⓓ 自然環境的汙染破壞了大自然的平衡。

10. Ⓐ 台灣許多老舊的房屋需接受<u>結構</u>上的<u>檢查</u>，要不然會有倒下的危險。
　　Ⓑ 這個民間<u>機</u>構成立的目的是為了保護我們生存的自然環境。
　　Ⓒ 規畫工程時，應儘量減少人工<u>構造</u>對自然環境的破壞。
　　Ⓓ <u>構成</u>自然環境的物質包括水、空氣、土壤等。

11. Ⓐ 世界上有<u>些</u>城市因為地理環境的關係，容易<u>遭受</u>自然災害帶來的破壞。
　　Ⓑ 這家餐廳的特色是開在森林裡，客人在用餐的同時也能欣賞自然風景，因而產生一種身在其中的<u>感受</u>。
　　Ⓒ 住在這麼吵的空間裡，你一定很<u>難受</u>。
　　Ⓓ 他很能吃苦，所以才能<u>忍受</u>這麼困難的工作環境。

12. Ⓐ 政府派人來拆房屋，使得當地居民激烈地<u>反抗</u>。
　　Ⓑ 申請文件所需的資料包含身分證<u>正反面</u>影本。
　　Ⓒ 他的病<u>反覆</u>發作，一直都沒有好起來。
　　Ⓓ 這個古蹟保護組織<u>反對</u>政府建設更多住宅的計畫。

13. Ⓐ 綠色塑膠是一種能自然分解的<u>原料</u>，不會對環境造成負擔。
　　Ⓑ 化學<u>燃料</u>產生的汙染物，會變成酸雨破壞環境。
　　Ⓒ 燃燒紙錢會帶來過多的二氧化碳，也會影響人的健康。
　　Ⓓ 奧運會以最簡單的方式<u>點燃</u>火把，非常環保。

三、選詞填空

(一)

　　「台灣最美的圖書館」不但內部全由天然木材建造，而且設計上完全 <u>合乎</u> 節能減碳的要求。屋頂 <u>採用</u> 太陽能光電板，以供應圖書館用電，並避免熱氣進入室內。另有 <u>妥善</u> 的排水系統，可把雨水等水資源回收，當作圖書館的用水。置身圖書館中， <u>四面</u> 牆上都裝了大片窗戶，光線好，還看得見戶外的綠草、大樹與小河。這就是北投圖書館，從捷運站走路去只要三分鐘，附近有生態公園、野溪溫泉、古蹟級的博物館，現在已經變成有名的 <u>觀光</u> 地點了。

14. Ⓐ 現在正流行的剩食餐廳，非常合乎愛物惜物的環保精神。
　　Ⓑ 用過的電腦可以聯絡合法的回收廠商來清運。
　　Ⓒ 有些清潔用品添加了不合格的成分，用了以後不安全也不環保。
　　Ⓓ 合適的室內溫度大約在22到26度之間，環保又健康。

15. Ⓐ 本地觀光團體正在爭取最新的高速鐵路建設。
　　Ⓑ 政府和人民都應該採取行動，一起保護環境。
　　Ⓒ 採購省水、節能及屬於綠建材的產品是公司的原則。
　　Ⓓ 聽說有新款的歐洲車開始大量採用環保材質。

16. Ⓐ 使用保麗龍餐具是不妥當的做法。
　　Ⓑ 這個型號的汽車終於向環保妥協，不再生產了。
　　Ⓒ 民眾應該把廢電池妥善回收，才不會汙染環境。
　　Ⓓ 秘書的工作就是在很短的時間內把一切都安排妥貼。

17. Ⓐ 住在山邊的好處就是可以明顯感受到四季的變化。
　　Ⓑ 這間公寓的四面都有窗戶，可是陽光幾乎照不進來。
　　Ⓒ 廣告單四處亂貼，嚴重破壞市容。
　　Ⓓ 潮濕的氣候讓四壁和天花板都出現了掉漆的情況。

18. Ⓐ 這個腳踏車道一到夜晚就會發出亮光，既美觀又安全。
　　Ⓑ 房子的好壞是一個很主觀的問題，因為每個人的標準都不一樣。
　　Ⓒ 把觀光和生態同時做好，並不是不可能的事。
　　Ⓓ 這家餐廳的料理美味，環境優美，值得再次光臨。

（二）

「垃圾不落地」的環保政策已在本地 ＿實施＿ 多年，不過有部分不守法的民眾還是會隨地丟垃圾，造成環境髒亂。這不但 ＿違反＿ 法律，也影響居家生活品質。

環保局說，在人力有限的情形下，想要有效 ＿制止＿ 這種亂丟垃圾的行為，還是需要民眾與市區商家共同合作，居家週邊自己掃，共同 ＿維護＿ 環境清潔，並配合垃圾清運時間，將垃圾交由垃圾車處理，以免 ＿受到＿ 處罰。

19. Ⓐ 這家麵店用料實在，環境清潔，我已經光顧好幾次了。
Ⓑ 自政府實施垃圾袋收費的政策以後，垃圾量大大降低。
Ⓒ 這堂實驗課是教學生自己動手做環保肥皂。
Ⓓ 靠著平常嚴格的訓練和不放棄的精神，這個年輕人實現了登上第一高峰的目標。

20. Ⓐ 消費者對綠色產品的反應跟他們的環保態度有關。
Ⓑ 如果人類不好好反省破壞環境的問題，地球上的綠地就會越來越少。
Ⓒ 買了太多的化妝品而用不完，反而是種浪費。
Ⓓ 有住戶違反規定，在電梯內抽菸，引起其他住戶抗議。

21. Ⓐ 工程師的行業種類不止一種，有建築、電氣、工業、科技等。
Ⓑ 這家宅配公司突然宣布停止服務。
Ⓒ 清潔隊員制止小王倒垃圾，因為他沒用垃圾袋。
Ⓓ 網路報名截止的日期是九月三十日。

22. Ⓐ 為了響應保護森林的活動，我們應該少用紙張。
Ⓑ 維護環境是大家共同的責任。
Ⓒ 這位總統候選人非常關心環保，因此得到了很多相關團體的擁護。
Ⓓ 在他的細心呵護下，這些農作物的生長情況相當良好。

23. Ⓐ 最近連續發生了幾次地震，幸好他的房子並沒受到太大的影響。
Ⓑ 在線上訂購商品，最快一天內就會收到。
Ⓒ 今年的錄取率比去年高，聽說達到了百分之十。
Ⓓ 今天晚上突然停電，電力公司說可能要等到隔天才能恢復。

Unit 3 3-1

A. 測驗練習

1	C	2	D	3	C	4	D	5	C
6	D	7	B	8	C	9	A	10	D
11	A	12	B	13	A	14	C	15	D
16	A	17	C	18	B	19	A	20	B
21	C	22	D	23	A	24	C	25	B
26	C	27	D	28	B	29	C	30	A

B. 聽力文本

1. 女：我為了這個孩子煩惱得要命，他一天到晚看醫生，是個藥罐子。

   男：恐怕這樣也不是辦法。還是想想別的方法來增加他的抵抗力吧！

   女：聽說營養、運動、睡眠、情緒是抵抗力的四大要素。也就是說，孩子不能偏食，還要有規律的運動，良好的睡眠習慣，保持快樂的心情。

   男：不光是孩子，這些要素對大人來說也一樣重要。

   Question：有關他們談話的主題，下面哪一個是對的？

2. 男：老陳單身了這麼久，最近總算結婚了。

   女：沒錯，自從他多了美芳這個賢內助以後，就更能專心衝刺事業。

   男：嗯，他不但結了婚，後來還升了職，真是好事成雙。

   女：有句話說「成家立業」，真是一點也沒錯。老陳就是最好的例子！

   Question：關於老陳生活上的轉變，下面哪一個是對的？

3. 女：我喜歡去超市刷卡買菜，可以集點數，還可以抽獎。

男：聽起來好像很划算。但是超市訂的價格不是高於菜市場嗎？

女：誰說的？現在的超市都在減價，或生產自己品牌的平價商品，還有越來越多便宜的肉品。而且除了刷卡買菜，還可以使用折價券，省錢的方法多得是！

男：妳這麼會精打細算，想賺妳的錢真不容易啊！

Question：這位先生覺得這位小姐「很會精打細算」是什麼意思？

5. 女：你這麼熱愛你的事業，又常常到不同的城市出差，要怎麼分配時間跟家人相處，平衡工作和家庭生活？

男：我跟我太太約好，週末盡量不工作，就算收到一些有意思的演講或餐會等邀請，我也一律不參加。

女：你既然願意犧牲社交活動，可見你真的很重視你的家庭生活。那麼你都怎麼陪伴家人？

男：我太太看韓劇時，我只需要坐在她身邊陪她，還是可以同時用電腦處理公事。但是當我們全家人一起聊天或出遊的時候，我一定會很專心地陪太太和孩子，並且把手機關掉。

Question：關於這位先生的家庭生活，下面哪一個是對的？

4. 男：今天晚上請客吃飯，我穿這套休閒服就好了。

女：你又不是只有這一套衣服！你是主人還穿得這麼邋遢，叫人家笑話你。

男：何必這麼麻煩？我們只不過是在家裡請幾個很熟的朋友來聚聚而已。

女：話可不能這麼說。既然是請客，至少也要穿得整齊一點，來做客的人才會覺得受尊重。

Question：下面哪一個是這位太太的看法？

C. 解答說明

一、對話聽力

1. 藥罐子：因為身體很弱而常常吃藥。增加抵抗力：讓身體不容易生病。
2. 賢內助：很會管家的好太太。衝刺事業：努力發展事業。
3. 精打細算：把每一分錢算得清清楚楚。

二、完成句子

6. Ⓐ 廣大的沙漠
　 Ⓑ 遙遠的國家
　 Ⓒ 擁擠的車廂
　 Ⓓ 充足的理由

7. Ⓐ 沙發質料
　 Ⓑ 裝潢材料
　 Ⓒ 打掃用具
　 Ⓓ 醫療用品

8. Ⓐ 統治者的野心
　 Ⓑ 無心的錯
　 Ⓒ 用心地準備
　 Ⓓ 真心對別人

9. Ⓐ 你找到房子以前，可以暫時住在我家。
　 Ⓑ 他不是壞人，他只是一時糊塗，才偷了別人的東西。
　 Ⓒ 我家對面下個月即將開一家大的購物中心。
　 Ⓓ 我向來早睡早起，上班從來不遲到。

10. Ⓐ 靈活的頭腦
　 Ⓑ 笨重的木頭
　 Ⓒ 暴力的行為
　 Ⓓ 淘氣的孩子

11. Ⓐ 按時吃藥
　 Ⓑ 愛好自由
　 Ⓒ 暗中幫忙
　 Ⓓ 中斷練習

12. Ⓐ 追求理想
　 Ⓑ 收看節目
　 Ⓒ 吸收知識
　 Ⓓ 吸引客人

13. Ⓐ 獲得冠軍
　 Ⓑ 省得麻煩
　 Ⓒ 造成問題
　 Ⓓ 構成威脅

三、選詞填空

（一）

美美進入大學，第一次在外面租房子。她有一個室友叫小芬，不過她們倆的生活習慣 <u>差異</u> 很大。小芬喜歡早睡早起，從來不熬夜，生活過得很 <u>規律</u> 。美美卻是個夜貓子， <u>一向</u> 三更半夜才上床。她們倆好像白天跟黑夜，很少碰面，所以沒什麼說話的機會，當然也從來沒發生過 <u>衝突</u> 。萬一有什麼重要的事情，她們就用通訊軟體來 <u>溝通</u> 。

14. Ⓐ 你誤會我了，我並沒有說你的壞話。
　　Ⓑ 碰到困難，不要馬上就放棄。
　　Ⓒ 我跟我爺爺的生活習慣差異很大。
　　Ⓓ 新裝的網路不能用，不知道哪裡出了差錯？

15. Ⓐ 九號球員違反比賽規則，被判出場了。
　　Ⓑ 學校規定學生要穿制服。
　　Ⓒ 上課的時候要守規矩。
　　Ⓓ 有規律的運動才有健康的身體。

16. Ⓐ 我一向禮拜天洗衣服。
　　Ⓑ 全班一致通過，小明就當選班長了。
　　Ⓒ 老師規定，不及格的學生一律要補考。
　　Ⓓ 一連下了好幾天的雨，人都要發霉了。

17. Ⓐ 這輛車車速太快，控制不了而衝撞了安全島。
　　Ⓑ 夏天的海邊有很多衝浪的人。
　　Ⓒ 為了立法問題，這兩個政黨發生很大的衝突。
　　Ⓓ 現在工作不好找，你別這麼衝動就說要離職。

18. Ⓐ 小王要我轉告你，她感冒不能來了。
　　Ⓑ 你們語言不通，怎麼溝通呢？
　　Ⓒ 學校打電話通知你錄取了。
　　Ⓓ 你學過中文，這位先生說的話請你翻譯一下，好嗎？

(二)

　　星期六下午，小王　通常　都待在家裡。因為外面人多，人潮聚集在百貨公司、電影院、餐廳，到處都很　擁擠　，出門反而更累！

　　越來越多年輕人跟小王一樣宅。那他們都做些什麼　消遣　呢？拿小王來說，坐在沙發上看影集就是其中之一。由於這些熱門影集的內容都相當　大眾化　，適合一般人的口味，所以會讓人忍不住一集接著一集地看！肚子餓了也不必做飯，直接打電話叫外送就行了。

　　小王覺得，就是要這麼　懶散　，才有過週末的感覺！

19. Ⓐ 我通常半夜才上床睡覺。
　　Ⓑ 請病假必須有醫生證明。
　　Ⓒ 這幾年的氣候都很反常，造成了花亂開的現象。
　　Ⓓ 難得你沒事，我們去喝杯咖啡吧！

20. Ⓐ 墾丁是熱門的旅遊地點。
　　Ⓑ 捷運站人多，很擁擠，上下車要小心。
　　Ⓒ 這題數學好複雜，老師講了兩遍我還是不懂。
　　Ⓓ 你想約她出去，又不敢開口，真矛盾！

21. Ⓐ 爺爺每天都玩手機上的遊戲。
　　Ⓑ 他在學校很活躍，參加很多社團。
　　Ⓒ 媽媽最大的消遣就是逛街買衣服。
　　Ⓓ 沒問題，我很樂意幫助你。

22. Ⓐ 簡化字比較容易學，但是有的字不合造字的道理。
　　Ⓑ 你做錯了事，還找藉口合理化自己的行為！
　　Ⓒ 連鎖速食店標準化的產品都是機器做的。
　　Ⓓ 大眾化的電影一般比較賣座。

23. Ⓐ 你不是吃就是睡，太懶散了。
　　Ⓑ 你把環境整理一下，這麼骯髒的地方你也住得下去！
　　Ⓒ 他真糊塗，又忘了帶鑰匙。
　　Ⓓ 政府這麼腐敗，人民的生活才越來越辛苦。

Unit 3 3-2

A. 測驗練習

1	D	2	C	3	D	4	C	5	D
6	B	7	D	8	C	9	D	10	A
11	A	12	D	13	B	14	B	15	A
16	D	17	C	18	C	19	C	20	A
21	B	22	D	23	A	24	D	25	B
26	A	27	B	28	A	29	A	30	B

B. 聽力文本

1. 男：張經理，我敬您一杯。
   女：李老闆，您太客氣了。我應該
   　　先敬您才對。
   男：哪兒的話，這些年多虧您的照
   　　顧，我們才有飯吃啊！
   女：不敢當。大家互相幫助才有生
   　　意做嘛！
   Question：張經理的意思是什麼？

2. 男：我們實在很幸運。
   女：這話怎麼說呢？
   男：妳不認為公司不但給我們工作
   　　的機會，也很尊重我們嗎？
   女：話是沒錯，可是同工不同酬，
   　　總是男女有別。
   Question：這位小姐的意思是什麼？

3. 男：你好。這裡是職業訓練中心
   　　嗎？
   女：是的。我們中心有各種專業課
   　　程，全球有80個海外校區。
   男：你們可以提供彈性的個人化課
   　　程嗎？
   女：不只有個人化課程，今天還有
   　　海外短期遊學團的說明會。
   Question：這個中心的情形怎麼樣？

4. 男：我真看不慣公司小張那群人的
   　　那種「禮貌」。以為自己是老
   　　闆，老是在後面批評別人。
   女：有「禮」走遍天下。有禮貌的
   　　人到處都受歡迎啊。
   男：常說別人是非，可就不叫有禮
   　　貌了。真該有人打他們一頓。
   女：日久見人心啦！大家會明白
   　　的。何況語言暴力和打架不都
   　　是暴力嗎？
   Question：這位小姐的意思是什麼？

5. 男：我受不了了，為什麼這次又是
　　　李強升職？
　　女：我們同時進公司，可他老把事
　　　情推給我們。
　　男：他沒有一次認真地把他分內的
　　　事負責到底。
　　女：誰說不是呢？但他總先跑去跟
　　　老闆自誇邀功。
　　Question：他們對同事李強的看法，
　　　　　　下面哪一個是對的？

C. 解答說明

一、對話聽力

1. 哪兒的話：表示否定的謙詞。不敢當：承受不起、不敢接受。多用以表示謙讓。
2. 同工不同酬：工作內容一樣，但是工資或報酬不一樣。男女有別：本來是指男女的生理、心理均有所差異，因此在古代男女所受的禮教規範也應該有所區別。但是這裡說的是工作待遇因為性別而有差異，受到不公平的對待。
3. 彈性：比喻事情沒有固定標準，而可隨機調整。個人化：個別的，按照個別差異或特色而設計的，相對於團體的或集體的。
4. 有「禮」走遍天下：本來是有「理」走遍天下。指行為合理的話，不管到哪裡都行得通，大家都能接受的意思。這裡是指「禮多人不怪」。日久見人心：時間一久就能夠知道人心的善惡。時間是檢驗人心的最好方法。如：今日總算認清他是個小人，真是日久見人心啊！
5. 自誇：自己誇示、炫耀能力或功勞。邀功：爭相求取功勞，也就是搶著說是自己的功勞。

二、完成句子

6. Ⓐ 老闆放手讓他們進行市場開發。
　　Ⓑ 他放棄醫學系，選擇心理系。
　　Ⓒ 李大同已經脫離幫派很久了。
　　Ⓓ 父母捨不得跟年幼的子女分離。

7. Ⓐ 輕視對手
　　Ⓑ 這件衣服材料輕薄卻很溫暖，適合戶外活動。
　　Ⓒ 輕鬆的假期
　　Ⓓ 輕易相信陌生人

8. Ⓐ 他每次一說起小時候的<u>遭遇</u>就哭得很傷心。
   Ⓑ 他在國外旅遊時<u>遇</u>到大地震。
   Ⓒ 土地<u>遭</u>到嚴重汙染破壞。
   Ⓓ 工廠排放廢氣，<u>遭殃</u>的可不只是工人，而是整個鄉鎮。

9. Ⓐ 走進這家店，半天都沒人<u>搭理</u>他。
   Ⓑ 他到底是誰的<u>搭檔</u>？
   Ⓒ 他今天的穿著不<u>搭調</u>。
   Ⓓ 深藍色洋裝<u>搭配</u>黑鞋正好

10. Ⓐ 他<u>從事</u>環保工作很多年了。
    Ⓑ 他的<u>辦事</u>能力非常好。
    Ⓒ 除了得上班，下班還有做不完的<u>家事</u>。
    Ⓓ 她從事食品<u>事業</u>相當成功。

11. Ⓐ 他終於<u>實現</u>夢想。
    Ⓑ 他的<u>實驗</u>終於成功了。
    Ⓒ 他公司從本月起<u>實施</u>責任制。
    Ⓓ 市政府<u>實行</u>員工週一無車無肉計畫，以<u>落實</u>環保行動。

12. Ⓐ 學生<u>陸續</u>走進來
    Ⓑ <u>不斷</u>努力
    Ⓒ <u>接續</u>上次的議題
    Ⓓ <u>連續</u>下了一星期的雨

13. Ⓐ <u>連續</u>請假三週，留在醫院治療
    Ⓑ 貴賓<u>陸續</u>到場。
    Ⓒ <u>繼續</u>實驗，永不放棄
    Ⓓ <u>不斷</u>發展

三、選詞填空

(一)

　　50歲的李立在科技 <u>工程</u> 領域做了二十多年。他說，儘管他有電子工程學士學位和工業工程碩士學位，具有人與電腦互動及用戶界面設計的專長，但他最後一次拿到薪水卻是十個月之前。可見 <u>一旦</u> 中年失業要找工作就可能難上加難了。

　　最近的一項研究 <u>指出</u> ，美國在科學和技術領域有大量的人力，不過畢業於科學、技術、工程和數學相關科系的美國學生只有一半的人在這些領域找到工作。雖然高科技公司 <u>一再</u> 聲稱該領域畢業生短缺，不過李立和許多失業的科技工程老兵都說，很難和成本較低的外國勞工競爭。這些資深工作人員表示，許多公司以特殊的工作要求排除年紀大的老手。即使他們認為，自己可以學習新的程式語言或工具， <u>然而</u> 這並不保證就會有工作機會。這年頭老手找工作不見得比新手容易啊！

14. Ⓐ 美工：擔任美術工作的人，或美術工作。
Ⓑ 工程：關於科技、製造、建築、開礦、發電、興修水利等工作，有一定計畫的工作進程。
Ⓒ 里程：路程，或是發展過程、階段。
Ⓓ 程式：格式，或關於引導電腦依特定方式運作並產生結果的一組指令。

15. Ⓐ 一旦是假設有一天。或忽然有一天。
Ⓑ 一度是指曾經有過一次。
Ⓒ 一再是指頻頻、反覆、一次又一次的。
Ⓓ 一次是指一回。

16. Ⓐ 報導：各種傳播方式發表的新聞稿，或是透過報紙、雜誌、廣播等傳播媒體將新聞告知大眾。
Ⓑ 指導：指示引導。如：「指導教授」、「論文指導」、「技術指導」。
Ⓒ 指點：議論、批評、挑毛病，如：「遭人指點」，或是指示、引導，如：「指點迷津」。
Ⓓ 指出：指明、提出。如：「指出錯誤」。

17. 同第15題

18. Ⓐ 既然：連詞。多用在上半句的句首，表示前提，後再加以推論。或者是「已經如此」。如：既然來旅行，就要放下工作才能盡興。
Ⓑ 雖然：縱然、即使。相反詞是「但是、然而」。如：雖然得立刻處理這件事，但是時間卻不允許。

Ⓒ 然而：轉折連詞。用在子句頭，表示雖然有前句所敘述的事情，卻也有末句所表達的狀況、行為等。如：他想趁著週末假期休息一下，然而上司卻來電通知須到公司加班。
Ⓓ 而且：表示平列或更進一層的連詞。如：這裡不但能獲得豐富的工作經驗，而且同事們都互相扶持，像是家人一樣。

(二)

　　許多求職者都認為一份漂亮的簡歷是求職成功的必備條件，卻　忽視　了求職信才有「畫龍點睛」的妙用。如果你要找一家外商公司的管理　職位　，那麼你很有可能需要在交簡歷的同時，附上一封中、英文求職信。

　　在求職信的第一段，須說明自己所申請的職位，以及對該職務內容的　見解　。求職信的主要目的在於引起讀信人的興趣去翻閱你的簡歷，所以要充滿自信，同時也應該　儘量　避免反覆提及簡歷中已有的　資訊　，更重要的是相關經歷不可撒謊騙人。另外，求職信可千萬不能是一成不變的通用信，否則它就極可能成為垃圾信了。

19. Ⓐ 看輕：看不起、輕視。相反詞是「看重」。
　　Ⓑ 歧視：以不公平的態度相待。相似詞為「鄙視、蔑視、藐視、敵視、輕視」。
　　Ⓒ 忽視：不在意、不重視。如：「不容忽視」。
　　Ⓓ 重視：特別注意、看重。如：「父母應該特別重視孩子的人格教育。」

20. Ⓐ 職位：在做某一事務的位置或地位。
　　Ⓑ 職稱：職位或職務的名稱。如：「他在公司的職稱為副總經理。」
　　Ⓒ 職業：個人所擔任的職務或工作。如：「他的職業是軍人。」
　　Ⓓ 職責：職務與責任。如：「軍人的職責是保衛國家。」

21. Ⓐ 見識：接觸事物、增廣見聞，或者是指知識、經驗。
　　Ⓑ 見解：對於事物經過觀察、認識後，憑自己的理解所產生的看法。
　　Ⓒ 見聞：眼睛所看見、耳朵所聽到的事物。如：「遊歷旅行可以增廣見聞」、「見聞廣博」。
　　Ⓓ 見習：實地練習。如：「見習醫師」、「見習教師」。

22. Ⓐ 儘早：盡可能地提早。
　　Ⓑ 儘管：不加限制，隨意去做。或者是指即使、雖然。如：「儘管他不來，我們還是會幫他拿講義。」
　　Ⓒ 儘快：盡可能快速。如：「這件事情非常重要，請你儘快趕來。」
　　Ⓓ 儘量：指極盡限度。如：「我們儘量做好分內的工作。」也作「盡量」。

23. Ⓐ 資訊：電腦上指對使用者有用之資料和訊息的總稱，以別於未經處理過的資料。如：「<u>資訊</u>業」、「電腦<u>資訊</u>」；大陸地區稱「信息」。或者泛指一般資料和訊息。如：「生活<u>資訊</u>」、「流行<u>資訊</u>」。

Ⓑ 紀錄：在一定時間或範圍內記載下來的最高成績。如：「他期待在明天的運動場上，打破全國跳高<u>紀錄</u>。」亦作「記錄」。

Ⓒ 材料：一切可供製作的原料或可供取用的資料。如：「這個案子真是寫小說的好<u>材料</u>。」也作「素材」。或指適合從事某事的人。如：「他真是做這行的<u>材料</u>。」

Ⓓ 物料：材料、原料、物品。

Unit 3 ⯈3-3

▷ **A. 測驗練習**

1	A	2	C	3	D	4	D	5	C
6	A	7	B	8	B	9	D	10	A
11	B	12	B	13	B	14	C	15	B
16	C	17	D	18	C	19	C	20	B
21	C	22	A	23	B	24	B	25	B
26	B	27	A	28	B	29	D	30	D

B. 聽力文本

1. 男：我報名這次的語言能力測驗了，可是不知從何準備起。

   女：這樣的考試是要測驗你運用語言的能力，不論是在生活或是工作中，你是否都能聽懂、看懂並能討論、表達你的看法和意見，範圍太廣了，沒辦法準備的。

   男：那難道就都不管了？

   女：也不是這麼說，你就把你以前學過的盡量溫習溫習，其他就看你平常的實力了。

   Question：對於語言能力測驗，這位小姐要這位先生做什麼？

2. 男：妳怎麼沒事就拿出手機拍照？小心被人誤會妳有不良想法。

   女：你可別胡說，當老師的，不論是在編寫教材或準備上課講義，總是需要圖片什麼的。

   男：那只有妳知道，別人哪會知道。到時被人告了，妳可別說我沒提醒妳。

   女：我不擔心！反正有你這位律師朋友，我擔什麼心呢？

   Question：這位小姐為什麼<u>不擔心</u>？

3. 男：現在的父母、師長要教孩子真的很難，想把自己的人生經驗傳給孩子，他們卻聽不進去。

   女：正在青春期的孩子就是想做自己，想自己作主，甚至故意往你說的相反方向走。

   男：就是啊！不管是聽不懂，還是不願聽，都叫人擔心。

   女：可是太乖、太聽話的小孩也一樣讓人擔心，就怕他們沒自己的想法，不懂獨立思考。

   男：孩子成長的過程不管是對父母、師長或是孩子自己，怎樣都不容易！

   Question：這位先生說的到底是什麼意思？

4. 男：我知道專家說教孩子要用「愛的教育」，可我看孩子做事，我就急啊！一急我就忍不住出手了。

   女：我看你打孩子，知道你心急孩子做不好，可是看孩子被打，我也心疼。

   男：我是擔心孩子啊！就怕他們沒好的發展，沒什麼好成就。

   女：愛的教育不是不能打不能罵，而是要有耐心，要讓孩子知道為什麼被處罰，而不再犯錯。絕對不能因為大人的情緒急、脾氣壞就打孩子、罵孩子！

   Question：在這段對話裡，下面哪一個是這位小姐的看法？

5. 男：妳居然沒玩過社團！妳這大學四年豈不白過了？

　　女：怎麼會？我認真上課念書，年年都申請到獎學金，你呢？

　　男：沒錯，上大學當然是要念書，我修的每一科都順利通過，此外我還當了熱舞社的社長，我

們辦的活動，在校園可是很熱門的！

　　女：那又怎麼樣呢？在畢業前我已經考到了五張證照，你還認為我是白過的嗎？你這個自以為是的人！

　　Question：下面哪一個是這位小姐的想法？

C. 解答說明

二、完成句子

6. Ⓐ 學以致用：是將「所學」運用在「所用」上。

Ⓑ 學非所用：強調「所學」沒有運用到「所用」中。

Ⓒ 用非所學：強調「所用」的並不是原來「所學」的。

Ⓓ 派不上用場：意思是用不上，用不到。

10. Ⓐ 實力很強的籃球校隊卻被打敗了，<u>實在</u>讓大家很難接受。

Ⓑ 籃球比賽輸了，大家都不敢相信，但這是<u>事實</u>，大家不得不接受。

Ⓒ 這是一部真人真事的電影，說的是這個人的<u>真實</u>人生。

Ⓓ 在真實社會中生活、工作都是很<u>現實</u>的，不要總是生活在幻想中。

12. Ⓐ 傍晚六點整，整條街的路燈<u>一齊</u>都亮了。

Ⓑ 大家意見<u>一致</u>，很快就做出結論了。

Ⓒ 他<u>一向</u>不愛運動，到現在都沒改變。

Ⓓ 1) 大家看法<u>一同</u>（意思：一樣）。

2) 我和哥哥每天<u>一同</u>（意思：一起）搭公車來學校。

3) 天下<u>一同</u>（意思：統一）。

13. Ⓐ 心結：存於內心難以紓解的想法。如：都已經過這麼多年了，兩個人的<u>心結</u>卻還未解開。

Ⓑ 情結：指個人欲望因受社會道德標準、風俗習慣的約束，而不能表現於外。此被壓抑的欲望，逐漸成為潛意識，形成一種不在意識層浮現的鬱結，稱為「情結」。如：戀母<u>情結</u>、戀父<u>情結</u>。（參考來源：教育部國語辭典修訂本）

Ⓒ 連結：互相結合。如：把總公司和各地分公司的電腦網路<u>連結</u>起來，一定會加快工作效率。

三、選詞填空

> **（一）**
>
> 　　什麼是「知識分子」，在現代，一般人會將所有 _受過_ 高等教育的，而且是 _從事_ 非體力勞動的人都叫做「知識分子」。不過這 _定義_ 是從「知識分子」這四個中文字而來的，以為知識分子就是有知識有文化的人。
>
> 　　《教育部重編國語辭典修訂版》解釋「知識分子」是「具有相當知識學問，並對政治、社會具有影響力的 _人物_ 」。
>
> 　　也有部分學者 _主張_ 「知識分子」等同於古代的「士」。知識分子靠自己的專業、人品，立足於社會，受人尊重、敬重，成為有影響力的人。

15. Ⓐ 你做什麼工作？
    Ⓑ 你從事哪個行業？
    Ⓒ 5月20日是總統就職的日子。
    Ⓓ 畢業後找工作，我們系的就業人數是全校最高的。

16. Ⓐ 流行通俗的語句就是俗話。像「船到橋頭自然直」。
    Ⓑ 一般來說，成語多半是四言，都有出處典故。像「杞人憂天」。
    Ⓒ 把一個概念所包含的內容簡要但完整地表達出來，稱為「定義」。如：大家都希望快樂，快樂的定義是什麼？你怎麼定義快樂？
    Ⓓ 按照規定室內不許吸菸。

17. Ⓐ 住在這棟大樓的房客來自各個不同的行業，組成分子很複雜。
    Ⓑ 一個女性在她一生中扮演著不同的角色，如：女兒、太太、媳婦、母親等。
    Ⓒ 王經理請假期間，他的職務由林秘書代理。
    Ⓓ 他是這次環保改革的靈魂人物，大部分的活動都是他規畫的。／米老鼠是卡通人物。

18. Ⓐ 王老師對網路系統的穩定有研究，校長建議由王老師提出這方面的建議。
    Ⓑ 你的提議（提出的意見）大家都不同意。
    Ⓒ 現在有人主張按照每人習慣的不同，每天睡5到8個小時都算是正常的。
    Ⓓ 政府提出的政策常受到大家的評論（批評討論）。

（二）
　　在學校生活裡，社團活動應該是學生難以忘懷的回憶之一。 一般來説 學生是依照個人的興趣及 意願 來選擇參加的社團，不過也有學生是希望 藉由 參加社團活動來獲得學習與成長，並能從中提高人際 互動 的關係。參加社團活動對青春期的學生而言， 意味 著青春的不留白。

19. Ⓐ 哪有這樣的事？不可能。
　　Ⓑ 晚上天黑都不怕，何況是大白天。
　　Ⓒ 一般來說孩子都要受教育。
　　Ⓓ 小孩說話的能力是自然而然就學會的。

20. Ⓐ 種花、養鳥、聽音樂都是生活中的樂趣。
　　Ⓑ 我對名牌沒興趣，沒有購買的意願。
　　Ⓒ 由自己決定思想、志向、行為的能力就是「意志」。如：這是在她的自由意志下做的決定，沒人強迫她。
　　Ⓓ 他說話很風趣，聽演講的人不斷發出笑聲。

21. Ⓐ 他做過很多工作，工作經歷豐富。
　　Ⓑ 根據氣象報導這兩天都是大晴天。
　　Ⓒ 垃圾分類的觀念藉由學校教育落實到日常生活中。
　　Ⓓ 打開電腦工作時，順便看電子郵件。

22. Ⓐ 溝通不是單方面一個人的事，是需要互動的。
　　Ⓑ 小孩子吵架，老師要他們互相說對不起。
　　Ⓒ 家人之間彼此感情良好，隨時互相幫助。
　　Ⓓ 電子辭典可以自動檢查英文拼音的錯誤。

23. Ⓐ 學習中文的書很多，每個學校都有自己指定的教材。
　　Ⓑ 意味：1)意義及情趣。如：這篇文章的鄉土意味很濃。2)表明及包含、含蓄。如：這幅水墨畫，雖然只有簡單幾筆，卻意味深長。
　　Ⓒ 她打算出國留學的態度相當堅定，即使經濟上有困難也不改變。
　　Ⓓ 畢業後進入社會工作，展開人生的另一個階段。

Unit 3 3-4

A. 測驗練習

1	D	2	A	3	B	4	D	5	B
6	C	7	D	8	B	9	B	10	C
11	C	12	C	13	B	14	C	15	D
16	C	17	B	18	C	19	B	20	B
21	B	22	C	23	A	24	B	25	D
26	D	27	D	28	D	29	B	30	C

B. 聽力文本

1. 男：小美啊，妳到底想從工作中得到什麼啊？

   女：我不否認找工作當然會重視待遇。

   男：待遇是和能力、經驗成正比的。

   女：所以在現在經驗還不是很豐富的時候，我更在意是否有更上層樓的機會。

   Question：下面哪一個是這位小姐的想法？

2. 男：我實在做不下去了，我要換工作。

   女：還做不到兩個月，一切也都還在學習、適應中，你是怎麼了？

   男：我堂堂一個企管系畢業生，卻只是在公司裡跑腿送資料，這簡直是大材小用嘛！

   女：你才剛畢業，需要從基層做起，累積實務經驗啊！

   Question：下面哪一個是這位小姐的意思？

3. 男：我打算去鄉下蓋個小木屋，開墾種地。

   女：怎麼？你要請長假不上班啦！

   男：我想提前享受退休的田園生活。

   女：哇！是什麼讓你這個工作狂終於想開了？

   Question：下面哪一個是這位先生的想法？

4. 男：平時妳看起來那麼害羞、膽小，怎麼一演起戲來卻那麼放得開，那麼瘋狂？

   女：我也不知道是怎麼了，演戲是我從小的夢想，一上了舞台，我就覺得我不再是我了。

   男：難道妳真的因為妳的夢想而瘋狂？

   女：我想是夢想讓我放得開，夢想真能讓人偉大。

   Question：這位小姐怎麼了？

5. 男：妳居然是以自己的星座來推測
運氣！

女：這有什麼好奇怪的？年輕人哪
個不是這樣！

男：更誇張的是妳甚至以星座來做
選擇朋友的參考！

女：在交朋友沒信心的情況下，總
要有一個可參考的呀！

Question：這位先生對星座的看法是什
麼？

C. 解答說明

二、完成句子

6. Ⓒ 活在當下就是活在現在的意
思。

7. Ⓐ 補助：以金錢或物質幫助，通
常是上對下。如：學校向教育
部申請活動補助費用。

Ⓑ 補救：弄壞了，趕快想辦法補
救回來。

Ⓓ 進修：工作、學習中的再學習
稱為「進修、充電」。

8. Ⓐ 這次的比賽競爭激烈，每位選
手都互不相讓。

Ⓑ 班上的前三名總是積極地爭取
第一的位子。

Ⓒ 這次的演講讓我在學習方面收
穫很大。

Ⓓ 他很開心能獲得這個特別的獎
項。

9. Ⓐ 經由老師的解說，我終於弄懂
這道題了。

Ⓑ 他將色筆和白紙交給妹妹，任
由她發揮。

Ⓒ 她將手機往桌上隨意一放就出
門了。

Ⓓ 公共場所不可任意大喊大叫。

10. Ⓐ 做越多事的人酬勞也應該會越多。
    Ⓑ 有很多志工願意為了公益去做沒有報酬的工作。
    Ⓒ 這位作者送書,是希望讀者看完後將感想回饋給他。
    Ⓓ 地震過後,災民漸漸回歸到正常的生活。

11. Ⓐ 離婚是結婚後的分手。
    Ⓑ 1)王先生夫婦因受不了對方的生活習慣而分居了。
        2)他們兩人因為工作地點不同而分居兩地。
    Ⓒ 她失戀了,因為她跟她男朋友分手了。
    Ⓓ 我與另外兩個人分租這個房間。

12. Ⓐ 我需要一個幫手來幫助我。
    Ⓑ 大廚師工作忙碌時,需要專業助手幫忙。
    Ⓒ 謝謝你願意在我有困難時伸出援手。
    Ⓓ 他是個爬樹的能手,再高的樹都難不倒他。

13. Ⓐ 對外貿易中出口貨物的總金額,多於進口貨物的總金額,就是順差。
    Ⓑ 逆差與順差相反。
    Ⓒ 這筆生意賠本賠了很多,所以他公司面臨破產。
    Ⓓ 很多人為了賺錢什麼都願意做。

三、選詞填空

> (一)
> 　　近年來媒體環境 <u>變化</u> 劇烈,一般大眾或網民 <u>透過</u> 網路社群表達個人的看法,而媒體則從這些網路社群的意見評論中擷取需要的內容 <u>加以</u> 報導。這種網民、素人作者和媒體互動的方式 <u>打破</u> 了媒體單方面 <u>提供</u> 訊息的傳統,讓媒體工作者和讀者之間激盪出更多的火花。

14. Ⓐ 人到最後都會變老的。
    Ⓑ 他們從普通朋友變成男女朋友了。
    Ⓒ 這裡到了春季,早晚氣溫的變化就很大。
    Ⓓ 表演魔術的人從手上變出好幾朵花。

15. Ⓐ 上過大學 / 上過網路
    Ⓑ 經過努力,終於成功了。/ 這班公車路線經過火車站。
    Ⓒ 要從學校前面到學校後面,穿過校園最快。
    Ⓓ 這份工作是透過朋友介紹找到的。

16. Ⓐ 子女的成功，讓父母引以為榮。
    Ⓑ 參加華語文能力測驗用以了解使用中文的能力。
    Ⓒ 不但不保護環境，還加以破壞。／以後會加以改進
    Ⓓ 這家商店生意興隆，收入日以萬計，難怪很快又開了第二家分店。

17. Ⓐ 打開窗戶
    Ⓑ 打破杯子／打破傳統觀念
    Ⓒ 打響知名度
    Ⓓ 打擊犯罪／信心遭受打擊

18. Ⓐ 提出不懂的問題／提出戶頭裡的存款
    Ⓑ 提起這件事／提起水桶
    Ⓒ 提供服務／提供名單
    Ⓓ 要求供出資料來源

(二)　　社會新鮮人要如何才能增加就業機會？或提高職場競爭力，進而為自己爭取更好的薪資待遇？
　　　__暫時__ 找不到工作的年輕人「千萬不要窩在家裡」，更不要守在電腦前「敲鍵盤過生活」，因為待在家裡會把意志、鬥志都 __消耗__ 光。專家對失業朋友的 __建議__ 是：每天至少與一個朋友「面對面的互動」，哪怕只是找朋友吃飯、聊天、逛街或看電影都好。
　　　而上班族在 __職場__ 上的情緒管理（EQ）比智商（IQ）更重要，良好的人際互動是團隊合作 __不可或缺__ 的一環。所以無論是失業或工作中，都要維持基本的、良好的人際關係。

19. Ⓐ 臨時：1) 其時；正當那個時候。如：本來要搭公車，可是時間來不及了，臨時決定叫計程車。2) 短時間的、暫時的。如：生意忙的時候，老闆會請幾個臨時工人暫時來幫忙。
    Ⓑ 暫時：短時間。如：他不是公司的正式員工，只是暫時來幫忙的。
    Ⓒ 行李都準備好了，隨時可以出發。
    Ⓓ 請你等一會兒，我馬上就好了。

20. Ⓐ 這個玉白菜是用一塊礦石花了好多時間才琢磨出來的。
    Ⓑ 踢足球是一種很消耗體力的運動。
    Ⓒ 大風大雨對花果造成很大的損傷。
    Ⓓ 打麻將對要上班上學的人來說，真的是很浪費時間。

21. Ⓐ 這是我的意見。
　　Ⓑ 我建議用他的意見。
　　Ⓒ 大家一起討論以後再決定。
　　Ⓓ 根據統計，中國是現在世界上人口最多的國家。

22. Ⓐ 很多地方規定室內的公共場所不能抽菸。
　　Ⓑ 這學期所教所學的都包括在期末考的範圍內。
　　Ⓒ 不論是在學校或是工作職場，學習都是很重要的。
　　Ⓓ 每個國家都有自己的航空領域。

23. Ⓐ 網路已成為現代生活中不可或缺的部分。
　　Ⓑ 學校生活是他這輩子難以忘懷的人生階段。
　　Ⓒ 平常大家各忙各的，就算在同一棟大樓上班，也都難得一見。
　　Ⓓ 這張字畫已有幾百年的歷史，難能可貴的是還保存得這麼好。

四、材料閱讀

26. Ⓐ 並未規定得有附卡，或附卡必須是配偶持有
　　Ⓑ 並未規定持卡人得有14歲以下的子女
　　Ⓒ 附卡持有者支付的是附卡本人的旅費，非正卡持有人
　　Ⓓ 只要持卡人以信用卡支付本人的公共運輸工具全部費用或是支付百分之八十以上的旅遊團費，就可有旅遊平安保險和旅遊不便險服務

Unit 4 4-1

A. 測驗練習

1	A	2	D	3	B	4	D	5	C
6	C	7	A	8	A	9	C	10	A
11	D	12	C	13	B	14	A	15	C
16	A	17	B	18	C	19	B	20	C
21	A	22	B	23	A	24	C	25	B
26	B	27	B	28	C	29	D	30	B

B. 聽力文本

1. 男：週末不是逛街，就是吃飯，妳想不想換換別的活動？

   女：我就是想不出新花樣，才只能做這些無聊事。

   男：怎麼樣？這個週末我們去登山攀岩吧！這夠刺激吧？

   女：好好一個假日，再怎麼無聊，我也不會跟你去找罪受！

   Question：這位小姐的意思是什麼？

2. 男：我的夢想是開一家適合休閒旅遊的民宿。

   女：你不開豪華大飯店是為了節省資本嗎？

   男：其實開民宿的錢一點兒都沒少花。休閒度假的人更在意自然環境和服務品質。他們要求能放鬆的體貼服務，要有健身功能的設施，還要有自然精緻的食宿環境，這些要求怎麼可能省錢呢？

   女：這哪裡是休閒，這根本是比闊，錢不多，闊不了，還休閒不起呢！

   Question：下面哪一個是這位先生的想法？

3. 男：競速賽車光看不過癮，要感受
速度的快感，就得親自下場。

女：在高速賽車下，很容易發生碰
撞、翻車的意外，甚至可能因
此重傷、死亡。

男：在考量了自己的技術、體能
後，我每個週末都到練習場練
習幾圈，真刺激。

女：你這簡直是玩命，風險太高
了。我實在無法理解你為什麼
要把賽車當做休閒。

Question：這位小姐<u>不懂</u>什麼？

4. 男：瑜伽是一種修練身心靈平衡的
運動，由引導身體放鬆來達到
心神的紓放。

女：可是我看到練瑜伽的人，他們
的身體動作對我來說簡直是一
種折磨。

男：瑜伽強調動作與呼吸的配合，
許多困難的動作，須按照練習
順序來做。

女：還好練習瑜伽時，有時也使用
輔助器材來幫助達到姿勢的精
準，這會讓我對自己身體的潛
能產生信心。

男：一步一步地修練，最後就能達
到身心靈的平衡。

Question：下面哪一個是他們談話的
重點？

5. 男：相聲能給現代人帶來什麼？

女：相聲就是讓人聽了之後，哈哈
大笑，具有娛樂效果，也是一
種心靈上的解放。

男：對說相聲的人來說也是娛樂
嗎？

女：那得看他是抱著賺錢工作的態
度，還是上場玩玩的玩票性質
了。

Question：這段對話中對於相聲的說
法，下面哪一個是對的？

▶ **C. 解答說明**

二、完成句子

6. Ⓐ <u>團體</u>（N）活動
　 Ⓑ <u>團結</u>（Vs）力量大
　 Ⓒ <u>團隊</u>（N）精神
　 Ⓓ <u>團員</u>（N）人數

7. Ⓐ <u>心靈</u>：人心中本有的智慧、思想和情感等。

8. Ⓐ 生活的<u>溫飽</u>
　 Ⓑ 人情的<u>溫暖</u>
　 Ⓒ 玉的<u>溫潤</u>
　 Ⓓ 家庭的<u>溫馨</u>

9. Ⓐ 男女<u>配對</u>
　 Ⓑ <u>配製</u>出不同顏色
　 Ⓒ <u>支配</u>時間
　 Ⓓ <u>支使</u>別人做事

11. Ⓒ <u>導致</u>有負面意義。如：<u>導致身</u>體健康長期受到傷害。
　 Ⓓ <u>促進</u>身體健康

13. Ⓐ 這次的活動<u>風險</u>很大
　 Ⓑ 這是一個<u>冒險</u>的活動

三、選詞填空

（一）

　　夏季熱氣球嘉年華在遊客的期待中終於 <u>展開</u> 活動了，在藍天白雲下，五顏六色的熱氣球從碧綠的大草地上緩緩升空， <u>吸引</u> 了耐心排隊等著搭乘熱氣球的遊客們的眼睛，他們在隊伍中抬著頭大力地揮著雙手又叫又跳，讓人 <u>深深地</u> 感受到他們的興奮、熱情。

　　跟著風一起高飛，從空中往下看大地美麗的風景， <u>體驗</u> 的不只是搭乘熱氣球的樂趣，更有一股說不出來的冒險 <u>氣氛</u> ，讓遊客們既是期待，又有點擔心受傷害。

14. Ⓐ 畢業離開學校，進入社會，**展開**人生的另一個階段。

Ⓑ 經濟的**發展**，往往破壞了環境，很難做好環保。

Ⓒ 圖書館舉辦唐代書法的**展覽**，展覽一個月。

Ⓓ 這次的展覽**展示**的是唐代書法。

15. Ⓐ 山上空氣新鮮，忍不住深深地**吸**了一口，舒服極了。

Ⓑ 應該多**吸取**別人的經驗成為自己的經驗，節省學習的時間。

Ⓒ 她的演講不但幽默，內容又好，**吸引**了很多聽講的人。

Ⓓ 隨時**吸收**科技新知識，才不會跟不上時代的進步。

16. Ⓐ 她**深深**地愛上了這個地方的人情味，決定搬到這裡居住。

Ⓑ 路上塞車了，車子只能**緩緩**地移動，想快也快不了。

Ⓒ 畢業前幾個月，學生就開始**紛紛**（地）去找工作了。

Ⓓ 到了秋天，天氣就**漸漸**地轉涼了。

17. Ⓐ 她招待朋友都很會替別人想，她真是個**體貼**的人。

Ⓑ 學校社團利用暑假到農村度假，去**體驗**真正的農村生活。

Ⓒ 學校的**體育**課程是以鍛鍊體能、增進健康為主的教育。

Ⓓ 學校運動會那天不上課，但是**全體**學生都要到校參加。

18. Ⓐ 天氣真熱，氣象報導今天**氣溫**高達攝氏36度。

Ⓑ 如果不努力，只想靠好**運氣**，是不可能成功的。

Ⓒ 到了情人節，餐廳的**氣氛**就很浪漫。

Ⓓ 她**脾氣**不好，動不動就生氣罵人。

（二）　　從工業革命以後到現代各種科技的發明，使人們不論是在工作或生產的 _效率_ 上都提高了很多，因此人們 _擁有_ 了更多自由的時間及可運用的閒錢，也因而促成了對休閒的重視。

　　從歷史來看，人類許多休閒都和文化、文明有很深的關係，比如西班牙的鬥牛、歐洲的足球、中國的太極拳、印度的瑜伽、西方文化的下午茶、東方文化的茶道等，這些休閒活動 _呈現_ 出當時不同地區的社會生活形式，而不同的休閒活動 _反映_ 的也正是各地不同的文化。

　　休閒具有紓解壓力、提升工作效率、 _開發_ 創造力、擴展生活視野，以及促進自我實現等功能。生活的快樂、生活品質的高低，可以說都跟休閒生活有分不開的關係。

19. Ⓐ 產品的有效期限
    Ⓑ 提高工作上的效率
    Ⓒ 手工製作的蛋糕
    Ⓓ 製造混亂；製造機器

20. Ⓐ 他具有學生身分。
    Ⓑ 他持有身分證明文件。
    Ⓒ 這個國家擁有兩百多年的歷史。
    Ⓓ 父母對孩子抱有很大的期望。

21. Ⓐ 呈現出不同的生活方式
    Ⓑ 提供服務
    Ⓒ 表示意見
    Ⓓ 說明操作方法

22. Ⓐ 聽到自己的名字馬上會有反應
    Ⓑ 湖面反映著湖旁岸邊的風景
    Ⓒ 政府將採取新的措施來解決交通問題。
    Ⓓ 搭配合適的服飾更能顯出高雅的氣質

23. Ⓐ 公司每年都開發新的產品。
    Ⓑ 當地的民眾發起了保護環境的運動。
    Ⓒ 今年郵局發行了一套水果郵票。
    Ⓓ 兩國為了經濟利益而發動戰爭。

Unit 4 4-2

A. 測驗練習

1	C	2	D	3	B	4	C	5	A
6	A	7	A	8	C	9	D	10	C
11	A	12	C	13	D	14	C	15	B
16	B	17	D	18	B	19	C	20	A
21	D	22	A	23	D	24	D	25	B
26	C	27	D	28	A	29	C	30	D

B. 聽力文本

1. **男**：妳那麼認真地在看什麼新聞？

   女：你看，這個知名的影星為了努力擺脫家庭暴力的印象，而到處捐款改變的形象，不但登上各大報，還在網路新聞的搜尋上排行第一。

   男：演藝界的新聞不是經常都是這樣的嗎？

   女：你說的也不是沒道理。再說人們本來就是善忘的，過些日子誰會記得他老婆被他打到住院數週的事。

   Question：這位小姐的意思是什麼？

2. **男**：妳看了昨晚綜藝節目「今夜歡樂百分百」的直播了嗎？

   女：昨天臨時非加班不可，快凌晨才回家，就錯過了。

   男：那位主持人風趣不說，跟來賓的互動和現場氣氛控制得更好！

   女：對啊！那是最吸引人的地方。可惜不能把它錄下來放到網路上去。

   Question：下面哪一個是這位小姐的想法？

3. **男**：妳昨晚跑到哪裡去了？怎麼把手機給關機了？

   女：真抱歉。我的老同事邀請我去國家音樂廳聽了一場傳統音樂會。

   男：在表演時是得關機。但是怎麼到了十點半妳還是沒接電話呢？

   女：還不就是跟同事聊到傳統音樂和戲劇不受重視的事，就忘了時間。回了家也忘了開機了。

   Question：下面哪一個是昨天晚上的情形？

4. **男**：這齣電視劇攝影的手法像是電影一樣，應該很受歡迎。

   女：可是男女主角都不怎麼有名，演技也不怎麼樣。

   男：不過，編劇和導演都是一流的，再加上這是他們兩人二度共同創作。

   女：的確是有默契。劇情和節奏也都很吸引人，這是無可否認的！

   Question：下面哪一項的說法正確？

5. 男：妳看到世界知名的馬戲團明年初要到這裡來表演的消息了嗎？

女：我早就知道了。下個月底前預訂的話還能打八五折。

男：不過網路預訂限制一人只能買兩張票。

女：那有什麼問題。我也可以幫你預訂兩張票，帶著你太太跟孩子去才有趣。

Question：關於這個著名的馬戲團表演及訂票情形，哪一項正確？

C. 解答說明

二、完成句子

6. Ⓐ 損失了大筆財物
Ⓑ 傳統的戲劇及音樂，因為現代人追求功利主義，而正在快速消失。
Ⓒ 他們的合作關係已經破裂了。
Ⓓ 那些書已經破損了。

7. Ⓐ 受大眾傳播媒體的影響
Ⓑ 把競選傳單發給選民
Ⓒ 校長請各班老師代為傳達這項訊息
Ⓓ 將愛心傳送到災區

8. Ⓐ 積極宣傳「營養早餐」的重要性
Ⓑ 從醫學的角度進行預防愛滋病的宣導
Ⓒ 各新聞台報導目前救災情形
Ⓓ 向經理報告市場調查的結果

9. Ⓐ 胸口覺得緊縮，不能呼吸了。
Ⓑ 把袋子的袋口縮緊
Ⓒ 縮減國防預算
Ⓓ 縮短旅遊行程

10. Ⓐ 票房反應不如預期理想
    Ⓑ 不僅喜愛傳統戲劇，還研究歷史
    Ⓒ 不顧危險奮力搶救
    Ⓓ 不計後果支持這項研究

11. Ⓐ 他居然以生命做為代價。
    Ⓑ 傳統藝術必須由大家出錢出力保存，不然恐將消失殆盡。
    Ⓒ 既然得了獎就應該更加努力才行。
    Ⓓ 我偶然聽說那位畫家近日將有個展。

12. Ⓐ 她努力鑽研演技多年，果然得到最佳女主角獎。
    Ⓑ 大病一場後，記憶力顯然不如從前。
    Ⓒ 那孩子從二樓掉下來，身上竟然沒有任何損傷。
    Ⓓ 既然有這麼好的傳統就應該盡力保存下來。

13. Ⓐ 他昏迷多年，竟然能奇蹟一般地醒來。
    Ⓑ 他居然忘了自己的生日。
    Ⓒ 他果然說到做到，不負眾望。
    Ⓓ 他的進步顯然比其他同期的學生快得多。

三、選詞填空

(一)

　　新聞報導有一位跨電視、電影和廣告的紅星，前兩年與一家具有知名度的國際服飾公司簽約，並親自 <u>參與</u> 服裝和鞋子的設計。這位名演員其實是模特兒出身的，一直以來對流行趨勢相當敏感。她的設計不論是服裝、配飾或是鞋子都很有特色，又兼具休閒和時尚感，深得多數上班族喜愛；不但 <u>適合</u> 上班時穿，連週末外出時，只要稍微 <u>搭配</u> 一下也很合適。這位聰慧的女演員演技高超，有很多愛看她演戲的粉絲不說，現在連忙碌的上班族也為她所設計的服飾著迷，每次一推出就銷售一空。該公司將在 <u>適當</u> 的時機推出以她為名，同時價格更 <u>合理</u> 的大眾化品牌。

14. Ⓐ 參加演員試鏡
    Ⓑ 參考研究數據
    Ⓒ 他參加了試鏡，但並未參與跟試鏡相關的事務。
    Ⓓ 參選影視工會代表主任委員

15. Ⓐ 找到合適的主題才好發揮
    Ⓑ 適合夏日休閒的穿著打扮
    Ⓒ 應該適切有效地利用經費，別浪費了。
    Ⓓ 留學時首先要適應當地的氣候與生活習慣

16. Ⓐ 為了盡快完成任務，分配各自的工作內容才能更快完成。
    Ⓑ 這件襯衫跟這條褲子搭配將更加完美。
    Ⓒ 這組人員很快地把老闆支配的任務完成了。
    Ⓓ 為了配合演出場地的時間，他們得提早準備。

17. Ⓐ 這項規定已經不再適用了。
    Ⓑ 秋高氣爽的時節最舒適了。
    Ⓒ 這件衣服尺碼適中，穿起來很舒適。
    Ⓓ 她總是想著如何適當地表達心中的感謝。

18. Ⓐ 只要你說得有理，誰都無法輕視你。
    Ⓑ 合理的待遇
    Ⓒ 要是做人不講理，就很難混下去了。
    Ⓓ 維護正義與社會的公理

（二）

　　「娛樂新聞」台北報導，　由　日本音樂教父　率領　的樂團，昨晚（20日）在台灣大學體育場開唱。記者會時他們表示，這是他們30週年世界巡迴演唱會的最後一站，同時也是最期待的一站，因此特別為台灣加碼演唱好幾首歌。1100多位台灣長青　歌迷　整整期待了30年，終於在　現場　聽到了22首經典老歌，有人甚至於激動得落淚了。

　　日本音樂教父為了跟台灣歌手一起合唱一首由日文歌改寫的中文歌，加緊苦練中文，滿頭白髮、舞台經驗豐富的他　難得　也會緊張。最後演唱會在熱烈的掌聲中圓滿結束，他們一行人將在今天中午離台。

19. Ⓐ 如何使各部門順利完成合作計畫？
    Ⓑ 父親主張讓孩子多方面發展。
    Ⓒ 由觀眾的角度來看
    Ⓓ 被提名為這次影展的最佳導演

20. Ⓐ 在局長的率領下趕到事故現場
    Ⓑ 對方僅僅領先了兩分
    Ⓒ 張金龍率先在電影中拍攝如藝術般的畫面
    Ⓓ 穿西裝打領帶

21. Ⓐ 他很會修車，是個修車好<u>手</u>。
Ⓑ 他修車二十幾年了，是老<u>手</u>了。
Ⓒ 他從東南亞到台灣來發展<u>歌</u>唱事業。
Ⓓ 她的<u>歌</u>迷年齡層分布很廣。

22. Ⓐ 演唱會<u>現場</u>擠滿了熱情的粉絲。
Ⓑ 有些<u>場</u>合必須注意穿著。
Ⓒ 這個公共<u>場</u>所不適合使用手機。
Ⓓ 媒體得以客觀<u>立場</u>播報新聞。

23. Ⓐ 廣告要有創意，其實並不<u>容易</u>。
Ⓑ 球賽打輸了，大家都很<u>難過</u>。
Ⓒ 眼睛不舒服，<u>難受</u>得都流出淚水了。
Ⓓ 他<u>難得</u>有機會出國旅行，卻遇上颱風延誤了航班。

Unit 4 `4-3`

A. 測驗練習

1	C	2	B	3	C	4	D	5	C
6	D	7	C	8	B	9	A	10	D
11	B	12	C	13	B	14	B	15	A
16	D	17	C	18	B	19	C	20	D
21	B	22	A	23	C	24	A	25	A
26	A	27	B	28	D	29	D	30	B

B. 聽力文本

1. 男：新聞上說，今年舉辦的國慶書畫大賽，一共集合了海內外多個國家和地區的優秀作品一千餘件，相當有規模。

女：這麼說，這是一場國際性的比賽嘍？沒想到參加比賽的作品件數這麼多，到時候得獎的作品一定很精彩。

男：不只如此，得獎人數和獎金也增加了，就是為了吸引一般人也來參賽，把書畫藝術推廣到一般人的生活中。這次的得獎作品還要在國內外舉辦展覽！

女：我覺得這是很有意義的活動。現代人漸漸用電腦打字取代手寫，因此書法和繪畫等傳統藝術教育才更重要，透過這樣的機會一定可以提高大家對這方面的興趣。

Question：關於他們談話的主題，下面哪一個是對的？

2. 男：今晚的相聲表演真是太有趣了！這是我第一次買票欣賞傳統藝術表演，令我大開眼界。

女：你一向只迷流行音樂、偶像電視劇，現在居然喜歡上相聲了。到底是為什麼？

男：因為這次的相聲演員結合了老、中、青三代，感覺很親切，而且劇本加入很多日常生活的話題，像貓狗大戰、水電漲價等，我一直笑個不停！

女：原來如此。這的確是一種刺激票房的好方法。傳統藝術本來就該隨著時代加進新的內容，才能吸引年輕觀眾走進劇場。

Question：關於這場相聲表演，下面哪一個是對的？

3. 女：你的孩子學古典鋼琴學了不算短的時間，現在還繼續學嗎？

男：這個孩子從小就有音樂天分，所以我一直堅持讓他學鋼琴。但是自從他上國中以後，因為沒時間練習就放棄了。

女：你想要栽培出一個音樂家嗎？你對他的期望好像很高，他會不會是因為壓力太大才放棄的啊？

男：不至於吧！我讓孩子從小接受音樂教育，是希望音樂能帶給他一個快樂和有趣的童年，並不是要他當音樂家。

Question：關於這位先生對學音樂的看法，下面哪一個是對的？

5. 男：老師要我們利用暑假去參觀藝術展覽，做一篇跟藝術有關的報告。問題是藝術的領域這麼廣，我一時不知道該從哪裡開始。

女：要不我們去當代藝術館走走？網站上說，那裡有實驗藝術、數位藝術、裝置藝術等各種當代藝術，現在還有平常在台灣無法看到的國際級展覽。

4. 男：這一屆的歐洲音樂獎在法國舉行。有個台灣樂團應邀到現場演出，很受歡迎。

女：是啊！雖然台下的歐洲觀眾聽不懂他們在唱什麼歌詞，但是因為他們演奏的音樂很優美，所以演唱完畢得到了很多熱情的掌聲。

男：除了他們以外，還有其他從美洲、亞洲等地來的樂團，用不同的語言來唱歌和表演。為什麼台灣沒有這種國際流行音樂活動呢？

女：其實台灣也逐漸出現一些中小型的國際流行音樂活動。只是因為缺乏合適的場地，所以不能常常舉辦。

Question：有關他們談話的主題，下面哪一個是對的？

男：我覺得當代藝術好像很嚴肅，常常批判社會現實；不然就是有很多題材特殊的藝術作品，讓人不知道如何欣賞。

女：一般人對當代藝術都只有片面的理解而已。多接觸幾次你就會明白，其實當代藝術跟群眾的生活有很深刻的關係，欣賞當代藝術另有一番樂趣。

Question：關於他們對藝術的看法，下面哪一個是對的？

C. 解答說明

二、完成句子

6. Ⓐ 繳水電費
   Ⓑ 按學校的規定
   Ⓒ 依導演的意思
   Ⓓ 憑發票換貨

7. Ⓐ 錄取新生
   Ⓑ 考取碩士班
   Ⓒ 索取贈品
   Ⓓ 吸取經驗

8. Ⓐ 阻擋某人前進
   Ⓑ 節目或表演中斷
   Ⓒ 合約中止
   Ⓓ 阻止某人做某事

9. Ⓐ 祝賀某人的成功
   Ⓑ 誇獎孩子的表現
   Ⓒ 表揚某人做善事
   Ⓓ 問候好久不見的朋友

10. Ⓐ 解釋誤會
    Ⓑ 解剖青蛙
    Ⓒ 解除颱風警報
    Ⓓ 解說名畫

11. Ⓐ 修正法律條文
    Ⓑ 複製藝術品
    Ⓒ 抄襲別人的文章
    Ⓓ 反覆練習

12. Ⓐ 藝術品的保存狀況
    Ⓑ 得到碩士學位
    Ⓒ 有品味的藝術收藏家
    Ⓓ 開發新口味

13. Ⓐ 緩緩地走過來
    Ⓑ 紛紛表示意見
    Ⓒ 漸漸變熱了
    Ⓓ 飯炒得粒粒分明

三、選詞填空

(一)

　　大安公園幾乎每個週末都有免費的露天音樂會，到現場去聽音樂會的 民眾 往往把場地擠得滿滿的。有時是古典演奏會，有時是聲樂演唱會，讓大安公園夜間的氣氛跟白天一樣 熱絡 ！

　　像這樣在公園舉辦 類似 的音樂活動，提供市民多一點的休閒去處，很受好評。尤其對年長的市民來說，音樂欣賞是一種溫和的活動，並且可以 活化 心智。再說，在開放的露天音樂座中欣賞古典樂，可以隨興地交談、分享心情， 促進 人與人之間的交流。

14. Ⓐ 這部電影很符合<u>大眾</u>的口味，所以票房不錯。
Ⓑ 夏天到了，<u>民眾</u>去海水浴場，要特別注意安全。
Ⓒ <u>人民</u>推翻了專制的政府。
Ⓓ 主辦單位正在徵求展覽現場的工作<u>人員</u>。

15. Ⓐ 這些認識二十年的老鄰居一見面氣氛就很<u>熱絡</u>。
Ⓑ 這條路開了以後，這個小鎮就<u>繁榮</u>起來了。
Ⓒ 這幾年<u>盛行</u>吃素，你身邊有沒有朋友也吃素？
Ⓓ 他說話很<u>風趣</u>，讓現場氣氛變得很輕鬆。

16. Ⓐ 今年的夏天<u>似乎</u>比去年更熱。
Ⓑ 這對兄弟太<u>相像</u>了，我分不出來。
Ⓒ 這兩件衣服的花色很<u>相似</u>，選哪件都可以。
Ⓓ <u>類似</u>星巴克的咖啡館很多，而且價錢還便宜一點。

17. Ⓐ 多看好書，多做善事，可以<u>淨化</u>心靈。
Ⓑ 我來台灣以後養成逛夜市的習慣，已被台灣人<u>同化</u>了。
Ⓒ 多做運動，可以<u>活化</u>筋骨。
Ⓓ 很多上班族每天除了上班就是回家，連朋友也沒有，生活都<u>窄化</u>了。

18. Ⓐ 媽媽<u>催促</u>我快點，要不然就要遲到了。
Ⓑ 多喝水，可以<u>促進</u>身體代謝。
Ⓒ 學習可以<u>開發</u>一個人的潛能。
Ⓓ 很多記者<u>聚集</u>在這棟樓的大門口，有什麼大明星在裡面嗎？

(二)

太陽馬戲團要來了。不只孩子高興，大人也都 <u>期待</u> 能欣賞他們的現場演出。

它最早是由加拿大魁北克省一個偏遠小城，幾個在街頭雜耍、噴火、踩高蹺的年輕小夥子組成的。一開始歷經千辛萬苦才得到政府 <u>贊助</u> ，但是不管有多困難，他們始終不願意降低表演品質，讓 <u>五光十色</u> 的馬戲團，變成黑白的！

如今它變成全球最有創意的馬戲團，從倫敦到東京，從墨爾本到紐約，他們的表演可說是世界各地最 <u>華麗</u> 的！每張門票 100 美元 <u>起跳</u> ，被媒體讚為一生非看一次不可的表演！

19. Ⓐ <u>等待</u>入場
    Ⓑ <u>招待</u>來賓
    Ⓒ <u>期待</u>某劇團的表演
    Ⓓ 工作的<u>待遇</u>

20. Ⓐ 王老闆把他的事業<u>擴展</u>到大陸去了。
    Ⓑ 你<u>違反</u>合約，必須<u>賠償</u>我們公司的損失。
    Ⓒ 我請你吃飯吧，<u>補償</u>你這幾個月來的辛苦和損失。
    Ⓓ 可口可樂、耐吉球鞋都是這次奧運的<u>贊助</u>商。

21. Ⓐ 公園裡開滿了<u>五顏六色</u>的花。
    Ⓑ <u>五光十色</u>的都市生活，你喜歡嗎？
    Ⓒ 要上台以前心情<u>七上八下</u>的。
    Ⓓ 張先生是個<u>八面玲瓏</u>的人，誰都不得罪。

22. Ⓐ 這件禮服真<u>華麗</u>。
    Ⓑ 這位書法家的作品風格<u>豪邁</u>。
    Ⓒ 他雖然很有錢，但是生活並不<u>奢侈</u>。
    Ⓓ 這個明星長得不算漂亮，卻很有<u>魅力</u>。

23. Ⓐ 台灣大學生的<u>起薪</u>高不高？
    Ⓑ 我們公司還在<u>起步</u>中，慢慢來吧！
    Ⓒ 在這個城市用餐，價錢都是千元<u>起跳</u>。
    Ⓓ 選手準備<u>起跑</u>了，看台上的觀眾都很緊張。

Unit 5 5-1

A. 測驗練習

1	B	2	D	3	D	4	D	5	B
6	C	7	B	8	A	9	C	10	B
11	D	12	A	13	D	14	C	15	B
16	D	17	A	18	D	19	C	20	B
21	C	22	D	23	A	24	C	25	C
26	C	27	D	28	D	29	D	30	B

B. 聽力文本

1. 男：我以為烤海綿蛋糕很容易，結果連一次也沒成功過。

   女：你是新手，必須多多練習，最好要把每次烘焙的過程都記錄下來。

   男：我記得上一次，明明剛烤好時是膨膨的，過沒多久卻塌掉了。

   女：應該是因為你沒把剛烤好的海綿蛋糕倒著放，耐心地等到溫度變涼。

   男：我做了，但烤好的蛋糕還是一下子就扁了！還有一次，烤好的蛋糕扁扁小小的，根本就膨脹不起來。

   女：可能是你的烤箱溫度調得不夠高。火力不夠大時，蛋糕就膨脹不起來。

   Question：關於烤蛋糕的技巧，下面哪一個是對的？

2. 女：上次聽你說，你自己試做了好幾次小籠包，有什麼心得？

   男：本來我以為餡是關鍵，後來發現皮才是最困難的部分。皮中間要厚，外圍要薄，真工夫就在這裡了。

   女：外面的小籠包賣那麼貴不是沒道理，原來是貴在手工。下次我也來挑戰一下。請把你的食譜給我，讓我參考參考。

   男：沒問題，我這份是內行人的食譜，包妳做出有水準的小籠包。

   Question：關於自己做小籠包，下面哪一個是對的？

3. 男：過年我們來訂網路年菜吧！所有年菜都是單點訂購，非組合套餐，想吃什麼就點什麼，最便宜的只要300元，很適合小家庭。

女：不知道安不安全？

男：放心，他們是三十年的老字號，所有商品都通過檢驗合格，得到國內外媒體一致推薦。而且他們今年推出很多新菜色！

女：有哪些菜色？

男：佛跳牆、大四喜、女兒紅燒雞……是真空包裝的半成品，加熱就可以吃了！

女：要怎麼取貨？

男：全都是宅配到家，不用自己現場取貨。

Question：有關這家網路年菜，下面哪一個是對的？

4. 男：現代的職業婦女都很忙，除非是對做菜特別有興趣的人，否則白天上班已經很累了，晚上回家還會進廚房做菜的並不多。

女：也不見得。只要時間允許，我就會下廚為先生孩子做一頓飯，他們都覺得家裡的菜比外面好吃多了，讓他們心中留下美好的記憶。

男：也對。我記得我以前常常這個不吃、那個不吃，後來搬到台北住以後，最懷念的就是媽媽的味道，所以每次過年回家，媽媽隨便做一個菜，我都覺得是人間美味。

Question：關於自己下廚，下面哪一個是對的？

5. 男：大家都說味精對身體健康有害，所以我做菜盡量不放。

女：我在最新的雜誌上看到一篇文章，上面說，味精的成分其實對人體無害。

男：那為什麼有的人吃了味精以後，會出現頭痛、想吐、肚子痛等症狀？

女：文章中提到，這些症狀的出現跟味精沒有絕對的關係。國外做了研究，發現有的人可能是因為對其他食物過敏，如小麥、豆類等，才會出現那些症狀。

男：但我還是覺得常吃味精不太好。因為每次吃到加了味精的菜以後，總是讓人覺得特別口渴。

Question：關於雜誌上那篇文章的說法，下面哪一個是對的？

C. 解答說明

二、完成句子

6. Ⓐ 家庭美滿
   Ⓑ 美妙的音樂
   Ⓒ 外型美觀
   Ⓓ 美化環境

7. Ⓐ 病毒有傳染力
   Ⓑ 身體有抵抗力
   Ⓒ 商品或明星具有吸引力
   Ⓓ 契約或法律有約束力

8. Ⓐ 盡快做完
   Ⓑ 盡責的父母
   Ⓒ 盡力做到
   Ⓓ 玩得很盡興

9. Ⓐ 有些健康飲食法雖然時髦，但並不見得真的那麼健康。
   Ⓑ 這個網站上提供最新的全台美食熱門排行榜。
   Ⓒ 美食節目推薦的流行餐廳很快就會引來打卡的熱潮。
   Ⓓ 有些傳統菜式也隨著時代而出現新潮的做法。

10. Ⓐ 接受挑戰
    Ⓑ 對⋯⋯很挑剔
    Ⓒ 挑選禮物
    Ⓓ 挑撥感情

11. Ⓐ 把錯字刪掉
    Ⓑ 把紙撕掉
    Ⓒ 把帽子摘掉
    Ⓓ 把皮剝掉

12. Ⓐ 促進食慾
    Ⓑ 促成合作
    Ⓒ ⋯⋯促使他更加努力
    Ⓓ 促銷商品

13. Ⓐ 糾正錯誤
    Ⓑ 侵入屋內
    Ⓒ 搶救病人
    Ⓓ 檢驗食品安全

三、選詞填空

（一）

　　林太太從六月份開始，在自己家裡　開設　烹飪班。她在結婚以前　經營　了六年的餐館，所以料理的大小事都難不倒她。煎、煮、炒、炸，當然也樣樣　精通　。她不但在上課時對學員很有　耐心　，而且為了吸引更多人報名，她還自製教學影片放在網路上，在影片中她親自　示範　了好幾道拿手菜的烹飪過程。由於很多網友轉發她的影片，現在她在網路上已經小有名氣了。

14. Ⓐ 博物館假日不<u>開</u><u>放</u>。
　　Ⓑ 火車正慢慢<u>開</u><u>動</u>。
　　Ⓒ 這條街<u>開</u>設了好幾家補習班。
　　Ⓓ <u>開</u>啟大門的鑰匙在哪？

15. Ⓐ 王先生在大陸<u>經</u>商。
　　Ⓑ 我想<u>經</u>營自己的事業。
　　Ⓒ 這個文件是誰<u>經</u>手的？
　　Ⓓ 今年的晚會是由哪一個部門<u>經</u>辦？

16. Ⓐ 這個戒指做得很<u>精</u>緻。
　　Ⓑ 這本書是<u>精</u>裝的。
　　Ⓒ 他太<u>精</u>明，不會吃虧的。
　　Ⓓ 這個學生不管數學、科學、美術、體育都樣樣<u>精</u>通。

17. Ⓐ 王老師對學生很有<u>耐</u><u>心</u>。
　　Ⓑ 你不用<u>心</u>，才會一直犯一樣的錯。
　　Ⓒ 結婚以後，李太太的生活<u>重</u><u>心</u>就完全放在家庭上了。
　　Ⓓ 父母總是為孩子而操<u>心</u>。

18. Ⓐ 研究結果<u>顯</u><u>示</u>，吸二手菸更容易得癌症。
　　Ⓑ 政府<u>表</u><u>示</u>，會努力降低失業率。
　　Ⓒ 這個孩子<u>表</u>現很好，是全班同學的<u>模</u><u>範</u>。
　　Ⓓ 教練會先<u>示</u><u>範</u>，學生再各自練習。

(二)

　　柳老先生對做菜有 <u>濃厚</u> 的興趣，因此自從他退休以後，就開始去學烹飪。他說，外面的餐館為了 <u>迎合</u> 大眾口味，不是太鹹就是太油，完全 <u>忽視</u> 健康的重要，不如自己做的好。由於他做的菜味道一點也 <u>不遜於</u> 外面賣的，全家人都吃得很高興，並且 <u>鼓勵</u> 他做下去，讓他越學越起勁。柳老先生雖然退休了，卻在烹飪方面找到自己的第二春。

19. Ⓐ 籃球員的身材比一般人<u>高</u><u>大</u>。
　　Ⓑ 營養充足才長得<u>高</u>。
　　Ⓒ 我對學語言的興趣<u>濃厚</u>。
　　Ⓓ 貸款買房子讓她覺得負擔<u>沉</u><u>重</u>。

20. Ⓐ 大家都在門口<u>迎接</u>貴賓。
　　Ⓑ 流行音樂得<u>迎合</u>大眾喜好，才賣得出去。
　　Ⓒ 這道菜<u>融合</u>中西特色。
　　Ⓓ 老師工作的時間往往要<u>配合</u>學校的時間表。

21. Ⓐ 不要<u>放棄</u>，再試一次！
   Ⓑ 暫時<u>放下</u>工作，出去走走吧！
   Ⓒ 別為了賺錢，而<u>忽視</u>健康的重要。
   Ⓓ 我們不該因為一個人窮而<u>輕視</u>他。

22. Ⓐ 我們預計，公司今年賺的錢將<u>不少於</u>去年。
   Ⓑ 台灣文化豐富，<u>不止於</u>夜市及美食。
   Ⓒ 為了環境，夏天開冷氣應<u>不低於</u>26度。
   Ⓓ 這個國產品牌的品質<u>不遜於</u>進口的。

23. Ⓐ 老師<u>鼓勵</u>學生多方面發展自己的興趣。
   Ⓑ 這篇演講非常有名，因為內容能夠<u>鼓舞</u>人心。
   Ⓒ 讓我們熱烈<u>鼓掌</u>歡迎他！
   Ⓓ 多多<u>讚美</u>對方的優點，夫妻感情就會越來越好。

四、材料閱讀

25. 出貨方式分為冷凍宅配（貨到付款），以及自取兩種。店家接到客戶三日前來電訂購，才會開始手工現做。

27. 除了每天做30分鐘以上的全身運動，再加上站立時踮腳尖的方法，就可以消除大肚。

Unit 5 5-2

A. 測驗練習

1	D	2	D	3	C	4	C	5	B
6	B	7	D	8	A	9	C	10	A
11	B	12	A	13	D	14	B	15	C
16	A	17	D	18	A	19	A	20	C
21	C	22	B	23	A	24	B	25	D
26	B	27	A	28	D	29	A	30	C

1. 男：妳知道下星期五是林美君生日嗎？

　　女：還有誰不知道嗎？可是到底要去哪兒慶生？

　　男：公司對面新開幕的那家自助餐，看起來不錯，天天大排長龍。

　　女：哪裡都行，不過倒是應該先問問美君吧！

　　Question：這位小姐的意思是什麼？

2. 男：經理要我們加快進度完成這個專案。今晚非加班不可了。

　　女：加班就加班，不過，晚上輪到組長您請客吧？

　　男：那有什麼問題！經理已經交代我最近讓大家加班，晚餐得加菜，有魚有肉才能補充體力。

　　女：聽起來好像可以大魚大肉啊？

　　男：話雖如此，但畢竟經理實際給的餐費有限。

　　Question：這位先生的意思是什麼？

3. 男：山上那家很有名的自助式「吃到飽」麻辣火鍋，現在正在推銷「買四送一」。

　　女：那家店在網路除了美味受到好評，夜景也是特色之一，算是最「夯」的店，怎麼可能做這樣的特價推銷？

　　男：剛開始我也不相信，這家店平日得提早一週預約，何況還限定只能吃兩個小時而已。

　　女：這次同學會，正好趁此機會邀同學們一起打打牙祭，順便上山欣賞夜景吧！

　　Question：關於這家火鍋店，下面哪一個是對的？

4. 女：我們常買美容保養品的那家公司，今年年底的酬謝貴賓晚會真是大手筆。

　　男：那可不，報上報導他們一晚三十桌就花了三百萬。

　　女：他們該不會是把魚子醬、大龍蝦當小菜，把葡萄酒當水喝吧？

　　男：誰知道呢！他們請的可是年消費千萬的頂級貴賓。

　　女：怪不得我們都沒收到請帖。

　　Question：這位先生對這個酬謝晚會的想法怎麼樣？

5. 男：報上說最近有些蔬果農藥殘餘量過多。

　　女：這還不都是拜科技進步所賜。

　　男：妳怎麼不擔心啊？每天還照常吃生菜沙拉。

　　女：怎麼不擔心呢？我都得用濾過的水洗過好幾次才敢吃啊！

　　男：我這種天天外食的「老外」怎麼辦呢？

　　Question：從這段對話中，這位小姐與這位先生的說法哪一個正確？

C. 解答說明

一、對話聽力

5. 「老外」指老是在外面用餐的人。

二、完成句子

6. Ⓑ 均衡：均勻平衡。如：「營養均衡」、「身心均衡發展」。

　　Ⓓ 他天天上健身房，難怪身材那麼均勻。

7. Ⓓ 從食物中吸收並利用必需的營養，以維持其正常的生理機能。如：牛奶有豐富的營養。

8. Ⓐ 豐富：豐裕富足。如：雞蛋有豐富的營養。

9. Ⓒ 穩定：安穩鎮定，不易動盪起伏。如：幣值穩定、獲利穩定。

10. Ⓐ 外食：較新的詞彙，指常在外頭吃飯的意思。如：他們因為平日過於忙碌而經常外食。
　　Ⓑ 因為他是業務員，又兼了兩份工作，所以外務特別多。
　　Ⓒ 報社把他外派到紐約。
　　Ⓓ 不只是國家需要做好國際外交，人民也能做好國民外交的。

11. Ⓑ 適量：不多也不少，數量恰當。如：茶、咖啡和含有酒精的飲料只能適量地飲用。

12. Ⓐ 聚集：表示屬同類關係而湊在一起。如：立法院前面聚集了很多抗議食品安全出問題的群眾。
　　Ⓑ 同事們經常聚餐討論公事。
　　Ⓒ 大家約好了明天九點半在台北車站集合。
　　Ⓓ 明天有個食品安全的集會遊行。

13. Ⓓ 製造：將原料或粗製品做成其他的或精製品。如：把水果製造成罐頭。

三、選詞填空

(一)

　　俗話說：「病從口入。」想長壽，就要遵循「八少八多」的原則。一、少肉多菜：飲食以 清淡 為主，多吃蔬果，少吃雞鴨魚肉。二、少量多餐：一般人隨著年紀漸長脾胃功能逐漸 衰退 ，新陳代謝就慢了，因此少量多餐是必要的。三、少鹽多醋：醋既能補肝，又有助於消化，可是多吃鹽則傷腎。四、少硬多稀：因為稀的、軟的食物利於吸收。五、少衣多浴：少穿厚重衣物， 力求 寬鬆舒適；多泡澡沐浴。六、少煩多眠：不如意的事十常八九，煩惱的就不要常掛心頭；睡眠一定要 充足 ，特別是冬季時務必得早睡晚起。七、少慾多施：清心寡慾，不貪戀享樂；樂於跟人 分享 。八、少車多步：少開車、坐車，多步行，有益健康。不是有句話說：「飯後百步走，活到九十九」？

14. Ⓐ 這類的文章算是<u>清新</u>的散文。
Ⓑ 胃腸差的他適合吃<u>清淡</u>的菜。
Ⓒ <u>清雅</u>的布置,讓他一看就喜歡上了這裡。
Ⓓ 這種香水有<u>淡雅</u>的香氣。

15. Ⓐ 隨著病情加重,器官也日漸<u>衰壞</u>了。
Ⓑ 隨著年紀變大,皮膚<u>衰老</u>就越明顯。
Ⓒ 視力日漸<u>衰退</u>,開刀也無法改善。
Ⓓ 因為子孫不知節儉,這家族從此<u>衰敗</u>沒落了。

16. Ⓐ 飲食要力求營養均衡。
Ⓑ 王建華<u>請求</u>教授給他一次補考的機會。
Ⓒ 他<u>懇求</u>員警別開罰單。
Ⓓ 老闆真心<u>懇請</u>李大廚師過來幫忙。

17. Ⓐ 夏日常流汗過多,應該多<u>補充</u>水分。
Ⓑ 並不是只有在青少年時<u>充實</u>知識,在就業後更應該多加強專業。
Ⓒ 餐廳的布置<u>充滿</u>溫馨的氣氛。
Ⓓ 只有<u>充足</u>的陽光及水分才能讓植物長得更好。

18. Ⓐ 他相當<u>樂於</u>分享吃美食的經驗。
Ⓑ 再忙碌也要慢慢吃,才能真正<u>享受</u>食物。
Ⓒ 他很<u>欣賞</u>廚師對各種食材的了解和用心。
Ⓓ 經理非常<u>賞識</u>店長的服務和管理。

(二) 　　健康又便宜的食物——維他命豐富的水果。俗話說:「藥補不如食補。」西諺也說:「一天一個蘋果,醫生 <u>遠離</u> 我。」而水果就是這麼經濟又 <u>實惠</u> 的首選,而且完全不必烹調,十分方便,最適合 <u>忙碌</u> 的族群或是健康暫時出了問題的人。像是糖尿病的患者除了要定時定量,減少米飯、麵粉類的 <u>澱粉</u> 攝取以外,番石榴(芭樂)、梨子、櫻桃、楊梅什麼的,都能 <u>降低</u> 血糖。患有心血管疾病者吃柑橘、葡萄柚、桃子、草莓,可以降低血脂肪和膽固醇。常熬夜、睡眠不足、肝臟不好的人,可以多吃西瓜、香蕉、蘋果保護肝臟。

19. Ⓐ 週末他選擇<u>遠離</u>人群。
Ⓑ <u>分離</u>其實是下一次再見面的開始。
Ⓒ 他想要<u>脫離</u>這個組織,但恐怕沒辦法了。
Ⓓ 他的報告已<u>經偏離</u>主題了。

20. Ⓐ 這是一個很<u>實際</u>的想法。
Ⓑ 這裡的食物及餐具<u>實</u>在很講究。
Ⓒ 在這裡購物最<u>實惠</u>。
Ⓓ 趁著週年慶優惠期間,可以買到價格既便宜,品質又好的商品。

21. Ⓐ 一聽說是員工的失誤，他連忙
　　站出來向顧客致歉。
　　Ⓑ 他急忙地出門趕飛機。
　　Ⓒ 父親整年都忙碌得沒時間跟家
　　人聚餐。
　　Ⓓ 因為業務繁忙，只好連續加
　　班。

23. Ⓐ 為了降低血壓，他下決心天天運動。
　　Ⓑ 我們搭的這班飛機會晚十分鐘降落。
　　Ⓒ 經濟不景氣，因此老闆調降菜單上的
　　價格。
　　Ⓓ 氣溫在今晚將會下降十度，大家記得
　　帶外套保暖。

22. Ⓐ 炒米粉是很道地的台灣菜。
　　Ⓑ 糖尿病患對澱粉的攝取一定要
　　控制。
　　Ⓒ 粉條是用綠豆、白薯等製成的
　　細條狀食品，冷熱皆宜。
　　Ⓓ 冬粉是「螞蟻上樹」的主要材
　　料。

四、材料閱讀

27. Ⓑ 也有中式咖哩。
　　Ⓒ 白飯和飲料都不限量取用，
　　但小菜不是無限量取用。
　　Ⓓ 沒有牛肉咖哩。

五、短文閱讀

29. Ⓒ 空腹吃番茄才會容易引起胃酸，且文中未
　　提到番茄不宜熟食，僅說煮熟後營養才能
　　完全放出來。

Unit 6 6-1

A. 測驗練習

1	D	2	D	3	D	4	D	5	A
6	B	7	D	8	C	9	A	10	B
11	A	12	B	13	D	14	A	15	C
16	B	17	D	18	C	19	B	20	C
21	A	22	D	23	D	24	C	25	B
26	D	27	D	28	D	29	B	30	D

B. 聽力文本

1. 男：妳知道妳的孩子每天盯著螢幕看多久嗎？

女：他們除了睡覺以外，不是看電腦就是看手機，當然連吃飯時也是看著電視或盯著手機的。

男：就是啊！他們在家時都「機不離手」，更別說是在外頭了。

女：以往全家大小一起有說有笑地看著電視，而現在人手一機，甚至一人多機，自然與家人、親友的關係就淡了。

Question：下面哪一個是這位小姐的意思？

2. 男：我下班要去河邊跑步，妳要不要去？

女：不行！我得去健身房，晚上九點半跟教練有約。

男：健身房多貴啊！慢跑再好不過了，不但隨時可以去，而且又不必花半毛錢。妳何必上健身房呢？

女：話是沒錯。但我經常不定時要加班，想找到一起運動的朋友可不容易。要不是跟教練有約，可能又會找些理由不運動啦！

Question：關於這位小姐，下面哪一個說法是對的？

3. 男：妳一生氣就對人大呼小叫
　　　的。

　 女：誰叫你老是把事情搞得亂
　　　七八糟的。

　 男：再生氣也不能這樣對朋友
　　　嘛！妳知不知道這就是語言
　　　暴力？朋友就是要互相幫忙
　　　啊！

　 女：我承認今天我是有一點暴
　　　躁，但是你做事總是讓人著
　　　急、不放心。

　 Question：下面哪一個是這位小姐真
　　　　　　正的意思？

5. 男：唉呀，妳怎麼這麼笨，跟妳
　　　說過多少次了，妳這樣做事
　　　是不行的！

　 女：經理，你怎麼老是這樣指責
　　　我？

　 男：還不是每次交代妳的話妳都
　　　沒聽進去，還隨便應付，誰
　　　能忍受妳的錯。

　 女：你就不能清清楚楚地指出我
　　　的錯誤，再指導我怎麼解決
　　　嗎？

　 Question：關於這位小姐工作的情
　　　　　　形，下面哪一個是對的？

4. 男：老張才住院，怎麼同事們就
　　　一個一個都到醫院去看他？

　 女：如果不是他平時待人和氣，
　　　怎麼可能日夜都有人輪流去
　　　照顧他呢！

　 男：妳知道他到底是怎麼做到
　　　的？

　 女：他常跟我說有機會當同事實
　　　在很難得，所以總是誠懇對
　　　待，公司上上下下誰都能感
　　　受到他那份真心。

　 Question：關於老張生病的事，下面
　　　　　　哪一個是對的？

C. 解答說明

二、完成句子

6. Ⓐ 優良駕駛
   Ⓑ 優越感
   Ⓒ 優秀的選手
   Ⓓ 優美的歌曲

7. Ⓐ 這份工作對他而言並不合適。
   Ⓑ 老闆對他的要求算是合理的。
   Ⓒ 他個性急，嫌同事做事慢，誰都跟他合不來。
   Ⓓ 張小姐很親切，跟同事很合得來。

8. Ⓐ 以誠懇的心對待員工
   Ⓑ 接待客戶／接待中心
   Ⓒ 願意多接近民意
   Ⓓ 部長接見大學學聯會代表

9. Ⓐ 他的成績符合申請獎學金的標準。
   Ⓑ 他還不知道自己適合做哪一類的工作。
   Ⓒ 他終於找到合適的套房了。
   Ⓓ 他知道她最終的面試合格了。

10. Ⓐ 解決代溝的辦法就是多聽
    Ⓑ 溝通有助於建立信賴關係
    Ⓒ 現代人往來主要以網路電話聯絡
    Ⓓ 建立學術聯繫網路

11. Ⓐ 扮演各種角色
    Ⓑ 在露天舞台演出
    Ⓒ 負擔家庭開支
    Ⓓ 承擔責任

12. Ⓐ 面對問題，解決問題
    Ⓑ 他的決定多半是正確的。
    Ⓒ 天看起來越來越黑，果然下雨了。
    Ⓓ 還沒租到房子以前，暫時住在朋友家。

13. Ⓐ 他等不及，就離開了。
    Ⓑ 他趕不及到機場，只好改搭下班飛機。
    Ⓒ 前面發生車禍造成大塞車，現在快、慢車道的車子完全動不了了。
    Ⓓ 他的上司脾氣暴躁，動不動就生氣罵人。

三、選詞填空

(一)

　　有一位八歲就開始表演的年輕歌手 <u>竟然</u> 有能力在十歲時，就主動成立了一個青少年歌唱團體，為慈善團體募款。她總是笑臉 <u>迎接</u> 各種挑戰，不但忙著唱歌、寫歌、演戲，甚至於製作音樂，現在雙十年華的她 <u>經歷</u> 可是相當豐富。她的粉絲和追隨者已經有千萬之多了。她們喜愛她善良、認真又親切的態度。在推特和臉書社群網站上也 <u>獲得</u> 了數百萬按讚的支持。我們都知道許多有名氣的藝人往往因為壓力過大，容易染上壞習慣，但她最近接受雜誌採訪時說她並沒 <u>感到</u> 過多的壓力，即使有些時候或環境她一時無法完全融入，也不灰心，主要是因為她有談得來的朋友和親密的家人關係。

14. (A) 他<u>竟然</u>還不知道公司今年的目標。
    (B) 他<u>依然</u>用手寫方式記錄會議內容。
    (C) 他能力真強，<u>果然</u>他是公司裡最懂得應變的人。
    (D) 他<u>仍然</u>不願意放棄自己的夢想。

15. (A) 左右位子都有人坐，<u>對面</u>沒人坐。
    (B) 他正<u>面臨</u>升學或就業的重大抉擇。
    (C) <u>迎接</u>各種挑戰
    (D) <u>迎合</u>市場需求

16. (A) 他的最高<u>學歷</u>是研究所畢業
    (B) <u>經歷</u>了失業的困境
    (C) <u>經過</u>一年的訓練
    (D) <u>經過</u>多次的<u>實驗</u>，終於完成了。

17. (A) <u>獲取</u>暴利
    (B) 他今年在外幣投資上<u>獲利</u>不少。
    (C) 今天的博物館之旅<u>收穫</u>真不少。
    (D) <u>獲得</u>無數的掌聲

18. (A) <u>感染</u>了病毒
    (B) <u>感覺</u>不到溫暖
    (C) <u>感到</u>無比的溫馨
    (D) 對於這件事每個人的<u>感受</u>不同

(二)

　　我們有時不免會 羨慕 有些同學、朋友、同事總是能輕鬆地與周邊的人聊天，得到很多人認同，在學業、家庭或工作上都很順利。要是我們也很會與人 相處 ，至少可以讓我們少走一段辛苦的彎路，甚至提早成功。

　　如果是演員，就要好好地表演各種角色；如果是兄弟姊妹，就要彼此友愛；如果是同學，就要好好地互相學習；如果是同事，就要好好地協助 職場 前輩，配合後輩；如果是客戶，就要好好地從對方 立場 思考雙贏。總之能先真心地了解對方，交流起來就容易多了，但是無論如何對人應態度誠懇，多傾聽、多關心，常分享，而不是勢利眼或凡事都只 考慮 自己。總之成功不僅得努力做好分內的事，更要關心並且處理好周邊的人際關係。

19. Ⓐ 張老師認真教學，是師生們敬慕的師長。
　　Ⓑ 羨慕別人有溫馨的家庭
　　Ⓒ 他愛慕著那位文靜的女孩。
　　Ⓓ 仰慕王教授的博學

20. Ⓐ 他常在網路上交友，可算是相交滿天下了。
　　Ⓑ 她偶爾會在街頭和分手的男朋友相遇。
　　Ⓒ 同事間相處得很愉快
　　Ⓓ 他們高中畢業二十多年後，居然在美國重逢。

21. Ⓐ 在各種職場上，虛心學習的態度應當是最重要的。
　　Ⓑ 在職業的選擇，最好能提早規畫，在選科系時就下決定。
　　Ⓒ 他的責任是訓練及帶領新職員。
　　Ⓓ 他的職位並不高，但老闆一向都很重視他的建議。

22. Ⓐ 好戲就要上場了
　　Ⓑ 現場擠滿了圍觀的群眾。
　　Ⓒ 在空難時當場死亡
　　Ⓓ 他的立場很尷尬，無法表態。

23. Ⓐ 思想很開放
　　Ⓑ 思慮過多
　　Ⓒ 思考就業的方向
　　Ⓓ 考慮是否能按照自己的興趣發展

Unit 6 6-2

A. 測驗練習

1	C	2	D	3	B	4	D	5	D
6	B	7	C	8	C	9	A	10	C
11	C	12	B	13	B	14	B	15	B
16	D	17	A	18	C	19	B	20	A
21	A	22	D	23	C	24	C	25	A
26	B	27	A	28	D	29	C	30	B

B. 聽力文本

1. 男：妳當志工，真是全心全意地奉獻、付出，對別人的孩子，妳總有用不完的愛心及耐心。

    女：不過，讓我懊惱的是對自己的孩子，我卻常常忍不住而發脾氣。

    男：那是因為對自己的孩子，總有太多的期待。想想孩子剛出生的時候，只求他平安健康地長大，可是隨著他的成長，對孩子的要求也漸漸變多了，最初的溫柔竟然就這樣失去了。

    女：你真是一語驚醒夢中人。

    Question：最後這位太太的意思是什麼？

2. 男：在社會公益組織中，「社會企業」這個新興領域和傳統的社會公益組織是不一樣的；他們不接受捐款，不販賣愛心，而是透過公司經營的方式獲利，再把賺來的錢用在解決社會問題上。

    女：簡單地說就是以商業手法來解決社會問題嘛！

    男：嗯，沒錯。像印度有家「鄉村銀行」，獨創出非常小額的信用貸款，借錢給窮人，讓他們用來創業與改善生活，這也使他們有能力還款。當然這家銀行應該是賺不了大錢的。

    女：我也知道有個盛產水果的山區，因受到颱風影響成了災區，有些年輕人就把當地水果製成果醬、果醋等相關產品，利用網路傳遞資訊銷售，不但處理了賣不出去的水果，還賺了錢，解決了當地災民的生活問題。

    男：所以說，在這網路科技的時代，只要發揮創意，連結不同領域的商業平台，就能創造出大大小小、一個又一個的「社會企業」，幫忙解決問題。

    Question：下面哪一個是這段對話裡的意思？

3. 男：現在大學畢業的新鮮人，初入社會的起薪跟十幾年前比，不增反減。

女：聽說部分學者認為這跟現在學歷貶值有關。

男：不過我也聽說勞工團體認為這跟產業界不能好好運用人力有關。

女：總而言之，人力市場上可選擇的大學生、研究生很多，除非有特殊技能，要不然實在凸顯不出他們有何不同。

Question：這位小姐的意思是什麼？

5. 男：提到服務業，妳認為較強調標準作業流程的服務給人感受較好，還是流露出較濃烈的個人風格的服務給人感受較好？

女：如果以個人風格為主的服務，會讓人較難感受到標準流程的基本規範，要是遇到不佳的服務人員，會覺得連基本的服務都不到位。

4. 男：一位八十歲的老先生騎自行車，以十二天騎了九百多公里環島一周來挑戰自我的體能。

女：他是為了出名？還是為了身體健康？

男：妳太小看他了，他可是希望藉由騎單車能使社會更為祥和。

女：這跟騎自行車有何關係？

男：妳想想，一路上騎車都有同好相隨，互相鼓勵打氣，那份關心和理解所培養出來的運動革命情感，是多大的感染力啊！

Question：下面哪一個是這位先生談話的重點？

男：所以妳認為有標準基本流程的服務是較好的制度？

女：話也不是都這樣說，個人風格強烈的服務人員自主地與客人自在地、貼心地互動，就不是標準作業流程的服務人員會表現出來的舉動。

Question：根據以上兩人的對話，下面哪一個是對的？

C. 解答說明

二、完成句子

6. Ⓐ 他負責任的個性使他很受人<u>尊敬</u>。
   Ⓑ 我們要<u>尊重</u>別人的意見，不能勉強別人。
   Ⓒ 因為他家很窮，所以他特別<u>重視</u>錢。
   Ⓓ 我很<u>看重</u>自己的家人，因為我愛他們。

7. Ⓐ 因為一些<u>私人</u>的問題，所以我明天得請假。
   Ⓑ 他不該為了自己的<u>私心</u>而賣掉我們共有的土地。
   Ⓒ 他很<u>自私</u>，凡事都以他自己為先。
   Ⓓ 我們不能隨意打探別人的<u>隱私</u>，這是不禮貌的。

8. Ⓐ 「不進則退」的意思是不努力、不用功、沒進步就是<u>退步</u>。
   Ⓑ 客人客氣地請主人<u>留步</u>，別再送了。
   Ⓒ 談生意雙方各讓<u>一步</u>，生意就談成了。
   Ⓓ 有禮貌的人行遍天下，沒禮貌的人<u>寸步</u>難行。

9. Ⓐ 會<u>體貼</u>為別人想的人，讓人覺得很溫馨。
   Ⓑ 自己有了孩子，才能真的<u>體會</u>當父母的心情。
   Ⓒ 運動員除了不斷地練習技術，還要時時訓練<u>體能</u>。
   Ⓓ 年紀大的人<u>體力</u>大多比不上年輕人了。

10. Ⓐ 一<u>股</u>香味／力量
    Ⓑ 運動場跑一<u>圈</u>
    Ⓒ 奧林匹克運動會的標誌——五色環，上面三個環一<u>環</u>扣著一<u>環</u>，下面兩個環也相扣。
    Ⓓ 開創一<u>番</u>事業／經過一<u>番</u>思考

11. Ⓐ 大家都<u>贊成</u>。
    Ⓑ 大家都<u>贊同</u>（贊成並同意）你的意見。
    Ⓒ <u>讚美</u>孩子做得好
    Ⓓ <u>讚嘆</u>大自然的美

12. Ⓐ 地理知識<u>廣博</u>
    Ⓑ 電腦使用得很<u>廣泛</u>
    Ⓒ <u>廣闊</u>的大草原
    Ⓓ 五十週年校慶<u>擴大</u>舉辦慶祝活動。

13. Ⓐ 現在是專業分工的時代，連剪頭髮、修指甲都有專業的<u>技術</u>。
    Ⓑ 為了達到目的，他竟然使出這種讓人看不起的<u>手段</u>。
    Ⓒ 太極拳是一種有名的中國<u>功夫</u>。
    Ⓓ 飛行表演的<u>特技</u>動作，都是經過嚴格訓練的。

三、選詞填空

（一）

　　長期以來，當國際間發生重大災難時，國際紅十字會都會迅速地動員志工，立即 ＿投入＿ 各種各樣的援助活動，還捐出各種物資，小自飲用水、食物，大至帳篷、組合屋等等。

　　這個國際組織 ＿對待＿ 災民並不因國籍、種族、宗教信仰、社會階級或政治意見而有所不同。並且為了獲得各方的信任和 ＿支持＿ ，在任何時候任何地方都必須保持其獨立性及自主性。因此，不僅讓災區民眾感受到愛心不分 ＿國界＿ ，同時更受到各國的 ＿認同＿ 與肯定。

14. Ⓐ 張教授從國外引入最新的技術。
　　Ⓑ 他把所有時間完全投入這個研究中。
　　Ⓒ 工讀生沒有被納入正式的工作人員。
　　Ⓓ 最後兩課不列入考試範圍。

15. Ⓐ 兩性關係對等
　　Ⓑ 公平對待每個人
　　Ⓒ 招待貴賓
　　Ⓓ 優待會員

16. Ⓐ 保護環境成為現在人類生存的重要課題。
　　Ⓑ 她還保存著以前男朋友寫給她的信。
　　Ⓒ 競爭激烈的時代，保持原狀沒有進步就是退步。
　　Ⓓ 建立室內體育館得到全校師生的支持。

17. Ⓐ 河流常成為兩國之間的國界。
　　Ⓑ 戰爭時，軍人以生命來保衛國土。
　　Ⓒ 使用農藥過量會汙染土地，無法再種作物。
　　Ⓓ 世界上有很多國家。

18. Ⓐ 農藥已被認定是對健康有害的。
　　Ⓑ 知識的第一步就是去認知各種東西的差別。
　　Ⓒ 他的意見很多人無法認同，不能接受。
　　Ⓓ 我說什麼她都不贊同。

（二）

　　學校的班級是由學生加上教師所組成的，每個班級也都擁有 <u>類似</u> 社會的規範、秩序、組織結構及權威階層。

　　師生在班級教學活動中為了達成教育目標所進行的互動，也都很難 <u>避開</u> 這些社會秩序規範，也就是說在教學活動情境中的師生關係，也可說是社會互動型態中的一種，班級可說是社會體系的 <u>縮小</u> 版。

　　一項針對「影響青少年學習與教育因素」的調查指出：網路世界的無所不在，使現代的教育已經不全是來自於學校、教師，而父母親對子女價值觀的 <u>輔導</u> 與學習參與的程度，以及家中閱讀與學習資源的充足，都對子女的教育有很 <u>明顯</u> 的影響，調查指出現代教育應重建家庭倫理，應回歸、落實並重視家長參與子女教育的重要性。

19. Ⓐ 這對雙胞胎姊妹的長相非常相<u>似</u>。
　　Ⓑ 西方人的主食麵包<u>類似</u>東方人的米飯。
　　Ⓒ 此<u>類</u>蛋糕都加了牛奶。
　　Ⓓ 學習語言除了學發音以外還有很多要學的，<u>比如</u>寫字、語法、寫作什麼的。

20. Ⓐ 提早下班為了<u>避開</u>塞車時間
　　Ⓑ 下班時間<u>避</u>不<u>開</u>塞車路段
　　Ⓒ 畢業後<u>離開</u>學校進入社會
　　Ⓓ 孩子太小了還<u>離不開</u>父母。

21. Ⓐ <u>縮小</u>範圍
　　Ⓑ 放大照片
　　Ⓒ <u>縮</u>短距離
　　Ⓓ 擴大範圍

22. Ⓐ 幫助學習用的<u>輔</u>助教具
　　Ⓑ 學校會補助社團活動的經費。
　　Ⓒ 按照老闆的指示辦理這次的活動
　　Ⓓ 家庭教育多由父母<u>輔導</u>子女。

23. Ⓐ 說明得很清楚很<u>明</u>白
　　Ⓑ <u>顯</u>出很害怕的樣子
　　Ⓒ 很<u>明顯</u>地受到影響
　　Ⓓ 強烈鮮<u>明</u>的顏色

Unit 6 6-3

A. 測驗練習

1	A	2	A	3	C	4	C	5	B
6	C	7	C	8	A	9	B	10	D
11	A	12	B	13	C	14	B	15	D
16	A	17	C	18	A	19	A	20	C
21	B	22	B	23	B	24	D	25	C
26	A	27	D	28	A	29	B	30	A

B. 聽力文本

1. 女：你天天陪客戶應酬，把身體都搞壞了，何必這麼拼命？

   男：在社會上跑，談生意難免要靠應酬。

   女：為什麼你們應酬動不動就要乾杯？

   男：有人向你敬酒時，要是你不乾杯，會破壞氣氛，生意怎麼談得成！

   女：做你們業務這一行的，都這樣嗎？

   男：多半如此。

   Question：有關這位先生的工作狀況，下面哪一個是對的？

2. 男：新聞報導，有一群中學生犧牲寒假，每個週末都到火車站幫老人提行李。

   女：他們是自願的嗎？

   男：是啊，他們是自己透過網路組織起來，相約做善事的。

   女：學校真應該表揚他們！

   男：他們說，表不表揚無所謂，只希望徵求更多自願者加入。

   Question：有關這群中學生的行為，下面哪一個是對的？

3. 男：公司計畫下個月派人出國工作，去開拓國外市場，我也在名單內。

女：這是最近幾年企業的潮流，但看樣子你好像有點猶豫。

男：如果還是單身，我倒不排斥。但我有太太跟孩子，就得顧慮家人的感受。

女：也對，我聽說有人只去了幾個月就提早回來了。

男：他們或許是無法融入當地的生活，也或許是捨不得台灣的家人吧！

Question：他們所提有關出國工作的內容，下面哪一個是對的？

5. 男：我一退休就到世界各地去玩，玩到現在，哪兒都玩遍了，已缺乏動力了，日子真是越過越單調了。

女：誰不想擺脫這種感覺？不如去充充電，建立新的人際關係，就又會活躍起來的。

男：妳有什麼建議嗎？

女：聽說報名老人大學的人很踴躍，截止日期還沒到，說不定還有名額。

男：好，哪怕只能坐在教室裡聽老師講話，我也要去試試。

Question：他們所提跟退休生活有關的內容，下面哪一個是對的？

4. 男：我剛接到小王的喜帖，我正在煩惱紅包該怎麼包。

女：包紅包是習俗，也是一門學問，得看你跟對方的關係怎麼樣。

男：我們以前是同事，最近他換工作了，但私底下的來往還是很密切。

女：既然來往得很密切，你恐怕真的要破費了！

男：那也沒辦法，萬一包的數目太少就太失禮了！

Question：他們所提有關紅包的內容，下面哪一個是對的？

C. 解答說明

二、完成句子

6. Ⓐ 這本書的主題是如何提高**交際**能力。
   Ⓑ 他們才**交往**一個月就結婚了！
   Ⓒ **社交**活動對老人的健康有好處。
   Ⓓ 我大學參加過網球社、書法社等**社團**。

7. Ⓐ 交通**管制**
   Ⓑ **改善**情況
   Ⓒ **調整**音量
   Ⓓ **縮減**時間

8. Ⓐ **人格**教育
   Ⓑ **人生**大事
   Ⓒ **人事**安排
   Ⓓ **人力**資源

9. Ⓐ 陷入某種**困境**
   Ⓑ 造成別人的**困擾**
   Ⓒ 碰到許多**困難**
   Ⓓ **打擾**別人

10. Ⓐ **評論**社會現象
    Ⓑ **判斷**情況如何
    Ⓒ 雙方互相**妥協**
    Ⓓ **思考**某個問題

11. Ⓐ **儘管**：雖然
    Ⓑ **儘量**：盡最大的可能
    Ⓒ **僅僅**：只有
    Ⓓ **不僅**：不只

12. Ⓐ 校長**表揚**優良學生
    Ⓑ 電影或小說等藝術作品**刻畫**某個場景
    Ⓒ 電視節目**插播**廣告
    Ⓓ 畫家**素描**人像

13. Ⓐ **暗示**某人
    Ⓑ **描述**當下的情況
    Ⓒ **傳達**心意
    Ⓓ **傳送**網路資料

三、選詞填空

(一)

　　九十年代中期，情緒商數（EQ）成為探討人際關係的熱門指標。無論在任何社會文化背景下，一般人都認同高EQ才是成功的 <u>關鍵</u> ，EQ的重要性是才能與智能的兩倍。二十年後，網路深入大眾生活，社會隨著環境的 <u>變遷</u> ，除了EQ外，專注力開始受到人們關注。在這個時代，建立人際關係的管道 <u>大幅</u> 轉移到網路，但也由於網路上五花八門的內容很輕易就 <u>分散</u> 人們的專注力，人際關係因而受到負面影響。有人說，專注力像「肌肉」，若不鍛鍊就會 <u>退化</u> 。有意識地培養對他人的專注力，才能優化人際關係。

14. Ⓐ 生長的規律
　　Ⓑ 成功的關鍵
　　Ⓒ 建議的方案
　　Ⓓ 一國的領土

15. Ⓐ 國家滅亡
　　Ⓑ 經濟起飛
　　Ⓒ 血液循環
　　Ⓓ 社會變遷

16. Ⓐ 大幅轉移
　　Ⓑ 劇烈變動
　　Ⓒ 慎重介紹
　　Ⓓ 迫切需要

17. Ⓐ 阻擋來車
　　Ⓑ 耽誤時間
　　Ⓒ 分散注意
　　Ⓓ 制止某種不適當的行為

18. Ⓐ 肌肉退化
　　Ⓑ 物資短缺
　　Ⓒ 軍隊投降
　　Ⓓ 尺寸縮水

（二）

做人可說是人生中最重要的一堂課。懂得在社會上做人的道理，當碰到困難時，才不會 <u>孤立</u> 無援。在華人文化中，尤其如此。

台灣有一家營運五十年的公司，專門生產大型機器。初期的客戶多半是創業的年輕人，工廠老闆看他們資金並不 <u>寬裕</u> ，總是大方地先把設備借給他們用，讓他們用分期付款的方式慢慢還。這種為人著想的態度，培養出許多忠實的客戶，往往從第一代到第二、第三代的父子、兄弟，甚至是夫妻，都一直向他們訂購機器。在2009年全球發生金融危機的時候，這家工廠也受到 <u>威脅</u> ，資金被銀行凍結，頓時 <u>陷入</u> 困境。然而，當時客戶都沒有 <u>拋棄</u> 他們，依然向他們下訂單。跟他們配合的上游工廠，也照常提供零件給他們。公司裡的員工跟主管也選擇相信公司，留下來一起度過最艱難的時候。就是靠過去累積下來的信用，才讓這家工廠安然撐過了金融危機。

19. Ⓐ 孤立沒有援助
    Ⓑ 獨自一個人做某事
    Ⓒ 心中感到寂寞
    Ⓓ 學會自立不靠別人

20. Ⓐ 興趣濃厚
    Ⓑ 身材豐滿
    Ⓒ 資金寬裕
    Ⓓ 社會富足

21. Ⓐ 她受到失戀的折磨而瘦了很多。
    Ⓑ 很多公司受到金融衰退的威脅，都經營不下去了。
    Ⓒ 醫生說，我的神經受到壓迫，才會這麼痛。
    Ⓓ 這家企業絕對不使用童工，以免侵害兒童的人權。

22. Ⓐ 充滿樂趣
    Ⓑ 陷入困境
    Ⓒ 喚起記憶
    Ⓓ 引起火災

23. Ⓐ 躲避路上的車子
    Ⓑ 拋棄不想要的人或東西
    Ⓒ 冤枉沒有犯錯的人
    Ⓓ 不客氣地叫別人閃開

Unit 7 7-1

A. 測驗練習

1	C	2	C	3	D	4	D	5	D
6	B	7	C	8	C	9	A	10	C
11	B	12	C	13	B	14	A	15	A
16	A	17	C	18	D	19	B	20	D
21	B	22	A	23	C	24	A	25	A
26	C	27	B	28	C	29	B	30	A

B. 聽力文本

1. 男：長壽的人都是因身體健康才得以長壽的吧？

   女：根據統計，長壽的人在日常生活中，也常因身體的老化，而在起居作息上不見得都能自己處理。

   男：既然是身體功能上無可避免的老化，那又如何能長壽呢？

   女：對事情抱持正面、樂觀的態度，再加上親人的關心、支持，這些都是長壽老人共有的特色。

   Question：根據對話，下面哪一個是對的？

2. 男：妳的臉怎麼破相了？

   女：被我們家的貓抓了一下，沒有傷口，只留下一道紅色的痕跡，又不是不會好，哪算破相。

   男：破壞了妳原來的面相，那就是破相了。妳的運氣被破壞了，妳就要走倒楣運了。

   女：你沒聽過「相隨心轉」嗎？只要我人好心好，就算有點傷口，又如何呢？

   Question：下面哪一個是這位小姐的想法？

3. 男：復健科以前是較冷門的科別，現在可不同囉！

女：為什麼？現在摔傷的人多於以往嗎？

男：妳以為復健只是做運動傷害的治療而已嗎？

女：難道還做開刀治療？

男：當然不是。隨著人口的老化，各種退化性疾病所造成的疼痛和傷害，增加了不少，因此現在可是熱門得很。

Question：下面哪一個符合他們的說法？

4. 男：方便快捷的速食進入我們的生活幾十年來，時間已長到足以讓人們來檢討反省其中所帶來的利弊。

女：是啊，因此有人推行慢食慢活。他們覺得回到餐桌上好好地享受原味的飲食，而不是只吃統一化、標準化口味的速食，那是對身體健康和生態環境都有益的生活方式。

男：在這追求快速創新的網路科技時代，如何能讓這兩者之間取得平衡呢？

女：多元化的價值觀，讓生活在這多元化社會的人們，可以透過多元的理解和對話來選擇合適的生活。這也是慢活的精神。

Question：這段對話中說，人們開始做什麼？

5. 男：我想簽「器官捐贈卡」，但又有點擔心。

女：這是一般人都會有的正常反應。

男：不知道捐贈器官後，身體外觀是否會受影響？

女：以現在的外科醫學技術來說，會處理得很好，跟一般手術後的恢復情況是一樣的。

Question：這位先生在擔心什麼？

> **C. 解答說明**

二、完成句子

6. Ⓐ 我生病了要去看病。
　 Ⓑ 到醫院去探朋友的病。
　 Ⓒ 醫生看診
　 Ⓓ 慰問災民

7. Ⓐ 一再強調發音的重要。
　 Ⓑ 做不到的事不要勉強答應。
　 Ⓒ 對家人有強烈的責任感。
　 Ⓓ 忍受痛苦的強度人人不同。

8. Ⓐ 男女平等
　 Ⓑ 很平常、不特別
　 Ⓒ 收支平衡
　 Ⓓ 不著急、不緊張，心情平靜

9. Ⓐ 造成傷害
　 Ⓑ 達成目標
　 Ⓒ 完成任務
　 Ⓓ 成為模範

10. Ⓐ 發明新產品
　 Ⓑ 發現新大陸
　 Ⓒ 發揮潛力
　 Ⓓ 發表論文

11. Ⓐ 明明發燒了還說沒有。
　 Ⓑ 感冒的症狀很明顯。
　 Ⓒ 拿住院證明辦請假。
　 Ⓓ 他說明得很清楚，我都明白了。

12. Ⓐ 跟醫學相關的論文
　 Ⓑ 關係良好
　 Ⓒ 重要的關鍵
　 Ⓓ 飲食習慣影響健康

13. Ⓐ 病人誇這位醫生對人很親切。
　 Ⓑ 誇大治療效果
　 Ⓒ 對他誇讚一番（跟「誇獎」意思相同，較書面語）
　 Ⓓ 聽到別人對自己的誇獎，心裡都會很高興。

三、選詞填空

（一）

　　當你發現你的聽力可能產生問題時，不要不當一回事，請立即前往醫院或專業的助聽器公司 <u>進行</u> 聽力檢查， <u>便</u> 能立刻得知目前的聽力狀況，再進一步決定 <u>是否</u> 需要戴助聽器。

　　一般人通常很難了解，聽力受到損傷的患者所處的世界 <u>究竟</u> 與一般人有什麼不同？對他們而言，生活的改變不僅僅是環境變得安靜而已。到底聽力減退造成的影響是什麼？最 <u>顯著</u> 的就是在與人說話時，有明顯的溝通困難。

14. Ⓐ 這個調查分成三個部分同時<u>進行</u>。
　　Ⓑ 張老闆，產品有不合適的地方，我們一定隨時改<u>進</u>。
　　Ⓒ 打太極拳動作雖然慢，但對促<u>進</u>氣血的循環很有功效。
　　Ⓓ 別急，等有了<u>進一步</u>的了解以後再決定。

15. Ⓐ 下週一公布名單，<u>便</u>能知道錄取了沒有。
　　Ⓑ 捷運站附近的房價較高，交通<u>便</u>利是原因之一。
　　Ⓒ 國民義務教育的實施，<u>使</u>每個孩子都能受到基本教育。
　　Ⓓ 夏天冷氣使用量增加，<u>使得</u>發電量不足的危機提前出現。

16. Ⓐ 是否：是不是
　　Ⓑ 可否：可不可以
　　Ⓒ 需否：需要不需要
　　Ⓓ 願否：願意不願意

17. Ⓐ 幾年不見他<u>竟</u>（然）開了好幾家餐廳。
　　Ⓑ 這麼容易的字你<u>竟然</u>寫錯了。
　　Ⓒ <u>究竟</u>誰說的才是對的？
　　Ⓓ 他<u>畢竟</u>還是個孩子，怎麼能要求他跟大人一樣呢？

18. Ⓐ 打扮以後<u>顯得</u>年輕。
　　Ⓑ 體溫計上有數字<u>顯示</u>體溫。
　　Ⓒ 情況<u>顯然</u>（Adv.）對他不利。
　　Ⓓ 大小的不同特別<u>顯著</u>（Vs.）。

(二)

　　有個歌星開　演唱　會，為了求好，除了唱歌還表演特技，在彩排時，發生意外，頭部撞到地板，當場臉上、身上、地上都是血，馬上送醫急救。

　　在網路上就有人留言回應，覺得演唱會為什麼不能好好地唱歌，為什麼要做一些非專業的甚至跟唱歌　扯不上　關係的特技。

　　這裡的「特技」指的是超過一般人平常動作能力的高難度表演，可能邊唱邊做，也可能只做不唱，不論如何，都會帶來一定的　風險　，威脅到身體的安全，造成身體的　傷害　。

　　一些特技表演就算在電視上播出，也一定會在畫面上打出警語「危險　動作　，請勿模仿」。就是要我們注意安全，以免身體受傷。

19.
Ⓐ 上台表演
Ⓑ 演唱兩首中文歌
Ⓒ 這場表演有15人參加演出。
Ⓓ 早場電影是十點半開演。

20.
Ⓐ 我沒拉扯那個女孩的頭髮。
Ⓑ 一個是我表哥，一個是我堂哥，他們兩個人是拉得上關係的。
Ⓒ 一個人的高矮胖瘦跟這個人是好人壞人扯得上關係嗎？
Ⓓ 我不認識他，跟他一點兒都扯不上關係。

21.
Ⓐ 冒著生命危險去潛水，太冒險了。
Ⓑ 投資風險太高，不賺反賠。
Ⓒ 兩輛車差一點就撞上，真是太驚險了。
Ⓓ 把錢存定存最保險了。

22.
Ⓐ 沒考上大學，對他心理造成很大的傷害。
Ⓑ 颱風是自然災害之一。
Ⓒ 做好防颱準備，減少颱風帶來的損害。
Ⓓ 石油上漲讓他的公司損失了一大筆錢。

23.
Ⓐ 這是他今年所寫的最新的作品。
Ⓑ 要改善交通情況，政府要有作為。
Ⓒ 老人動作無法太快。
Ⓓ 一個人住行動很自由。

Unit 7 7-2

A. 測驗練習

1	C	2	A	3	D	4	C	5	A
6	D	7	C	8	A	9	B	10	A
11	D	12	D	13	B	14	C	15	B
16	B	17	D	18	A	19	D	20	C
21	A	22	B	23	D	24	C	25	D
26	C	27	A	28	C	29	D	30	B

B. 聽力文本

1. 男：王老先生獨自住在這間公寓裡，生病以後誰來照顧他？

   女：他的兒子搬回來住了，不過白天兒子要上班，就請了一個專業看護二十四小時照顧他。

   男：專業看護做些什麼工作？

   女：最重要的是幫他洗澡，解決衛生方面的問題，讓他有更好的睡眠品質。

   男：專業看護也會照顧其他家人嗎？

   女：不，他只負責照顧病人而已。

   Question：有關照顧王老先生的事，下面哪一個是對的？

2. 男：我去了學校附近新開的寵物餐廳，好多小貓小狗就在身邊，感覺很新奇。

   女：的確是很有特色，但這樣合乎衛生標準嗎？

   男：沒那麼嚴重吧？

   女：客人要是跟寵物互動之後，沒有洗手就馬上繼續用餐，一定很容易生病。

   男：只要自己多注意就行了。寵物餐廳提供一個人跟寵物共同享受的用餐空間，連許多不養寵物的人也很支持這種經營方式而常常去呢！

   Question：他們所談跟寵物有關的內容，下面哪一個是對的？

3. 女：先生，我們飯店從這個月起不
再提供拋棄式個人衛生用品
了。

男：這樣不是太不方便了嗎？

女：很抱歉造成您的不便，我們是
為了響應環保才這樣做的。

男：所謂的拋棄式個人衛生用品是
指哪些東西？

女：除了毛巾以外，沐浴用品、牙
刷、牙膏、梳子、浴帽等都包
括在內。

Question：有關拋棄式個人衛生用品
的使用，下面哪一個是對
的？

4. 男：上次我去大姐的新家玩，一進
去她就要求我先去洗手，洗完
了手還要把褲子拍乾淨，否則
就不准我坐下來。她怕我把她
的新沙發弄髒！

女：沒想到像她平常這麼隨和的
人，居然會這樣。

男：還不只如此。我們吃完東西，
她就跪在地毯上檢查有沒有東
西掉下來，害我們緊張得要
命。妳下次去就知道了！

女：我覺得聽起來太不自在了，還
是算了吧！

Question：有關大姐的新家，下面哪
一個是對的？

5. 男：王醫師，不知道要是被傳染新
型流感的話會有什麼症狀？

女：初期會讓人極為疲倦不說，還
會發燒、肌肉痛、喉嚨痛、頭
痛……嚴重的話會要人命。

男：居然這麼嚴重。那要怎麼避免
感染？

女：平常要加強自我健康管理。要
是感冒發燒，應該馬上就診，
千萬不要自行服藥。很多人在
公共場所直接打噴嚏、咳嗽，
不懂得避開人群，也很容易把
病毒傳染給人。

Question：有關醫師的意見，下面哪
一個是對的？

C. 解答說明

二、完成句子

6. Ⓐ 父母要讓孩子從小就養成正確的衛生**觀念**。
   Ⓑ 今晚電視上有一部值得**觀賞**的電影。
   Ⓒ 市長希望好好發展本市的**觀光**。
   Ⓓ 不注重清潔會影響別人對你的**觀感**。

7. Ⓐ 誠實是我們公司做生意的基本**原則**。
   Ⓑ 我們**原本**這個星期要出國，因為一些事情還沒處理好，所以延到下個星期。
   Ⓒ 健康的身體是一切幸福的**根本**。
   Ⓓ 警察**根據**秘密證人提供的消息，找到了在逃的犯人。

8. Ⓐ 參加會議的人**陸續**走進了會議室。
   Ⓑ **連續**下了一個禮拜的雨，棒球賽只好延期。
   Ⓒ 這座橋是**連接**兩個城市的重要通道。
   Ⓓ 利用假期**接近**大自然，比一直待在家裡好。

9. Ⓐ 他平常愛開玩笑，但是碰到重要的事情馬上表現出**正經**的樣子。
   Ⓑ 王先生因為在進出口公司上班的關係，**經常**需要到國外出差。
   Ⓒ **經歷**這一場大病，讓他體會到健康的重要。
   Ⓓ 他**通常**十點就上床睡覺，所以十點以後就不會接電話了。

10. Ⓐ 網路**普及**以後，幾乎所有的公司都網路化了。
    Ⓑ 你沒有帶學生證，沒有優惠，必須買**普通**票。
    Ⓒ 這條路太窄了，很多大型貨車無法**通過**。
    Ⓓ 他**透過**媒體，找到分開十幾年的弟弟。

11. Ⓐ 這個款式現在很流行，你穿穿看，**合不合適**？
    Ⓑ 換季的時候到百貨公司買打折的衣服，能省不少錢，比平常買**合算**多了。
    Ⓒ 一個套餐才賣一百元，一杯咖啡就賣一百八十元，實在不**合理**。
    Ⓓ 這家餐廳的安全檢查不**合格**，無法營業。

12. Ⓐ 這輛計程車司機把乘客掉的錢包送到警察局，讓那位著急的乘客非常<u>感激</u>他。
　　Ⓑ 農曆新年快到了，上街<u>感受</u>一下過年的氣氛吧！
　　Ⓒ 她很容易緊張，一緊張就<u>感到</u>胃痛。
　　Ⓓ 現在是腸病毒流行的季節，小孩不洗手就吃飯的話，很容易<u>感染</u>。

13. Ⓐ 這場意外讓他失去了一條腿，可是他並沒有因為這樣而放棄人生。
　　Ⓑ 很多人希望他能出來參加總統選舉，但是他自己的<u>意願</u>並不高。
　　Ⓒ 他在高速公路上發生嚴重的車禍，當場昏迷，一點<u>意識</u>也沒有。
　　Ⓓ 這場比賽到了最後，球員能繼續比下去，靠的不是體力，而是堅強的<u>意志</u>。

三、選詞填空

(一)

　　小家庭或單身者在家中飼養寵物，能增進家中 <u>歡樂</u> 的氣氛，但像小貓小狗掉毛、處理大小便這種 <u>難以</u> 避免的問題，卻讓人大傷腦筋。家中也許有人會對貓毛狗毛過敏，嚴重的還會 <u>連續</u> 打噴嚏或全身發癢。此外，貓狗的大小便如果沒有立即清理，則容易有異味，味道也不容易 <u>消除</u> 。其實寵物並 <u>無意</u> 讓主人增加困擾，而且現在有很多好用的清潔產品可以選擇，主人只要稍微用心，維持空間的整潔及全家人的健康並不難。

14. Ⓐ 聽到了這個好消息，同學們都興奮得<u>歡呼</u>起來。
　　Ⓑ 家家戶戶都在準備<u>歡歡喜喜</u>地過新年。
　　Ⓒ 一想到迪士尼樂園，就充滿了<u>歡樂</u>的感覺。
　　Ⓓ <u>娛樂</u>新聞是有關音樂、電影、明星的消息。

15. Ⓐ 王先生家裡的書多得<u>足以</u>成立一間小型圖書館。
　　Ⓑ 李律師說話的邏輯很清楚，讓人<u>難以</u>反駁。
　　Ⓒ 他的工作態度很積極，只要一遇到問題就立刻<u>加以</u>解決。
　　Ⓓ 電視劇裡的男主角躲在櫃子裡，<u>以便</u>偷聽其他人的對話。

16. Ⓐ 他受了傷，恐怕不能繼續練下去了。

Ⓑ 王小姐連續吃了三個月的素以後，果然瘦了不少。

Ⓒ 在網路時代，許多人都有兩台以上的電子設備可以連接網路，比方說智慧型手機和平板電腦。

Ⓓ 他發現自己撞到一個老人家，於是連忙向這位老先生道歉。

18. Ⓐ 他的朋友無意中說出了他公司倒閉的事。

Ⓑ 無情的現實給他帶來沈重的生活壓力。

Ⓒ 他說的話太模糊，我的心中出現了無數的問號。

Ⓓ 人類的想像力是無限的。

17. Ⓐ 如果臨時不能去看病，上網取消掛號就可以了。

Ⓑ 吃飯吃得太快或太急會造成消化不良。

Ⓒ 消滅蟑螂最有效的方法還是養成良好的衛生習慣。

Ⓓ 壓力不可能完全消除，但可以靠運動來減輕。

（二）

　　洗衣機使用的時間越長，__累積__ 的細菌越多，反而會讓衣服越洗越髒。這個問題跟我們的健康有關，卻很容易被 __忽略__ 。洗衣機要是擺在潮濕或通風不良的地方，細菌的 __繁殖__ 就更快了，而細菌也有可能經由衣服引起皮膚感染。最好每隔3個月就對洗衣機進行 __徹底__ 清潔。平常洗衣機 __一旦__ 用過，就應敞開蓋子，讓內部通風一段時間。

19. Ⓐ 身體不舒服的時候很難集中精神工作。

Ⓑ 把資料儲存在雲端的話，只要有網路就可以隨時取用。

Ⓒ 跟只用手寫的練習方式比起來，結合動畫來學習漢字的效果更好。

Ⓓ 他把報紙跟廢紙累積起來，到達一定的數量就拿去回收。

20. Ⓐ 一場誤會居然讓多年的好友變成陌生人。

Ⓑ 他太輕視這次的考試，所以考得不理想。

Ⓒ 我們常常因為工作忙碌而忽略了身體健康。

Ⓓ 因為一時大意而讓這筆生意沒談成，讓他覺得很懊惱。

21. Ⓐ 有些花是靠風力來<u>繁</u>殖後代。
　　Ⓑ <u>繁</u>榮的經濟給人民帶來希望。
　　Ⓒ 放長假以前，南北交通十分<u>繁</u>忙。
　　Ⓓ 年紀越來越大，讓他無法再負擔<u>繁</u>重的工作。

22. Ⓐ 這幅畫的顏色鮮艷，讓大家留下<u>深</u>刻的印象。
　　Ⓑ 換了髮型以後，她給人的感覺也<u>徹</u>底變了。
　　Ⓒ 這位短跑運動員創造了<u>空</u>前的紀錄。
　　Ⓓ 這家公司因為制度<u>健</u>全而被選為優良企業。

23. Ⓐ 他們之間<u>一再</u>發生爭吵，最後只好離婚了。
　　Ⓑ 說話和做事<u>一致</u>，才能讓人信任。
　　Ⓒ 我們幾個好朋友<u>一齊</u>用功，最後都考上了理想的學校。
　　Ⓓ 你<u>一旦</u>了解他的個性，就會喜歡他了。

Unit 7　7-3

A. 測驗練習

1	D	2	C	3	C	4	D	5	A
6	A	7	D	8	C	9	B	10	D
11	A	12	C	13	B	14	B	15	A
16	C	17	D	18	D	19	B	20	A
21	A	22	D	23	C	24	B	25	C
26	D	27	D	28	C	29	A	30	D

B. 聽力文本

1. 男：妳是外國學生，有學生保險嗎？

   女：在新生入學時不是大家都得加保意外險嗎？

   男：幸好妳有保險。妳這次交通事故住院的醫藥費能從學生意外保險申請到吧！

   女：嗯！我應該先把醫藥費的收據交給學校的辦事人員，才能申請保險賠償。

   Question：外國學生在事故發生前後的處理情形，下面哪一個正確？

2. 男：聽說在貴國工作的勞工似乎不必負擔高額的健康保險費，是嗎？

   女：沒錯。由政府與雇主共同為勞工分擔部分費用才能讓健保制度更加完備，不是嗎？

   男：話是沒錯，但光靠全民健康保險制度是不夠的，更重要的是國人都應該有正確的健康飲食和健身習慣。

   女：可不是嗎？若不是人人重視運動，就算政府與全民一起分擔，健康保險部門也只是做賠本生意而已。

   男：的確。沒有正確的強身及養生觀念，國家醫療就是無底洞，而個人保險也只是消極的補助而已。

   Question：針對醫療及保險，下面哪一項說明正確？

3. 男：妳知道有兩種白色的調味料過量就會變成「毒」嗎？

   女：只要是食物吃過量了就會造成身體負擔，不是嗎？

   男：但是糖和鹽是最直接的，一旦過量，就容易造成血糖、膽固醇、血壓過高和各種慢性病。

   女：一般人在三十歲以後，身體健康會逐漸走下坡，除了多注意飲食，調味料也應該減量。再說，政府和媒體也應該全面宣導，提醒大眾「預防和保健勝於治療」。

   Question：關於飲食保健，以下哪一個說法正確？

4. 男：妳上週去做每年定期的健康檢查，結果怎麼樣？

   女：我照了一些X光片，醫生說我的健康其實還算不錯，就是工作時固定姿勢太久，加上缺少運動造成肩膀和脊椎發生了問題，得每天到醫院復健。

   男：那可怎麼得了啊！這下子，妳得撥出時間去復健了。

   女：可不只是每天到醫院報到就會好，還要天天運動一小時才行。

   Question：這位小姐怎麼了？下面哪一個是對的？

5. 男：我有個同學才工作了幾個月，就辭職了。

女：是因為同事之間競爭激烈，壓力過大，所以做不下去了嗎？

男：倒不是這樣。他們同事之間都能互助合作，感情都很好。是她父母突然接連病倒了，非她照顧不可。

女：如果父母病了，我們做子女的當然有義務照顧。

男：更何況她是獨生女，怎能推辭。

Question：關於這位先生的同學，下面哪一個是對的？

C. 解答說明

二、完成句子

6. Ⓐ 無法應付意外事件
   Ⓑ 造成反效果完全在意料之中。
   Ⓒ 肝功能異常的人數增多了。
   Ⓓ 當他跟人介紹自己的工作是資源回收時，總是遭到異樣眼光。

7. Ⓐ 他對到森林探險充滿好奇。
   Ⓑ 這個遊樂園的鬼屋處處都有驚險和刺激。
   Ⓒ 為了自己他買了不少保險。
   Ⓓ 做什麼投資都有風險。

8. Ⓐ 他除了整日在學校教學，此外沒有別的生活目標或樂趣。
   Ⓑ 他一生都專注在傳統音樂的學術研究。
   Ⓒ 未來十年將加強老人醫學、環境和職業病的研究。
   Ⓓ 這是不加化學成分的天然食品。

9. Ⓐ 他因為事故失去親人，而整日悲痛自責。
   Ⓑ 有些人沒有明顯的疾病，但是卻常因為壓力大而頭疼。
   Ⓒ 他經常上班遲到的理由竟然是熬夜上網。
   Ⓓ 由於新的流行病毒傳染範圍擴大，全國停課一週。

10. Ⓐ 我們下次旅遊的<u>行程</u>預定到西歐半個月。
　　Ⓑ 建築<u>工程</u>未按時完成。
　　Ⓒ 恭喜你達到人生最重要的<u>里程</u>。
　　Ⓓ 在治病的<u>過程</u>中，病人和一起陪同的家人都很辛苦。

11. Ⓐ 如何把政策<u>落實</u>，是新上任市長最大的挑戰。
　　Ⓑ 讓社會變成人人均富<u>確實</u>是很大的成就。
　　Ⓒ 新藥在上市之前需經過臨床<u>實</u>驗才行。
　　Ⓓ 該國已經<u>實</u>施全民健保數十年了。

12. Ⓐ 小心！這種想法是性別<u>歧視</u>。
　　Ⓑ 千萬別<u>忽視</u>小病。
　　Ⓒ 她因為工作太忙而<u>疏忽</u>了孩子的家庭教育。
　　Ⓓ 千萬別為了自己的利益，而<u>忽略</u>了其他人的權利。

13. Ⓐ 他今天看起來<u>顯得</u>很沒精神。
　　Ⓑ 幾乎每兩個月就生病一次，充分<u>顯示</u>他免疫力不足。
　　Ⓒ 他對健康管理及保險<u>顯然</u>無所不知。
　　Ⓓ 醫院設備和服務品質有很<u>顯著</u>的改善。

三、選詞填空

(一)

　　我有個比較年長的朋友，她姓李。我都叫她李姐。她是大家　<u>敬愛</u>　的姐妹，也是我們學習的　<u>目標</u>　。她年輕時就開始在國外求學、工作，接著她的兄弟姐妹也都各在不同國家成家。可是沒想到一向健康的母親卻檢查出得了癌症。年過半百又未婚的她就決定　<u>提早</u>　退休返國專心照顧父母。其他姐妹也　<u>輪流</u>　回國陪伴母親，然而老母親的病情並沒有因為子女們的孝心和照顧而改善，　<u>食慾</u>　越來越差，不幸在不久前過世了，留下傷心的子女和捨不得的親友們。

14. Ⓐ 珍惜並<u>愛護</u>家人
　　Ⓑ 為了表示對國王的<u>敬愛</u>之意
　　Ⓒ 他們很<u>相愛</u>，卻遭到雙方家長反對。
　　Ⓓ 他<u>熱愛</u>水上運動。

15. Ⓐ 今年的成長<u>目標</u>尚未達成。
　　Ⓑ 他運動的<u>目的</u>是為了健康。
　　Ⓒ 他在逛街時，<u>目光</u>只注視高級名牌。
　　Ⓓ 保險的<u>項目</u>很多，因個人需要而客製化。

16. Ⓐ 不管職位多高，我們<u>遲早</u>都得退休的。
　　Ⓑ 他<u>早</u>已買了醫療保險，做好一切準備。
　　Ⓒ 他父親因為健康問題而<u>提早退</u>休。
　　Ⓓ 不管是誰，<u>早晚</u>都可能有病痛，非做健康管理不可。

17. Ⓐ 市場上<u>流動</u>資金過多。
　　Ⓑ 不運動會影響血液<u>流通</u>。
　　Ⓒ 非正式的研究<u>交流</u>。
　　Ⓓ 子女們<u>輪流</u>照顧生病的母親。

18. Ⓐ 好的<u>飲食</u>習慣就是按時吃飯。
　　Ⓑ 讓孩子養成不<u>偏食</u>的習慣
　　Ⓒ 因為好奇心而<u>吸食</u>毒品的青少年最多。
　　Ⓓ 由於精神壓力過大而<u>食慾</u>不好

（二）
　　我們都十分 <u>佩服</u> 成功的企業家李天恩永不放棄的精神，但也同情他家庭的不幸，不過更應該從他的傳記中明白一個道理：「健康」是金錢買不到、最有價值的 <u>財富</u> 。哪怕你擁有金山銀山，一日也不過是三餐；哪怕你豪宅萬間，一床也不過是三尺。有一個早逝的獨子，再加上長期臥病在床的妻子，對一天得吞數十顆藥的他而言，人生是多麼的 <u>無奈</u> 。李天恩說過：「夢想永遠是跟眼淚和汗水在一起的。」連晚上做的夢也是和工作這件事有關，他肯定為事業付出了沉重的 <u>代價</u> 。不過，沒有健康的身體，什麼都是浮雲。金錢、名聲、社會地位都是身外之物，千萬別用生命作為代價去交換。身體健康才是「1」，所有的財富只不過是在「1」後面的幾個「0」而已。沒有「1」，所有的「0」都沒有 <u>實際</u> 意義。

19. Ⓐ 克服身體的<u>障礙</u>
　　Ⓑ <u>佩服</u>他戰勝病魔的勇氣
　　Ⓒ <u>說服</u>病人接受治療
　　Ⓓ <u>服從</u>長官的指示

20. Ⓐ 健康就是<u>財富</u>
　　Ⓑ 有人說<u>錢財</u>是身外之物，死了也帶不走的。
　　Ⓒ 學生的<u>財力</u>有限
　　Ⓓ 他不是靠原先的工作<u>發財</u>的。

21. Ⓐ 在<u>無奈</u>的此刻，大家更要一起合作。

Ⓑ 這種油<u>不耐</u>高溫。

Ⓒ 你如何<u>忍耐</u>長期的胃痛？

Ⓓ 聽客戶抱怨要有<u>耐心</u>。

22. Ⓐ 他一直都改不了愛<u>殺價</u>的壞習慣。

Ⓑ 汽油不斷地<u>漲價</u>

Ⓒ 這個傳統的舊建築有保存的<u>價值</u>。

Ⓓ 要趁著年輕時好好地愛惜身體，否則到了中年就得付出相當的<u>代價</u>。

23. Ⓐ 人人都得面對<u>現實</u>的工作環境。

Ⓑ 公司的員工健康檢查去年就開始<u>實行</u>了。

Ⓒ 手術後改善的<u>實際</u>情況

Ⓓ <u>實驗</u>終於成功了

Unit 8 8-1

A. 測驗練習

1	C	2	B	3	B	4	A	5	B
6	D	7	B	8	C	9	D	10	A
11	B	12	C	13	A	14	C	15	B
16	A	17	B	18	B	19	C	20	A
21	C	22	A	23	D	24	B	25	B
26	C	27	B	28	D	29	C	30	D

B. 聽力文本

1. 男：走國道高速公路一定得去附設的國道服務區。

   女：那倒不見得。不過餓了、渴了、想上廁所就得去那個地方。

   男：誰說去服務區就是要解決生理上的需要？有的服務區很重視經濟效益，不但把整個地區打造成觀光休閒景點，還規畫成具有地方特色的美食區，吸引一般民眾到此消費休閒。

   女：所以不再是單純地為用路人服務的休息區了，是嗎？

   Question：這位先生的意思是什麼？

2. 男：騎單車上班、上學、購物已成為流行趨勢，現在更成為運動、休閒、旅遊的時尚選擇，既健康又環保。

   女：是啊！不但沒有停車加油、找停車位的問題，而且說走就能走，多好！

   男：沒錯。現代都市為了減少空氣汙染，鼓勵多利用單車做為交通工具，成立了好多單車共享站，隨時可借可還。不過單車的穩定性不夠，速度也比不上其他的交通工具，騎在路上實在無法輕鬆放心。

   女：你的意思是想騎單車悠閒地旅遊、觀賞風景是不可能的事囉？

   男：也不是這麼說，現在單車專用道越來越多了，而且是以休閒、運動的功能為主。

   女：太好了！我們這個週末就來個「單車之旅」吧！

   Question：這位小姐本來擔心什麼？

3. 男：我們去坐空中纜車吧！體驗從空中往下看不同視野的樂趣。

女：掛在空中的車廂會搖擺得很厲害嗎？

男：放心，這可都是由專家設計的，就算搖擺也都在安全範圍內。

女：坐我倒是很想坐，誰都可以搭乘嗎？

男：當然，老人、小孩都可以，坐輪椅也都沒問題，不過五歲以下的小孩需要有成人陪同。

女：隨時都能去嗎？

男：因為是在山區，所以大風、大雨時，為了安全是會停開的。平時夜間也是停開的。

Question：對那位女士的擔心，這位先生怎麼說？

4. 男：妳知道嗎？台灣又多了一條天空步道。

女：那一定是在深山河谷中。

男：這一條步道就建築在瀑布之上，步道的行走路面及側面圍欄都是玻璃製成，很能考驗遊客的膽量。

女：為了安全，應該會有一些管制規定吧？

男：當地的社區發展協會設置了售票處及接駁公車，接送遊客。而且天空步道一次限15人上去，平日每天人數總量最高為一千五百人，包括網路預約一千人，現場購票五百人。

女：所以要去的話最好先到網路預約系統預約。

Question：下面哪一個是這段對話裡提到的？

5. 男：有一家民宿規畫出部分空間給停留兩晚以上的背包客免費住宿。

女：真好。這個月沒有兩天以上的假期，那就利用週末來個兩天一夜的小度假吧。

男：對只停留一夜的背包客，老闆是要收費的。

女：哪有這樣做生意的，那不是住越多天，老闆賠得越多嗎？

男：老闆希望背包客不要走馬看花，能藉著多天的深度旅遊，看見台灣真正的美與好，而且有一些背包客也利用這樣的機會在當地當志工，跟孩子說說旅途中的故事。

女：難怪網友都說台灣最美的是人，是人情味。

Question：這家民宿有什麼規定？

C. 解答說明

二、完成句子

6. Ⓐ <u>手上</u>拿了很多東西，沒法再拿了。
   Ⓑ 到了月底，我的薪水差不多花光了，<u>手頭</u>很緊。
   Ⓒ 感冒了，<u>身體</u>很不舒服。
   Ⓓ 在總統的<u>身邊</u>總看得到好幾個安全人員。

7. Ⓐ 自己在家學習最大的<u>困擾</u>就是有問題時不知道要問誰。
   Ⓑ 他在念書，不要去<u>打擾</u>他，讓他好好念。
   Ⓒ <u>打斷</u>別人的談話是不禮貌的行為。
   Ⓓ 他請好幾個朋友幫他<u>打聽</u>哪裏有打工的機會。

8. Ⓐ 爺爺一向只喝茶，不喝可樂。
   Ⓑ 他<u>不僅</u>不抽菸，也不喝酒。
   Ⓒ 一陣大風吹過，樹葉<u>紛紛</u>掉落。
   Ⓓ 地震<u>往往</u>帶來不少的災害。

9. Ⓐ 那些歌迷為了各自<u>擁護</u>的偶像歌星而打架。／這些人<u>擁護</u>傳統的道德文化，不受現代改變的影響。
   Ⓑ 要<u>愛護</u>自然環境，不要破壞。
   Ⓒ <u>救護</u>車上的<u>救護</u>人員正在進行急救。
   Ⓓ 這次社會運動主要的訴求是<u>維護</u>工作權。

10. Ⓐ <u>未</u>買票的人不能上車。
    Ⓑ <u>無</u>票的人不能上車。
    Ⓒ <u>無</u>票的人請<u>勿</u>上車。
    Ⓓ 身高一百公分以下的兒童搭車<u>免</u>費。

11. Ⓐ 風向會影響<u>海流</u>，這也是潛水人員決定下不下水的重要參考。
    Ⓑ 搭飛機要是遇上空中不穩定的<u>亂流</u>，會讓乘客產生恐慌。
    Ⓒ 風大時，海上的<u>波浪</u>也會變得很大。
    Ⓓ 波浪大時，可看到波浪頂端出現白色<u>浪花</u>。

12. Ⓐ 祝你一路<u>順</u>風。
Ⓑ <u>逆</u>風前進，會讓前進的速度變慢。
Ⓒ 把鑰匙插進去，按著<u>順</u>時針方向轉，就打開了。
Ⓓ 從右上往左下轉，就是<u>逆</u>時針的方向。

13. Ⓐ <u>航線</u>是船或飛機行駛的路線。
Ⓑ 用飛機或其它飛行器載人或載物在空中飛行，就叫<u>航空</u>。經營這種行業的公司就叫<u>航空</u>公司。例如：中華<u>航空</u>公司、長榮<u>航空</u>公司。
Ⓒ 比賽的結果很重要，可是比賽的<u>過程</u>對學習來說一樣重要。
Ⓓ <u>程序</u>：辦事的一定規則次序。如：會議議事的<u>程序</u>。

三、選詞填空

（一）　　一般遊客到了花蓮當地的西瓜田，吃到口感清甜爽口的花蓮西瓜，就會興起買個西瓜帶回去和親朋好友分享的念頭，但想到西瓜的重量，實在很難成為 <u>隨身</u> 攜帶的行李。
　　花蓮<u>盛產</u>西瓜，到了產季不同品種的西瓜，從花蓮南部往北部一路採收 <u>上市</u> ，花蓮縣蔬菜運銷合作社趁著花蓮西瓜進入盛產期，各地方農會 <u>陸續</u> 舉辦促銷活動，遊客可以在當地購買，利用宅配服務送到家。當然更方便的是上網尋找 <u>資訊</u> ，在網路上訂購，一樣可以宅配服務送到家。這種 <u>當季</u> 盛產水果宅配到家的服務，目前只適用於台灣本島。

14. Ⓐ <u>隨</u>著夏天的到來，天氣越來越熱。
Ⓑ 節約能源，出門時請<u>隨</u>手關燈。
Ⓒ 出國時，她怕護照及證件丟了，所以都<u>隨身</u>帶著。
Ⓓ 我的中文不好，怕說錯，不敢<u>隨</u>便開口說。

15. Ⓐ 到了七月，芒果季節就快過了，最多再一個禮拜芒果就<u>下市</u>了。
Ⓑ 現在可以預約在九月就要<u>上市</u>的最新手機。
Ⓒ 這場籃球賽，他<u>上場</u>打了十四分鐘。
Ⓓ <u>下場</u>：1)演員、運動員等表演或競賽結束後退場。如；她體力很好，整場球賽只<u>下場</u>休息十分鐘。2)結果、結局。如：壞事做多的人不會有好<u>下場</u>的。

16. Ⓐ 快到上課時間了，學生們<u>陸陸續續</u>地走進教室來。

Ⓑ 這是一個<u>強烈</u>反對使用核能發電的團體。

Ⓒ 她雖然不喜歡做報告，可是不做報告就要考試，她<u>寧可</u>做報告。

Ⓓ <u>明明</u>已經開冷氣了，為什麼還是覺得屋裡很熱？

18. Ⓐ 這個書法展展出的都是<u>當代</u>書法家的作品。

Ⓑ 要吃新鮮的水果，當然是吃當地、<u>當季</u>出產的水果。

Ⓒ 聽到得到獎學金的消息，她<u>當場</u>就興奮地大叫起來。

Ⓓ 參加了兩次的議員選舉，都沒選上，這次她終於<u>當選</u>了。

17. Ⓐ 做這種蛋糕的<u>材料</u>包括麵粉、雞蛋、糖。

Ⓑ 上網可找到最新的<u>資訊</u>。

Ⓒ 在山區手機的<u>通訊</u>可能不太好。

Ⓓ 公司利用即時通訊系統傳達重要的<u>訊息</u>。

（二）

　　<u>連續</u>假期一到，觀光旅遊最怕的就是塞車。到了連假，各級使用道路不論是縣道、省道、國道，塞車路段處處可<u>見</u>。在政府全力推動公共運輸政策下，各家客運的載客量都較之前成長兩成<u>左右</u>，自行開車的民眾也減少了一成，這<u>一增一減</u>的兩項統計，顯現政府推出的公共運輸政策是有效的。

　　業者及學者建議，要吸引民眾搭乘公共運輸，除了在平日時段票價有<u>優惠</u>，在例假日更應加開班次，縮短等車時間。也可在國道上設置大客車專用道，使小客車因減少一線車道而降低其便利流暢的速度，這樣大家就會多多利用公共交通工具了。

19. Ⓐ 出門一接觸到冷空氣，忍不住接連打了五六個噴嚏。

Ⓑ 他連著兩年都在國外工作，這中間一次都沒回來過。

Ⓒ 已經連續六個月沒下雨了，再不下雨，河裡的水都要乾了。

Ⓓ 這個故事的內容有問題，前後連接不起來。

20. Ⓐ 到處可見

Ⓑ 值得一看

Ⓒ 從頭到尾

Ⓓ 應有盡有

21. Ⓐ 這個書桌大概三千塊錢。

Ⓑ 這個書桌大約（書面語）三千塊錢。

Ⓒ 這個書桌大概三千塊錢左右。

Ⓓ 這個書桌差不多三千塊錢。

22. Ⓐ 一增一減：一個增加，一個減少。

Ⓑ 一冷一熱：一個冷的，一個熱的。

Ⓒ 一左一右：一個在左邊，一個在右邊。

Ⓓ 一大一小：一個大的，一個小的。

23. Ⓐ 老師送電影票招待小朋友看免費電影。

Ⓑ 他跟銀行借了一大筆錢，現在還不出錢來，銀行要拍賣他的房子。

Ⓒ 他一家一家地去推銷新出的產品。

Ⓓ 這家銀行為了吸引新客戶提出了比別家銀行優惠的利息。

Unit 8 8-2

A. 測驗練習

1	A	2	C	3	C	4	C	5	A
6	C	7	D	8	B	9	C	10	A
11	C	12	C	13	C	14	D	15	C
16	A	17	B	18	D	19	A	20	D
21	C	22	B	23	C	24	C	25	B
26	C	27	D	28	B	29	D	30	C

B. 聽力文本

1. 男：幾個海邊的熱門景點不僅是假日，連平日都被遊客擠爆了。

   女：難怪國家公園管理處決定提高海邊熱門景點的門票費用。

   男：以價制量是否能達到成效，令人懷疑。

   女：所以除了提高費用，另外還規定團體遊客需事先登記，排定時間，希望能達到限制人數、分散人潮的目標。

   Question：下面哪一個是這段對話的重點？

2. 男：在國內也可以打工，為什麼一定要出國？

   女：出國不只是打工賺錢，也可藉此機會體驗不同的生活方式。

   男：體驗了不同的生活方式，就能賺比較多的錢嗎？

   女：在人生地不熟的異國辛苦地工作，除了賺錢，更重要的是方便在當地到處旅遊，從不同的社會文化中來比較，來看清自己，尋求、思考自己將來的人生目標。

   男：妳到底是去賺錢存錢？還是去旅遊花錢？

   Question：下面哪一個是這位先生的想法？

3. 男：差幾個月就要畢業了，妳卻要出國旅遊兩年，妳是怎麼想的？

女：離開學校出國旅遊是為了磨練自己，學習獨立，開拓國際視野，豐富人生的閱歷。

男：這都是一堆看不見的道理。看得到的是同期同學就都要畢業工作賺錢了，妳不覺得自己趕不上了？

女：書可以再念，錢可以再賺，工作經驗可以再累積，但年輕時的旅遊、冒險，一生就一次，時間過去，就不再有同樣的年輕心態、年輕體驗了。

Question：下面哪一個是這位先生對這位小姐的看法？

5. 男：現代離島旅遊，總是聯想到悠閒的度假、浪漫的蜜月，可是有本書談到了一個人曾經在孤島生活了28年的故事。

女：那不是一點兒都不悠閒、不浪漫？

男：那可是充滿了浪漫的冒險精神，在那段時間、空間裡，他體驗到人生的真理：「一個人在生活中只要有夠用的東西就行了，多餘的東西，實在是沒有意義」，也因此讓他得到了心靈上真正的自由。

女：我懂了。不需要很多東西，就不必為它們辛苦忙碌了。

男：哇！妳也能自由、悠閒了。

Question：什麼事讓這位先生說這位小姐能自由悠閒了？

4. 男：有些人旅行一段時間以後，再回到原本的生活會覺得不適應，妳這個常出國自助旅行的人是怎麼想的呢？

女：平常在生活中看到的一些人事物，常習慣性地不去注意，但很多在旅途中看到的事情，卻因是悠閒的旅遊，讓人有空慢慢地觀察體會，累積出感受，因而改變了思想和生活方式。

男：我懂了。這些是排滿行程、總在趕行程的旅遊者感受不到的。

Question：下面哪一個是這位小姐的想法？

C. 解答說明

二、完成句子

6. Ⓐ 求職時須準備履歷表，履歷表記載個人成長的經歷及所做過的工作職務。
   Ⓑ 小王最高學歷是高中畢業，小張有研究所碩士的學歷。
   Ⓒ 看著照片上覆蓋著白雪的村莊覺得好美，可是實際經歷了在雪中生活的寒冷和不便，就覺得不是那麼美了。
   Ⓓ 他住在這裡有一段時間了，可是沒人知道他的來歷。

7. Ⓐ 運動比賽前一天，要充分的休息才能發揮實力。
   Ⓑ 陽光充足的地方就可利用太陽能發電。
   Ⓒ 他隨時都在充實自己的專業知識。
   Ⓓ 一屋子充滿了咖啡的香氣。

8. Ⓐ 每個東西都有名稱，例如桌子、椅子。
   Ⓑ 孫中山先生被稱為「國父」。
   Ⓒ 他自稱自己是超人的弟弟。
   Ⓓ 臺灣師範大學簡稱為「臺師大」。

9. Ⓐ 一年有二十四個節氣，春節是節氣之一。
   Ⓑ 南海一帶最近成了尋找石油及天然氣的熱點（熱門地點）。
   Ⓒ 聖誕節及新年是一年購物的旺季。
   Ⓓ 旺季的相反是淡季。

10. Ⓐ 公司明年的財務預算已經做好了。
    Ⓑ 花了一個月計畫的旅遊活動，今天總算全部結束了。
    Ⓒ 參加團體旅遊，每次上遊覽車後，領隊都要計算人數，確定大家都上車了。
    Ⓓ 一般信用卡帳單每個月結算一次。

11. Ⓐ 聽說：聽人家說。
    Ⓑ 據說：根據他人所說，有所憑據的。
    Ⓒ 傳說：流傳在民間的說法。
    Ⓓ 說明：解釋。

12. Ⓐ 吸收知識
  Ⓑ 吸取教訓
  Ⓒ 吸引注意
  Ⓓ 吸入廢氣

13. Ⓐ 每次颱風來，果園、菜園都會遭到一些破壞。
  Ⓑ 環保越來越受到大家的重視。
  Ⓒ 從學校一畢業，馬上就面臨找工作的壓力。
  Ⓓ 他臨時有事，只好改變計畫不來開會了。

三、選詞填空

（一） 這是一個 _位於_ 印度洋中的島國，是由一千多個島嶼 _組成_ ，海洋 _佔_ 了99%，陸地只有1%，其中只有二百多個島嶼有人居住。這個國家的主島南北長八百多公里，最寬處一百二十公里，陸地離海平面最高處僅八英呎。

  這個島國有著豐富的海洋生物、多元的生態 _資源_ ，成群的游魚，各種的珊瑚，是深海潛水者夢想的樂園。

  島上度假村連接著白色沙灘，各種設施與自然美景融合， _提供_ 浪漫假期一切的夢幻享受，是個令人難忘的度假天堂。

14. Ⓐ 美國的地理位置
  Ⓑ 社會地位很高
  Ⓒ 將工具置於桌上
  Ⓓ 位於台北東區

15. Ⓐ 明年將在本社區成立一所新大學。
  Ⓑ 跟男朋友分手對她心理造成很大的傷害。
  Ⓒ 兄弟姊妹結婚後各自組成各自的家庭。
  Ⓓ 透過專業的處理可將兩張照片合成一張。

16. Ⓐ 本校女生佔了三分之二。
  Ⓑ 這家公司的產品在市場佔有的比率不低。
  Ⓒ 打折的時候買，覺得好像佔到便宜。
  Ⓓ 站了兩個鐘頭，站到腳都痛了。

17. Ⓐ 上網找生活資訊
  Ⓑ 地球上的自然資源
  Ⓒ 創業資本需要多少錢
  Ⓓ 符合教師資格

18. Ⓐ 補助生活費用
    Ⓑ 增加支援人力
    Ⓒ 援助地震災區的災民
    Ⓓ 提供旅遊資訊

(二)　　春節是國人出國旅遊的 ＿高峰＿ 期，外交部領務局機場辦事處人員在此期間處理出國的緊急、急難業務幾乎 ＿達到＿ 平常的三到四倍，帶給工作人員極大的壓力及負擔。

　　領務局副局長表示：到機場才急著補辦護照是「掛急診」，不但要繳比平常高的規費，還有可能因為趕辦護照來不及而有搭不到飛機的 ＿風險＿ ，民眾平時就應注意護照的有效期限，並提早申請辦理。

　　出國前，要先詳細 ＿檢查＿ 護照效期 ＿是否＿ 滿六個月，否則到了機場才發現護照有效期限不夠，無法出國，你的國外假期也就會泡湯了。

---

19. Ⓐ 到了聖誕節，百貨公司的銷售業績達到最高峰。
    Ⓑ 做事不順利，心情陷入低潮，提不起精神。
    Ⓒ 這個蛋糕保存的有效時間只有三天。
    Ⓓ 這次旅遊團名額有限，太晚報名也許就不能參加了。

20. Ⓐ 他每天從早上九點上班直到下午五點才下班。
    Ⓑ 昨天在圖書館碰到王老師。
    Ⓒ 沒想到在路上會遇到王老師。
    Ⓓ 這週已經達到公司要求的營業目標了。

21. Ⓐ 非常危險（Vs）
    Ⓑ 太冒險了（Vs）
    Ⓒ 風險太高（N）
    Ⓓ 保險：V，保證（現在不常用）。如：坐捷運保險比搭公車快，因為捷運不會塞車。Vs，安全。如：把錢存在銀行比放在家裡保險。

22. Ⓐ 一個月後檢討這個新的學習方法是否有效。
    Ⓑ 出門前記得檢查是否帶了房門鑰匙。
    Ⓒ 食品都要通過安全檢驗才能賣給消費者。
    Ⓓ 這次的考試是為了測驗學生的閱讀能力。

23. Ⓐ 可否→可不可以
    Ⓑ 能否→能不能
    Ⓒ 是否→是不是
    Ⓓ 對否→對不對

Unit 8 8-3

A. 測驗練習

1	B	2	B	3	B	4	B	5	B
6	C	7	D	8	C	9	A	10	D
11	C	12	D	13	B	14	D	15	B
16	A	17	C	18	B	19	D	20	B
21	A	22	C	23	B	24	C	25	C
26	C	27	D	28	D	29	C	30	D

B. 聽力文本

1. 男：你們對這次旅行還滿意嗎？
   女：算了吧。不僅旅途中狀況不斷，更別說導遊不專業了。回國前一晚有同團的人喝醉了，結果第二天趕不上飛機，導遊留下來陪他，也沒給我們做其他的安排，我們只好自己回來了。
   男：幸好你們都順利抵達，平安就好。
   女：是啊！不過這趟旅行把我累壞了。本來想好好休個假，卻毫無休假的感覺！
   Question：這位小姐覺得這次的旅行怎麼樣？

2. 男：聽說出國旅行有一張國際學生證，可以省不少錢。
   女：嗯，這個方式是為了鼓勵預算有限的學生，在年輕時出國開拓視野，進行文化交流。
   男：出示國際學生證，有什麼優惠？
   女：購買飛機票可以享受折扣，托運行李的規定也比較寬鬆。參觀世界各地的博物館、美術館、劇院，都享有學生特惠價，甚至有免費的優惠。
   男：到世界各地都可以用嗎？
   女：嗯，持卡的學生可在全球130國享受 42,000 項以上的消費優惠！
   Question：關於國際學生證，下面哪一個是對的？

3. 男：這次我們出國旅行，跟團好還是自助好呢？

女：我覺得各有好處，自助旅行在時間和預算上比較有彈性。不過交通、住宿都必須自行查詢，不像跟團可由旅行社代訂。

男：跟團的方式似乎比較適合我，也比較安心。

女：那也不見得，有人到了國外才發現旅行社很惡劣，訂到的住宿品質不良，卻來不及換了！

Question：他們所談跟出國旅行有關的內容，下面哪一個是對的？

4. 女：王先生，明天起，我會出國一個月，如果你有任何問題，都可以找我的代理人，他會執行我的工作內容。

男：林小姐，妳真熱愛旅行。妳去過的地方都沒有重複過。不曉得這次妳要去哪裡？

女：這次我和我先生要先搭機前往歐洲，再坐輪船沿歐洲最長的河流旅行。

男：你們又會賺錢又會玩，真是一對懂得享受人生的夫妻。

女：哪裡。平常辛苦工作，如果不趁放假的時候出去玩，怎麼對得起自己？

Question：有關林小姐的工作和生活，下面哪一個是對的？

5. 男：出國旅遊能不能玩得盡興，跟旅伴大有關係。

女：沒錯。我剛好有這種經驗，上一次出國我就是選錯旅伴，讓我巴不得提前回國。

男：發生了什麼事？

女：大家想坐快速列車，她嫌貴，堅持坐巴士。去博物館就抱怨門票划不來，寧可一個人在外面拍照就好。難得去當地餐廳吃頓飯也捨不得花錢，只肯付自己的餐費，不願意跟大家平均分攤消費……

男：下次邀約朋友出國以前，還是仔細考慮一下才好。萬一不適合一起出國，到了國外才發現，不是連朋友也做不成了？

Question：關於這位小姐上次出國旅遊的旅伴，下面哪一個是對的？

C. 解答說明

二、完成句子

6. Ⓐ 這個戒指雖然不貴，但是對我來說很有<u>價值</u>。
   Ⓑ 如果年薪百萬，卻得付出健康的<u>代價</u>，我寧可不要。
   Ⓒ 這個牌子的衣服從來不<u>降價</u>，還是能吸引很多忠實顧客。
   Ⓓ 不是每個國家都有<u>殺價</u>的文化。

7. Ⓐ 這個登山<u>嚮導</u>帶路很有經驗，知道什麼時候該讓隊員加快腳步，什麼時候該讓隊員休息。
   Ⓑ 這一帶都是山區，只有少數幾條對外<u>道路</u>。
   Ⓒ 產品的<u>銷路</u>不好，就要馬上改變行銷策略。
   Ⓓ 這本旅遊雜誌介紹了很多當地的熱門景點和<u>路線</u>。

8. Ⓐ 大學畢業以後，他就<u>返回</u>故鄉工作。
   Ⓑ 我喜歡坐在<u>靠近</u>門口的位子，進出比較方便。
   Ⓒ 每次約會，他總是習慣提早十分鐘<u>到達</u>。
   Ⓓ 在<u>前往</u>歐洲的途中，他認識了他現在的太太。

9. Ⓐ 她的表現<u>超出</u>預期，讓大家非常驚訝。
   Ⓑ 客戶在開會時<u>提出</u>了很多問題，王經理都能一一回答。
   Ⓒ 這個學生別的成績都普普通通，只有英文成績特別<u>突出</u>。
   Ⓓ <u>外出</u>時，別忘了關瓦斯和鎖門。

10. Ⓐ 這批貨的<u>數目</u>和訂單上的不合，請再點一次。
    Ⓑ 根據調查，超過<u>半數</u>的市民支持這個新政策。
    Ⓒ 雖然隔壁的爺爺<u>歲數</u>很大了，但還是喜歡爬山、游泳這一類的活動。
    Ⓓ 這個音樂錄影帶的點擊<u>次數</u>非常高。

11. Ⓐ 他年輕的時候曾經在<u>政府</u>機關擔任重要的職務。
    Ⓑ 本國有兩大主要的<u>政黨</u>。
    Ⓒ 穩定的<u>政局</u>給觀光旅遊業帶來正面的影響。
    Ⓓ 國家在推行<u>政策</u>時一定要考慮一般人民的感受。

12. Ⓐ 這位作家的作品被翻成多種語言，讓她在海外也有許多書迷。
　　 Ⓑ 海峽是夾在兩片陸地之間的狹窄海域。
　　 Ⓒ 王伯伯是海軍，一輩子都在海上服務。
　　 Ⓓ 通過海關時，行李必須接受檢查。

13. Ⓐ 魔術師手上的東西突然消失了。
　　 Ⓑ 王先生愛玩股票，到現在已經損失好多錢了。
　　 Ⓒ 他因沒考上理想的學校而失望。
　　 Ⓓ 他喪失了一次升職的機會，下一次不知道要等到什麼時候。

三、選詞填空

(一)
　　出國旅行如何避免行李遺失？專家建議，無論是拍下行李的　外觀　照片，還是　事先　記下航空公司的聯絡電話，都是必要的。旅遊前做最壞的　打算　，其實也就是最　齊全　的準備。還有，千萬別把重要的　文件　放在行李箱內，你可以沒有換洗的衣服，但是不能沒有護照和錢！

14. Ⓐ 外界都認為這家公司可能會倒，沒想到它又撐下去了。
　　 Ⓑ 公立醫院外科醫生的工作非常辛苦。
　　 Ⓒ 對於做生意，我完全是外行。
　　 Ⓓ 這棟建築的外觀非常特別，每一坪的價錢也非常高。

15. Ⓐ 他一路領先，卻在最後五十公尺的地方跌倒了。
　　 Ⓑ 你應該事先預約，才不會白跑一趟。
　　 Ⓒ 這個國家的網路技術很先進，在任何地方都能無線上網。
　　 Ⓓ 古代的先賢靠寫書把他們的智慧留給後代子孫。

16. Ⓐ 畢業了，你有什麼打算？
　　 Ⓑ 她快要回國了，所以最近只要有空都在打包公寓中的東西。
　　 Ⓒ 我怕打擾她休息，才沒去醫院看她。
　　 Ⓓ 隨便打斷別人的話是很沒有禮貌的行為。

17. Ⓐ 你的身體健全，有什麼理由不努力呢？
　　 Ⓑ 他為了保全自己的工作而接受不合理的要求。
　　 Ⓒ 出國以前，別忘了確認證件是否都準備齊全了。
　　 Ⓓ 大家一齊動手，很快就能打掃乾淨。

18. Ⓐ 到故宮博物院能欣賞很多古代的<u>文物</u>。
Ⓑ 秘書的工作之一是整理重要<u>文件</u>。
Ⓒ 他雖然說得很流利，可是有不少<u>文法</u>上的錯誤。
Ⓓ 開學以前，學生都要準備上課用的<u>文具</u>。

(二)　　每年自十一月底至十二月，正 <u>逢</u> 歐洲的耶誕假期，大部分的家庭都在準備度過這一年一度的重要節慶，各地的耶誕市集也都 <u>陸續</u> 展開了。耶誕市集分布的區域相當 <u>廣</u>，幾乎歐洲各地的城鎮都有，而且攤位的數目不但多，還販售各式各樣新奇有趣的耶誕商品或食品。<u>此時</u> 到當地旅遊，可以感受溫馨的氣氛，融入當地的生活。對於遊客來說，應景的耶誕市集絕對是旅途中不能 <u>缺少</u> 的重要景點。

---

19. Ⓐ 這個孩子經常<u>遭</u>同學欺負。
Ⓑ <u>隨</u>著老師的安排，他很快就跟上同學了。
Ⓒ 我一<u>遇</u>到數字就覺得頭痛。
Ⓓ 每<u>逢</u>週末，西門町就出現許多看電影的人潮。

20. Ⓐ 我們<u>反覆</u>討論了很久，終於把旅行的行程定下來了。
Ⓑ 每年九月是中小學、大學<u>陸續</u>開學的時間。
Ⓒ 突然下起大雨，我<u>連忙</u>把傘撐起來。
Ⓓ 他一直忘了去訂機票，<u>果然</u>沒位子了。

21. Ⓐ 老闆的人脈很<u>廣</u>
Ⓑ 店裡的貨很<u>齊</u>
Ⓒ 高中老師對我的影響很<u>深</u>
Ⓓ 套餐的份量很<u>足</u>，吃得很飽

22. Ⓐ 路邊不可以<u>臨時</u>停車，要不然車子會被拖走。
Ⓑ 還好妳<u>及時</u>趕到，否則就上不了飛機了。
Ⓒ 病人昏迷了一個晚上，到<u>此時</u>終於醒過來了。
Ⓓ 畢業多年，我還是<u>時時</u>記著老師說過的話。

23. Ⓐ 辭職以後，他將<u>返回</u>故鄉休息一陣子。

Ⓑ 他有能力，只是<u>缺少</u>經驗而已。

Ⓒ 高鐵通車以後，<u>縮短</u>了從北到南的交通時間。

Ⓓ 我常常趁放假出國旅行，來<u>減輕</u>工作上的壓力。

Unit 9 9-1

A. 測驗練習

1	D	2	D	3	A	4	D	5	B
6	B	7	D	8	A	9	C	10	D
11	A	12	A	13	B	14	B	15	A
16	C	17	B	18	D	19	B	20	D
21	A	22	D	23	C	24	B	25	D
26	D	27	D	28	A	29	D	30	D

B. 聽力文本

1. 男：今年你們老闆送給你們的生日禮物跟去年一樣是餐具嗎？

女：不一樣！是一家百貨公司的禮券。

男：真好！不過你們得注意禮券是否有時間限制。

女：怎麼說呢？

男：上次我得到一些禮券，沒注意上面寫的使用期限，結果過期不能用了！

女：我看一下。還好，沒限制。謝謝你提醒我。

Question：關於這段對話，下面哪一個是對的？

2. 女：我想在網路上訂六件洋裝！

男：六件！妳加薪了啊？

女：哪那麼好！是因為有個服飾網站在舉辦優惠活動。

男：有什麼優惠？

女：買二送一，還可以參加抽獎活動！獎品是百貨公司的禮券。

男：這麼好的條件，當心受騙！趕快打電話去問清楚。

Question：上面這段對話主要的意思是什麼？

3. 女：兒子，媽想在網站上購物！
   男：很棒！您總算跟上時代的腳步了！
   女：我看了一下網站購物的付款方式，有點複雜！怎麼選擇？
   男：要選擇安全的付款方式。
   女：你認為什麼方式比較安全？
   男：比如現金交易，就是貨到付款，等拿到東西才給錢。
   Question：關於媽媽和兒子的對話，下面哪一個是對的？

4. 男：我們同學想一起在網路上購買食品，有折扣比較便宜。
   女：「網路團購」便宜是便宜，但是要小心，避免糾紛。
   男：我們應該注意什麼？
   女：注意所購食品是否清楚標明內容物、食用方法、使用期限等。
   男：謝謝妳提醒我這些消費者應該了解的購物權益。
   Question：下面哪一個是這位小姐的意思？

5. 男：聽說有一本書對學中文很有幫助，我要去書店看看。
   女：請告訴我書名，我想在網路書店訂購。
   男：在網站上購物，妳都用什麼方式付錢？
   女：我都是用信用卡。
   男：在網站上公開自己的詳細資料，這樣安全嗎？
   女：所以我總是仔細閱讀廠商保護客戶隱私的政策，安全我才訂購。
   Question：下面哪一個是這段話的主題？

C. 解答說明

二、完成句子

6. Ⓐ 根據人口統計，出生率降低了。
   Ⓑ 隨著網路的快速發展，網路購物的人越來越多了。
   Ⓒ 我們跟隨習俗，在端午節要包粽子。
   Ⓓ 請跟著我，別走得太慢。

7. Ⓐ 銷售量大增
   Ⓑ 這批貨銷路不錯
   Ⓒ 生產運動鞋
   Ⓓ 消費能力強

8. Ⓐ 注重孩子的教育
   Ⓑ 他一直注視著前方的景物。
   Ⓒ 不要看輕小孩的能力。
   Ⓓ 閱讀要抓住重點。

9. Ⓐ 經過他家門口
   Ⓑ 穿過馬路
   Ⓒ 透過朋友的介紹
   Ⓓ 看過這本小說

10. Ⓐ 最近我家附近時常遭小偷。
    Ⓑ 他常常遲到。
    Ⓒ 我經常上午九點到學校。
    Ⓓ 台灣夏天通常有午後雷陣雨。

11. Ⓐ 根據政府統計，物價已上漲。
    Ⓑ 請計算一下需要多少時間。
    Ⓒ 吃完飯去櫃台算帳。
    Ⓓ 該校學生週一統一穿制服。

12. Ⓐ 早點出門，免得遲到。
    Ⓑ 壞人在躲避警察。
    Ⓒ 夫妻吵架是難免的。
    Ⓓ 不要逃避責任。

13. Ⓐ 過馬路很危險要小心。
    Ⓑ 投資股票有風險。
    Ⓒ 養成班上的讀書風氣
    Ⓓ 我們老師很風趣，說話很有意思。

三、選詞填空

(一)

　　由於網路上看不到 <u>實體</u> 的東西，有些不道德的業者就在網路上 <u>設立</u> 假的購物網站，欺騙不知實情的消費者。這些騙徒要求消費者依照他們指示的方式先轉帳付款或匯款，之後就 <u>立即</u> 關掉網站消失了，消費者苦苦等著對方送貨來，但是 <u>始終</u> 等不到，這下子才知道受騙上當。這種 <u>虛設</u> 的網路商店，讓消費者損失財物的行為，犯了「詐欺取財罪」。

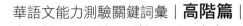
14. Ⓐ 具有獨特的風格
　　 Ⓑ 這個雕像的大小是實體的一倍。
　　 Ⓒ 全體師生
　　 Ⓓ 耐心是老師應具備的條件。

15. Ⓐ 設立新機構
　　 Ⓑ 設法把這件事做好
　　 Ⓒ 他非常獨立。
　　 Ⓓ 建設公司

16. Ⓐ 我們立場不同。
　　 Ⓑ 夏天即將到來！
　　 Ⓒ 這件事要立即處理。
　　 Ⓓ 他即使不忙，也不會去運動。

17. Ⓐ 我終於把這本書寫完了。
　　 Ⓑ 他始終不了解為什麼女朋友會離開他。
　　 Ⓒ 他為了提早畢業，於是每學期多修了很多學分。
　　 Ⓓ 我是去年開始學法文的。

18. Ⓐ 假如這是真的，我的夢想就成真了。
　　 Ⓑ 這是假象，不是事情的真相。
　　 Ⓒ 要發展經濟，需要有好的交通建設配合。
　　 Ⓓ 網路商店是虛設的，不是實際有店面的商店。

（二）

　　「淘寶網」是全中國最大的購物網站，它 ___盡力___ 推動品質好、價格低的網路商品的 ___普及___ ，也幫助更多人透過網路實現他們創業的 ___夢想___ 。淘寶網對中國的農村經濟也 ___扮演___ 著重要的角色，只要該地區網路速度穩定，能有機車送貨的服務，就可以在淘寶網設立網路商店。這讓他們可以用很低的 ___成本___ ，把貨品銷售到全中國，甚至服務更多的顧客。

---

19. Ⓐ 學生升學的壓力很大。
　　 Ⓑ 我盡力做好每件事。
　　 Ⓒ 勞力的工作很辛苦。
　　 Ⓓ 不要使用暴力。

20. Ⓐ 孝順父母要及時。
　　 Ⓑ 考試及格了。
　　 Ⓒ 這種貨品很普通。
　　 Ⓓ 國民教育普及

21. Ⓐ 當歌星是我的夢想。
　　 Ⓑ 我晚上常常作夢。
　　 Ⓒ 作家的想像力真豐富。
　　 Ⓓ 我常幻想能在空中飛翔。

22. Ⓐ 我們的話劇社明晚在禮堂演出。
　　 Ⓑ 為了參加舞會，妹妹打扮得很漂亮。
　　 Ⓒ 你今晚的表演很精彩。
　　 Ⓓ 在社會上，每個人都扮演不同的角色。

23. Ⓐ 我<u>根</u>本不喜歡出國。
　　Ⓑ 證明文件的<u>影本</u>
　　Ⓒ 這筆生意的<u>成本</u>不高，但利潤卻不錯。
　　Ⓓ <u>基本</u>訓練

Unit 9　9-2

A. 測驗練習

1	D	2	C	3	D	4	C	5	C
6	B	7	A	8	B	9	C	10	D
11	A	12	B	13	C	14	C	15	A
16	B	17	D	18	B	19	C	20	A
21	B	22	D	23	A	24	B	25	C
26	D	27	B	28	C	29	B	30	D

B. 聽力文本

1. 男：好久沒逛夜市了！真是美好的回憶！
　女：懷念不如行動！週五晚上我們一起去逛逛怎麼樣？
　男：好是好！可是下週一我們有個「特色美食介紹」的報告，恐怕……
　女：這不是最好的時機嗎？
　男：怎麼說？去逛夜市我就沒時間準備了！
　女：我們可以在吃喝的同時找到你心中的美食啊！
　男：妳真有智慧！就這麼辦！
　Question：關於這段對話，最後表達的是什麼？

2. 男：下個禮拜，我女朋友要來台北看我。
　女：好羨慕！你有什麼計畫？
　男：我還在傷腦筋呢！
　女：你女朋友有什麼特別的要求嗎？
　男：她說她不但想了解台灣的傳統文化，而且希望能親自體驗一下。
　女：這樣，沒有比逛夜市更好的了！
　男：我怎麼沒想到，謝謝妳提醒我。
　Question：關於這位小姐的建議，哪一個是對的？

3. 男：昨天我帶外國朋友去夜市吃東西。

女：你的朋友對夜市的東西一定讚美得不得了！

男：他是讚美夜市的東西既便宜又好吃，可是……

女：他是不是看到有人隨手亂丟垃圾？

男：妳說對了，他覺得這種現象很不好。

女：上次我的外國朋友也這麼說過。

男：我們應該多設置垃圾筒，民眾才不會亂丟垃圾。

Question：這兩個人都同意下面哪一點？

5. 男：昨晚我跟朋友逛夜市的時候，親眼看到一件事！

女：什麼事？還讓你特地來告訴我！

男：我看見一個小偷把手伸進一個小姐的背包裡準備偷東西。

女：他偷到東西了嗎？

男：我看到他拿到一個小錢包，不過被發現了！就趕快逃跑了。

女：小偷常利用人多擁擠時動手，我們都要小心！

Question：下面哪一個符合對話的內容？

4. 男：夜市裡有各種各樣的食物，真是太豐富了！

女：但是也藏著危機，就是有些食物較不衛生。

男：是啊！許多攤子所賣的食品看似好吃，但不知道是否真的合乎衛生。

女：你有什麼好建議呢？

男：我認為應該讓顧客看到食物製作的過程。

女：對，這樣就可以讓顧客們吃得安心了。

Question：下面哪一個是這段對話的結論？

>> C. 解答說明

二、完成句子

6. Ⓐ 我今年八月退休。
   Ⓑ 現代人很重視休閒生活。
   Ⓒ 他一休假就出國旅行
   Ⓓ 休息是為了走更長遠的路。

7. Ⓐ 政府做事要能反映人民的想法。
   Ⓑ 開車不能違反交通規則。
   Ⓒ 這首歌，我反覆聽了五遍。
   Ⓓ 她被打了，他卻沒反應！

8. Ⓐ 進入辦公室
   Ⓑ 促進世界和平
   Ⓒ 快步向前進
   Ⓓ 先進的設備

9. Ⓐ 他生病了，但還是照常去上班。
   Ⓑ 我平常都是六點起床。
   Ⓒ 打掃庭院是他的日常工作。
   Ⓓ 生活作息正常，身體一定健康。

10. Ⓐ 試驗的結果，證明這種藥很有效。
    Ⓑ 我正在做化學實驗。
    Ⓒ 每種藥都須檢驗合格以後才能生產。
    Ⓓ 我想體驗一下鄉下的生活。

11. Ⓐ 他幾乎天天都不吃早餐。
    Ⓑ 你似乎不了解我的意思。
    Ⓒ 合乎規定
    Ⓓ 我很在乎自己的形象。

12. Ⓐ 我喝了咖啡以後，精神就很好。
    Ⓑ 這場表演非常精彩。
    Ⓒ 他一到下午精力就不足。
    Ⓓ 好精細的手工！

13. Ⓐ 實現自己的夢想
    Ⓑ 公司沒現成的貨，得訂做。
    Ⓒ 他家總是呈現出一片快樂的氣氛。
    Ⓓ 社會是現實的，得有真本領才能找到好工作。

三、選詞填空

(一)

　　對於夜市的看法，人們各有不同的觀點。有人認為夜市會破壞都市的 外觀 及經濟的 秩序 ，甚至認為逛夜市這種休閒活動不算 高級 ；但是大部分的民眾把夜市文化看成是最具代表性的傳統文化。夜市裡處處呈現 本土 文化，在這裡也嗅得到在地人的生活 氣息 ，是民眾最常帶國內外親友體驗本地文化的地方。

14. Ⓐ 來自外界的壓力
　　Ⓑ 餐廳內部和外部的設計不一樣。
　　Ⓒ 這輛車的外觀很好看。
　　Ⓓ 放假時，很多人出國觀光。

15. Ⓐ 這個班上課時很有秩序。
　　Ⓑ 按照程序辦理手續
　　Ⓒ 依照來的先後順序報到
　　Ⓓ 處理事情要有哪一項先哪一項後的次序。

16. Ⓐ 技術高明
　　Ⓑ 高級享受
　　Ⓒ 品德高貴
　　Ⓓ 崇高的理想

17. Ⓐ 我本來就喜歡文學。
　　Ⓑ 這是你本身的問題。
　　Ⓒ 這件事要從根本上去解決。
　　Ⓓ 不能忽視本土文化。

18. Ⓐ 浪漫的氣氛
　　Ⓑ 家鄉的氣息
　　Ⓒ 難聞的氣味
　　Ⓓ 他很神氣，因為考上最好的大學。

（二）　　台灣夜市有得吃有得玩，人多又熱鬧。外國人 <u>難得</u> 到台灣，都想體驗一下這裡的夜生活，但有些 <u>觀光</u> 客似乎不太能適應。他們覺得夜市 <u>不只</u> 很吵，環境還有點髒亂。經過研究發現：有些外國遊客對台灣夜市的環境最不滿意；有的覺得文化特色不夠，但是有的 <u>則</u> 對傳統小吃和價格有 <u>正面</u> 的看法，認為價格合理。不管來台旅遊者怎麼想，我們都應該改善不足的地方。

19. Ⓐ 他的想法你難道還不明白嗎？
　　Ⓑ 人生氣時，情緒就難以控制。
　　Ⓒ 溼冷的冬天難得幾天出太陽。
　　Ⓓ 你這個人根本不講道理，我懶得理你！

20. Ⓐ 出國觀光
　　Ⓑ 仔細地觀察
　　Ⓒ 批評要客觀
　　Ⓓ 歡迎光臨

21. Ⓐ 聽別人說一百次<u>不如</u>親自去看
一次。
Ⓑ 她家<u>不只</u>姐姐長得漂亮，兩個
妹妹也都很漂亮。
Ⓒ 事情處理<u>不當</u>，麻煩就來了。
Ⓓ 公共場所<u>不許</u>抽菸。

22. Ⓐ 網路商店，24小時<u>皆</u>能上網訂
購。
Ⓑ 今天不加班，下班<u>即</u>可回家。
Ⓒ 在公共場所，請<u>勿</u>抽菸。
Ⓓ 你很忙，我<u>則</u>很閒。

23. Ⓐ <u>正面</u>的觀點
Ⓑ 做不<u>正經</u>的事
Ⓒ 受學校<u>正規</u>教育
Ⓓ <u>全面</u>檢查

Unit 9 9-3

A. 測驗練習

1	D	2	B	3	B	4	D	5	D
6	C	7	A	8	D	9	B	10	A
11	C	12	B	13	D	14	B	15	A
16	D	17	C	18	D	19	C	20	A
21	D	22	B	23	A	24	D	25	C
26	B	27	B	28	B	29	D	30	C

B. 聽力文本

1. 男：母親節即將來臨，我們應如何表示？

   女：我們合買一條項鍊孝敬媽媽，如何？

   男：好啊！現在百貨公司都在舉辦母親節週年慶，一定有優惠。

   女：我們得先打聽一下，哪一家的優惠最超值又有禮券。

   男：沒錯！希望是物美價廉好處多。

   女：我們除了送項鍊以外，還可以用禮券請媽媽吃美食！

   男：好主意，我們即刻進行。

   Question：根據對話，這對兒女打算如何慶祝母親節？

2. 男：我週末想去百貨公司大血拼！

   女：你平時不是夜市的忠實顧客嗎？

   男：下週我要參加好友的婚禮，全身上下都想打點一番！

   女：百貨公司的東西都是天價吧！

   男：現在百貨公司正在換季大拍賣，能趁打折撿便宜。

   女：我正想買一條珍珠項鍊給奶奶祝壽，週末我們一起去。

   Question：下面哪一個符合對話的內容？

3. 男：聽說妳昨天去搶購週年慶的化妝品限量優惠。

   女：是啊！昨天還不到十一點的營業時間，百貨公司外面就已經大排長龍站滿了人。

   男：妳一定收穫滿滿，買到妳要的優惠化妝品了嗎？

   女：買是買到了，可是感覺有點差！

   男：我猜一定是人擠人，影響妳購物的好心情！

   女：沒錯！顧客太多，服務品質就降低了！而且連走廊都設攤位，影響走動。

   男：難怪妳抱怨！

   Question：下面哪一個是這位小姐覺得美中不足的地方？

4. 男：妳怎麼總是逛同一家百貨公司？不膩嗎？

   女：因為這家百貨公司是我年輕時購物的回憶。何況它又離我家近，而且週年慶的優惠活動長達35天！

   男：聽起來怪吸引人的，要是我可能也會常去光顧！

   女：我常參考廣告單，慢慢地選購我所需要的東西。

   男：哪天妳要去的時候，跟我打聲招呼。

   女：沒問題！歡迎一同加入享受購物的樂趣。

   Question：下面哪一個符合這段對話的內容？

5. 男：我父母明天特地來台灣看我。
　　女：真羨慕！他們打算住幾天？你
　　　　有什麼安排？
　　男：三天而已。除了去故宮博物院
　　　　看「翠玉白菜」，他們指定去
　　　　逛101。
　　女：真不錯喔！它現在是觀光客必
　　　　到之處。101購物中心不只能
　　　　購物，還有休閒的功能。
　　男：我準備整天都待在購物中心
　　　　裡，享受難得的假期。
　　女：如果有興趣，你們還可以去旁
　　　　邊的影城看場電影、逛逛台灣
　　　　品牌的「誠品書店」。
　　Question：下面哪一個符合這段對話
　　　　　　　的意思？

C. 解答說明

二、完成句子

6. Ⓐ 謝謝你送我這麼貴重的禮物。
　 Ⓑ 在台灣學中文是一種寶貴的經
　　　驗。
　 Ⓒ 我買不起昂貴的珠寶。
　 Ⓓ 她出身高貴。

7. Ⓐ 這種電腦的銷售情況不好。
　 Ⓑ 這家書局正在推銷她寫的書。
　 Ⓒ 研發新產品須花費大量的時間
　　　與金錢。
　 Ⓓ 他在經營飯店的事業。

8. Ⓐ 我買到了打折的機票。
　 Ⓑ 這次演講比賽的獎品很多。
　 Ⓒ 她因沒得到獎金而深感不滿。
　 Ⓓ 如果付現金可以有一些折扣。

9. Ⓐ 她是個優秀的學生。
　 Ⓑ 優良駕駛
　 Ⓒ 手工精細
　 Ⓓ 這次的表演很精彩。

10. Ⓐ 今年的足球賽競爭激烈。
Ⓑ 去夜市買東西可以殺價。
Ⓒ 理想的競賽場地很重要。
Ⓓ 他要參加籃球比賽。

11. Ⓐ 這個消息如果傳播出去一定會成為大新聞。
Ⓑ 今晚的廣播節目很精彩。
Ⓒ 這次的活動要擴大宣傳。
Ⓓ 請傳達老闆交代的事。

12. Ⓐ 請補充說明。
Ⓑ 我們學校聘請了多位有名的教授。
Ⓒ 政府應補助貧窮的家庭。
Ⓓ 他請求父母親再給他一次自新的機會。

13. Ⓐ 這是運送石油的船。
Ⓑ 學過的詞彙一定要會運用。
Ⓒ 這部機器運轉不正常。
Ⓓ 飛機算是最安全的大眾運輸工具。

三、選詞填空

(一)
　　打折或滿一定的 <u>金額</u> 送折價券，這些在價格上 <u>優惠</u> 的活動是消費者最喜愛的購物方式。在 <u>經濟</u> 不太好的時候，聰明的消費者都想省錢，假如百貨公司在價格上做更優惠的促銷活動，不僅能增加 <u>銷售</u> 業績，也更符合消費者的購物心理，會讓消費者感覺 <u>撿</u> 到很多便宜而願意購買。

14. Ⓐ 不能浪費金錢。
Ⓑ 這筆支出的金額實在太大了！
Ⓒ 她父母留給她一大筆財產。
Ⓓ 他在金融界服務。

15. Ⓐ 百貨公司的週年慶有很多優惠。
Ⓑ 她跳舞的動作很優美。
Ⓒ 他的優越感很重。
Ⓓ 他的成績優良。

16. Ⓐ 我經歷了與家人分開的痛苦。
Ⓑ 你要努力經營事業。
Ⓒ 人的幸福不是只有財富。
Ⓓ 他家的經濟情況不太好。

17. Ⓐ 她忙得沒時間消費。
Ⓑ 這種車的銷路不錯。
Ⓒ 這本書的銷售情形不太好。
Ⓓ 他是做買賣的。

18. Ⓐ 我不小心踩到別人的腳。
Ⓑ 花園裡的花不能摘。
Ⓒ 請把孩子抱過來。
Ⓓ 我撿到一百塊。

(二)

　　百貨業如果 <u>發展</u> 到了成長階段，數量會 <u>逐漸</u> 增加，同類型的百貨公司間競爭就會更加激烈，而在競爭後仍然能 <u>生存</u> 的，往往是 <u>屬於</u> 有大型財團作為依靠的廠商。大型財團由於 <u>資本</u> 充足，所以在有錢可賺的情況下，發展連鎖百貨成為一種普遍的現象，如太光百貨、新越百貨等，他們都各有多個分店，分店聯合起來形成一個大企業。

19. Ⓐ 學校發起讀書運動。
    Ⓑ 這本書是去年發行的。
    Ⓒ 這個城市發展得很快。
    Ⓓ 推廣武術也是發揚中華文化的一種方式。

20. Ⓐ 學生的人數逐漸增加。
    Ⓑ 請把這張照片放大。
    Ⓒ 他的家庭環境很富裕。
    Ⓓ 他緩慢地走過來。

21. Ⓐ 他這次成績不錯，下一期可以升級了。
    Ⓑ 她生長在一個單親家庭裡。
    Ⓒ 現代人的生活都很緊張。
    Ⓓ 沒有空氣，人就不能生存。

22. Ⓐ 由於下大雨，所以停止比賽。
    Ⓑ 人類屬於哺乳類。
    Ⓒ 她善於與人溝通。
    Ⓓ 我終於回到家了！

23. Ⓐ 這家公司的資本額是多少？
    Ⓑ 他因為遲到，所以被取消比賽資格。
    Ⓒ 現代資訊很發達。
    Ⓓ 你有什麼本領，請盡量表現出來。

Unit 10 >10-1

A. 測驗練習

1	B	2	C	3	D	4	B	5	B
6	B	7	A	8	D	9	C	10	D
11	A	12	C	13	D	14	A	15	D
16	B	17	C	18	D	19	A	20	A
21	D	22	C	23	A	24	D	25	A
26	D	27	C	28	A	29	C	30	D

B. 聽力文本

1. 　男：這次選系，妳登記哪一個系？

　　女：我本來選了心理系，後來改填電機系。

　　男：是妳爸媽強迫妳一定要填電機系的嗎？

　　女：不是，他們從來沒要求我一定要念什麼系。

　　男：真羨慕！妳父母很開明。

　　女：我爸媽只是和我討論，會給我一些建議，最後由我決定。

　　男：我覺得電機系很適合妳。

　　Question：根據這段對話，下面哪一個是對的？

2. 　男：請問，報考大學的自傳怎麼寫？

　　女：可以親筆寫或打字，要分段寫，每一段的重點要清楚明白。

　　男：自傳要包含哪些內容呢？

　　女：包含個人基本資料、家庭背景、個人經歷、求學過程、選系動機與目的、個性優缺點分析、興趣與嗜好、特殊專長、學業與競賽成果、未來計畫等。

　　男：這麼多項！有什麼要特別注意的嗎？

　　女：你得注意：不能有錯別字，如果是手寫字要工整，不能吹牛、說假話或抄別人的自傳，也不要談論爭議性的話題。

　　男：好，我這就去寫，寫完請幫我看看。

　　Question：下面哪一個是寫自傳必須注意的？

3. 男：這麼多人選填熱門科系，我看我是選不上了！

女：你可以改選冷門科系！

男：選冷門科系？那畢業以後我還找得到工作嗎？

女：我覺得冷門或熱門，沒有一定標準，未來很多工作現在甚至還沒出現呢！

男：妳說得有道理。法律系很熱門，但現在律師過剩！以往較少人注意的物理系，現在又紅了！

女：如果你以就業為考量，就要把眼光放遠一點，應該思考大學或研究所畢業後，社會需要什麼人才。

Question：下面哪一個是這位小姐的主要意思？

5. 男：妳考大學的成績怎麼樣？

女：有點差！我沒法念理想的學校了，怎麼辦？

男：考大學沒考好，不代表妳的一生就完了！

女：別安慰我，我同學大多能上好學校，看他們神氣得很！

男：我認為個性、與人相處的態度、不斷學習、生活智慧等，這些都很重要，而這些長處妳都有。

女：你的意思是這些長處的重要性不在考試能力之下？

男：沒錯！妳就算沒上好大學，只要具有這些長處，將來還是會有成就的！

Question：下面哪一個是這位先生想表達的觀點？

4. 男：選校一定要選明星學校嗎？

女：我不贊同！有些私立大學的名氣雖然比不上公立學校，但是有「特色科系」。

男：這點我同意。聽說有的私立大學，提供交換學生到國外知名大學進修的機會。

女：有些私校的明星科系，很受業界肯定。

男：這麼說，選系是有道理的。

女：如果堅持進國立名校而選擇自己沒興趣的科系，打算將來再轉系，可能會有轉系失敗的風險。

Question：根據對話，下面哪一個是對的？

C. 解答說明

二、完成句子

6. Ⓐ 他不把財富放在心上。
　Ⓑ 剛剛大學畢業的學生，薪水一般都不高。
　Ⓒ 他父親的財產非常多。
　Ⓓ 我在銀行的存款不多。

7. Ⓐ 我從小的志願就是當老師。
　Ⓑ 每個國家入境表格的格式不都一樣。
　Ⓒ 有些公司很重視員工的學歷。
　Ⓓ 過生日切蛋糕的時候都要許願。

8. Ⓐ 做人的道理大家都要懂。
　Ⓑ 他遲到的理由是塞車。
　Ⓒ 地球氣溫越來越高的原因有很多。
　Ⓓ 地震所帶來的災害是自然因素造成的。

9. Ⓐ 他在台灣住了四十年了，可以算是台灣人了！
　Ⓑ 現在很多人是非分不清楚。
　Ⓒ 他說的話你是否明白？
　Ⓓ 我們不能隨便否定一個人的看法。

10. Ⓐ 這些產品檢驗都合格了。
　Ⓑ 你對公司的要求不合理。
　Ⓒ 妳穿這件衣服很合適。
　Ⓓ 這裡的環境合乎我的理想。

11. Ⓐ 有些食物很好吃，但是不見得有營養。
　Ⓑ 他身體不好，不得已放棄高薪的工作。
　Ⓒ 你這麼誇獎我，真是不敢當。
　Ⓓ 這部電影太感動人了，我不由得流下淚來。

12. Ⓐ 這件事，大家遲早會知道的。
　Ⓑ 這些老舊機器大都已不能用了。
　Ⓒ 你究竟了不了解我的心意？
　Ⓓ 根據初步調查，那輛車並不是他偷的。

13. Ⓐ 冷氣機的冷媒不夠時就需要再填充才會冷。
　Ⓑ 他想參加這次的立委選舉。
　Ⓒ 填空是常用的測驗方式。
　Ⓓ 請在答案紙上填選正確的答案。

三、選詞填空

(一)

　　為將來 <u>就業</u> 做準備，一般人會選擇上大學或讀研究所。在 <u>人生</u> 中，有求學、工作與退休三個 <u>階段</u> 。一般人大約26歲左右開始工作，如果60歲退休，就約工作35年。因此，選一個 <u>適合</u> 自己的科系，畢業後再找一個與所念科系有關的工作，這 <u>的確</u> 是非常重要的。所以，「選系問題」與「選擇職業」是有連帶關係的。換句話說，「哪一個系比較好」與「哪一種工作比較好」的選擇，兩者關係是密切的。

14. Ⓐ 要把握就<u>業</u>的機會！
　　Ⓑ 我的專<u>業</u>是教書。
　　Ⓒ 各種行<u>業</u>都有優秀的人才。
　　Ⓓ 他是這家公司的<u>業</u>務經理。

15. Ⓐ 我們常說：人的<u>命</u>運是上天安排的。
　　Ⓑ 生<u>命</u>是無價的，我們要珍惜。
　　Ⓒ 壽<u>命</u>長短跟健康狀況很有關係。
　　Ⓓ 「人生苦短」是說人的一生並不長，我們要把握當下。

16. Ⓐ 這種場合不能大聲說話。
　　Ⓑ 一個人在求學<u>階段</u>就應該認真念書。
　　Ⓒ 這個方案恐怕不容易通過。
　　Ⓓ 這兩種產品的<u>構造</u>完全不同。

17. Ⓐ 這張桌子擺在這裡不<u>適</u>當。
　　Ⓑ 那種工具現在已經不<u>適</u>用了。
　　Ⓒ 找個<u>適</u>合讀書的環境並不容易。
　　Ⓓ 這種價格還算<u>合</u>理。

18. Ⓐ 你的估計很準<u>確</u>。
　　Ⓑ 我這次出國的目的是為了拜訪國外的客戶。
　　Ⓒ 他的說詞不明<u>確</u>，所以很多人誤會了！
　　Ⓓ 這件事<u>的確</u>很緊急，得馬上處理。

(二)

　　如果把薪水的高低與興趣兩個因素放在一起，那麼應該 <u>如何</u> 選系就很清楚了。哪些系的畢業生薪水比較高？ <u>答案</u> 很簡單，一般來說，「 <u>熱門</u> 科系」通常就是未來工作的薪水比較高的系。因此，如果對任何職業或科系都無特別喜好，或者 <u>熱愛</u> 程度相同，那麼按照科系受歡迎的先後順序填寫志願，應該 <u>算是</u> 一個不錯的做法。

19. Ⓐ 我們應該如何解決這個問題？
    Ⓑ 你為何總是不開心？
    Ⓒ 明天要考試，何況外面又下大雨，我不想出去了！
    Ⓓ 他對待我如同親兄弟。

20. Ⓐ 這題的答案太簡單了！
    Ⓑ 你幫我這個大忙，將來我一定會報答你。
    Ⓒ 王老師每次都耐心地為學生解答難題。
    Ⓓ 我會很快答覆您的請求。

21. Ⓐ 他總是熱心助人，所以朋友很多。
    Ⓑ 我去朋友家，他家人很熱情地招待我。
    Ⓒ 我們以最熱烈的掌聲歡迎新同學。
    Ⓓ 「如何活得健康快樂」是個熱門的話題。

22. Ⓐ 她很懂事，所以從小父母就很疼愛她。
    Ⓑ 敬愛的老師，祝您身體健康。
    Ⓒ 他熱愛運動。
    Ⓓ 親愛的姐姐，妳最近在忙什麼？

23. Ⓐ 你這麼做，算是跟我道歉嗎？
    Ⓑ 今年公司的預算比往年多。
    Ⓒ 這個月支出結算的結果沒超出預算。
    Ⓓ 花錢請客對方還不滿意，真不合算！

Unit 10 ▶10-2

A. 測驗練習

1	D	2	D	3	D	4	B	5	A
6	A	7	D	8	B	9	A	10	B
11	A	12	C	13	B	14	C	15	A
16	B	17	D	18	B	19	B	20	A
21	D	22	C	23	A	24	A	25	B
26	D	27	B	28	A	29	C	30	C

B. 聽力文本

1. 男：我兒子一直想念高職不念高中，真傷腦筋！

   女：他想選擇自己的興趣，這樣不好嗎？

   男：念高職沒有用、沒前途啦！

   女：難怪有人說：需要輔導的是大人！教育制度考慮到學生生理、心理各方面的發展，大人的眼光也應該看多方面，孩子能按照興趣發展是很重要的。

   男：妳說得有道理。

   Question：根據這段對話，下面哪一個是對的？

2. 男：我不太懂什麼是「綜合高中」？

   女：綜合高中是台灣中等教育中的一種學制。

   男：為什麼叫「綜合」呢？

   女：教育當局考慮到學生的需要，結合了高中及高職的課程。

   男：我還是不太明白！

   女：也就是高中或高職，同時開設普通及職業課程，學生可按照興趣選讀。

   Question：下面哪一個符合「綜合高中」的意涵？

3. 男：什麼是「完全中學」？

   女：就是中學同時設立國中部和高中部。

   男：這和國中、高中各自獨立的教育制度有何不同？

   女：完全中學是國中、高中合成一所學校一起管理。

   男：為什麼要設立「完全中學」呢？

   女：強調中學課程一貫，希望透過國、高中一併學制的實施，促進教育發展的平衡。

   Question：下面哪一個是對的？

4. 男：完全中學跟綜合高中到底哪裡不同？

   女：完全中學包括國中部及高中部，高中部有些學生是國中部直升的。

   男：綜合高中呢？

   女：綜合高中是同時設置學術科和專門科的高中。

   男：為什麼要同時有學術課程和專門課程呢？

   女：這樣學生才有選擇適合自己的普通或職業課程，或是跨兩種課程的機會。

   Question：根據對話，下面哪一個是對的？

5. 男：我想了解綜合高中的課程是怎麼設計的？

女：百分之四十由教育部訂定，百分之六十由學校自行訂定。

男：每個年級課程的設計呢？

女：一年級的課程大多是共同科目，是以後學習的基礎。

男：二、三年級的課程呢？

女：共同必修科目減少，可選讀自己喜歡的課程，為升大學而準備。

Question：下面哪一個符合對話的內容？

C. 解答說明

二、完成句子

6. Ⓐ 這種車內部的<u>結構</u>很複雜。
Ⓑ 這次的計畫<u>結合</u>了各方面的資源。
Ⓒ 我總是在月底<u>結算</u>整個月的支出情況。
Ⓓ 這部電影的<u>結局</u>有點不合理。

7. Ⓐ 年紀大了，<u>記性</u>就差了。
Ⓑ 她的<u>個性</u>溫和，大家都喜歡她。
Ⓒ 一個人的<u>性格</u>影響他做事的態度。
Ⓓ 商品的<u>性質</u>對它的銷路會產生影響。

8. Ⓐ 我父親很<u>嚴</u>，我們沒做完功課不准出去玩。
Ⓑ 我們公司管理員工很<u>嚴格</u>。
Ⓒ 老闆<u>嚴肅</u>，員工就不敢隨便說笑。
Ⓓ 這次的颱風，損失很<u>嚴重</u>。

9. Ⓐ 明年<u>初</u>，我決定出國工作到明年底才回國。
Ⓑ 這件事<u>起初</u>很單純，為什麼現在變得這麼複雜？
Ⓒ <u>當初</u>我認識他的時候，他還是一個小主管，現在是大老闆了！
Ⓓ 我<u>初步</u>完成了這個設計，還需要半年時間才能上市。

10. Ⓐ 我們公司的總經理每年都要出國<u>考</u>察一次。
　　Ⓑ 不管投資什麼生意都要<u>考</u>慮清楚。
　　Ⓒ 我弟弟今年<u>考</u>取了國立大學。
　　Ⓓ 他提出的意見很不錯，值得參<u>考</u>。

11. Ⓐ 這個政策很好，什麼時候開始<u>實</u>施？
　　Ⓑ 這種產品我曾用過，確<u>實</u>知道它的品質很好。
　　Ⓒ 他送的禮物都很<u>實</u>用。
　　Ⓓ 光說沒用，要用行動去證<u>實</u>。

12. Ⓐ 最近公司的<u>業務</u>非常繁忙。
　　Ⓑ 這家餐廳的<u>服務</u>很周到。
　　Ⓒ 繳稅是人民的<u>義務</u>。
　　Ⓓ 這次老闆交代的<u>任務</u>恐怕很難達成。

13. Ⓐ 他每次考試都不<u>及</u>格！
　　Ⓑ 我們應該把科技活動普<u>及</u>到鄉村。
　　Ⓒ 這棟大樓的外觀沒特色很<u>普</u>通。
　　Ⓓ 火車就要開了，還好他<u>及</u>時趕到。

三、選詞填空

(一)
　　學校教育制度的建立和 <u>發展</u> ，需要國家有相當的 <u>經濟</u> 基礎和相當程度的科技發展水平。國家沒有錢，要發展學校教育是不容易 <u>落實</u> 的。而科學技術的發展，像電腦資訊方面， <u>不僅</u> 充實了教學內容、提供了有效的教學 <u>手段</u> ，也擴大了就業的範圍。

14. Ⓐ 這裡是新<u>開發</u>的地區。
　　Ⓑ 汽車進水了，所以不能<u>發動</u>了。
　　Ⓒ 現在全世界都在積極<u>發展</u>科技。
　　Ⓓ 這本書是去年<u>發行</u>的。

15. Ⓐ 一個國家<u>經濟</u>不好，人民生活就不安定。
　　Ⓑ 他教書的<u>經驗</u>很豐富。
　　Ⓒ 公司在總<u>經</u>理多年努力<u>經</u>營下，已發展成跨國企業了。
　　Ⓓ 他很正<u>經</u>，不喜歡開玩笑。

16. Ⓐ 做生意是很<u>現實</u>的！
　　Ⓑ 在這個社會上要<u>落實</u>人人平等是很困難的！
　　Ⓒ 這是一個<u>真實</u>的故事。
　　Ⓓ 他說的話跟<u>事實</u>不一樣。

17. Ⓐ 這件事很複雜，辦不成了！
　　Ⓑ 我最近沒工作了，<u>不過</u>可以趁這個機會多學習。
　　Ⓒ 他說他沒錢，其實<u>不然</u>，我看他常出國旅遊。
　　Ⓓ 看電影<u>不僅</u>可以輕鬆一下，也可以吸收新知識。

18. Ⓐ 我喜歡吃<u>手工</u>餅乾。
　　Ⓑ 他做生意的<u>手段</u>很高明。
　　Ⓒ 醫生安排他明天動<u>手術</u>。
　　Ⓓ 我媽媽是做甜點的<u>高手</u>。

(二)

　　學校的教育制度和經濟、科技的發展有　<u>直接</u>　的關係。在經濟發展<u>緩慢</u>　的情況下，學校教育制度結構簡單，義務教育年限可能縮短。隨著經濟與科技的發展，市場在　<u>勞動</u>　力方面，對數量與品質的管控都有　<u>高度</u>　的要求，亦即要求各級各類學校培養大批社會所需要的　<u>人才</u>　，這時學校的教育結構就可能因此而改變。

---

19. Ⓐ 這條路又長又<u>直</u>，很好走。
　　Ⓑ 你有什麼不滿意的地方，請<u>直接</u>說。
　　Ⓒ 你畫的<u>直線</u>一點也不直。
　　Ⓓ 今天這麼熱！<u>簡直</u>像夏天一樣！

20. Ⓐ 近幾年來，全世界的經濟發展有點<u>緩慢</u>。
　　Ⓑ 經過大家的勸告，他的怒氣<u>緩和</u>下來了！
　　Ⓒ 請<u>慢慢</u>地走！
　　Ⓓ 他每天加班，所以覺得<u>疲勞</u>。

21. Ⓐ 台灣有很多外籍<u>勞工</u>。
　　Ⓑ 爺爺跌倒了，所以<u>行動</u>有點不方便。
　　Ⓒ 因為不少人都從外地來這兒工作，所以這兒的<u>流動</u>人口很多。
　　Ⓓ 現在需要<u>勞動</u>的工作，常常找不到工人。

22. Ⓐ 這棵樹長得非常高大。
　　Ⓑ <u>強大</u>的風力把廣告牌吹掉了。
　　Ⓒ 我們校長<u>高度</u>重視學生的品德。
　　Ⓓ 台灣把地震的<u>強度</u>分為七級。

23. Ⓐ 這家公司缺少管理的<u>人才</u>。
　　Ⓑ 我們學校的<u>人事</u>最近有些變動。
　　Ⓒ 他在音樂這方面的<u>才能</u>很出色。
　　Ⓓ 與人溝通的<u>能力</u>是可以訓練的。

Unit 10　10-3

A. 測驗練習

1	D	2	D	3	C	4	C	5	A
6	A	7	B	8	D	9	C	10	B
11	D	12	A	13	C	14	A	15	C
16	D	17	B	18	C	19	C	20	A
21	B	22	D	23	B	24	C	25	C
26	B	27	C	28	D	29	B	30	C

B. 聽力文本

1. 男：下星期我非回國不可！

   女：可是我們這期的中文課還沒結束。

   男：所以傷腦筋啊！真不知如何處理！

   女：沒關係，我知道我們學校現在有「線上教學」的課。

   男：妳是說在電腦上遠距學習？

   女：沒錯！你可以跟學校接洽，找位線上老師，回國後繼續未完成的課程。

   Question：根據這段對話，下面哪一個是對的？

2. 男：最近我參加了台灣一所大學的遠距教學課程。

   女：你上哪方面的課程？

   男：我上「寫作課程」。

   女：不是有時差嗎？你們的時間怎麼配合？

   男：我們在網頁的討論區上張貼文章，同時學校也安排視訊，可以即時打字對談，也就是「非同步」和「同步」的方式。

   女：聽起來不錯，我也想來試試！

   Question：下面哪一個說明是正確的？

3. 男：我不明白，為什麼老師要我們在網站上公開張貼作文？

女：可以互相觀摩學習啊！

男：我寫得不好，覺得讓人看會很丟臉！

女：別這麼想！這樣我們才有機會看到別人的好文章。

男：看到又怎樣呢？

女：可以經由大家的討論及建議，修改自己的內容，寫出完善的作品。

Question：關於在網站上公開張貼作文，下面哪一個的敘述正確？

5. 男：妳覺得什麼時候可以開始寫作文？

女：兒童時期就應該開始！

男：小孩子有這種能力嗎？

女：兒童富有想像力，有天真的創意和想法，老師可以慢慢地引導他們，把想說的話寫出來。

男：字不會寫怎麼辦？

女：可以用文字、注音符號、圖畫三種綜合表現，先組合成通順的短句，就可算是一篇「短文」了。

Question：下面哪一個符合對話的內容？

4. 男：老師最近一直誇獎妳的作文寫得很好，真羨慕！

女：我可是下了苦功的！

男：可以教教我嗎？

女：開始先練習寫幾個句子，再練習寫一個場景或一件事，要注意文章的構思。

男：寫不出來怎麼辦？

女：大量閱讀！運用記敘、描寫、說明、議論、抒情等方式寫，並請人修改。這樣就能進步的！

Question：根據對話，下面哪一個是對的？

C. 解答說明

二、完成句子

6. Ⓐ 他很會<u>模</u>仿別人的動作。
   Ⓑ 每個人都應該<u>扮演</u>好自己的角色。
   Ⓒ 我們老闆最近常出國<u>考察</u>。
   Ⓓ 我對四歲以前的事沒什麼<u>記憶</u>。

7. Ⓐ 對這件事,我提不出什麼<u>對策</u>。
   Ⓑ 我們公司改變了經營<u>策略</u>。
   Ⓒ 國家的經濟政<u>策</u>要有長遠的計畫。
   Ⓓ 我們正在<u>策畫</u>成立一家分公司。

8. Ⓐ 搭乘這條公車<u>路線</u>的人很多。
   Ⓑ 這間屋子裡的<u>管線</u>都舊了。
   Ⓒ 這種<u>行業前途</u>看好。
   Ⓓ 旅遊是增廣見聞的好<u>途徑</u>。

9. Ⓐ 我總是<u>盡力</u>完成自己的計畫。
   Ⓑ 他<u>精力</u>充足,每天忙個不停也不覺得累。
   Ⓒ 這本新書很有<u>魅力</u>,吸引了無數的書迷。
   Ⓓ 年輕人<u>活力</u>十足,對什麼都有興趣,都想試試。

10. Ⓐ 能不能放颱風假,跟颱風的強度有<u>關</u>。
    Ⓑ 一般認為吸菸跟肺癌有很大的<u>關連</u>。
    Ⓒ <u>關於</u>如何學中文,他有自己的計畫。
    Ⓓ 身體健康的<u>關鍵</u>在於生活作息要正常。

11. Ⓐ 這只是<u>過渡</u>時期,不久公司就能賺錢了。
    Ⓑ 請把髒水<u>過濾</u>一下。
    Ⓒ <u>過期</u>的食品不能吃。
    Ⓓ 每個人的成長<u>過程</u>都不一樣。

12. Ⓐ 我站在<u>窗口</u>欣賞街景。/
    請在一號<u>窗口</u>購票。
    Ⓑ 請把<u>窗戶</u>打開。
    Ⓒ 別站在<u>門口</u>,趕快進來。
    Ⓓ 這個<u>港口</u>每天出入的船隻很多。

13. Ⓐ 我們兩人<u>聯合</u>發表了一篇文章。
    Ⓑ <u>結合</u>眾人的力量,社會才會進步。
    Ⓒ 我們上的是<u>綜合</u>課,包括聽說讀寫四種技能的訓練。
    Ⓓ 我們明天在學校門口<u>集合</u>。

三、選詞填空

(一)

　　人生下以後，為什麼在幾年內就能掌握 <u>複雜</u> 的語言？兒童說話的過程 <u>為何</u> ？是生下來就具有這種能力？還是時間到了就會說話？或是受到後來的影響？對這些問題，學者們有不同的觀點。 <u>綜合</u> 他們的理論，我們知道一年級兒童在說話能力上，已經能主動 <u>建構</u> 新的語言句式，而且在 <u>口語</u> 表達能力上也增進不少。所以教師在教學時，應配合學生語言發展的階段，提高他們說話的能力。

14. Ⓐ 人的思想是很複雜的。
　　Ⓑ 他的工作非常繁忙。
　　Ⓒ 桌上什麼東西都有，太雜亂了。
　　Ⓓ 我的職務內容很繁雜。

15. Ⓐ 我們一起去，如何？
　　Ⓑ 此地往日的繁榮何在？
　　Ⓒ 你對此事的觀點為何？
　　Ⓓ 對這件事，我也無可奈何！

16. Ⓐ 這個計畫是我們合作完成的。
　　Ⓑ 我們兩班學生聯合舉辦校外教學。
　　Ⓒ 你對公司提出的要求很合理。
　　Ⓓ 綜合大家的建議

17. Ⓐ 這些建築物都很漂亮。
　　Ⓑ 一個人美好的生活是建構在自己的努力上。
　　Ⓒ 這裡正在建設一條高速公路。
　　Ⓓ 你的建議不錯。

18. Ⓐ 他的家鄉口音很重。
　　Ⓑ 你說話的口氣很差！
　　Ⓒ 口語表達能力是需要訓練的。
　　Ⓓ 他的口才很好。

(二)

　　語言教學應該是 <u>全面</u> 的，比如說不能只強調閱讀或只強調寫作。從研究中，發現閱讀和寫作兩者之間不會互相干擾，它們的關係是 <u>互助</u> 的。根據學者 <u>實驗</u> 的結果：經過 <u>大量</u> 閱讀後的學生的寫作成績高於只是常寫作的學生，這表示 <u>提升</u> 閱讀量比只加強寫作更能增進寫作能力。所以說，閱讀和寫作在語言教學上的關係是很密切的。

19. Ⓐ 你的建議我完全接受。
    Ⓑ 這次公司能賺大錢是全體員工努力的結果。
    Ⓒ 我們應該全面思考這個問題。
    Ⓓ 他用全部的存款去買一輛跑車。

20. Ⓐ 大家互助合作才能成功。
    Ⓑ 家人都應該互相幫助。
    Ⓒ 他協助我完成這項計畫。
    Ⓓ 這次活動得到政府的補助。

21. Ⓐ 實現夢想很困難。
    Ⓑ 這種實驗相當複雜。
    Ⓒ 這個計畫實施了嗎？
    Ⓓ 我買的東西都很實用。

22. Ⓐ 請大力幫忙！
    Ⓑ 他正面臨強大的壓力。
    Ⓒ 這把椅子的重量不輕。
    Ⓓ 好東西要大量生產。

23. Ⓐ 今天我要提早下班。
    Ⓑ 和外國朋友聊天，可以提升說話的能力。
    Ⓒ 要請假時請提前告訴我。
    Ⓓ 下了一場大雨之後，這條河的水面升高了。

Linking Chinese

華語文能力測驗關鍵詞彙：高階篇

2017年12月初版　　　　　　　　　　　　　　　　定價：新臺幣500元
2024年3月初版第七刷

著　　　者	吳彰英、周美宏
	孫淑儀、陳慶華
編　　　審	張　莉　萍
策　　　劃	國立臺灣師範大學
	國語教學中心
執 行 編 輯	蔡　如　珮
叢 書 主 編	李　　　芃
內 文 排 版	楊　佩　菱
封 面 設 計	林　芷　伊
錄　　　音	吳育偉、許伯琴
錄 音 後 製	純粹錄音後製公司

出　版　者	聯經出版事業股份有限公司	副 總 編 輯	陳　逸　華
地　　　址	新北市汐止區大同路一段369號1樓	總 編 輯	涂　豐　恩
叢書主編電話	(02)86925588轉5305	總 經 理	陳　芝　宇
台北聯經書房	台北市新生南路三段94號	社　　　長	羅　國　俊
電　　　話	(02)23620308	發 行 人	林　載　爵
郵 政 劃 撥 帳 戶	第0100559-3號		
郵 撥 電 話	(02)23620308		
印　刷　者	文聯彩色製版有限公司		
總 經 銷	聯合發行股份有限公司		
發　行　所	新北市新店區寶橋路235巷6弄6號2樓		
電　　　話	(02)29178022		

行政院新聞局出版事業登記證局版臺業字第0130號

ISBN　978-957-08-5032-1 (平裝)
聯經網址：www.linkingbooks.com.tw
電子信箱：linking@udngroup.com

國家圖書館出版品預行編目資料

華語文能力測驗關鍵詞彙：高階篇/吳彰英等著 .
初版 . 新北市 . 聯經 . 2017年12月（民106年）. 376面 .
19×26公分（Linking Chinese）
ISBN　978-957-08-5032-1（平裝）
[2024年3月初版第七刷]

1.漢語　2.詞彙　3.讀本

802.86　　　　　　　　　　　　　　　　106020249